Hubert Selby

Requiem für einen Traum

Roman

Deutsch von Kai Molvig

Rowohlt

Die Originalausgabe erschien unter dem Titel
«Requiem for a Dream»
bei Playboy Press, Chicago
Schutzumschlag- und Einbandentwurf
Dieter Ziegenfeuter

1. Auflage September 1981

Gesamtherstellung Clausen & Bosse, Leck
Printed in Germany
ISBN 3 498 06148 8

Dieses Buch ist, in Liebe, Bobby gewidmet,
der den einzigen «reinen Stoff» gefunden hat –
den Glauben an einen liebenden Gott.

Wo der Herr nicht das Haus baut,
so arbeiten umsonst, die daran bauen.
Psalm 127, 1

Verlaß dich auf den Herrn von ganzem Herzen
und verlaß dich nicht auf deinen Verstand;
sondern gedenke an ihn in allen deinen Wegen,
so wird er dich recht führen.
Die Sprüche Salomos, Kapitel 3, Vers 5 und 6

Harry sperrte seine Mutter in den Wandschrank. Harold. Bitte. Nicht schon wieder den Fernseher. Okay okay, Harry machte die Schranktür auf, dann hör auf mit deinen Vorwürfen. Er ging durchs Zimmer, auf den Fernseher zu. Und löchere mich nicht dauernd. Er riß den Stecker aus der Dose und zog die Zimmerantenne aus dem Apparat. Sarah ging zurück in den Schrank und schloß die Tür. Harry starrte kurz auf die geschlossene Schranktür. Also gut, daenn bleib drin. Er fing an, den Fernseher mit dem Tischchen aus dem Zimmer zu schieben. Plötzlich gab es einen Ruck, und der Apparat wäre fast runtergefallen. Was zum Teufel is hier los? Er sah genauer hin und sah, daß eine Fahrradkette den Fernseher mit dem Heizkörper verband. Er starrte auf den Wandschrank. Was soll das, he? Was soll diese Kette. Willst du, daß ich den Fernseher meiner eigenen Mutter kaputtmache? Oder die Zentralheizung? – sie saß stumm auf dem Boden des Wandschranks – Oder womöglich das ganze Haus in die Luft jage? Willst du mich zum Killer machen? Deinen eigenen Sohn? Dein Fleisch und Blut? WAS MACHST DU MIT MIR ???? Harry stand vor dem Schrank. MIT DEINEM EIGENEN SOHN!!!! Unter der Schranktür kam langsam ein kleiner Schlüssel zum Vorschein. Harry kratzte ihn mit dem Fingernagel weiter vor und zog ihn dann mit einem Ruck heraus. Warum mußt du mir immer wieder Vorwürfe machen? Immer lädst du mir irgendwelche beschissenen Schuldgefühle auf? Du machst mich noch ganz verrückt. Du nimmst nie Rücksicht auf meine Gefühle. Warum machst du mir das Leben so schwer? Warum mußt du – Harold, das will ich ja gar nicht. Die Kette hat nichts mit dir zu tun. Es ist wegen der Einbrecher. Warum hast du mir dann nichts davon gesagt? Der Apparat wär fast runtergefallen. Ich hätt n Herzschlag kriegen können. Sarah, im Dunkeln, schüttelte den Kopf. Es soll dir gut gehen, Harold. Warum kommst du dann nich raus? Harry zog an der Schranktür und rüttelte am Knauf, aber der Schrank war von innen verriegelt. Verzweifelt und angewidert warf Harry die Hände hoch. Siehst du? Siehst du, wie du mich immer auf die Palme bringst? Er ging zum Fernseher und schloß das Schloß auf und kehrte zum Wandschrank zurück. Warum mußt du immer sone große Sache daraus machen? He? Nur um mir Schuldgefühle aufzuladen, stimmts? Stimmts???? – Sarah wiegte sich vor und zurück – Du weißt, daß du den Apparat in nen paar Stunden zurück kriegst, aber du mußt mir Schuldgefühle aufladen. Er starrte weiter auf den Wandschrank – Sarah schwieg und wiegte sich vor und zurück –, dann warf er die Hände in die Luft. Ach, scheiß drauf, und schob den Fernseher vorsichtig aus der Wohnung.

Sarah hörte, wie der Apparat hinausgeschoben wurde, hörte, wie die Tür geöffnet und geschlossen wurde, und saß mit geschlossenen Augen da und wiegte sich vor und zurück. Es war nicht geschehen. Sie hatte es nicht gesehen, also war es nicht geschehen. Sie sagte ihrem Mann, Seymour, nun schon so viele Jahre tot, daß es nicht geschehen sei. Und wenn es geschehen sein sollte, wärs in Ordnung, also reg dich nicht auf, Seymour. Es ist so wie ne Unterbrechung durch nen Werbespot. Bald läuft das Programm weiter und du wirst sehen, es wird ein hübsches Programm sein, Seymour. Es wird alles wieder gut werden. Du wirst sehen, Seymour, es wird ein hübsches Programm. Es wird alles wieder gut werden. Du wirst schon sehen. Zum Schluß ist alles wieder gut.

Harrys Kumpel, ein Schwarzer namens Tyrone C. Love – Genau, Jim, so heiß ich und ich liebe niemand außer Tyrone C. –, wartete im Treppenhaus auf ihn und kaute an einem Snickers. Sie schafften den Fernseher ohne Mühe auf die Straße, und Harry sagte Hallo zu den Klatschweibern, die vor dem Haus in der Sonne saßen. Jetzt kam der schwierige Teil. Es erforderte Geduld und Umsicht, das verdammte Ding drei Block weit zum Pfandleiher zu schieben, ohne daß jemand es ihnen wegnahm oder irgendein dämliches Balg es umstieß oder es wegen eines Schlaglochs runterfiel, oder weil ein Haufen Müll im Weg lag oder einfach, weil das verdammte Tischchen zusammenbrach. Tyrone hielt den Apparat fest, während Harry schob und steuerte; Tyrone übernahm das Lotsen und machte Harry auf leere Kartons und Mülltüten aufmerksam, die dem schnellen und sicheren Abschluß ihrer Mission gefährlich werden konnten. Sie packten beide an einem Ende des Tisches an, als sie ihn vom Bordstein runter und auf der anderen Straßenseite wieder raufhoben. Tyrone legte den Kopf schief und sah sich den Apparat an. Scheiße, der Kasten sieht allmählich ziemlich schäbig aus, Mann. Was is los, nimmst dus plötzlich so genau? He Baby, is mir ganz gleich und wenn dem Ding n Zopf wächst, Hauptsache, wir kriegen unsere Mäuse.

Mr. Rabinowitz schüttelte den Kopf, als er sah, wie sie den Tisch mit dem Fernseher in seine Pfandleihe schoben. Sieh mal an, den Tisch auch noch. He, was wolln Sie denn? Ich kann das Ding doch nicht aufm Rücken herwuchten. Du hast doch da n Freund. Der kann dir doch helfen. He Mann, ich bin nich dem sein Packesel. Harry kicherte und schüttelte den Kopf, Was fürn Jude. Schließlich kann man ihn so einfacher wieder nach Hause bringen. Das is mein Mann, denkt immer an seine Mom. Oi, was fürn Sohn. Ein Ganef. Sie braucht dich so nötig, wien Elch nen Garderobenständer. Los, Abe, wir habens eilig. Gib uns die Mäuse. Los, mach schon. Immer haben sies eilig, er schlurfte hinter dem Ladentisch hin und her und inspizierte sorgfältig die Kugelschreiber, ehe er einen in die Hand nahm. Ihr habt so wichtige Dinge zu tun, daß die Welt untergeht, wenn ihr es nicht gestern schon erledigt habt. Er schnalzte mit der Zunge, schüttelte den Kopf und zählte langsam das Geld ... zweimal ... dreimal – He, los, Abe, nu mach schon. Schon mal son Itzig gesehn? Leckt sich die Finger und zählt die Kohle immer wieder, als obs mit der Zeit mehr wird. Der traut nich mal sich selber übern Weg. Verdammt.

Mr. Rabinowitz gab Harry das Geld, und Harry quittierte. Tut ihr mir n Gefallen und schiebt ihn da rüber?

Scheiße. Weißt du was, Jim, jedesmal wenn ich mit dir zusammen bin, muß ich mir meinen hübschen kleinen Hintern abrackern. Sie schoben den Fernseher in die Ecke und hauten ab.

Mr. Rabinowitz sah ihnen nach, schüttelte den Kopf und schnalzte mit der Zunge, dann seufzte er. Da stimmt was nich ... da is was nich koscher, irgendwas is da nich koscher.

Scheiße. Wozu willstu denn da hin, Mann? Wozu willstu da hin? Weil sie einem da zum Dope Rabattmarken geben. Soll ich dir mal was sagen, Harry? Du hast sie nich alle. Du solltest keinen Scheiß reden, wenns um so was Ernstes geht wie Dope, Mann. Besonders wenns um *mein* Dope geht, Mann. Deins interessiert mich nicht. Nur meins. Und was is hier am Dope so großartig? O Mann, wovon redest du? Hier gibts genauso viele Connections wie dort. Wir könnten sogar jemand neuen ausprobieren. Jemand neuen? Ja, Baby. Wir könnten die Straße runterlatschen und sehen, wer am meisten abgeschlafft is und mitm Kopf nickt, und wir wissen, wo *guter* Stoff zu haben is, ich meine, wirklich reiner. Außerdem sparen wir das Geld fürs Taxi. Taxi? Hastu wen beerbt? Dies Geld wird für Dope ausgegeben. Taxi kommt nich in Frage. Erst kommt das Notwendige, und dann der Luxus.

Scheiße. Verlangst du, daß ich mit dieser Scheiß-U-Bahn fahre, zusammen mit all den Perversen und Wermutbrüdern? Verdammtnochmal, Baby, du hast sie nich alle. Die linken dich, bevor du weißt, wie dir geschieht. He, Schwarzer, quatsch mich nich voll mit diesem Mist. Tyrone kicherte, Mann, wenn ich schon irgendwohin fahren muß, dann laß mich erst Brody anrufen und schecken, was er hat. Gib mir n Zehner. Verdammtnochmal, Mann, seit wann brauchst du n Zehner zum Telefonieren. He Baby, ich leg mich nich mit ner Telefongesellschaft an. Harry lehnte sich an die Zelle, während Tyrone mit krummem Buckel und Verschwörermiene in die Muschel flüsterte. Nach etwa einer Minute hängte er ein und kam breit grinsend heraus. He Mann, machn Mund zu, das beleidigt meine Augen. Du bleichärschige Flasche. Aufm Baumwollfeld wärst du am Arsch. Tyrone setzte sich in Bewegung und Harry folgte ihm. Also was is? Mein Mann hat erstklassige Ware, Baby, und wir werden uns ne Kleinigkeit davon untern Nagel reißen. Die U-Bahn-Treppe gingen sie getrennt hinauf. Harry sah kurz um sich, als Tyrone die Straße weiterging, und steuerte dann das nächste Café an. Die ganze Nachbarschaft war schwarz. Sogar die Kriminaler in Zivil waren schwarz. Harry kam sich in diesem Lokal immer ein bißchen auffällig vor, wenn er vor seinem Kaffee mit Sahne und einem Schokolade-Doughnut saß. Das war das einzige, was ihm nicht gefiel, wenn sie was von Brody besorgten. Er hatte zwar meistens reinen Stoff, aber Harry konnte nicht weiter als bis zum Café gehen, sonst würde die ganze Sache auffliegen, oder man würde ihm möglicherweise den Schädel einschlagen, was fast ebenso schlimm war. Am besten, wirklich am besten wärs gewesen, *uptown* zu bleiben, aber Harry konnte es nicht ertragen, so weit weg vom Geld und vom Dope zu sein. Es war ziemlich schlimm, hier zu hocken und zu spüren, wie sich sein Magen verkrampfte und die Angst in seinem Körper hochkroch und wie dieser gewisse Geschmack ihm in den Rachen stieg, aber das war immer noch millionenmal besser, als *nicht* hier zu sein.

Er bestellte sich noch eine Tasse Kaffee und einen Doughnut und drehte sich ein bißchen zur Seite auf seinem Stuhl, als ein Bulle, dunkler als sein Doughnut und größer als ein Fernlaster, sich neben ihn setzte. Herr du meine Fresse, hab ich n Glück. Da versucht man zu relaxen und friedlich ne Tasse Kaffee zu trinken und schon muß sich son beschissener Pavian neben einen setzen. Scheiße! Er schlürfte seinen Kaffee und sah auf die Pistole im Halfter und überlegte, was wohl geschehen würde, wenn er die Kanone plötzlich rauszöge und anfinge zu schießen, päng päng, dem Saukerl genau in die Rübe, und dann einen Geldschein auf den Tresen würfe und dem Theken-Heini sagte, der Rest sei für ihn, und einfach rausschlenderte. Oder wenn er die Kanone heimlich rauszöge und sie dem Bullen gäbe und ihn fragte, ob das seine sei, Ich sah sie gerade am Boden liegen und dachte, Sie hätten sie vielleicht irrtümlich dorthin gelegt, oder, und das wär nu wirklich n Hammer, ihm das Scheißding klauen und es dem Polizeipräsidenten per Post zuschicken, mit n paar Zeilen, daß ein paar Jungs damit umgelegt wurden und daß er besser auf sein Spielzeug aufpassen sollte ... ja, das wärn Ding! Er sah den riesigen Scheißkerl neben sich an, der mit dem Heini hinterm Tresen rumlaberte und sich einen abwieherte, und gluckste in sich hinein bei dem Gedanken, was der Bulle wohl denken würde, wenn er wüßte, daß sein Leben in Harrys Hand war, und dann sah er die Größe der Hand, die die Kaffeetasse hielt, und stellte fest, daß sie größer war als n verdammter Basketball, und stopfte sich den Rest des Doughnuts in den Mund, spülte ihn mit dem Kaffee runter und schlenderte langsam hinaus, ganz langsam, und spürte immer noch diesen Berg von einem Bullen im Rücken, als Tyrone die Stufen zur U-Bahn hinunter bebopte.

Tyrones Bleibe war nicht mehr als ein Zimmer mit Ausguß. Sie saßen an dem kleinen Tisch, ihre Bestecke in einem Glas, in dem das Wasser rötlich gefärbt war von Blut, mit hängenden Köpfen, schlaff von den Handgelenken herabhängenden Händen, die Finger konnten kaum noch die Zigarette halten. Gelegentlich sondierte ein Finger ein Nasenloch. Ihre Stimmen drangen dünn und leise aus ihren Kehlen. Mann, das is vielleicht reiner Stoff, Mann. Einsame Spitze. Ja, Mann, wirklich einmalig. Harrys Kippe verbrannte ihm die Finger und er ließ sie fallen, ach Scheiße, er beugte sich langsam vor, sah auf den Boden und betrachtete sie eine Weile, streckte schwebend die Hand aus, hob sie schließlich auf, sah sie an, fummelte sich langsam und umständlich eine neue Zigarette aus der Packung und steckte sie sich in den Mund und hielt die Kippe dran, bis sie brannte, und ließ die Kippe in den Aschenbecher fallen und beleckte die Brandstellen an seinen Fingern. Er starrte einen Augenblick auf die Spitzen seiner Schuhe, dann noch mal ... sie sahen gut aus, die Schuhe, irgendwie geschmeidig, wie sie so – ein riesiger Kakerlak, der herausfordernd an seinen Schuhen vorbeimarschierte, fesselte seine Aufmerksamkeit, und war, als er endlich daran dachte, ihn totzutreten, hinter der Bodenleiste verschwunden. Auch gut, der Dreckskäfer hätt mir vielleicht noch n Loch in nen Schuh gemacht. Er hob mit Mühe den Arm und dann die Hand und zog an seiner Zigarette. Er nahm noch einen langen Zug und inhalierte langsam und tief, kostete jeden einzelnen Rauchpartikel aus und genoß es, wie der Rauch prickelnd seine Mandeln umschmeichelte, bis hinunter in die Kehle, mein Gott, wie gut das schmeckte. Irgendwie schmeckte eine Zigarette nach H so verdammt gut. Weißtu, was wir tun sollten, Mann? Was? Wir sollten uns ne Unze von diesem Zeug beschaffen und die Hälfte davon dealen, kapiert? Ja, Baby, dies Zeug is stark genug, um es eins zu zwei zu strecken, dann haut es immer noch hin. Ja, wir könnten was für uns zurückbehalten und den Rest dealen. Wir könnten unser Geld verdoppeln. Leicht. Genau, Baby. Und dann kaufen wir uns zwei

Unzen und dann läuft wieder was. Das wär Spitze, Baby. Wir müssen bloß cool bleiben, ab und zu n kleiner Druck, aber mehr nich – Genau, Baby – bloß so viel, daß wir nich ausrasten und in nullkommanix haben wir n ganzes Bündel Scheine. Darauf kannstu einen lassen. Wir bunkern den Kies, bis wir bis zum Arsch drin stehen, Jim. Genau, Mann, und wir würdens uns nich vermasseln wie die andern Arschlöcher. *Wir* würden nicht dauernd breit sein und uns die Sache vermasseln, wir würden cool bleiben und uns ums Geschäft kümmern. Und wenn wir n Pfund reinen Stoff zusammenhaben, können wir uns zur Ruhe setzen und die Mäuse zählen. Und müßten nich mehr auf den Scheißstraßen rumrennen. Du hast verdammt recht. Wir kaufens direkt von den Makkaronis und streckens selber und irgendwelche rotznäsigen Fixer sollen für uns dealen, während wir die Mäuse zählen und in nem El Dorado, sonem großen rosa Schlitten, rumgurken. Ja, und ich kauf mir ne Fahrerlivree und fahr deinen schwarzen Arsch in der Stadt rum. Und du hältst mir die Tür auf, Jim, sonst kannst du was erleben ... Jawohl, ich heiß Tyrone C. Love und ich liebe *niemand* außer Tyrone C. Schon gut, aber *ich* such mir was andres zum Lieben. Ich such mir ne schicke Bleibe am Central Park, Mann, und tu nichts anderes als schnuppern, wenn all die schicken Mösen vorbeischwänzeln. Son Scheiß ... was hastu denn *da*von Mann. Dir steht er sowieso nich mehr. Ich leg mich daneben und streichel ihr n bißchen die Spalte, Mann, und vielleicht knabber ich auch ab und zu son bißchen dran. Verdammtnochmal. Wirklich das Letzte. Will der Kerl sichs in ner duften Bleibe mit nem duften Hasen gemütlich machen und seine Nase in das Stinkding stecken! Was willstu von mir, ich bin ne Naschkatze. Son bißchen gehackte Leber, n bißchen Räucherfisch, n – Verdammtnochmal, du bist n widerlicher Scheißer. Das isses ja eben mit euch Bleichärschen, ihr wißt nich, was man mit nem Weib macht. Ach Scheiße, Mann, das wissen wir genau. Ihr Scheißafrikaner seid es, die keine Tischmanieren haben ...

was glaubstu, warum wir Juden all die Weiber kriegen? Hat nichts mit Geld zu tun, Weil wir Naschkatzen sind. Scheiße, du bist einfach impotent, Mann. Wenn mein Schneider mir Maß für n paar neue Anzüge genommen hat, geh ich zurück in meine Bleibe, Jim, und hol mir n ganzen Stall voll Miezen, daß dir die Knie weich werden. Ich meine, Klasseweiber, für jeden Tag in der Woche ne andere Haarfarbe. Wie lange glaubstu brauchen wir, bis wir die Kohle fürn Pfund reinen Stoff zusammenhaben? Ach Scheiße, Mann. Nich der Rede wert. Wir gehn zur Szene und machen n paar Hunderter wie nix und die Sache läuft. Zu Weihnachten sitzen wir gemütlich zu Hause und zählen die Kohle. Fröhliche Weihnachten, Mann. Harrys Kippe verbrannte ihm die Finger, Scheiße, er ließ sie fallen, Scheißding.

Zwei Jungen aus der Nachbarschaft begleiteten Sarah zur Pfandleihe. Mr. Rabinowitz schlürfte hinterm Tresen hervor, Guten Abend, Mrs. Goldfarb. Guten Abend, Mr. Rabinowitz, obwohl ich nicht genau weiß, wie gut der Abend ist. Und Sie? Hm, er schloß halb die Augen, zog die Schultern hoch und legte den Kopf schief, was soll man sagen? den ganzen Tag allein im Laden, meine Frau ist mit meiner Tochter Rachel unterwegs, irgendwas für unseren kleinen Izzy besorgen, und noch nich zurück. Zum Lunch hab ich kalte Zunge mit ohne Roggenbrot ... ich hab n bißchen Senf und Meerrettich, aber mit ohne Roggenbrot ... oi ... er zuckte die Achseln, legte erneut den Kopf schief und sah sie an, abends eß ich dann kalte Suppe, wenn sie immer noch nich zu Hause ist, wolln Sie Ihren Fernseher? Wie alt ist Ihr Enkel jetzt? Oh, der ist so niedlich, zum Fressen, ich könnt ihm ganze Brocken aus seinen stämmigen Beinchen rausbeißen. Ja, wenn es Ihnen recht ist. Ich hab diese beiden netten Jungen hier, die ihn mir nach Hause schieben werden, so nette Jungen, die einer armen Mutter helfen – Gottseidank hat er den Tisch auch gebracht, so ist es leichter, den Apparat zurückzubringen. Ich hab nur drei Dollar, aber nächste

Woche werd ich – Nehmse ihn, nehmse ihn , er zuckte die Achseln und legte den Kopf auf die Seite, und wolln wir hoffen, daß er ihn mir nich wiederbringt, bevor Sie diesmal alles bezahlt haben, nich wie damals, als er den Apparat in einer Woche dreimal gestohlen hat und wie lange hats gedauert, bis Sie mir alles bezahlt haben? Izzy wird nächste Woche schon ein Jahr alt, am Dienstag. Ooooh, Sarah seufzte tief auf, mir ist, als wärs erst gestern gewesen, daß Rachel noch mit Puppen gespielt hat, und jetzt ... Sarah gab Mr. Rabinowitz die drei Dollarscheine, die sie, sorgfältig zusammengefaltet in ihre Bluse gesteckt hatte, und er schlurfte hinter den Tresen und legte die Scheine in seine Registrierkasse und trug sorgfältig etwas in ein kleines Heft ein, auf dem SARAH GOLDFARBS TV geschrieben stand. Es gab seitenlang genau datierte Eintragungen aus den letzten Jahren, über das Geld, das Harry für den Apparat bekommen, und die Zahlungen, die seine Mutter geleistet hatte, wenn sie ihn wieder auslöste. Die beiden Jungen machten sich daran, den kleinen Wagen mit dem Apparat hinauszurollen. Mrs. Goldfarb, darf ich Sie etwas fragen, Sie dürfen mirs aber nich übelnehmen? Sarah zuckte die Schultern. Seit wie vielen Jahren kennen wir uns nun schon! Er nickte mit dem Kopf, rauf und runter rauf und runter rauf und runter, Wer soll die zählen? Warum gehnse nich zur Polizei, vielleicht würden die Harry ins Gewissen reden, damit er den Fernseher nicht mehr stiehlt, oder vielleicht schickense ihn für n paar Monate irgendwohin, wo er darüber nachdenken kann, und wenn er wieder rauskommt, is er n braver Junge und sorgt für seine Mutter und nimmt Ihnen nicht mehr immerzu den Fernseher weg? Ooooh, ein weiterer tiefer Seufzer, Mr. Rabinowitz, das könnt ich nich, sie griff sich mit beiden Händen leidenschaftlich an die Brust, Harold ist mein einziges Kind, mein einziger Angehöriger. Er ist alles, was ich habe. Alle andern sind tot. Nur Harry und ich ... mein Sohn, mein Bubele. Und wer weiß, wieviel Zeit mir noch bleibt – Ah, eine junge Frau – sie wischte seine Bemerkung fort, um meinem Sohn beizustehen. Er ist der letzte. Der letzte der Goldfarbs. Wie könnte ich ihn zum Verbrecher stempeln? Sie würden ihn mit so schrecklichen Leuten zusammenstecken und er würde schreckliche Dinge lernen. Nein, er ist noch jung. Er ist ein guter Junge, mein Harold. Ein bißchen leichtsinnig, das ist alles. Eines Tages wird er ein nettes jüdisches Mädchen kennenlernen und sich ein Heim schaffen und mich zur Großmutter machen. Aufwiedersehen, Mr. Rabinowitz, sie winkte mit der Hand, als sie auf die Tür zuging, und schönen Gruß an Mrs. Rabinowitz. Gebt acht mit der Türschwelle, Jungs. Abe Rabinowitz nickte, als sie hinausging, und beobachtete, wie die beiden Jungen den Wagen vor sich herschoben und wie sie alle drei langsam die Straße hinuntergingen, vorbei an seinen trüben Fenstern, bis sie außer Sicht waren. Er hörte auf zu nicken und schüttelte den Kopf. Oi, was fürn Leben. Ich hoffe, sie kommt bald nach Hause. Ich will keine kalte Suppe. Ein Mann in meinem Alter braucht ein warmes Essen für seinen Magen und heißes Wasser für seine Füße. Oi, meine Füße. Ahhhhhh ... was fürn Leben. Nichts wie Zores ...

Nachdem die beiden Jungen gegangen waren, kettete Sarah Goldfarb den Fernseher wieder an den Heizkörper. Sie schaltete den Apparat ein, justierte die Antenne, setzte sich in ihren Fernsehsessel und sah sich die Proctor & Gamble-Werbespots an und dazwischen Teile einer Seifenoper. Sie zog die Lippen zurück, als Leute sich die Zähne putzten und prüfend mit der Zunge darüber fuhren, um sich zu vergewissern, daß kein Belag mehr vorhanden war, und sie freute sich darüber, daß der niedliche kleine Junge keine Löcher in den Zähnen hatte, aber er war so mager, er sollte mehr Fleisch auf den Knochen haben. Schadhafte Zähne hatte er Gottseidank nicht, aber er sollte mehr Fleisch auf den Knochen haben. Wie mein Sohn Harold. So mager. Iß, iß, sag ich ihm, ich kann deine Knochen sehen. Herrgottnochmal, das sind meine Finger. Was willstu eigentlich? Daß mir

Fettwülste von den Fingern hängen? Ich will nur, daß du gesund bist, du bist zu mager. Du solltest Malzmilch trinken. Malz und Schmalz, he? Ob Harold Löcher in den Zähnen hat? Seine Zähne sehen nicht sehr kräftig aus. Er raucht so viel. Der Junge auf dem Bildschirm zog die Lippen wieder zurück. So schöne weiße Zähne. Vielleicht wird er auch eines Tages, wenn er größer ist, rauchen und gelbe Zähne haben wie mein Harold. Sie sollten nie Löcher in den Zähnen haben ... und sie starrte weiter auf den Bildschirm, während Kartons mit Waschmitteln sich explosionsartig in blendend weiße Wäschestücke verwandelten und Flaschen mit Reinigungsmitteln in exotische Arbeitszwerge, die alle menschlichen Spuren von Wänden und Fußböden wischen, und wenn der müde Ehemann von seinem anstrengenden Arbeitstag nach Hause kommt, ist er von der blendend weißen Wäsche und dem blitzenden Fußboden so überwältigt, daß er alle Sorgen der Welt vergißt und seine Frau hochhebt – Oh, ist die schlank. Paß auf, daß sie nicht in der Mitte durchbricht. Aber wie entzückend sie aussieht. Eine wirklich nette junge Frau, hält das Haus blitzsauber. So ein Mädchen sollte mein Harold finden. Ein jüdisches Mädchen, das so nett ist, wie die da. Der Mann hob seine Frau hoch und wirbelte sie herum, und beide liegen schließlich der Länge nach auf dem funkelnden, blitzsauberen Fußboden, und Sarah beugt sich in ihrem Sessel vor und denkt, daß jetzt vielleicht etwas Interessantes passiert, aber sie betrachten nur ihr Spiegelbild im Linoleum, und dann sah sie Fertiggerichte, die künstlerisch auf dem Tisch arrangiert waren, und die Frau lächelte Sarah zu, dieser Schlaukopf, wir haben da ein ganz bestimmtes Lächeln, wenn der Ehemann begeistert feststellt, was für eine großartige Köchin sie doch sei, und Sarah lächelte auch und kniff ein Auge zu und verriet nicht, daß es sich um ein Fertiggericht handelte, und das glückliche Paar sah sich beim Essen in die Augen, und Sarah freute sich mit den beiden, dann zählte sie ihr Geld und stellte fest, daß sie einige Tage auf ihren Lunch würde verzichten müssen, aber sie hatte ihren Fernseher wieder und das war die Sache wert. Es war nicht das erste Mal, daß sie für ihren Fernseher auf eine Mahlzeit verzichtete. Und dann wechselte die Szene und ein Wagen hielt vor einem Krankenhaus und eine Mutter eilte voller Qual durch antiseptische, totenstille Korridore zu einem ernst aussehenden Arzt, der mit ihr über den Gesundheitszustand ihres Sohnes sprach und was getan werden müsse, um sein Leben zu retten, und Sarah beugte sich in ihrem Sessel vor und hörte gespannt zu, fühlte mit der Mutter und wurde immer ängstlicher, als der Arzt qualvoll eingehend über die Möglichkeit eines Mißerfolgs sprach, O mein Gott, das ist furchtbar ... wirklich furchtbar. Der Arzt hatte der Mutter nun alle Alternativen auseinandergesetzt und sah sie schweigend an, während sie mit sich rang, ob sie einer Operation zustimmen solle oder nicht, und Sarah beugte sich so weit vor wie es eben ging und krampfte die Hände ineinander, Laß ihn ... Ja, ja. Er ist ein guter Arzt. Du hättest sehen sollen, wie er gestern dem kleinen Mädchen geholfen hat. Ein so fabelhafter Chirurg. Eine Koryphäe. Endlich nickte die Frau zustimmend, während sie sich die Tränen abwischte, die ihr übers Gesicht strömten. Gut. Sehr gut. Wein dich nur richtig aus, mein Herz. Er wird deinen Sohn retten. Du wirst sehen. Wenn ichs dir doch sage. Ein fabelhafter Chirurg. Sarah starrte das immer größer werdende Gesicht der Frau an; ihre Angst und die seelische Anspannung waren so unverkennbar, daß Sarah zu zittern begann. Als das Bild in den Operationssaal überblendete, sah Sarah rasch auf die Uhr und seufzte vor Erleichterung, als sie feststellte, daß es nur noch wenige Minuten dauern würde, bis die Mutter sich glücklich lächelnd über ihren Sohn beugen und der Arzt ihr sagen konnte, daß alles gutgegangen sei und ihr Sohn wieder gesund werden würde. Und eine Minute später würde man das Krankenhaus von außen sehen, und der kleine Junge würde neben seiner Mutter hergehen – nein, nein, er würde noch im Rollstuhl sitzen –, zum Wagen, und alle würden glücklich und zufrieden sein, wenn er dann im Wagen saß und sie davonfuhren, während der Arzt ihnen vom Fenster seines Ordinationszimmers aus nachsah. Sarah lehnte sich zurück und lächelte, und das Wissen, daß alles wieder gut werden würde, gab ihr ihre Ruhe wieder. Sicher, ihr Harry ist ein bißchen leichtsinnig, aber er ist ein guter Junge. Alles wird gut werden. Eines Tages wird er ein nettes Mädchen kennenlernen und sich ein Heim schaffen und mich zur Großmutter machen.

Die Sonne war untergegangen und die Nacht brach herein, und Harry und Tyrone hatten das Gefühl, die Augen träten ihnen aus dem Kopf von all den Lichtern, die sich stechend in sie bohrten. Aber sie ließen sich, hinter ihren dunklen Brillen, nichts anmerken. Am Tag ist es eine Qual. Wenn die Sonne scheint und die gottverdammte Grelle des Sonnenlichts von Fenstern und Wagen und Gebäuden und vom Bürgersteig reflektiert wird, lastet auf deinen Augäpfeln ein Druck wie von zwei riesigen Daumen und du wartest ungeduldig auf den Abend, an dem du ein wenig Erleichterung vom Ansturm des Tages findest und du erwachst erst langsam zum Leben, wenn der Mond aufgeht, doch die wirkliche Erleichterung, die du erwartest, die du dir vorstellst, bleibt aus, immer. Du spürst, wie die Apathie des Tages langsam weicht, während die Arbeitsbienen und Spießer nach ihrem 8-Stunden-Tag heimfahren und sich mit Frau und Kindern an den Abendbrottisch setzen; die Frau, wie immer, mit Hängearsch, abgeschafft, das Haar fällt ihr ins Gesicht, knallt immer den gleichen matschigen Schlangenfraß auf den Tisch und die verdammten Affen zu Haus brüllen und schreien herum, wer das größte Stück Fleisch und wer die meiste Butter bekommen hat und was es zum Nachtisch gibt, und nach dem Essen grabscht der Alte sich eine Dose Bier und haut sich vor die Glotze und rülpst und furzt und stochert in den Zähnen und denkt, daß er abhauen und sich n Weib aufreißen sollte, aber er ist zu müde und schließlich kommt seine Alte und haut sich auf die Couch und sagt jeden Abend das Gleiche. Es ändert sich nie. Was siehst du da Schatz???? Wenn diese Szene überall in der ganzen Stadt endlich über die Bühne gegangen ist, gibts ein bißchen Leben in den Straßen, aber auch immer noch diese verdammten Lichter. Ja, die Lichter sind zum Kotzen, aber immer noch besser als die Sonne. Alles ist besser als die Sonne. Besonders im Hochsommer. Da sagstu was, Mann. Mir is danach, meinen hübschen kleinen Hintern in ne gemütliche schummrige Ecke zu schleppen und geile Musik zu hören. Und vielleicht irgendnem scharfen Hasen einen reinzudonnern, und wenn ich reindonnern sage, *meine* ich reindonnern, Jim. Jesus, Mann, du hast wirklich nur Mösen im Kopf. Kannstu denn nie oberhalb des Nabels denken? Scheiße. Wovon zum Teufel redst du eigentlich, Mann? Bloß, weil sie dir die Sprungfeder rausgemacht haben, soll meiner auch n Krüppel sein? Meiner is nich nur zum Pissen da, noch nich. Verdammtnochmal, los, n Fünfer. Harry schlug mit den flachen Händen auf Tyrones Handflächen und Tyrone tat dasselbe. Also, Mann, wolln wir den ganzen Abend hier rumstehn und die vorbeifahrenden Autos zählen oder wolln wir n bißchen Action ankurbeln? O Mann, wovon sprichst du? Du weißt, ich kann nich zählen. Jesus, Mann, sei friedlich, ja? Du glaubst wohl, sie strecken das Zeug mit Lachgas? Egal, gehn wir irgendwo hin, wo n bißchen Leben is. Was meinst du? He Baby, ich hab null Kohle. Warum fahren wir nich zur Leichenhalle rüber? He, ja, heute hat Angel Nachtdienst. In der Leichenhalle ist immer n bißchen Leben. Los, Baby.

Harry Goldfarb und Tyrone C. Love stiegen in den Bus, der quer durch die Stadt fuhr. Harry war im Begriff, sich nach vorn zu setzen, genau hinter den Fahrer, und Tyrone packte ihn am Arm, zerrte ihn vom Sitz hoch und schüttelte ihn, zitternd und mit aufgerissenen Augen, Bistu beknackt, Mann? schüttelte Harry, sah hastig in alle Richtungen zugleich, willstu, daß sie uns lynchen, uns an die nächste Laterne hängen? Bistu völlig bescheuert? He Mann, komm zu dir. Was hast du? Was ich ha – der Bus schlingerte und schwankte und blieb mit einem Ruck stehen und sie prallten gegen die Querstange hinter dem Fahrer, und Tyrone riß Harry und sich selbst zurück, während er versuchte, sich hinter Harrys Schulter zu verstecken, und nach den Einsteigenden spähte – was ich habe? Spinnst du? Dies hier ist der Süden von Bronx, Mann, der *Süden*, SÜDEN, kapiert? Ach Scheiße. Los, Mann. Sie schlichen sich durch den Gang, prallten gegen Sitze, verbeugten sich, machten Kratzfüße, Tschuldigung, tschuldigung. Tut mir leid, Mann ... Während die beiden an ihnen vorbeitorkelten, lasen die anderen Fahrgäste ihre Zeitung, unterhielten sich, sahen aus den Fenstern, lasen die Reklamen, verrenkten sich die Hälse, um die Verkehrszeichen zu sehen, schnaubten sich die Nase, putzten ihre Brillen oder starrten vor sich hin. Hinten angelangt, ließen sie sich mit einem langen lauten Seufzer auf den Sitz fallen. He, Massah Harry, wieso sitzt Ihr hier hinten bei uns Schwarzen? Also ich will mal so sagen, Bruder Tyrone: weil ich trotz allem spüre, daß wir alle Brüder sind, unter dieser weißen Haut schlägt ein Herz, genauso schwarz wie deins, hahahaha, und sie schlugen einander auf die Handflächen. Scheiße, Baby, du bist nich weiß, du bist bloß bleich ... und vergiß nich, Baby: Schönheit is nur äußerlich, aber häßlich bistu bis auf die Knochen und sie schlugen einander erneut auf die Handflächen. Harry formte aus seinen Händen ein Fernrohr, sah hindurch und studierte die Reklamen an den Buswänden. Was zum Kuckuck machstu da, Mann? ne Reklame sollte man sich nur auf diese Weise ansehen, Mann. Nur so sieht man die Weiber genau, ohne abgelenkt zu werden. Harry senkte die Stimme: Keine halben Sachen – sprühn Sie sich Air fresh unter *beide* Arme! Scheiße, Mann, red keinen Stuß. Du glaubst, ich nehm dich aufn Arm, he? Versuchs doch selbst. Das einzig Richtige, Mann. Wenn ichs dir doch sage. All die schönen Reklamen da oben und du hast sie nie bemerkt. Harry betrachtete durch sein Fernrohr der Reihe nach die Reklamen, wie der Mann im Krähennest den Horizont. He, sieh dir die an. Hastu sicher noch gar nich bemerkt. Tut sies oder tut sies nich? Genau weiß das nur ihr Gynäkologe. Wieso? Er kuckt ihr ins Loch. Jaja, wenn eine das nich hat, kann sie einpacken. Sie streckten die Beine von sich und blödelten und alberten rum, bis sie an der Leichenhalle angekommen waren.

Sie stiegen aus und blieben kurz an der Ecke stehen, während der Bus langsam davondonnerte und sie in seine Abgase einhüllte, ohne daß ihnen das weiter auffiel. Dann steckten sie sich eine Zigarette an, genossen den köstlichen ersten Zug, sahen sich um und überquerten die Straße. Sie gingen die trübe beleuchtete Straße hinunter und um das Gebäude herum, stiegen über das niedrige Gitter, sprangen auf die Tunneleinfahrt hinunter, liefen durch den Tunnel bis zu einer engen kleinen Nische auf der rechten Seite und klingelten im Rhythmus des Anfangs von Beethovens Fünfter, DA DA DA DAAAAAA. Es gab eine alte Fernseh-Serie mit dem Titel *Agentenjagd* und die Erkennungsmelodie jeder einzelnen Folge war der Anfang von Beethovens Fünfter, während ein riesiges V auf dem Bildschirm erschien und darunter das entsprechende Morsezeichen: . . . – Angel liebte diese Serie. Er fand es echt gut, daß Beethoven ihnen geholfen hatte, den Krieg zu gewinnen. Es war sein Geheimsignal für alles. Angel spähte durchs Guckloch und öffnete dann spaltbreit die Tür. Beeilt euch, ehe hier frische Luft reinkommt. Sie schlüpften hinein und Angel schloß die Tür. Die feuchtwarme Sommerluft blieb draußen und es war plötzlich kühl, sehr kühl. Sie gingen an den Kühlaggregaten vorbei und eine Stahltreppe hinauf in ein Büro. Es war dick vor Rauch, der durcheinanderwirbelte, als die Tür sich öffnete und wieder schloß – ein exotischer Anblick in dem bläulichen Licht. Tony, Fred und Lucy saßen auf dem Boden und hörten der Musik aus dem Radio zu, das auf dem

Schreibtisch stand. Was liegt an, Mann? He Baby, wie isses? Wie gehts, Süße? He Mann, wie isses? Sieht nicht schlecht aus, Harry. Wie isses, Baby? Prima, Baby. Harry und Tyrone setzten sich dazu und lehnten sich an die Wand und begannen, im Takt der Musik, den Oberkörper zu bewegen. Gibts heute abend Action, Angel? He Mann, hier gibts immer Action. Hier is immer was los, wenn Angel den Laden schmeißt, wie? Bistu breit? Noch nich. Aber bald. Gogit is unterwegs. He, prima Mann. Der hat immer gutes Zeug. Es klingelte, Angel stand auf und ging hinaus. Nach einer Minute kam er mit Marion und Betty zurück. He, wie isses, Mann? Alles okay, Baby, was liegt an? Und bei dir? Wie isses, Baby? Es geht, es geht. Immer der alte Schnee, du weißt schon. Sie setzten sich zu den anderen auf den Boden. Marion saß neben Harry. Tyrone sah Fred an, Du siehst gut aus, Mann. Du kennst mich doch, Mann, Kraft und Gesundheit über alles. Wie machstu das, hastu den Einbalsamierer gewechselt? Scheiße, Mann, die haben da draußen in ihren Boxen Kadaver, die sehen besser aus wie du. Oooooh, das is ganz großer Mist, Mann. Ach Scheiße. Dieser Kerl kommt hier rein und erschreckt die Toten da draußen zu Tode. O Mann, das is n Hammer. Laß dich von dem nich anmachen, mach doch selber den Mund auf. Weißtu was, Baby, du bist einfach degeneriert. Das Kichern wurde zu Lachen und das Lachen lauter und lauter. He Mann, wer hat dich bloß von der Leine gelassen. Ooooh, das is – PUNKT PUNKT PUNKT STRIIIIIIIICH. Angel fuhr hoch und war draußen, und die Stille hielt so selbstverständlich an, wie sie eingesetzt hatte, denn jeder spürte, das war Gogit, und jeder wartete darauf, ihn durch die Tür beboppen zu sehen. Und das tat er auch. He, Mann, wie isses? He, Baby. Deine Hand, Jim – *klatsch*. Bistu breit, Baby? Scheiße, ob ich breit bin? Was zum Teufel glaubstu, tue ich hier, mir die Ausstattung ansehen? Ja, irgendwie tot hier, wie? Ich hab hier reinen Stoff, Mann. Ich meine echt einsame Spitze, direkt von den Makkaronis. Jeder holte sein Geld raus und

Gogit legte das Heroin auf den Tisch und scharrte das Geld zu einem Haufen. Los los, packen wirs. Sie verließen alle das Büro und entwickelten im trübe erleuchteten Kühlraum eine hektische Geschäftigkeit. Sie faßten in die Spalten und Sprünge in der Mauer, griffen unter Bodenfliesen, hinter Maschinenteile, zwischen lose Ziegel, um ihre Bestecke zu finden. Wie viele Bestecke sie auch in der Stadt versteckt haben mochten, eines hatte jeder immer in der Bronx County-Leichenhalle deponiert. Sie gingen ins Büro zurück, füllten Pappbecher mit Wasser und jeder steckte sich sozusagen sein eigenes kleines Revier auf dem Fußboden ab. Das Radio spielte immer noch, doch sie waren so konzentriert, daß keiner mehr von ihnen die Musik hörte oder etwas anderes wahrnahm, als seinen eigenen Löffel, in den er behutsam das Heroin schüttete, Wasser hinzufügte und den Löffel erhitzte, bis die Droge sich auflöste, dann die Flüssigkeit durch Watte in die Spritze zog und sich den Arm abband. Jeder wußte, daß er nicht allein im Raum war, doch keiner schenkte dem, was um ihn vor sich ging, irgendwelche Aufmerksamkeit. Wenn ihre bevorzugte Vene bereit war, hauten sie die Nadel rein und sahen zu, wie das erste Blut in die Flüssigkeit drang und sich oben absetzte, sahen wie hypnotisiert zu, wissend, daß sie gleich einen unheimlichen Flash haben würden, fühlend wie sich ihr Magen vor gespannter Erwartung zusammenzog, und dann drückten sie zu und jagten sich das Zeug in die Vene und warteten auf den ersten Rush, dann zogen sie die Spritze mit ihrem Blut voll und drückten es hinterher, und dann noch einmal und gaben sich dem Strömen ihres Blutes hin und spürten, wie es ihnen zu Kopf stieg und wie ihnen der Schweiß aus den Poren sickerte, dann füllten sie die Spritze mit Wasser und taten ihr Besteck in den Pappbecher mit Wasser und lehnten sich an die Wand und steckten eine Zigarette an, mit langsamen Bewegungen und halbgeschlossenen Augen. In ihnen war alles ruhig und sanft, ihr Leben von allen Sorgen befreit, ihr Sprechen langsamer und ruhiger. Harry fing an, in der Nase zu bohren. He, Mann, dies Zeug is wirklich Klasse. Gogit, Mann, du bist richtig. Ja, goldrichtig. Klar, ich bin der Höchste. Das Gelächter und Gekicher klang leise und träge und ooooh, so cool. He, Mann, schürfst du nach Gold? Harry hatte den kleinen Finger immer noch tief in der Nase, seine Brauen zogen sich, während er weiterbohrte, vor Konzentration zusammen, sein ganzes Sein ging auf in dem sinnlichen Vergnügen an der Suche, der fast orgastischen Befriedigung, die darin lag, etwas Festes zu finden, das mit dem Nagel abgehoben und abgekratzt werden konnte, um es dann behutsam aus dem Dunkel der Höhle ins zärtliche bläuliche Licht zu ziehen und genußvoll mit den Fingerspitzen zu einem Kügelchen zu rollen. Der Klang seiner Stimme umschmeichelte seine Ohren, denn sie spiegelte Zufriedenheit und inneren Frieden wider. Sei friedlich, Mann. Jedem das Seine, Mann. Marion küßte Harry auf die Wange. Ich find dich wunderbar, Hare. Ich seh es gern, wenn jemand seinen Spaß hat. Das Gelächter wurde ein klein wenig lauter, war aber immer noch leise und ooooh, so träge. Scheiße, warum laßt ihr den Kerl nich in Ruhe, soll der doch in aller Ruhe seinen Spaß haben. Muß ne schwere Prüfung sein, als Popel-Freak auf die Welt zu kommen. Ja, immer, wenn er zehn Pfund abnehmen will, bohrt er einfach in der Nase. Das muß ich meiner Schwester sagen. In die paß ich zweimal rein. Die wird jedesmal stocksauer, wenn sie mich sieht. Da brauchstu sie nur aufn Geschmack von H zu bringen und ihr Quadrathintern schmilzt wie Butter in der Sonne, kannstu mir glauben. He, Mann, is fast so gut wie wichsen, wie? He, Harry, kannstu vielleicht noch n Finger brauchen? Scheiße, warum laßt ihr ihn nich endlich in Ruh? Das is fast so gut wie bumsen, stimmts, Harry? Los, Harry, steht er dir schon? Mach weiter. Weiter!!! Harry grinste, als die andern lachten, und nahm sich die Zeit, an seiner Zigarette zu ziehen, dann rieb er sich die Nasenspitze mit dem Handrükken. Ihr gehört alle eingelocht, wegen Behinderung der Religionsfreiheit. Betty schlug ein Kreuz über ihm, Im Namen des Vaters und des Sohnes und des heiligen Poplers. Harry stimmte in das Gelächter ein und Angel drehte das Radio ein wenig lauter und nach und nach fingen sie an, im Takt der Musik zu nicken und mit den Fingern zu schnalzen. He, Angel, irgendwelche interessanten Kunden da draußen? Nein, alle steif wien Brett, hahaha. Auch beim Lachen bewegte Angel den Kopf weiter rauf und runter, und seine Worte drangen blubbernd durch sein Lachen hindurch. Ein Haufen tote Faulenzer. Ich wette, die sehn besser aus als du, Baby. Sag das nich. Ich find Angel niedlich. Ja, haha, wie Graf Dracula. Ich heiße Euch willkommen. Trinkt Euer Blut, bevor es gerinnt. Lucy kicherte ein bißchen und schüttelte den Kopf, möchte mal wissen, was der Kerl hier täte. Hunger leiden. Da sagstu was, Mann. Er braucht nur Gogit zu beißen, dann spart er sich den Goldenen Schuß. Nicht unkomisch, die Vorstellung: n angetörnter Vampir. Harry legte die Arme um Marion und zog sie fest an sich, Sieh dich vor, Baby, oder ich beiß dich in die Kehle, und er begann an ihrem Hals rumzuknabbern. Sie kicherte und wand sich und bald waren beide ermattet und lehnten nur noch an der Wand und grinsten vor sich hin. Im Ernst, Angel, kriegt ihr hier auch mal was Besonderes rein, n paar dufte Bräute oder so? Scheiße, Mann, der Freak is n Leichenschänder. Alle kicherten und kratzten sich. Is okay, Mann. Manche mögens heiß, andere kalt. Gogit, was hastu Fred in sein Zeug reingetan? Marion kicherte und würgte an einem Mund voll Rauch, He, Fred, setz dich drüben hin. Dann fühl ich mich sicherer. Alle lachten und kicherten und rieben sich die Nase, warfen Fred schiefe Blicke zu und zogen zwischendurch an ihren Zigaretten. Der Rauch war jetzt so dick, daß das blaue Licht im Raum aussah, als sei auf irgendeine Weise ein Stück lichtblauen Himmels hineingefallen. Ach Scheiße, es interessiert mich nich, was in dem Zeug drin war, ich will wissen, was er jetzt tun wird. Erst muß er ja was finden. Gestern hatte ich eine da, die war Zucker, also wirklich unheimlich stark. Ne tolle Person, n Rotkopf, n echter Rotkopf, und stoßfest wien Bunker. Soone Sachen hier und ne Kiste, die kein Ende nahm. Fred sah ihn an und sprach so schnell, wie die Droge es zuließ, Ehrlich Mann? Wie alt? Wie soll ich das wissen? Neunzehn oder zwanzig. Scheiße, Mann, das is doch wohl das Letzte. Diese Flasche macht sich Gedanken, wie alt sie war. Er hat Bedenken, Mann, will nich mit ner Minderjährigen erwischt werden. Stimmts, Fred? Alle grinsten übers ganze Gesicht, sie kicherten, ihre Köpfe zuckten hin und her und auf und nieder. Wo is sie? Vielleicht würd Fred sie gern kennenlernen. Betty schüttelte den Kopf und kicherte. Ich will euch mal was sagen, ihr Jungs habt n Schlag weg. Keine Beleidigungen. Ökologisch gesehen is das in Ordnung. Nennt man Recycling. Die Köpfe mit den grinsenden Gesichtern zuckten immer noch hin und her und das Gelächter wurde ein bißchen lauter. Ach Scheiße, ihr weißen Säue seid pervers, Jim, einfach pervers. Ihr redet wie son Haufen verdammter Kannibalen. He Mann, was soll der Wirbel. Ich hab ja bloß höflich gefragt. Das Gelächter wurde ein wenig lauter, ein wenig lebhafter. Woran is sie gestorben? Wer hat gesagt, daß sie gestorben is, sie war ein Gast, hahaha. Die Köpfe hörten auf zu zucken, sie fingen an zu beben. Das war nich schlecht, wie? Hat dich ganz schön angeheizt. Weißtu was, Angel? Du hast den richtigen Job, weil sich in deinem Kopf nichts rührt, genau wie bei denen da draußen. Eine Hand langte hinauf und stellte das Radio lauter und Musik arbeitete sich durch den blauen Rauch hindurch und übertönte das Kichern und Lachen. He, das is mein Mann, der da heult. Alle nickten im Takt zu den Worten. Jawohl, sags ihnen, Baby, wir brauchen wirklich jemand, auf den wir uns stützen, an den wir uns anlehnen können. O lehn dich an mich, Baby, *lehn dich an*! Habt ihr gehört, was der Kerl über ihre Titten sagt, und wie sie die herzeigt? Aber die Beine macht sie nich breit? Was is denn das fürne Komikerin? He Angel, warum bistu nich friedlich, Mann. Sie hatten alle die Augen halb geschlossen, vom Rauch und vom Dope, und in ihren Gesichtern zuckte es und sie lächelten, während sie sich den Worten des Songs hingaben. He Baby, is noch was frei auf deinem Parkplatz? Fred schnalzte ein paarmal mit der Zunge und Lucy konzentrierte ihre Aufmerksamkeit auf den Rauch, der aus ihrer Zigarette zur Decke stieg und sie kriegte genau den Unterschied mit, den Unterschied zwischen der Farbe des Rauches, der dem brennenden Ende entströmte, und dem aus dem Mundstück. Versuchs, dann wirst dus wissen, du Flasche. Ein bißchen Gekicher, Ooooooh, das is ne ganz Abgefuckte, Jim. Plötzlich verstummten sie alle und hörten zu – *du bist mein Traum* –, und sie dachten jeder auf seine Weise, daß sie niemand zum Träumen brauchten, daß dieses Klassezeug das bestens besorgte ...

Bei den folgenden Strophen gerieten sie erneut in Bewegung und kicherten und grinsten und wieherten, Ja, jetzt redst du Sache, Mann, ich brauch jemand, bei dem ichs los werd. Ja, besorgs mir, Baby, aaaahhh. Lucy sah mit halbgeschlossenen Augen zu Fred hin, Sieh nich mich an, Baby, geh zu deiner Mammi. Ooooooh, die is eisern, Jim. Fred kicherte so laut es ging, konnte sich selbst aber trotzdem nicht hören. Er versuchte Lucy anzusehen, konnte jedoch den Kopf nicht heben, er mußte seine Energien sparen, um an seiner Zigarette zu ziehen. Der Gesang ging weiter und sie hörten zu und kosteten jedes Wort aus und ließen es in ihrem Kopf kreisen. Harry steckte sich eine neue Zigarette in den Mund und griff nach Tyrones Zigarette, um seine damit anzustecken, doch Tyrone drehte den Kopf weg und warf ihm eine Schachtel Streichhölzer zu. Harry sah die Schachtel an, hob sie dann langsam auf und fummelte umständlich ein Streichholz heraus, zündete es an, hob die Hand mit dem brennenden Streichholz so hoch es ging und senkte den Kopf so tief es ging und steckte sich seine Zigarette an. Schon gut, behalt sie. Aber laß mich in Ruh. Ach is es hier gemüüütlich. He Mann, spiel das noch mal. Warum, noch nich genug Herzblut? Scheiße, is mir egal, so lange es nich mein Blut is. Mann, das einzige Blut, das ich sehen will, is das in meiner Spritze, bevor ich es zurück in meine Vene knalle. Du hast ein eingleisiges Hirn, Jim. Ja, bloß die Einstiche in seinem Arm sind mehrgleisig. Das Glucksen und Kichern wurde allmählich zu Gelächter, während sie im schnellen Rhythmus der Musik mit den Köpfen nickten, hin und wieder an ihren Zigaretten zogen, auf das triste Grau des Zementbodens blickten, ohne es zu sehen, vollauf davon in Anspruch genommen, wie sie sich fühlten, und Baby, sie fühlten sich gut. Die letzten Töne klangen noch in ihnen nach, als ein neuer Song begann. He, hörstu was sie spielen? Verdammtnochmal, das hab ich zum letztenmal gehört, bevor ich anfing zu fixen. Ach Scheiße, sone alte Scheibe gibts ja gar nich. Marion lehnte bequem an Harrys Schulter, ihre Augen und ihr Gesicht lächelten weich. Weißtu noch, wie oft wir den Typ gehört haben? *Downtown*? Ja ... Die Stimmen so von Nostalgie erfüllt, daß man die Erinnerungen fast durch den blauen Rauch schweben sah, Erinnerungen nicht nur an Musik und Lebensfreude und Jugend, sondern vielleicht, auch an Träume. Sie lauschten der Musik, die jeder auf seine eigene Weise hörte, sie waren lokker und gelöst und empfanden sich als Teil der Musik, als Teil voneinander, und fast als ein Teil der Welt. Und so trieb eine weitere heitere Nacht in der Bronx County-Leichenhalle langsam einem neuen Tag entgegen.

Es klingelte zum zweitenmal und Sarah Goldfarb beugte sich seitwärts zum Telefon, fummelte aber weiter an der Zimmerantenne herum, hin- und hergerissen zwischen dem dringenden Wunsch zu erfahren, wer da anrief, und dem, die Striche, die über den Bildschirm liefen, loszuwerden. Sie stöhnte und verspannte sich und kniff die Augen zusammen und beugte sich immer weiter seitwärts zum Telefon, das immer noch klingelte; die eine Hand streckte sich nach dem Hörer aus, während die Fingerspitzen der anderen fortfuhren, die Antenne zentimeterweise zu verstellen. Ich komme, ich komm ja schon. Legen Sie nicht auf. Sie beugte sich noch weiter zur Seite und streckte den Arm aus, so weit es ging, und wäre fast aus dem Sessel gefallen, konnte sich aber gerade noch halten, Hallo? Mrs. Goldfarb? Mrs. Sarah Goldfarb? Ja, ich bin am Apparat. Die Stimme klang so hell und fröhlich und enthusiastisch und lebendig, daß sie sich dem Fernseher zuwendete, um festzustellen, ob sie vielleicht von dort käme. Mrs. Goldfarb, hier spricht Lyle Russel von der McDick-Fernsehgesellschaft. Sie sah den Hörer an. Sie wußte genau, daß die Stimme aus dem Hörer kam, aber sie klang genau wie die eines TV-Ansagers. Sie hielt zumindest ein Auge auf die Mattscheibe gerichtet, während sie zuhörte und mit Lyle Russel von der McDick Corporation sprach. Mrs. Goldfarb, was würden Sie dazu sagen, in einer der *hervorragendsten und beliebtesten* Sendungen als Kandidatin mitzuwirken? Ooooh, ich? Im Fernsehen? Sie sah immer wieder vom Telefon zum Fernseher und dann wieder zum Telefon und versuchte, beides im Blick zu behalten. Hahaha, ich hab mir doch gedacht, Mrs. Goldfarb, daß Ihnen das Spaß machen würde. Schon die Begeisterung in ihrer Stimme sagt mir, daß Sie genau die Art Frau sind, die wir gern in unserer Sendung hätten. Sarah Goldfarb errötete und zwinkerte, Ich hab es nie für möglich gehalten, vielleicht mal im Fernsehen aufzutreten. Ich bin nur eine – Oh, haha, ich weiß, wie Ihnen zumute ist, Mrs. Goldfarb. Glauben Sie mir, ich finde es genauso aufregend wie Sie, mit diesem phantastischen Medium zu tun zu haben. Ich betrachte mich als einen der glücklichsten Menschen der Welt, weil ich jeden Tag Gelegenheit habe, anderen Menschen, wie zum Beispiel Ihnen, Mrs. Goldfarb, dazu zu verhelfen, in einer Sendung mitzuwirken, auf die nicht nur wir stolz sind, sondern die gesamte Fernsehindustrie – nein, auf die die gesamte *Nation* stolz ist. Harrys Mutter krampfte eine Hand um den Ausschnitt ihres Kleides, sie spürte ihr Herz hämmern, ihre Augen zwinkerten vor Aufregung. Oh, nie habe ich mir erträumt ... Lyle Russels Stimme wurde ernst. Sehr ernst. Mrs. Goldfarb, von welchen Sendungen ich spreche? Haben Sie da irgendeine Vorstellung? Nein ... ich ... Ich seh gerade den Werbespot für *Ajax* und ich weiß nicht, ob ich ... im Fernsehen???? Mrs. Goldfarb, *sitzen* Sie im Augenblick? Wenn nicht, setzen Sie sich bitte sofort hin, denn wenn ich Ihnen sage, um welche Sendungen es sich handelt, wird Ihnen vor Freude schwindlig werden. Ich sitze. Ich sitze schon. Mrs. Goldfarb, ich spreche von nichts geringerem als ... hier brach er plötzlich ab und Sarah Goldfarbs Hand krallte sich noch fester in den Stoff ihres Kleides und sie starrte mit aufgerissenen Augen aufs Telefon und auf den Fernseher, da sie nicht sicher war, aus welchem Apparat die Stimme kommen würde. Als er wieder sprach, war seine Stimme tief, leise und gefühlvoll – Mrs. Goldfarb, wir repräsentieren die Quiz-Shows im Fernsehen. Oooooooh ... Er machte eine effektvolle Pause, bis Sarah Goldfarb sich ein wenig beruhigt hatte, ihr Atem drang hörbar über die Stimmen aus dem Fernseher hinweg zu ihm. Lyle Russels Stimme klang jetzt gebieterisch und dramatisch, Ja, Mrs. Goldfarb, und dazu noch die hochaktuellen – ich sagte hochaktuellen – Shows im kommenden Jahr, Shows, bei denen Millionen von Amerikanern brennend gern dabeisein wollen. Shows, auf die Millionen voll Ungeduld warten – Ich ... ich ... im Fern ... – oh, ich kann nicht – Jawohl, Mrs. Goldfarb, Sie. Ich weiß, was Sie jetzt empfinden, Sie fragen sich, warum gerade Sie so viel Glück haben, wo doch so viele Millionen Menschen alles dafür geben würden, in einer dieser Shows mitwirken zu dürfen – Oh, mir fehlen die Worte ... Nun, Mrs. Goldfarb, ich kann Ihnen sagen, warum Sie das Glück haben, ich glaube, deshalb, weil Gott ein besonderes Plätzchen für Sie in seinem Herzen reserviert hat. Sarah Goldfarb sank gegen die Lehne ihres Sessels, die eine Hand krampfte sich um den Telefonhörer, die andere um den Ausschnitt ihres Kleides. Ihre Augen traten hervor. Ihr Mund stand offen. Zum erstenmal in ihrem Leben vergaß sie ihren Fernseher. Alles Weitere schreiben wir Ihnen, Mrs. Goldfarb. Leben Sie wohl und ... Gott segne Sie. Klick.

Visionen vom Himmelsboten zogen an Harrys Mutter vorbei, als der Psalmist so sänftiglich in ihr Ohr sang, aber das Summen des Hörers in ihrer Hand und die plötzliche Verwandlung einer Flasche mit einem Reinigungsmittel in einen weißen Tornado vertrieb die Engel. Sie atmete tief ein. Dann aus. Das Telefon. Ja. Der Hörer gehört auf die Gabel. Muß aufgelegt werden. Aa haaaaaa. Klick, klack. Sie verfehlte die Gabel. Sie sah den Hörer lange an, hob ihn wieder hoch und legte ihn behutsam auf die Gabel. Im Fernsehen. O mein Gott, im Fernsehen. Was werde ich anziehen? Was muß ich wohl anziehen? Ich sollte ein *hübsches* Kleid tragen. Und wenn nun der Hüfthalter nicht mehr paßt? Es ist so heiß. Sarah sah an sich hinunter, verdrehte die Augen und schlug sie gen Himmel. Vielleicht werd ich n bißchen schwitzen, aber den Hüfthalter brauch ich. Vielleicht sollte ich Diät halten? Ich werd nicht essen. Ich werd dreißig Pfund abnehmen, bevor ich auf dem Bildschirm erscheine. Und dann, mit einem Hüfthalter, seh ich aus wie Spring Boyington – n bißchen ... irgendwie ... Mein Haar! Ada muß mich frisieren. Vielleicht übernehmen die das auch. Oh ... ich hätt ihn fragen sollen ... wen? Wie hieß er? Es wird mir wieder einfallen, wird mir einfallen. Bestimmt. Er hat gesagt, daß sie mir alles Weitere schriftlich mitteilen werden. Das rote Kleid steht mir gut, und dazu – Nein! Rot kommt nicht so gut aufm Schirm. Mit Rot stimmt was nicht, sieht irgendwie komisch aus, unscharf. Und Schuhe und eine Handtasche und Ohrringe und eine Halskette und ein Taschentuch mit Spitze O O O O, Sarah nickte, griff sich an die Schläfen und verdrehte die Augen und hob die Arme, die Handflächen nach oben, dann bog sie die Finger fast bis zur Faust, und preßte die Hände gegeneinander, dann hörte jede Bewegung abrupt auf und sie saß einen Augenblick stocksteif im Sessel, Ich werd mal in den Schrank kucken. Das mach ich. Jetzt gleich. Der Wandschrank. Sie nickte bestätigend und ging ins Schlafzimmer und begann, in ihren Wandschränken zu wühlen, nahm Kleider von Bügeln, hielt sie sich an und warf sie dann aufs Bett, kroch auf Händen und Knien umher und inspizierte die dunkelsten, entferntesten Winkel des Schrankes, fand fast vergessene Schuhe und summte vor sich hin, wortlos, unmelodisch und monoton, wobei sie den Staub von den Schuhen wischte und ein Paar nach dem anderen anprobierte; in einigen schwankte sie unsicher hin und her, und ihre schwieligen Füße quollen über den Rand der Schuhe, wenn sie die Spangen schloß. Sie stellte sich vor dem Spiegel in Positur und besah ihre Schuhe und ihre blau geäderten, wie marmorierten Beine ... Oh, wie sie ihre goldenen Schuhe liebte, alle. Schließlich konnte sie nicht länger widerstehen. Sie zog das rote Kleid an. Ich weiß, daß Rot aufm Schirm nicht so gut kommt, aber das rote Kleid hab ich gern ... das liebe ich. Sie stellte sich in Positur, sah über die Schulter in den Spiegel ... dann über die andere Schulter, raffte das Kleid zu verschiedener Länge, versuchte den Reißverschluß zuzuziehen, gab es jedoch nach anstrengenden Minuten des Ziehens Quetschens Stopfens Zerrens auf, stellte sich in dem hinten offenen Kleid vor den Spiegel und was sie sah, gefiel ihr, da sie es mit den Augen der Vergangenheit betrachtete: sie sah sich in dem prachtvollen roten Kleid und den goldenen Schuhen, als ihr Harry seinen Bar-Mizwa feierte ... Seymour lebte damals noch ... und war noch nicht krank ... und ihr Bubele sah so niedlich aus in seinem – Ah. Das ist vorbei. Vergangen und vorbei. Seymour ist tot und ihr – Ah, ich werd Ada zeigen, wies aussieht. Sie hielt das hinten offene Kleid mit beiden Händen fest, während sie darauf wartete, daß der Werbespot begann, dann ging sie in die benachbarte Wohnung zu ihrer Freundin Ada. Wo gibts ne Party? Party, Schmarty. Das hier is mehr als alle Parties zusammen. Wenn ichs dir erzähle, springst du aus dem Fenster. Aus einem Parterrefenster, hoffe ich. Sie setzten sich ins Wohnzimmer, und zwar beide mit einem Auge und Ohr dem Fernseher zugewandt, und besprachen das bedeutsame Ereignis, dessentwegen Sarah Goldfarb ihr prächtiges rotes Kleid und ihre goldenen Schuhe anhatte, die sie an dem Tag trug, als Harry, ihr Bubele, seinen Bar-Mizwa feierte, dieses gänzlich unerwartete Ereignis von so außerordentlicher Tragweite, daß Sarah vorübergehend so außer sich war, daß sie sogar ein Stück Halwa ablehnte. Sarah berichtete Ada von dem Anruf und daß sie im Fernsehen auftreten sollte. Sie, Sarah Goldfarb, sollte im Fernsehen auftreten! Ada starrte sie einen Augenblick an (mit einem Ohr kriegte sie die Schlußszene der Seifenoper mit). Ehrlich? Nimmst du mich nich aufn Arm? Warum sollte ich dich aufn Arm nehmen? Wozu hab ich mich wohl feingemacht? Fürn Supermarkt? Ada starrte sie weiter an (die verklingende Musik sagte ihr, daß die Szene zu Ende war. Sie wußte instinktiv, daß nun ein Werbespot kam, schon bevor der Ton wieder anschwoll und die Explosion auf dem Bildschirm stattfand). Möchtest du ein Glas Tee? Sie stand auf und ging in die Küche. Sarah folgte ihr. Das Wasser kochte bald und sie kehrten mit einem Glas Tee in der Hand ins Wohnzimmer zurück, wo die Werbung gerade zu Ende ging, und setzten sich genauso hin, wie vorher: ein Auge und ein Ohr dem Fernseher zugewandt. Sie sprachen dies und das und kamen immer wieder zurück auf die Unfaßbarkeit des kommenden Ereignisses in Sarah Goldfarbs Leben, eines Ereignisses von so gewaltigen Ausmaßen und solcher Tragweite, daß es Sarah mit neuem Lebenswillen erfüllte, da es die Verwirklichung eines Traumes war, der ihren Tag erhellte und auch ihre einsamen Nächte weniger dunkel erscheinen ließ.

Harry und Tyrone C. gingen durch den Park und hatten alle Hände voll damit zu tun, den Kindern auszuweichen, die schreiend umherrannten oder auf Rollschuhen oder Skateboards an ihnen vorbeiflitzten. Sie wußten nie, von welcher Seite ein Überfall kommen würde. Scheiße, ich weiß nich, warum die Sommerferien haben müssen. Sie sollten die kleinen Drecksgören das ganze Jahr über zur Schule gehen lassen. Is das dein Ernst? Da würde in der Schule kein Stein auf dem andern bleiben. So werden zumindest Steuergelder eingespart. Das is ja wohl das Letzte, dieser Scheißer hat noch nie in seinem Leben gearbeitet und sorgt sich um die Steuerzahler. He, Mann, man muß sich um diese Dinge sorgen. Was is los mit dir, hastu kein Verantwortungsgefühl? Ooooooh, hör dir diesen Scheiß an, diese Flasche hat sie nich alle. Los, Baby, sehn wir zu, daß wir was in nen Bauch kriegen, du bist ernstlich gefährdet. Sie schlenderten zu einem Imbißwagen und kauften sich jeder zwei Würstchen mit Zwiebeln, Senf und Paprika und eine Flasche Soda. Als sie das intus hatten, entfernten sie sich so weit wie möglich vom Spielplatz und legten sich ins Gras. Weißtu, das war mir ernst mit der Unze, die wir uns beschaffen müssen. He, Baby, ich hab null Kohle. Also hörn wir auf rumzuquatschen und sehn zu, daß wir an das Zeug rankommen. Ach Scheiße, wie denn? Wir haben kein Kies. Ehrlich? Ich dachte, wir hätten n ganzen Sack voll. n Sack schon, aber – Also Schluß mit dem Scheißgelaber, denken wir lieber darüber nach, wie wir an Kies kommen. Wieviel brauchen wir? Ich weiß nich genau. n paar Hunderter. Am besten, wir kreuzen mit vierhundert auf, da weiß man wenigstens, daß man genug bei sich hat, egal, was passiert. Bist du sicher, daß Brody uns ne Unze beschaffen kann? Mann, was zum Teufel redst du da? Natürlich bin ich sicher. Auch wenn er seinen Anteil abgezweigt hat, haben wir noch genug, um die Hälfte davon aufs Doppelte zu strecken und unser Geld zu verdoppeln. Für uns bleibt dann immer noch schön was übrig. Genau. Sein Zeug is bestimmt Klasse. Aber ich will nich wirklich einsteigen, Mann. Ich will nich ausflippen und mir alles vermasseln. Da hastu verdammt recht. Immer hübsch cool bleiben und wenn wir wollen, haben wir n Haufen rotznäsige Fixer, die das Zeug für uns dealen. Ja, das is das einzig Richtige, Mann. Ich hab gesehen, wie so Typen ausgeflippt sind und sich alles vermasselt haben und dann landeten sie im Knast. Dazu sind wir zu smart, Baby. Jawohl. Sie schlugen einander auf die Handflächen. Also, woher nehmen wir die Mäuse? Weiß nich, Baby, aber ich will nich jemand dafür einen über die Rübe knallen. Ich war noch nie im Knast und so solls auch bleiben. O Mann, sei friedlich. Was bin ich, ein Gangster? Der alten Dame ihr Fernseher is ne Sache für sich, aber n Raubüberfall is was anderes. Wir könnten *hot dogs* verkaufen. Klar, wer schiebt den Wagen? Sieh nich *mich* dabei an, Baby, ich bin Geschäftsmann. Hahaha, das wär vielleicht n Anblick ... Jesus, ich seh dich schon die Brötchen aufschneiden und ich knall das Würstchen rein und dann werfen wir ne Münze in die Luft, wer den Senf drauftut. Aber jedenfalls wärn wir nie hungrig. Darüber mach ich mir keine Gedanken, Mann. Los, Ty, denk nach. Es muß n Weg geben, wie wir auf die Schnelle zu n paar Hundertern kommen. Sie rauchten und blinzelten und kratzten sich, dann schnippte Tyrone seine Kippe in die Gegend und rieb sich den Kopf, das heißt: er schlug eigentlich dagegen, als wolle er die grauen Zellen aktivieren ... oder sich von Juckreiz oder eventuellen sonstigen Beschwerden befreien. Weißtu, da gibts son paar Macker, die gehn so um vier oder fünf Uhr morgens zu nem Zeitungsverlag und lassen sich anheuern, zum Beladen der Lkws. Was kriegen die? Ich weiß nich, Mann, aber ich weiß, daß sie immer gut in Schale sind und mitm flotten Schlitten rumfahren. Ehrlich? Harry sah Tyrone eine Weile an. Hmmmmmmm. Was meinst du? Tyrone rieb sich immer noch den Kopf, aber jetzt sanfter. Also Mann, ich muß dir sagen: scharf bin ich nich drauf, auf Arbeit, mein ich, ich mach mir ebenso wenig draus wie du. Ja ... fünf Uhr morgens. Jesus. Ich dachte, sogar Barmixer schlafen um diese Zeit ... aber ... Harry fuhr fort, vor sich hinzustarren und Tyrone C. Love fuhr fort, sich den Kopf zu reiben. Was meinst du? Ich weiß nich, Baby ... Aber vielleicht könnten wir doch mal hinlatschen und sehen, was da läuft. Harry zuckte die Schultern, scheiß drauf, warum nich? Tyrone hörte auf, sich den Kopf zu reiben, und sie schlugen einander auf die Handflächen und standen auf und schlenderten vom Rasen zum Gehweg rüber und dann den Weg entlang durch den Park zur Straße, während ein paar Spatzen im Sturzflug herabstießen, um ihren Anspruch auf einige Kekskrümel geltend zu machen. Harry meinte, er sollte jetzt, da sie ja arbeiten würden, besser nach Hause gehen, damit er auch bestimmt früh genug aufstand. Wenn ich der alten Dame sage, daß ich n Job hab, weckt die mich, soviel steht fest. Da wern wir wohl um vier rum aufstehn müssen, wie? Damit wir auch wirklich zeitig genug dort sind ... vier Uhr morgens, klingt unmöglich. Denk an die Unze reinen Stoff, Baby, das reißt dir den Hintern von der Matratze. Und dann kommstu bei mir vorbei und weckst *mich*. Darauf kannstu einen lassen. Wenn *ich* aufstehn muß, stehst du auch auf. Sie lachten und schlugen einander auf die Handflächen und Harry war gerade im Begriff, kehrtzumachen und mit der neuen Zeiteinteilung zu beginnen, die sie zu Boss-Dealern machen würde, als sie einen Bekannten die Straße entlanglaufen sahen. He, was is los, Baby? Du rennst, als ob die Bullen hinter dir her sind. Wohin so eilig? Ihr kennt doch Little Joey, der Kleine mit dem aufgeschlitzten Ohr? Na klar. Der von der andern Straßenseite. Ja, genau. Er und Tiny und noch n anderer hatten sich gerade was von Windy besorgt und bevor Joeys Spritze leer war, war er tot. Überdosis. Wie nix. Sie sagen, es wär nur n kleiner Schuß gewesen und er war tot. Tiny hat nur ne Prise von dem Stoff geschnupft, nur, um die Nerven nicht zu verlieren, versteht ihr? Und war sofort breit. Ehrlich? Im Ernst? Ja, jedes Wort wahr. Warum, glaubt ihr, hab ichs so brandeilig, zu Windy zu kommen? Ich will da sein, bevor er weiß, was er da hat. Der Scheißer hängt schon so lange an der Nadel, daß er sogar von Eselspisse nich mehr breit wird. Harry und Tyrone schlossen sich ihm an, um auch möglichst schnell bei Windy zu sein. Arbeiten gehen konnten sie noch ein andermal, aber die Chance, an so reinen Stoff zu kommen, hat man nicht jeden Tag.

Am nächsten Abend hatten sie immer noch was übrig, so Klasse war der Stoff. Mann, da hatte einer Scheiße gebaut. Das Zeug hätte mindestens eins zu sechs gestreckt werden können. Scheiße, es sollte besser nich allzuviel davon geben, Jim, sonst gibts ne Menge Tote in dieser Stadt. Mann, was solls, n paar Tote mehr oder weniger, in *dieser* Stadt. Ja, aber das macht die Bullen wild, die wolln dann rauskriegen, was los ist.

Sie fühlten sich wohl und fanden, es hätte keinen Sinn, morgen früh arbeiten zu gehen, es waren ja auch nur noch ein paar Stunden bis dahin. Es hatte keinen Sinn, sich einen guten Trip mit Arbeit zu verderben. Sie beschlossen, bei Tony vorbeizugehen, Mal sehen was da läuft.

Die Straßen waren voll von dem lärmenden Treiben und Tun einer Sommernacht. Die Vorplätze und Feuerleitern der Häuser wimmelten von Menschen, und Hunderte spielten Domino oder Kartenspiele, die Spieler umringt von Kiebitzen, und Bierdosen und Weinflaschen machten die Runde. Kinder rannten dicht an den Spielenden vorbei und die brüllten sie ganz automatisch an, ohne vom Spiel aufzusehen oder den Schluck aus der Flasche auszulassen. Es war ein schöner Abend. Ein wohltuender Abend. Irgendwo schien es Sterne zu geben, und es machte keine Schwierigkeiten, nicht in Müll oder Hundedreck zu treten. Ein wirklich wunderbarer Abend.

Tony lebte im zweckentfremdeten Speicher einer stillgelegten Fabrik. Zweckentfremdet hieß in diesem Falle allerdings nur, daß am einen Ende des Raumes ein Bett stand, und am anderen ein Ofen und ein Kühlschrank. Dazwischen gab es jede Menge Platz. Meistens hingen bei Tony ne ganze Menge Leute rum, die sich antörnten, mehr und immer mehr, oder sich fragten, warum sie noch nicht breit waren. Als Harry und Tyrone anlangten, hockten nur ein paar Leute am Boden. Tony saß in dem einzigen Sessel, einem riesigen, vergammelten Polstersessel, aus dem die Füllung rausquoll, mit ausladenden seitlichen Kopfstützen, die aussahen, als würden sie sich jeden Augenblick fest um Tony schließen und ihn verschlingen und verdauen, und er würde irgendwo in der dunklen, staubigen Ecke eines Trödelladens auf dem Regal landen und auf die Katze hinunterstarren, die auf dem Boden saß und zu ihm hinaufstarrte, ein Schild um seinen Hals: Nicht verkäuflich. Er sah fern. Der Apparat war ein großes, altmodisches Schrankgerät, das passende Gegenstück zum Sessel, und dem Speicher durchaus angemessen. An einer Schnur um Tonys Hals hing eine chinesische Wasserpfeife. Der Pfeifenkopf war mit Haschisch gefüllt und er nahm, unverwandt auf den Bildschirm starrend, von Zeit zu Zeit einen Zug. Ein paar Leute saßen im Kreis um eine Huka; das Gefäß auf dem Boden war statt mit Wasser mit Wein gefüllt, und der Pfeifenkopf mit Marihuana und einem Stück Hasch obendrauf. Marion hatte gerade einen Zug genommen, als Harry und Tyrone aufkreuzten. Sie hockten sich zu den anderen. Wie gehts, Mann? He, Baby, was gibts Neues? Neues? Immer der alte Schnee, Mann. Die

Pfeife wurde Harry in die Hand gedrückt und er zog ein Weilchen an ihr und gab sie an Tyrone weiter. Als Harry endlich ausatmete, beugte er sich ein wenig zurück und sah Marion an. Wie gehts? Ach, immer dasselbe. Harry deutete mit dem Kopf auf die Huka, Der Stoff da is wirklich super. Mmmh. Ich spürs ganz schön im Kopf. Keine Probleme mehr. Harrys Augen waren halb geschlossen, auf seinem Gesicht lag ein entspanntes Lächeln. Das hab ich mir gedacht. Du siehst heute wirklich prima aus. Marions Gesicht verzog sich plötzlich zu einem Grinsen und sie kicherte, Soll das n Kompliment sein oder willstu meine Eltern verleumden? Harry breitete die Arme aus und zuckte die Schultern, auf seinem Gesicht lag nach wie vor das schläfrige Lächeln. Manchmal bin ich nich ganz da, wenn ich bedröhnt bin. Marion kicherte ein bißchen lauter, Kann schon sein, aber jedenfalls viel umgänglicher. Weißt du, dein Lächeln ist wirklich nett, wenn du relaxed bist, so wie jetzt. Harry lachte, dann beugte er sich noch ein bißchen näher zu ihr, Mir bleibt keine Wahl, Baby, ich fühl mich so relaxed, daß ich das Gefühl hab, gleich löse ich mich auf. Marion lachte und drückte Harrys Hand, dann griff sie nach dem Schlauch, nahm einen Zug aus der Pfeife und gab sie an Harry weiter. Er lachte, Das is genau das, was ich im Augenblick brauche ... du weißt schon, irgendwie, um die Hemmungen loszuwerden, stimmts? Marion schüttelte den Kopf und bemühte sich, nicht zu lachen, solange sie den Rauch in den Lungen hatte. Tyrone schob das Mundstück näher an Harrys Gesicht, Los, Mann, diesen Quatsch kannstu später abziehen. Nimm dir deinen Zug und gib sie weiter. Harry nahm, so konzentriert wie möglich, einen tiefen Zug und gab das Mundstück Fred. Tyrone sah zu, wie Fred daran zog, schiere fünf Minuten, ohne abzusetzen, und das Haschisch drohte in Flammen aufzugehen, so hell glühte es auf. Verflucht, dieser Stinker saugt noch das ganze Hasch in sich hinein. Seht mal nach, ob er nich n Loch im Hinterkopf hat, irgendwo muß es doch rauskommen. Endlich setzte Fred ab und gab die Pfeife an Tyrone, ein breites stumpfes Lächeln auf dem Gesicht, und brummte, immer noch den Atem anhaltend, Werd nich gierig, Baby. Tyrone hatte beide Hände um den Schlauch geklammert und fing an zu lachen, und die andern fingen an zu kichern, und Tyrone sah auf den Boden und schüttelte den Kopf, dann sah er wieder hoch und sah Fred an, der immer noch breit und töricht vor sich hin grinste, und Tyrone lachte lauter und lauter, und die andern begannen auch zu lachen und den Kopf zu schütteln, sie mußten alle Fred ansehen, ob sie wollten oder nicht, dessen törichtes Grinsen immer breiter und immer törichter wurde und dann war der Punkt erreicht, an dem sie, so sehr sie sich auch darum bemühten, nicht aufhören konnten zu lachen, und Fred hielt immer noch den Atem an, obwohl er zu ersticken glaubte und sein Gesicht rot wurde und immer röter und seine Augen aus den Höhlen traten, und Tyrone deutete immer wieder auf ihn und schüttelte den Kopf und lachte und blubberte, Schei ... Schei ... bis Fred endlich die Luft ausstieß und rasch wieder einatmete und den Kopf vor- und zurückwarf, Verdammtnochmal, und die andern lachten wie verrückt, und Tony nahm einen Zug aus seiner Pfeife und runzelte die Stirn, weil der Krimi von einem Werbespot unterbrochen wurde, dem weitere folgten, und dann kam eine Pause und dann noch ein paar Werbespots, und Tony zog an der Pfeife und rückte in seinem Sessel hin und her und knurrte in sich hinein, das sei eine gottverdammte Scheiße, er wolle den gottverdammten Krimi sehen und nicht irgend son Scheiß-Hundefutter, und dann fing er an zu brüllen, Los, du Scheißtöle, steck ihr doch die Nase untern Rock. Was is los, magst du keinen Fisch? He? Du magst keinen Fisch, du beschissene schwule Hundesau. Die andern hatten aufgehört zu lachen und rauchten eine Weile nicht und lehnten sich zurück und hörten der Musik zu und unterhielten sich leise und sahen hin und wieder zu Tony rüber und hörten ihm zu und das Kichern begann erneut. He, Baby, du solltest in Harrys Gegenwart besser nichts über Schwule sagen, das könnte seine Gefühle verletzen. Fred setzte wieder sein schwachsinniges Grinsen auf, woher weißt du, daß er ne Tunte is. Vielleicht is er ja n kesser Vater, und er barst plötzlich vor Lachen, verdammt, das kitzelt mir die Scheiße ausm Hintern, Hahahahahaha, dann wär die Tante n Onkel, hahahahaha, verdammt, hahaha, und Tony knurrte immer noch unverständliches Zeug vor sich hin, und die andern kicherten und lachten und sahen Fred an, der lachend seinen Kopf schüttelte und als sein Gelächter abebbte, anfing, etwas von Tanten und Onkeln zu labern, und wieder begannen alle zu kichern, und Tony stand auf, die Wasserpfeife um den Hals, und ging zur Kommode und nahm etwas aus einer Schublade und ließ sich wieder in seinen Sessel fallen, verschwand hinter den ausladenden Kopfstützen und tat ein neues Stück Hasch in den Pfeifenkopf und steckte es in Brand und nahm ein paar tiefe Züge, während endlich die Fortsetzung des Krimis begann. Dann lehnte er sich zurück und sah unbeweglich und schweigend auf den Bildschirm. Endlich war Fred erschöpft und unfähig weiter zu lachen, aber er schüttelte immer noch den Kopf und grinste, und die andern vermieden es ihn anzusehen, denn wenn sie es taten, fingen sie wieder an zu lachen, und sie hatten alle schon Seitenstechen und sahen überallhin, nur nicht auf Fred, und Harry und Marion rückten ein wenig von den anderen weg und machten es sich, halb an die Wand gelehnt, auf ein paar alten Kissen bequem und lauschten mit einem Ohr auf die Musik und wandten den größten Teil ihrer Aufmerksamkeit dem anderen zu. Lebst du jetzt allein oder mit jemand? Nein, allein. Das weißt du doch. Harry zuckte die Achseln, He, woher soll ich das wissen? Das letzte Mal, als ich bei dir war, wohntest du, soviel ich weiß, nicht allein, stimmts? Mein Gott, das ist Monate her. Is das schon so lange her? Die Zeit rast, wie? Manchmal. Manchmal scheint sie stillzustehen. Als stecke man in einem Sack und könne nicht raus, und jemand sagt einem immerzu, daß es mit der Zeit besser werden würde, aber die Zeit scheint stillzustehn und dich auszulachen, scheint über dich und deine Leiden zu lachen ... Und dann endlich gehts weiter und es ist sechs Monate später. Als hättest du gerade deine Sommerkleider vorgeholt und schon ist Weihnachten und dazwischen liegen zehn Jahre Leid. Harry lächelte, Jesus, ich hab doch bloß Hallo gesagt, und du erzählst mir deine Lebensgeschichte. Aber ich bin froh, daß es dir gutgeht. Marion lachte und Harry steckte sich einen Joint an und nahm rasch ein paar Züge und gab ihn dann Marion. Tony begann in seinem Sessel hin und her zu rücken, da er die kommende Katastrophe spürte. Er ging völlig in der Sendung auf und überlegte, wie der Bösewicht, dem seine volle Sympathie gehörte, es wohl anstellen würde, den strahlenden Helden fertigzumachen und ihm das Weib wegzunehmen, doch etwas in ihm wußte genau, daß der verdammte Fernseher gegen ihn war, daß er sich nur Zeit ließ, um ihn dann desto sicherer zu schnappen. Er setzte die Pfeife erneut in Brand und nahm ein paar tiefe Züge und schnüffelte dann am Hasch und starrte auf den Apparat, Mach mich bloß nich an, du Scheißkasten. Ich warne dich. Er hörte auf zu zappeln und lehnte sich wieder zurück und entschwand dem Blick erneut. Marion kicherte in sich hinein. Der hat wirklich seine private S/M-Szene mit dem Ding da, wie? Ja. Er is wie n Kerl bei ner Frau, die ihn nich ranläßt. Auch die andern sahen hin und wieder zu Tony rüber und lächelten und hatten, wie schon viele Male zuvor, ihren Spaß, mehr Spaß, als sie je an irgend etwas hätten, was auf dem Bildschirm, auf den er starrte, passierte. Soll ich dir mal was sagen, Mann, er glaubt, er hat seine alte Dame vor sich. Unsinn, er hat noch nie so mit seiner alten Dame gesprochen. Sie lachten und hörten wieder der Musik zu, unterhielten sich und rauchten. Harry lehnte sich leicht an Marion und sie strich ihm langsam übers Haar, während sie der Musik zuhörten. Von Zeit zu Zeit hob er träge die Hand und ließ die Fingerspitze über eine ihrer Brustwarzen gleiten oder er liebkoste eine ihrer Brüste mit der Handfläche, sehr behutsam und zart, wie absichtslos und fast träumerisch. Er sah zu, wie seine Fingerspitze über die vorstehende Brustwarze glitt, und er sah sie im Geiste nackt vor sich und dachte daran, ihre Bluse zu öffnen und ihre Brustwarze mit den Lippen zu umschließen, aber irgendwie schien das im Augenblick eine zu aufwendige Unternehmung zu sein und so schob er es auf, bis später, und begnügte sich damit, der Musik zuzuhören und sich der fließenden Bewegung ihrer Hand auf seinem Kopf zu überlassen und sich immer willenloser diesem lustvollen, ziehenden Sog auszuliefern. Weißtu was, Baby, das is besser wie n Trip. Es törnt mich an. Mich auch. Ich hab lockiges Haar immer schon gern gemocht. Es fühlt sich gut an. Man kann nicht einfach durchfahren, wie bei glattem Haar. Es widersetzt sich. Als hätte es ein Eigenleben, und es ist irgendwie aufregend, wenn man sich als der Stärkere erweist, und Marion sah zu, wie ihre Finger durch Harrys Haar fuhren und wie die Spitzen der Haare sich ringelten und wippten, während ihre Finger sich hindurcharbeiteten, und dann wickelte sie sich eine Locke um den Finger und sah, wie sie sich zusammenzog wie eine Uhrfeder und wieder entrollte, und dann ließ sie sich von dem Haar die Handflächen liebkosen und schloß die Hand und hob sie langsam und spürte, wie die Haarlocken langsam durch ihre Finger glitten, und ihr wurde bewußt, daß sie ihrer Liebkosung einen bestimmten Rhythmus verlieh, der sich dem Rhythmus ihres Atmens anpaßte, und sie wurde ein Teil ihres Atmens und ließ sich von den kleinen Wellen forttragen, die sie prickelnd durchfluteten, als Harry ihre Brustwarze zwischen den Fingerspitzen hin und her rollte und sich ihre rosige Brustwarze nackt vorstellte und wie es wohl wäre, sie mit den Lippen zu umschließen, als Tony plötzlich wieder auf den verfluchten Fernseher einschrie, Sieh dich vor, du Scheißkasten. Ich warne dich, du mistiges Drecksding, jetzt hab ich aber genug von dieser Scheiße, und er wand sich im Sessel und starrte wütend auf den Bildschirm, und Tyrone kicherte sein Kichern, Soll er ruhig seinen Apparat anpöbeln, ich hoff bloß, daß das Scheißding nich plötzlich zurückpöbelt, weil – dann hauts mich um und ich hau ab, Jim. Er nahm einen tiefen Zug aus der Pfeife und wandte den Kopf ab, damit er das schwachsinnige Grinsen von Fred nicht sah, der immer wieder versuchte, ihn zum Lachen zu bringen, weil er dann vor Würgen und Husten den Rauch nicht würde bei sich behalten können, und jemand brachte ein Fläschchen mit Amylnitrit zum Vorschein und öffnete es und hielt sich mit dem Finger ein Nasenloch zu und schnüffelte ausgiebig, bis ihm jemand den Popper aus der Hand riß und das Fläschchen erst ihm und dann sich unter die Nase hielt, und beide ließen sich auf den Boden fallen, kichernd lachend brüllend, und Tony beugte sich in seinem Sessel vor, Ich habs gewußt, ich habs doch gewußt, daß die Saukerle es schaffen, die machen mich fertig, fix und fertig, die dreckigen Stinker, die widerlichen dreckigen Stinker, und Harry und Marion kauerten plötzlich, als der Geruch des Poppers ihre Nasen kitzelte, ganz still da, dann setzten sie sich auf und beugten sich vor und schnupperten und sahen auf die herumsitzenden herumliegenden kichernden wiehernden Leute, He, Mann, laß uns auch mal, und ein gelber Popper kam durch die Luft gesegelt und Harry fing ihn auf, und sie legten sich zurück, eng aneinandergeschmiegt, und Harry öffnete das Fläschchen und beide atmeten tief ein und hielten einander umarmt, als es in ihnen zu vibrieren begann; in ihren Köpfen wirbelte es und einen Augenblick war ihnen, als würden sie sterben, doch dann fingen sie an zu lachen und drängten sich noch näher aneinander und rieben sich, den Popper zwischen ihre Nasen geklemmt, lachend aneinander und Tony beugte sich noch weiter vor, Ihr beschissenen Stinker, jetzt hab ich aber genug von euren Scheiß-Damenduschen, ihr Arschlöcher, und er hob die rechte Hand und richtete die alte 22-er Sportpistole auf den Bildschirm, ich laß mich nich länger von euch anmachen, ich laß mich von euren dämlichen Krimis nich mehr verarschen, erst macht ihr einen scharf und wenn man wissen will, wies weitergeht, kommt ihr mit dieser Werbescheiße, und alle hatten einen Popper im Nasenloch und wälzten sich und kratzten sich und schwitzten und lachten, und Tony starrte noch wütender auf den Apparat, Ihr habt mich jetzt lange genug verarscht mit eurem Scheißhundefutter und eurem Intimspray und Achselspray und eurem desodorierenden Scheißhauspapier, er brüllte lauter und lauter, sein Gesicht war so rot wie das der anderen, die hinter ihren Poppern schwitzten und ihm zuhörten und zusahen, mit von Schweiß brennenden Augen, hysterisch vor Lachen, HABT IHR MICH VERSTANDEN? HE? ICH HAB JETZT GENUG VON DIESEM SCHEISSDRECK, IHR STINKER! und er drückte ab und die erste Kugel schlug genau in die Mitte des Bildschirms ein und es gab eine mittlere Explosion, die für einen Augenblick das hysterische Gelächter und Tonys Gebrüll übertönte, und Funken und Flammen schossen hervor und große Brocken dicken Glases flogen wie Geschosse durch den Raum, während Rauch aufstieg und den Apparat einhüllte, und Tony stand auf und schrie hysterisch, JETZT HAB ICH DICH, DU SCHEISSGLOTZE? HAHAHAHAHAHAHAHAHAHAHAHAHA, und er jagte noch eine Kugel in den sterbenden Fernseher, DU KRIEGST, WAS DU VERDIENST, HAHAHAHAHAHAHAHAHA, und noch ein Schuß in das in sich zusammenfallende Gerät, WIE GEFÄLLT DIR DAS? HE? WIE GEFÄLLT DIR DAS? DU BESCHISSENES SCHEISSDING DU, und er rückte langsam zum Fernseher vor und feuerte noch einmal in die rauchenden Überreste des einst so eleganten Apparats, HAST WOHL GEDACHT, DU KOMMST UNGESCHOREN DAVON, HE? HAST DU DAS, HE? Und die anderen sahen ihm immer noch zu und lachten und schüttelten sich, als er auf den Apparat zuging und noch eine Kugel abfeuerte und dann stehenblieb und sich über ihn beugte und den letzten Schuß auskostete, und hämisch grinsend auf die schwelenden Trümmer hinunterstierte und zusah, wie die Funken zuckend umhersprangen, am Kabel entlangkrochen und, als sie den Stecker erreichten, knisternd barsten, und Rauch stieg von der verkohlten Leitung und der Buchse hoch, und Speichel begann aus Tonys Mund zu tropfen, als er den Apparat unter seinem Blick erzittern sah, bebend und um Gnade flehend, um eine letzte Chance, Ich will es nie wieder tun, Tony, *bitte, bitte*, gib mir noch eine Chance, Tony, ich will es wiedergutmachen, ich schwöre, ich schwöre es beim Leben meiner Mutter, daß ich es wiedergutmachen werde, Tony, und Tony lächelte hämisch auf den bittenden, bettelnden Apparat hinunter, voller Verachtung für das wimmernde Drecksding, CHANCE??? CHANCE????? ICH WERD DIR ZEIGEN, WAS NE CHANCE IST, UND DAS NICH ZU KNAPP, HAHAHAHAHAHAHA, DU KANNST NICH MAL WIEN MANN STERBEN, DU DRECKIGES BESCHISSENES SCHEISSDING, bitte, Tony, bitte ... schieß nicht, bi – HALTS MAUL, MEMME, und Tonys Gesicht schwoll vor Verachtung, während er sich hinkniete und dem Apparat direkt ins Auge sah, und dann seine leise tückische Stimme, Hier hastu deine Chance, und er feuerte seinen letzten Schuß ab, hinein in den zitternden, immer noch flehenden Fernseher, der nach dem *coup de grâce* noch ein wenig bebte, und ein letzter Funke sprang mit einem Satz über eine verkohlte Stelle und zischte davon, in die Ewigkeit, während ein letzter Rauchfaden sich hochschraubte und sich mit dem Marihuana- und Haschisch- und Zigarettenrauch und der poppergeschwängerten Luft vermengte und durch alle vorhandenen Ritzen und Spalten die Freiheit suchte, um sich in der Atmosphäre aufzulösen. Tony zuckte die Schultern und rammte die Pistole in den Gürtel, Ich hab dich gewarnt, er zuckte wieder mit den Schultern, niemand legt sich mit Tony Balls an, verstanden? Er hockte sich zu den andern und nahm den Popper, den man ihm anbot, und hielt ihn an die Nase und ließ sich auf den Boden fallen und lachte mit den andern, als jemand kichernd ein Gebet für den Verblichenen sprach, und Harrys und Marions Körper rieben sich, lachend und einen neuen Popper zwischen ihre Nasen geklemmt, weiterhin aneinander, in hautnaher Umschlingung, und die Musik trieb weiter dahin durch den Rauch und das Lachen und Gelächter und die Ohren und Köpfe und Hirne und Seelen hindurch und kam auf der anderen Seite wieder heraus, unverändert und unberührt, und alle fühlten sich gut, Mann, echt gut, als seien sie gerade von einer Mordanklage freigesprochen worden oder hätten den Mount Everest bezwungen oder seien euphorisch wie nach einem Sturzflug oder vogelgleichem Schweben durch die Lüfte, wie son großer Vogel, Mann ... ja ... als seien sie plötzlich aller Fesseln ledig, als seien sie plötzlich frei ... frei ... frei ...

Sarah Goldfarb saß in ihrem Fernsehsessel, lackierte sich die Fingernägel und sah fern. Sie hatte eine lange Übung darin, alles während des Fernsehens zu tun, und zwar zu ihrer eigenen Zufriedenheit, ohne daß ihr ein Wort oder eine Bewegung entging. Vielleicht wurde es manchmal nicht ganz tadellos, vielleicht bekamen manchmal auch die Finger ein bißchen Lack ab und es sah zum Schluß nicht ganz ordentlich aus, aber wer würde das schon bemerken? Aus einiger Entfernung wirkte es durchaus fachmännisch. Und selbst, wenn nicht, was war schon dabei? Nebbich. Für wen brauchte sie sich schon die Nägel zu lackieren. Wer würde schon feststellen, daß es ihr nicht ganz gelungen war? Darüber brauchte sie sich keine Gedanken zu machen. Ebensowenig wie über Nähen Bügeln Putzen, die Hauptsache war, daß sie dabei mit anderthalb Augen fernsehen konnte. Auf die Weise waren der Tag und das Leben zu ertragen. Sie streckte eine Hand aus und betrachtete ihre Nägel und starrte durch die gespreizten Finger hindurch auf den Bildschirm. Als sie ihre Finger ansah, gab sie sich der optischen Täuschung hin, es handle sich um viele übereinandergelegte Finger, durch die sie hindurchsähe. Sie lächelte und betrachtete prüfend die andere Hand. So ein schönes Rot. Prachtvoll. Paßt so gut zum Kleid. Ein paar Pfund abnehmen, und das Kleid sitzt wie angegossen. Als sie sich bewegte, glitt ihr das Oberteil von den Schultern und sie raffte es im Rücken zusammen und lehnte sich zurück, damit es nicht mehr verrutschen konnte. Sie liebte das rote Kleid. Sie würde es schon schaffen, abzunehmen. Sie konnte ja für alle Fälle immer noch die Nähte ein bißchen auslassen. Die Leihbibliothek wird Diät-Bücher haben. Morgen geh ich hin und hol mir die Bücher und fang mit einer Abmagerungskur an. Sie steckte sich noch eine Cremepraline in den Mund, ließ den Schokoladenüberzug langsam schmelzen und schmeckte, wie sich die Cremefüllung langsam mit der Schokolade vermischte, dann zerdrückte sie die Praline zwischen Zunge und Gaumen und lächelte und schloß halb die Augen, als kleine Schauer des Entzückens durch ihren Körper liefen. Sie bemühte sich mit allen Kräften, die Praline langsam im Munde zergehen zu lassen, aber so sehr sie auch gegen das Verlangen ankämpfte, sie zu zerkauen – es war vergebens. Ihre Augen öffneten sich plötzlich weit und ihr Gesichtsausdruck wurde ernst und starr, als sie kräftig auf der Praline herumkaute und sie ein paarmal im Mund herumdrehte und dann hinunterschluckte und sich mit dem Handrücken über die Mundwinkel fuhr. Die haben ne Menge Bücher in der Bibliothek. Ich werd mich erkundigen, welches ich nehmen soll. Eines, mit dem es schnell geht. Vielleicht holen die vom Fernsehen mich schon bald, und darum muß ich auch bald ins rote Kleid passen. Sie starrte auf den Bildschirm und kriegte auch die Handlung und die Worte mit, doch ihre Gedanken richteten sich nach wir vor auf die Pralinenschachtel auf dem Tisch neben ihrem Sessel. Sie wußte genau, wie viele noch übrig waren ... und auch, was für welche. Vier. Drei mit bitterer Schokolade, eine mit Milchschokolade. Die helle Praline war eine mit Milchschokolade überzogene Kirsche in Kirschsirup. Die anderen drei Pralinen: eine mit Karamel, eine mit Paranuß und eine mit Nougat. Die Kirschpraline kam zuletzt. Sarah hatte sie vorsorglich an den Rand der Schachtel geschoben, um sie beim Fernsehen nicht versehentlich zu erwischen. Erst die anderen. Es könnte sein, daß sie gar nicht hinschaute, wenn sie sich eine nahm. Aber die Reihenfolge war ein für allemal festgelegt. Erst die mit Nougat, dann die Paranuß, und dann die mit Karamel. Dann so lange wie möglich warten, bevor sie die mit Schokolade überzogene Kirsche in Kirschsirup aß. Sie spielte immer dasselbe Spiel. Wie viele Jahre nun schon? Zehn? Vielleicht mehr. Seit ihr Mann starb. Eines Abends ließ sie die Kirschpraline allein in der Schachtel liegen ... ganz allein, den ganzen Abend. Sogar während der Quiz-Show und der darauf folgenden Spätsendung. Sie ging zu Bett und die Praline lag immer noch allein in der Schachtel, allein zwischen all den leeren braunen Papierschälchen, in denen die anderen so niedlich gelegen hatten. Sie hatte die Praline herausfordernd angesehen, bevor sie zu Bett ging. Während sie sich ipsy pipsy auszog, hatte sie, mit einem Blick auf die Schachtel, den Kopf verächtlich zurückgeworfen, und sich dann zwischen die Laken gekuschelt und war fast sofort eingeschlafen. Sie hatte, soweit sie sich erinnerte, tief und ruhig geschlafen, ohne quälende Träume, dann war sie mitten in der Nacht hochgefahren, die Stirn von kaltem Schweiß bedeckt, und hatte endlose Sekunden lang dagesessen und lauschend ins Dunkel gestarrt und sich gefragt, warum sie aufgewacht war, was sie wohl geweckt hätte, ob vielleicht jemand in ihre Wohnung eingebrochen und im Begriff wäre, sie zu erschlagen, und sie strengte ihr Gehör an, hörte jedoch nichts und saß viele Sekunden mucksmäuschenstill, fast ohne zu atmen, warf dann die Decke zurück und stürzte ins Wohnzimmer, ging unbeirrt durch die Dunkelheit zu dem Tisch mit der Praline und griff nach ihr, so treffsicher, als werde ihre Hand durch eine höhere Macht gelenkt, und wäre fast ohnmächtig geworden, als der erste Ansturm des süßen Wohlgeschmacks in ihr Hirn drang. Sie sank in ihren Fernsehsessel und hörte sich geräuschvoll die mit Schokolade überzogene Kirsche in Kirschsirup zerkauen, dann taumelte sie in ihr Bett zurück. Am nächsten Morgen erwachte sie schon früh und setzte sich im sanften, gedämpften Licht im Bett hoch und versuchte, sich an etwas zu erinnern, wußte jedoch nicht, woran. Undeutlich spürte sie, daß etwas geschehen war und nahm an, sie hätte es nur geträumt, doch sosehr sie sich auch bemühte, sie konnte sich nicht an den Traum erinnern. Sie rieb sich die Fußsohlen und dann die Schläfen, konnte sich jedoch nach wie vor nicht an den Traum erinnern. Sie hämmerte einige Sekunden lang mit den Fingerknöcheln an ihren Kopf, um ihr Gedächtnis zu aktivieren, aber ... nichts. Sie stand auf und wanderte, an nichts denkend, statt ins Badezimmer ins Wohnzimmer, schaltete den Fernseher ein, und plötzlich wurde es ihr bewußt, als sie da über ihren Fernsehsessel gebeugt stand und den Blick auf die leere Pralinenschachtel richtete. Sie starrte lange hin, dann fiel ihr ihr Traum ein und sie sackte zitternd in ihrem Sessel zusammen, als ihr die volle Wahrheit aufging, nämlich, daß sie in der vergangenen Nacht die mit Schokolade überzogene Kirsche in Kirschsirup aufgegessen hatte, ohne es wirklich wahrgenommen zu haben. Sie versuchte sich zu erinnern, wie sie hineingebissen hatte, und zu spüren, wie der Kirschsirup auf ihre Zunge gesickert war, doch ihr Hirn und ihr Mund waren leer. Sie weinte fast, als sie daran dachte, wieviel Mühe es sie gekostet hatte, die Pralinenschachtel zwei Tage reichen zu lassen, etwas, was bisher noch nie passiert war, doppelt so lange wie je zuvor, und die letzte Praline hatte sie für den nächsten Tag aufheben wollen, um sich sagen zu können, daß sie drei Tage gereicht hatte, und nun war sie weg und sie erinnerte sich nicht einmal daran, sie gegessen zu haben. Das war ein trüber Tag in Sarah Goldfarbs Leben gewesen, und sie hatte es nie wieder dazu kommen lassen. Nie wieder war sie so dumm gewesen und hatte versucht, sich zu beherrschen und die Pralinen für später aufzuheben, oder für den nächsten Tag. Der nächste Tag würde schon für sich selbst sorgen. Gott schenkt uns jeden Tag einen neuen Tag, also ißt sie an jedem Tag ihre Pralinen und *weiß*, daß sie sie gegessen hat. Sie lächelte dem attraktiven Ansager zu und streckte den Arm aus und nahm behutsam die letzte Praline aus der Schachtel, die mit Milchschokolade überzogene Kirsche in Kirschsirup, und legte sie auf ihre Zunge und seufzte, während sie die Praline mit Zunge und Zähnen umschmeichelte, prickelnd-erwartungsvolle Vorfreude verspürte und ein leichtes Ziehen im Magen, und dann konnte sie nicht länger widerstehen, und sie ließ die Zähne vorsichtig in den weichen Schokoladenüberzug einsinken, verstärkte dann den Druck, und der Geschmack von Schokolade und Kirschsirup durchzog ihren Mund, und dann teilte sich die Schokolade wie das Rote Meer und die gefangene Kirsche trieb in die Freiheit hinaus, und Sarah Goldfarb rollte sie in ihrem mit Süße und Flüssigkeiten gefüllten Mund umher, die sie langsam in ihre Kehle hinuntergleiten ließ, und dann, als sie in die Kirsche biß, verdrehte sie die Augen, aber nicht so sehr, daß ihr etwas auf dem Bildschirm entgangen wäre. Sie leckte sich die Finger und hielt die Hand vor sich, erst die eine, dann die andere und betrachtete prüfend den kirschroten Nagellack, und starrte durch ihre gespreizten Finger hindurch auf den Schirm und kuschelte sich in sich zusammen, und sah sich aus dem Hintergrund der Bühne nach vorn schreiten, in ihrem roten Kleid, das wie angegossen saß, seit sie abgenommen hatte, und ihren goldenen, so kostbar aussehenden Schuhen, und ihr Haar war so prachtvoll rot, wie man es nicht für möglich halten würde – Oh, das hätte ich fast vergessen. Das Haar. Es müßte rot sein. Es ist so lange her, daß es rot war. Morgen werd ich Ada bitten, mir die Haare zu färben. Was ist schon dabei, wenn Rot auf dem Schirm nicht so gut kommt. *Ich* trage Rot. Abgesehen von den Schuhen, bin ich ganz in Rot. Wenn sie fragen, wie ich heiße, sage ich Rotkäppchen. Das werd ich sagen. Ich werde der Fernsehkamera direkt ins Auge sehen, während das kleine rote Licht blinkt und aufleuchtet, und ihnen sagen: Ich bin Rotkäppchen.

Harry brachte Marion nach Hause. Die Nacht war warm und feucht, doch sie merkten kaum etwas von dem Wetter. Sie fühlten, daß es warm und feucht war, aber das war etwas Äußerliches, nichts, was sie selber anging. In ihnen prickelte und spannte es noch ein wenig, von Poppers und Lachen, und zugleich waren sie locker und cool, von all dem Marihuana und dem Hasch. Es war ein wunderbarer Abend, oder Morgen, oder was immer, um durch die Straßen jenes Stadtteils zu gehen, der die Bronx genannt wird. Irgendwo hoch über den Häusern gab es einen Himmel, mit Sternen und einem Mond und allem, was zu einem Himmel gehört, doch es genügte ihnen, sich die Straßenbeleuchtung über ihren Köpfen als Planeten und Sterne vorzustellen. Wenn die Lichter dich daran hindern, den Himmel zu sehen, dann zaubere ein bißchen und verändere die Realität so, wie du sie brauchst. Die Lichter der Großstadt waren jetzt die Planeten und die Sterne und der Mond.

Selbst zu dieser frühen Stunde waren die Straßen recht belebt, von Wagen Taxis Lastern Leuten und ein paar Betrunkenen. Einen Häuserblock vor ihnen torkelten zwei Leute in etwa die gleiche Richtung wie Harry und Marion. Die Frau zerrte dauernd am Arm des Mannes, Ich muß pinkeln. Bleib doch endlich stehn, damit ich pinkeln kann. Kannstu denn nich die fünf Minuten warten. Sind ja nur noch n paar Blocks. Nein. Ich muß pinkeln. Verkneifs dir noch n bißchen. Was glaubstu denn, was ich tue? Es steht mir bis zu den Backenzähnen. Mein Gott, du kannst einen aber wirklich fertigmachen. Das mach ich später. Sie packte ihn am Arm und sie blieben stehen und sie hob den Rock und krallte die Hände in seinen Gürtel, hockte sich hinter ihn und begann zu pinkeln, He, was zum Teufel tust du da, du irre Kuh? – Ahhhhhhhh das tut gut – Bistu beknackt oder – steh doch still, ahhhhhhhhhhhh – Schämst du dich nicht? Er spreizte die Beine, um der sich ständig ausdehnenden Flut – das Fazit eines langen Bierabends – zu entgehen, während sie ungeachtet der Spritzer, die ihre Beine kitzelten, weiter stöhnte und – als sei sie einer Lebensgefahr entronnen – wie in Ekstase die Augen schloß und vor und zurück schwankte, soweit ihr der Gürtel des Mannes, an den sie sich immer noch klammerte, Bewegungsspielraum ließ, während er, bemüht, sein gefährdetes Gleichgewicht zu halten, sie mit seinem Körper in die andere Richtung zerrte und dabei eine kleine Pantomime aufführte, um den Folgen der Schleusenöffnung zu entgehen, Laß mich los verdammtnochmal, doch sie fuhr fort zu zerren und zu seufzen und zu pinkeln, Du wirst uns noch beide in – plötzlich bemerkte er Harry und Marion und nahm ruckhaft Haltung an, um seine hockende Lady und ihre Wasserkünste vor den Blicken der beiden zu verbergen. Harry und Marion, erschöpft und müde, stiegen träge, aber geschickt über den Strom hinweg, und Harry lächelte dem Mann zu, Deine Alte is vielleicht ne undichte Braut, Mann, und lachte, und er und Marion gingen weiter, die Straße hinunter, und der Mann sah ihnen viele Sekunden lang nach und dann schrillte eine Alarmglocke in seinem Kopf, als er spürte, wie sein Körper sich zur Seite neigte, und er versuchte zu widerstehen und sich im Gleichgewicht zu halten, unterlag jedoch in dem kurzen, aber heldenhaften Kampf und sein Körper neigte sich unaufhaltsam, der reißenden Flut entgegen, He, was zum Teufel tust du, du irre – und er fiel klatschend in die Gischt und schlug mit Armen und Beinen um sich, HILFE! HILFE! während seine Lady wie ein Käfer auf dem Rücken lag und der Flut immer noch Stärke und Schnelligkeit verlieh und seufzte und stöhnte, Ahhhhhhhhhhhh, während ihr Beschützer und Gefährte dieses Abends spritzend und prustend um sich schlug, ICH KANN NICHT SCHWIMMEN, ICH KANN NICHT SCHWIMMEN, und schließlich mit wilder Entschlossenheit und tollkühnem Mut das rettende Ufer erreichte und sich an Land zog, wo er kniend verharrte, mit hängendem Kopf und nach Atem ringend, während seine Lady sich mit einem langen letzten Seufzer auf die Seite drehte, wie ein Fötus zusammenrollte und im schützenden Buschwerk des Quellgebiets einschlief. Harry gluckste in sich hinein und schüttelte den Kopf, Diese Schluckspechte sind das Letzte, was? Sie haben wirklich kein Niveau, kein bißchen Niveau.

Er und Marion gingen weiter und wurden sich der Trokkenheit ihrer Kehlen und der Leere ihrer Mägen bewußt. Sie gingen in eine Schnellgaststätte, die rund um die Uhr geöffnet war, und aßen ein Stück Kuchen und dazu eine Portion Eiskrem mit Schokoladen- und Erdbeersoße und Schlagsahne und Eierkrem. Marion bezahlte alles, und sie gingen weiter, zu Marions Wohnung. Sie saßen am Küchentisch und Marion steckte sich einen Joint an. Harry begann plötzlich zu kichern. Das war vielleicht n Hammer. Der Kerl hätt ein Kanu gebraucht. Marion gab Harry den Joint und atmete langsam den Rauch aus. Es sollte Pissoirs geben. Dann hätte sie sich nicht zu erniedrigen brauchen, bloß weil sie pinkeln mußte. Männer können in eine Seitenstraße gehen oder sich hinter einen parkenden Wagen stellen, das ist okay, aber wenn eine Frau das tut, macht sie sich lächerlich. Das war es, was mir in Europa so gut gefiel, dort sind sie kultiviert. Harry hatte den Kopf auf die Seite gelegt, sah sie an und hörte zu, halb lächelnd, halb schmunzelnd, und gab ihr den Joint zurück, Ich weiß nicht, war das jetzt an deinen Psychopater gerichtet oder an einen Sachverständigen? Von dem Joint war nur noch eine kurze Kippe übrig, und sie bot sie Harry an, aber er schüttelte den Kopf, und sie drückte sie sorgfältig aus und legte sie auf den Rand des Aschenbechers. Ich meine, das Ganze stinkt einen doch an, oder? Es ist doch einfach lachhaft. Frauen dürfen nicht pissen oder scheißen oder furzen oder stinken oder Spaß am Vögeln haben – oh, pardon, ich meine am Geschlechtsverkehr. He, Baby, ich kann nichts dafür. Du redest mit *mir* und ich hab doch kein Wort gesagt. Schon gut, ich muß bei jemand üben. Dann üb doch bei deinem Seelenpopler. Er wird dafür bezahlt. Sie lächelte. Nicht mehr. Siehst du ihn nicht mehr? Ich seh ihn schon noch manchmal, aber nicht als Patientin. Harry lachte, Bumst du auch mit ihm? Gelegentlich. Je nachdem, wie mir gerade ist. Meine Leute fragen mich, ob ich noch zu ihm gehe und ich sage ja, also geben sie mir weiterhin fünfzig Dollar die Woche für ihn. Marion lachte laut und ausgiebig. Und ich brauch die Spießer nicht mal anzulügen. Hast du mit deinem vorigen Psychiater nicht auch gebumst? Ja, aber das wurde ein bißchen mühsam. Er wollte mir keine Rezepte mehr ausstellen und wollte seine Frau verlassen und einen ordentlichen Menschen aus mir machen ... ein richtiger Chauvinist, weißt du. Dieser ist anders. Wir treffen uns ab und zu, und wir haben unsern Spaß, unbeschwert und ohne jeden Zwang. Wir amüsieren uns, das ist alles. Und er stellt mir immer noch Rezepte für Sedativa aus. Vor ein paar Wochen sind wir für ein Wochenende auf die Kleinen Antillen geflogen. Das war echt Klasse. Ich werd verrückt. Das klingt groß. Ja. Deine Leute zahlen dir also immer noch die Rechnungen, für deine Bude hier, er machte eine entsprechende Kopfbewegung, und so weiter? Ja. Sie lachte wieder laut auf, Plus die fünfzig pro Woche für den Psychiater. Und manchmal mach ich, sozusagen freiberuflich, son bißchen Lektorat fürn paar Verleger. Und die übrige Zeit liegst du rum und bedröhnst dich, wie? Sie lächelte, So ungefähr. Du hast den Bogen raus. Aber wieso bist du so schlecht auf deine Leute zu sprechen, ich meine, weil du immer so abfällig über sie redest. Sie nerven mich mit ihren Mittelklasse-Forderungen, verstehst du? Wie sie da oben in ihrem großen Haus hocken, mit all den Wagen und dem Geld und ihrem sogenannten Prestige und für die UJA sammeln und für die B'NAI BRITH und nur Jesus weiß wofür noch – Wie ist denn der reingekommen? Der soll sich mal vorsehen, wir haben ihn einmal geschnappt, wir werden ihn wieder schnappen. Marion stimmte in Harrys Gelächter ein, Ja, das würden wir sicher. Ich meine, so sind sie nun mal. Sie würden jedem die Kehle durchschneiden, um Geld zu machen, und dann spenden sie ein paar Dollar für die NAACP und glauben, sie erwiesen der Welt eine Gnade. Wie liberal sie sind, zeigt sich, wenn ich einen Schwarzen mitbringe. Ach Gott, sie sind nicht schlimmer als die andern auch. Harry lehnte sich zurück und streckte sich und blinzelte. Die ganze Welt ist voll Scheiße. Vielleicht, aber ist es nicht die Welt, die mich so frustriert. Sie haben einfach keine Kultur. Sie sind vulgär. Na wenn schon, er zuckte die Schultern und lächelte, sein Mund war schlaff und seine Augen schläfrig. Marion lächelte, Wahrscheinlich hast du recht. Jedenfalls will ich mich nicht von ihnen fertigmachen lassen. Das ist das Blöde am Gras. Manchmal fühle ich mich hinterher ein bißchen irre. Ja, man muß es erst lernen, locker zu bleiben, und er lächelte sein schläfriges Lächeln und schnippste mit den Fingern und zuckte rhythmisch mit dem Kopf und beide lachten, Wie wärs, wenn wir jetzt ins Bett gingen? Okay, aber schlaf nicht gleich ein. He, bin ich vielleicht sone Art Nulpe? Sie kicherten in sich hinein und Harry spritzte sich kaltes Wasser ins Gesicht, bevor er sich ins Bett legte. Er war noch dabei, sich zu strecken und bequem hinzulegen, als Marion sich schon über ihn beugte, das Gesicht dicht an seinem, und ihm mit der Hand über Brust und Bauch strich, Ich weiß nicht, ist es das Kraut, oder weil ich über meine Eltern gesprochen habe ... ich bin scharf wien Messer. Was redst du da? Das bin *ich*. So wirke ich nun mal auf Weiber. Unwiderstehlich. Besonders, seit der Chirurg mir n größeres Ding verpaßt hat, und er begann zu lachen, und Marion sah ihn an und schüttelte den Kopf, Hast du denn diesen alten Witz immer noch nicht über? Frag deinen Tiefenheini danach. Vielleicht handelt es sich um eine Wunschvorstellung, und er lachte wieder und Marion kicherte und dann küßte sie ihn und wühlte ihre feuchten Lippen in seine, von einem Mundwinkel bis zum anderen, und stieß ihre Zunge so tief wie möglich in seinen Mund. Harrys Zunge reagierte entsprechend, und er schlang die Arme um sie und spürte ihr weiches glattes Fleisch unter seinen Händen und streichelte ihren Rücken und ihren Hintern, während sie über die Innenseiten seiner Schenkel strich und ihre Fingerspitzen zart seine Hoden umspielten und sie seine Brust und seinen Bauch mit Küssen bedeckte und dann seinen Schwanz packte und ihn ein wenig streichelte, bevor sie ihn mit den Lippen umschloß und die Eichel mit der Zunge liebkoste, während Harry weiterhin mit den Händen über ihren Hintern und zwischen ihre Beine fuhr und sich wand und streckte und halb die Augen schloß und Lichtblitze das Dunkel seiner Lider durchbrachen, und als er die Augen öffnete, sah er schattenhaft, wie Marion hungrig an seinem Riemen nuckelte, Vorstellungen und Bilder zuckten durch sein Hirn, aber die Drogen und der Genuß des Augenblicks erzeugten in ihm eine Trägheit, die köstlich war, einmalig köstlich. Sie wurde abrupt unterbrochen, als Marion sich aufsetzte und sich seinen Riemen sozusagen einverleibte, und er lag Stunden oder vielleicht Sekunden nur da, mit geschlossenen Augen, und lauschte auf das erregende Schmatzen eines Schwanzes in einer Möse – hoppe hoppe Reiter – und öffnete, nach ihren Brüsten greifend, die Augen, und zog Marion zu sich herunter, damit er ihre Brustwarzen mit der Zunge umkreisen, an ihnen knabbern kauen saugen konnte, wobei seine Hände auf ihrem Rücken auf und nieder glitten, und während sie ihre Rotationen ausführte und seufzte und stöhnte, war von ihren Augen hin und wieder nur das Weiße zu sehen, und so trieben sie es, bis die Morgendämmerung durch die Jalousien und Gardinen sickerte und ihre Hitze sich in der Wärme der Sonne abkühlte und sie plötzlich in tiefen Schlaf sanken.

Sarah verteilte den Weichkäse liebevoll auf ihrem Beugel, anderthalb Augen auf den im frühen Morgenlicht matt leuchtenden Bildschirm in ihrem Wohnzimmer gerichtet. Sie biß herzhaft hinein und schlürfte ein wenig heißen Tee. Bevor sie das nächste Stück abbiß, strich sie den Weichkäse auf dem Beugel jedesmal wieder glatt und schlürfte heißen Tee. Sie bemühte sich, den Beugel mit dem Käse langsam zu essen, hatte ihn aber trotzdem vor dem nächsten Werbespot bereits vertilgt. Ich werd warten. Nichts mehr vor dem Werbespot. Das müßte der für Katzenstreu sein. Die haben immer so niedliche Kätzchen. Sie schnurren so nett. Sie nippte an ihrem Tee und sah auf den Bildschirm und dachte, daß sie vielleicht nichts mehr essen sollte, bevor *alle* Werbespots vorbei waren. Das ist schließlich keine große Sache. Nebbich. Und nach dem Frühstück geh ich zur Leihbücherei und hol mir die Diät-Bücher. Darf ich nicht vergessen. Erst die Bücherei und dann zu Ada, damit sie mir die Haare färbt. Ein schönes, prächtiges Rot. Oh, hallo Mieze. Oh, bist du aber ein niedliches kleines Miezekätzchen. So knuddelig wie ein Baby. Sie griff nach der großen Käseschnecke und tunkte sie in ihr Teeglas, und erst als sie bereits kaute und das Gekaute im Mund herumwälzte, wurde ihr klar, was sie tat. Sie sah auf das Gebäck in ihrer Hand und auf den Abdruck, den ihre Zähne hinterlassen hatten, und begriff, warum ihr Magen und ihre Kehle lächelten. Während sie fortfuhr abzubeißen und so langsam wie möglich zu kauen, nahm sie kurze, hastige Schlucke von ihrem Tee und schenkte dem Werbespot so gut wie keine Beachtung. Als sie mit der herrlichen Käseschnecke fertig war, leckte sie sich die Lippen, dann die Fingerspitzen, wischte sich die Hände an dem Geschirrtuch auf ihrem Schoß ab und fuhr sich leicht über den Mund, bevor sie wieder Tee schlürfte. Sie sah auf die Zellophanhülle des Gebäcks, fuhr mit der Fingerspitze über die glänzende Feuchtigkeit und leckte sich die Fingerspitze ab. Nur nichts umkommen lassen. Mmmmh, schmeckte das gut. Es schien aber auch an diesem Morgen besonders köstlich zu sein, als sei es für eine besondere Gelegenheit gebacken. Vielleicht sollte sie sich noch ein Stück holen. Dann würde ich den Schluß der Sendung verpassen. Ich brauch nichts mehr. Wozu. Ich werd nicht mehr dran denken. Ich werd die Sendung zu Ende sehen und nicht an die Käseschnecke denken. Sie fuhr immer wieder mit dem Finger über die Innenseite des Zellophans und leckte dann den Finger ab. Schließlich knüllte sie das

Zellophan zu einer kleinen Kugel zusammen, warf sie in den Papierkorb und dachte nicht mehr an den Beugel und den Weichkäse und die Käseschnecke, die ihr heute morgen so besonders locker und knusprig vorgekommen war. Etwas ganz Besonderes. Sie sah auf den Schirm und seufzte, wie immer, über das humorvolle Happy-End, trank dann ihren Tee aus und machte sich bereit, zur Bücherei zu gehen. Sie wusch Teller, Messer und Glas ab und tat alles auf die Ablage neben der Spüle, fuhr sich mit der Bürste übers Haar und machte sich ein bißchen zurecht, zog ihre hübsche Strickjacke an und warf noch einen Blick auf den Bildschirm, bevor sie den Apparat abschaltete und die Wohnung verließ. Sie wußte, daß es noch zu früh für die Post war, aber sie würde trotzdem nachsehen. Wer weiß?

Die Leihbücherei war zwei Blocks entfernt, die Straße links hinunter, doch sie wandte sich automatisch nach rechts, merkte jedoch nicht, daß sie in die falsche Richtung gegangen war, bis das junge Mädchen hinter dem Tresen der Bäckerei ihr die Käseschnecke samt Wechselgeld in die Hand drückte. Hier, Mrs. Goldfarb. Alles Gute, Herzchen. Danke. Sarah verließ die Bäckerei und versuchte sich einzureden, sie wisse nicht, was in der Tüte sei, doch das Spielchen fand rasch sein Ende, da sie nicht nur genau wußte, was sich in der Tüte befand, sondern es auch kaum erwarten konnte, es herauszunehmen und aufzuessen. Doch sie aß langsam und bedächtig, und biß jeweils bloß ein winziges Stückchen ab, nur ein kleiner Gaumenkitzel, und auf diese Weise hatte sie während des ganzen Weges bis zur Bücherei etwas davon. Sie fragte die Bibliothekarin, wo die Diät-Bücher zu finden seien. Die Bibliothekarin warf einen Blick auf die Tüte, die Sarah immer noch umklammert hielt, und führte sie zu der Abteilung mit den vielen Diät-Büchern. Oh, so viele. Da nehm ich schon ab, wenn ich die nur ansehe. Die Bibliothekarin kicherte, Ein hübscher Gedanke. Aber machen Sie sich keine Sorgen, wir finden bestimmt das, was Sie suchen. Hoffentlich. Ich werd im Fernsehen auftreten und da dachte ich, ich sollte vielleicht n paar Pfund abnehmen, damit ich schön schlank aussehe, und Sarah rollte mit den Augen und die Bibliothekarin begann zu lachen, dämpfte ihr Lachen jedoch sofort zu einem leisen Kichern. Um die meisten Bücher hier in diesem Regal brauchen Sie sich nicht zu kümmern. Sie befassen sich mit Gesundheit durch richtige Ernährung und mit Krankheit durch falsche. Krankheiten brauch ich nicht, vielen Dank. Und Übergewicht auch nicht. Sarah Goldfarb lächelte die Bibliothekarin an und diese lächelte zurück. Sarah zwinkerte mit den Augen, Gewisse Rundungen müssen allerdings bleiben. Ja, also die Bücher, die Sie interessieren könnten, stehen hier, in denen geht es um Gewichtsabnahme. Sarah versuchte, sie alle auf einmal ins Auge zu fassen, Die sind ja so dick, wenn ich mich so ausdrücken darf. Sie blinzelte der Bibliothekarin, die sich beherrschen mußte, um nicht herauszuplatzen, erneut zu. Ich glaube, ein mageres Buch wär besser. Ich hab nicht allzu viel Zeit. Zeit, um abzunehmen, meine ich, nicht, um ein Buch zu lesen. Wenn ich so schwere Bücher schleppen muß, bekomme ich ja Bizeps. Die Augen der Bibliothekarin tränten vor unterdrücktem Lachen. Also, das hier ist das dünnste Buch hier im Regal. Wie wärs, wenn wir da mal reingucken. Die Bibliothekarin blätterte kurz darin und nickte, Ja, ja. Ich glaube, das ist genau das Richtige. Es hat nicht allzu viel Text, die Diätvorschriften sind übersichtlich und leichtverständlich abgefaßt und hier, das wird Ihnen besonders zusagen, hier heißt es, daß Sie bis zu zehn Pfund die Woche abnehmen können, oder sogar noch mehr. Es sagt mir jetzt schon zu. Außerdem weiß ich zufällig, daß dieses Buch sehr beliebt ist. Wir haben drei Exemplare davon, und manchmal ist es schwierig für uns, überhaupt eines zur Verfügung zu haben. Ich nehme an, es ist ein – vom Standpunkt des Abnehmens her gesehen – hilfreiches Buch. Sie kicherte wieder, Aber aus eigener Erfahrung weiß ich das natürlich nicht. Das sehe ich. Ich hasse Sie bereits. Jetzt sagen Sie mir bloß nicht auch noch, daß Sie jeden Abend Sahneeis und Kuchen essen. Die Bibliothekarin kicherte immer noch in sich hinein und legte einen Arm um Sarahs Schulter. Nein, nur Pizza. Da müßten Sie eigentlich schon platzen. Beide kicherten, und die Bibliothekarin ließ ihren Arm auf Sarahs Schulter liegen, während sie zum Kontrollschalter gingen. Nachdem die Bibliothekarin das Buch eingetragen und es Sarah ausgehändigt hatte, fragte sie sie, ob sie nicht die Gebäcktüte wegwerfen wolle. Sarah sah die Tüte in ihrer Hand an und zuckte die Schulter, Warum nicht? Die hat viel mitgemacht, sie braucht Ruhe. Die Bibliothekarin warf die zerdrückte Tüte in den Papierkorb, Ich wünsche Ihnen einen angenehmen Tag, Mrs. Goldfarb. Sarah lächelte und kniff ein Auge zu, Alles Gute, Herzchen. Auf dem Nachhauseweg hielt sie den dünnen Band fest in der Hand. Die Sonne war so angenehm und warm, und sie freute sich über das Kreischen der Kinder, die kreuz und quer über die Straße rannten, mitten durch den Verkehr, und einander auf den Rücken sprangen, ohne auf das Hupen der Autos und das Brüllen der Fahrer zu achten. Schon dadurch, daß sie das Buch in ihrer Hand spürte, sah Sarah die Pfunde dahinschmelzen. Vielleicht würde sie sich heute nachmittag, nachdem Ada ihr die Haare gefärbt hatte, ein bißchen in die Sonne setzen und sich schlank denken. Aber erst die Haare.

Ada hatte schon alles vorbereitet. Sie färbte sich das Haar schon seit fünfundzwanzig Jahren und könnte jeden, sogar im Schlaf, in einen Rotkopf verwandeln. Vielleicht wußte sie nicht immer im voraus genau, wie das Rot ausfallen würde, aber rot würde es sein. Sie bereitete zunächst für jeden ein Glas Tee, Glaub mir, du wirst es brauchen, um den Geruch und den Geschmack wegzuspülen, dann machte sie sich an die Arbeit. Sie stellte alles, was sie brauchte, auf den Küchentisch und placierte Sarah und sich selbst so, daß sie beide sehen konnten, was sich auf dem Bildschirm abspielte. Sie legte ein Frottiertuch um Sarahs Hals und begann Sarahs Haar zu entfetten. Sarah krauste die Nase und verzog das

Gesicht, bis sie aussah wie eine Backpflaume, Ech, was fürn Gestank. Is das ne Jauchegrube? Sei friedlich, Herzchen, du hast noch allerhand vor dir. Du wirst dich dran gewöhnen. Gewöhnen? Ich hab schon fast keinen Appetit mehr. Beide lachten ein bißchen und Ada fuhr fort, Strähne für Strähne zu entfetten. Dabei hörten und sahen sie zu, was im Fernsehen lief. Etwa nach einer Stunde hatte sich Sarah an den Geruch gewöhnt und ihr Appetit kehrte zurück und sie fragte, ob sie wohl vor dem Lunch fertig werden würden. Süße, wenn wir vorm Abendbrot fertig werden, haben wir Glück. So lange? Genau. Bei dir müssen wir von Null anfangen. Dabei wollte ich mich heute n bißchen in die Sonne setzen. Du bleibst schön friedlich hier sitzen und denkst darüber nach, wie phantastisch du mit deinem roten Haar aussehen wirst. Heute das Haar, morgen die Sonne.

Die Hitze und die Sonne weckten Harry und Marion am Nachmittag. Beide versuchten, den andern nicht merken zu lassen, daß er schon wach war, doch nach einigen Minuten verlor das Spiel an Reiz. Besonders für Harry, der sich auf den Druck spitzte, den er sich für nach dem Aufwachen aufgespart hatte. Er saß einen Augenblick auf der Bettkante, ging dann ins Badezimmer und spritzte sich kaltes Wasser ins Gesicht, rieb es mit einem Handtuch trocken und füllte dann ein Glas mit Wasser. He Baby, aufstehn ... und hol dir dein Besteck, ich hab ne Kleinigkeit hier. Marion setzte sich auf und blinzelte und starrte dann auf die Badezimmertür. Willst du mich verarschen, Harry? He, ich treib keine solchen Späße. Ich und Tyrone haben uns gestern was ergattert, das Zeug is echt Klasse, und ich hab noch n guten Druck übrig. Marion nahm ihr Besteck und ging zu Harry ins Badezimmer, Hier. Sie legte den Löffel ins Waschbecken und Harry schüttete ein wenig Heroin darauf und dann das Wasser und brachte das Ganze zum Kochen. Er zog die Flüssigkeit in die Spritze, drückte die Hälfte wieder raus und überreichte Marion die Spritze, Erst die Damen. Danke verbindlichst, Sir. Marion war noch nicht völlig wach, sie fühlte sich groggy nach der langen Party und dem tiefen Schlaf am heißen Nachmittag, aber sie war wach genug, um ihren Arm abzubinden und in wenigen Sekunden eine brauchbare Vene hochzupumpen und sich die Nadel reinzuhauen. Sie begann fast sofort mit dem Kopf zu nicken und Harry nahm ihr das Besteck aus der Hand und säuberte es, band sich den Arm ab und fuhr seinerseits ab. Sie hockten ein paar Minuten auf dem Wannenrand, rieben sich das Gesicht und rauchten. Harry warf seine Kippe ins Klo und stand auf, Ziehn wir uns erst mal an, was meinst du, und er ging ins Schlafzimmer und zog Hemd und Hose über. Marion blieb auf dem Wannenrand sitzen und rieb sich die Nase, bis die Glut ihrer abbrennenden Zigarette sie zwang, die Augen zu öffnen. Sie warf die Kippe ins Klo und wusch sich träge das Gesicht, übers Waschbecken gebeugt, starrte sie das Wasser und den Waschlappen an und lächelte und stellte sich vor, wie sie den Waschlappen in die Hand nehmen und einseifen und sich damit das Gesicht abreiben und abspülen und kaltes Wasser drüberlaufen lassen und es trocken tupfen würde ... während sie nichts anderes tat, als den Waschlappen träumerisch mit einer Fingerspitze im Wasser hin und her zu bewegen. Schließlich nahm sie den Lappen in die Hand, drückte ihn fast zärtlich aus und rieb sich damit das Gesicht ab, richtete sich dann auf und sah in den Spiegel ... und lächelte. Sie ließ ihr Gesicht von der Luft trocknen und genoß das Prickeln, dann legte sie die Handflächen unter ihre Brüste und lächelte vor Vergnügen und Stolz, während sie sich hin und her drehte und in verschiedenen Stellungen vor dem Spiegel posierte und bewundernd die Größe und Festigkeit ihrer Brüste betrachtete. Sie dachte daran, sich das Haar zu bürsten, fuhr jedoch nur mit gespreizten Fingern hindurch, genoß seine Seidigkeit und seinen Glanz, posierte, bevor sie den Bademantel anzog, noch einige Minuten vor dem Spiegel und ging dann in die Küche zu Harry, der am Küchentisch saß. Ach, du kommst also doch noch? Ich hab schon gedacht, du wärst reingefallen. Sie lächelte, Und ich dachte, du wolltest mich reinstoßen, und sie griff mit beiden Händen nach seinen Brustwarzen und drückte fest zu. He, immer langsam. Soll ich vielleicht Brustkrebs kriegen? Er gab ihr einen Klaps auf den Hintern, und sie lächelte wieder und setzte sich und steckte sich eine Zigarette an. Mein Gott, das ist aber wirklich ein Klassezeug. Harry sah sie vieldeutig von der Seite an, Wovon redest du? Sie lächelte, Du Tier. Ja. Du hattest ganz schön Bock drauf. Ich hab nich gehört, daß du was dagegen hattest. He, du kennst mich, ich leb in den Tag rein und bin ganz happy dabei. Ich kann nicht wissen, wie happy du bist, und beide kicherten in sich hinein, fast unhörbar, ein breites Grinsen auf dem Gesicht und die Augen halb geschlossen. Marion goß Mineralwasser in zwei Gläser und Harry starrte eine Weile auf die aufsteigenden Perlen und fragte dann, ob sie auch Soda im Haus habe? Nein, aber n paar Limonen sind da. Harry kicherte. Sie saßen und rauchten und tranken Mineralwasser, bis das Kopfnicken nachließ und ihre Lider weniger schwer waren und dann überließen sie sich ihrem so überaus angenehmen, schwerelosen Feeling, während ihre Augen sich einen Spaltbreit öffneten. Nach dem zweiten Glas fragte Marion, ob Harry etwas essen wolle, Ja, aber nicht, bevor du gebadet hast, und er kicherte. Du Tier. Hättest du Lust auf Joghurt? Harry fing an zu lachen, Joghurt??? Mann ... und du nennst mich ein Tier, und er lachte weiter. Marion gluckste, Manchmal denk ich, du hast sie nicht mehr alle. Nur manchmal? Ja, manchmal. Die übrige Zeit gibt es gar keinen Zweifel. Sie holte zwei Joghurtbecher aus dem Kühlschrank und stellte sie auf den Tisch und legte zwei Löffel dazu. Es freut mich, daß du wenigstens manchmal nicht daran zweifelst. Unschlüssigkeit ist etwas Schreckliches. Immer noch aufm Ananas-Trip, wie? Ja. Joghurt mit Ananas eß ich zu gern. Aber hastu denn nie Bock auf Erdbeer- oder Blaubeer- oder sonst einen anderen Geschmack? Nein. Nur Ananas. Davon könnt ich mich ernähren, so lange ich lebe. Na schön, Baby, wenn du bei deiner täglichen Ananas-Joghurt-Ration immer so aussiehst wie jetzt, bin ich dafür. Marion straffte die Schultern, machte eine Viertelwendung und stellte sich in Positur. Gefällt es dir, wie ich aussehe? He, soll das n Witz sein? Du bist sensationell, Baby, Harry beugte sich über den Tisch, ich könnte dich gleich ausschlürfen. Vielleicht tust du das besser erst mit dem Joghurt. Der ist nämlich nahrhaft. Ehrlich? Du meinst, der bringt das Blei in den Stift, he? Okay, bitte zum Diktat, und er fing an zu lachen. Marion schüttelte lächelnd den Kopf und steckte sich einen Löffel Joghurt in den Mund und leckte sich die Lippen. Wie kannst du bloß über die Witze lachen, die du machst, sie sind einfach gräßlich. Mir gefallen sie. Und wenn *ich* nicht darüber lache, wer denn sonst? Marion aß lächelnd ihren Joghurt zu Ende. Sie tranken noch ein Glas Mineralwasser und genossen intensiv ihren Trip, obwohl sie beide von der Hitze des Tages und dem Dope schwitzten. Harry schloß die Augen und atmete tief ein, ein gelöstes Lächeln auf den Lippen. Was tust du? Ich schnuppere. Du schnupperst? Was denn? Uns, Baby. Uns beide. Hier riechts wie auf dem Fulton-Fischmarkt. Marion lächelte und schüttelte den Kopf. Sei nicht so taktlos. Immer noch besser als grob, und außerdem bin ich hinreißend, so oder so. Harry lachte und Marion kicherte, dann stand er auf, Warum baden wir eigentlich nicht? Marion lächelte, Ich wußte nicht, daß du weißt, wie man das macht, und dann begann sie zu lachen, Das gefällt mir. Das war Spitze. Beide lachten und er zog Hose und Slip aus und warf beides aufs Bett und sie gingen wieder ins Badezimmer. Marion goß ein wenig Badeöl ins Wasser und sie ließen sich in die Wanne fallen und schwelgten im seidigen duftenden Wasser und wuschen einander, wie in Zeitlupe, brachten die Seife zum Schäumen und verteilten liebevoll den Schaum auf dem Körper des anderen und schöpften Wasser über den anderen und spülten sich die Nachmittagshitze vom Leib.

Sarah starrte blinzelnd in den Spiegel, Das soll rot sein? Ada zuckte mit den Schultern, Na ja, nicht richtig rot, aber doch irgendwie aus derselben Familie. Selbe Familie? Nicht mal Vettern dritten Grades. Vielleicht ein armer Verwandter. Nicht mal einer, der von der Wohlfahrt lebt. Wie arm is arm? Wie arm is arm? Wie hoch is oben? Es is rot. Kein rotes Rot, aber rot. Rot? Du behauptest, daß das Rot is? Jawohl. Das behaupte ich. Was is dann Orange? Wenn das Rot is, möcht ich wissen, was Orange is? Zeig mir mal eine Orange, die keine nahe Verwandte von dem hier is. Ada betrachtete Sarahs Haar, dann ihr Spiegelbild, das Haar, das Spiegelbild, spitzte den Mund und zuckte die Schultern, Na ja, es könnte auch n bißchen orange sein. Ein bißchen? Ada nickte immer wieder mit dem Kopf, während sie Sarahs Spiegelbild anstarrte. Ja ja, es sieht aus, als wäre es möglicherweise vielleicht ein kleines bißchen orange. Ein bißchen orange? Es ist genau son bißchen orange, wie n bißchen schwanger. Ada zuckte wieder mit den Schultern. Kein Grund zur Beunruhigung. Das kommt schon in Ordnung. Kein Grund zur Beunruhigung? Vielleicht versucht jemand mich auszupressen. Jetzt reg dich nicht auf, Herzchen. Es braucht nur noch n bißchen mehr Farbe. Bis du ins Fernsehen kommst, ist es in Ordnung. Ich seh aus wie n Thermometer. Genau so seh ich aus. Wie n verkehrtrum hängendes Thermometer. Jetzt reg dich wieder ab. Wir essen jetzt n bißchen geräucherten Fisch und schönes Zwiebelbrot. Komm her, setz dich. Ada führte Sarah vom Spiegel weg zum Tisch. Ich mach dir n Glas Tee, dann gehts dir gleich besser. Ada setzte Wasser auf, holte den Fisch aus dem Kühlschrank und das Zwiebelbrot aus dem Brotkasten und Teller und Besteck. Da wird mir den ganzen Tag lang auf dem Kopf rumgekratzt und rumgebrannt und ich riech wien toter Fisch und seh aus wie n Basketball. Du solltest lernen, dich nicht immer so aufzuregen. Das ist es ja mit dir, immer regst du dich gleich auf. Ich sag dir doch, es kommt in Ordnung. Morgen machen wirs noch mal und du wirst aussehn wie Lucille Ball. Hier, nimm n Stück Räucherfisch und Zwiebelbrot.

Kurz nach Sonnenuntergang kam Tyrone bei Marion vorbei. Sie saßen eine Weile rum und rauchten einen Joint, dann meinte Marion, sie müßten jetzt was essen, Ich sterbe vor Hunger. Ja, ich auch, bring mir n Snickers mit. Verdammtnochmal Ty, frißt du denn nie was andres als Schokolade? Doch, Marzipan. Ich *liebe* Marzipan. Du verstehst aber wirklich weniger als nichts vom Essen, Mann. Was du brauchst, is ne gute Hühnersuppe mit Nudeln. Ach Scheiße, Pepsi und Schokolade is genau das Richtige. Nun, ich hoffe, ihr nehmts mir nicht übel, aber ich hab keine Lust auf irgendein Fertiggericht. Wenn ich Hunger hab, steck ich mir was Ordentliches rein – und keine Randbemerkung von dir, Harry, sie kicherte, da er breit grinste. Ich hab kein Wort gesagt. Nein, aber du denkst sehr laut. Ach Scheiße, wenn er was gedacht hat, dann wärs das erste Mal. Alle drei kicherten und Marion ging runter in den Laden und kam kurz darauf wieder, mit einem knusprigen französischen Weißbrot, Käse, Salami, schwarzen Oliven, Remoulade und ein paar Flaschen billigem Chianti. He, Baby, sieh dir das an, genau die richtige Seelennahrung fürn Schwarzen. Das dürfte die MAFIA aber nicht hören, die wärn *sehr* sauer. Die Mafia? Wieso die Mafia? Ich mein doch nich die Mafia, sondern die MAFIA, den Militanten Ausschuß für Italo-Amerikaner. Die würden dich umnieten. Ach Scheiße, der einzige Unterschied zwischen denen und mir is, daß *ich* besser rieche. Wie wärs, wenn einer von euch Bonvivants die Flaschen öffnet, während ich n paar Teller hole. Fabelhafte Idee. Hier, los, Mann. Harry warf Tyrone den Korkenzieher zu und ging zur Stereobox und stellte Musik an. Marion hatte in Windeseile den Tisch gedeckt, mit Tellern, Bestecken, einem großen Messer und einem Wurstbrett. Harry schenkte den Wein ein, schnupperte an seinem Glas, kostete, ließ den Wein im Mund hin und her rollen und schmatzte mit den Lippen. Ein edles Bukett. Reicher Körper. Fruchtig und doch milde. Ein hervorragender Wein. Muß mindestens eine Woche alt sein, stimmts? Scheiße, is mir Wurscht, wie alt er is, so lange sie ihre schmutzigen Socken nich drin waschen. Wo dieser Wein herkommt, Tyrone, tragen sie keine Socken. Oh, der Kerl is das Letzte, Jim, das Allerletzte, und sie lachten und kicherten und säbelten dicke Scheiben ab, von der Salami, vom Brot, vom Käse, und spülten sie mit Wein runter, tunkten die Remoulade mit Brotstücken auf oder schmierten sie oben auf eine Scheibe Salami, die sie zusammenrollten und sich in den Mund stopften. Die Jungs wischten sich mit dem Handrücken über den Mund, während Marion sich ihren mit einer Serviette abtupfte, dann griff Harry nach seiner Serviette, um sie ebenfalls zu benutzen. Marion aß langsam und gelassen und Harry glich sein Tempo dem ihren an. Als sie fertig waren, lagen auf den Tellern nur noch Brotkrumen und Wurstpellen. Marion machte Kaffee und sie steckten sich einen Joint an. Als der Joint geraucht war, brachte Marion den Nachtisch, drei mit Schlagsahne gefüllte Bisquitrollen. Tyrone stürzte sich mit Begeisterung auf seine, und Harry bemühte sich nach Kräften, genauso gelassen zu essen wie Marion. Sie teilte kleine Stücke mit ihrer Kuchengabel ab, ohne daß die Sahne nach allen Seiten spritzte, steckte sie behutsam in den Mund und wartete, nachdem sie langsam gekaut und geschluckt hatte, eine Zeitlang, ehe sie einen Schluck Kaffee nahm und sich die Lippen gesittet mit ihrer Serviette abtupfte. Als sie fertig waren, lehnte Tyrone sich zurück und klopfte sich auf den Bauch, Verdammtnochmal ... das war vielleicht ne Wucht. Sie füllten ihre Tassen aufs neue und steckten sich einen neuen Joint an und gaben sich dem Gefühl einer tiefen, alles durchdringenden Zufriedenheit hin, dem Gefühl, genau zu wissen, daß es um die Welt und um sie selbst gut stand und alles seine Ordnung hatte – es war nicht nur alles in Butter, es schwamm geradezu in Butter. Es war nicht nur alles möglich, es war *ihnen* möglich. Harry sah Tyrone C. Love aus halbgeschlossenen Augen an, Ich glaub, wir lassens vielleicht heut besser, da hinzulatschen und uns anheuern zu lassen, wie? O Mann, von Arbeit möcht ich jetzt nich mal *reden*, nich, daß ich je scharf drauf wäre, aber im Augenblick will ich nichts andres denken als an Tyrone C. Love und wie *guuuut* es ihm geht. Tyrone sah eine Weile nach oben in die Luft, dann lächelte er, Na ja, könnt schon sein, daß ich dabei auch an nen scharfen Hasen denke, aber mit Arbeit hab ich nichts im Sinn, in keiner Form, o nein. Marion riß die Augen auf und hob die Brauen. Was höre ich da von Arbeit? Hast du ne Wette verloren? Tyrone kicherte, Die is Spitze, Mann, ehrlich. Harry kicherte ein bißchen und erzählte Marion in wenigen Worten von ihrem Plan, kurzfristig zu arbeiten, sehr kurzfristig, und genügend Kies zusammenzukratzen, um sich von Brody eine Unze H zu beschaffen und es zu strecken und zu dealen. Marion hörte ihm aufmerksam zu. Auch sie war der Meinung, daß das eine gute Idee wäre, Aber ich kann mir kaum vorstellen, daß ihr Jungs so früh am Morgen tatsächlich dort antanzt. Das schaffen wir schon. Vielleicht, aber wie lange wollt ihr das durchhalten? He, Baby, unk nich rum, du verdirbst uns die Stimmung und meine is gerade so gut. Wir dachten, wir verschaffen uns n bißchen Speed und dann wirds schon gehen. Alle drei lächelten und nickten mit dem Kopf. Also wenn ihr sonst nichts wollt, dafür kann ich sorgen. Ich habe immer einen Vorrat Speed im Haus. Jaja, schon gut, wir wollen nichts überstürzen. Wir brauchen Zeit, um darüber nachzudenken, stimmts, Mann? Harry lachte, Keine Panik, Ty, heute nacht wird nich gearbeitet. Darauf kannstu einen lassen, Tyrone C. Love tuts jedenfalls nich. Kommt gar nich in Frage, daß ich mir son prima Feeling vermassele, wie ichs grade hab. Sie lachten, dann wurde Harry plötzlich ernst. Wir wärs mit morgen? Morgen wird nich gedrückt, und bevor wir loszischen, schmeißen wir n paar Amphis ein und nehmen auch n paar mit, für alle Fälle. Was meinst du, Ty? Is geritzt, Jim. Aber denk auch dran, morgen. Meine fromme Mom hat mir immer gesagt, was du morgen kannst besorgen, das verschiebe ruhig auf morgen. Und außerdem is da n Hase, den ich heute abend treffe, die läßt mich vor morgen nich fort. Hastu genügend Speed, um uns auf Trab zu halten? Du weißt doch, ohne schaffen wirs nich. Klar. Ich hab dir doch erzählt, daß ich ein paar Ärzte an der Hand habe, die mir Rezepte ausstellen. Dann sind wir beruhigt. Morgen nacht also, stimmts? Genau, Baby, und sie schlugen einander auf die Handflächen. Wir sind schon unterwegs.

Sarah saß in ihrem Fernsehsessel, sah fern, las in ihrem Diätbuch und teilte sich selbst ihre Pralinen zu. Sie las die Einführung und überflog, ganze Seiten überspringend, die verschiedenen Kapitel, die sich mit dem richtigen Körpergewicht befaßten, die Tabellen mit dem Höchstgewicht für jede Körpergröße, die Tabellen, die das Auftreten der verschiedenen Krankheiten im Zusammenhang mit dem jeweiligen Übergewicht in Pfunden und Prozenten aufzeigten. Es folgte das Kapitel, in dem nachgewiesen wurde, warum diese Methode allen anderen überlegen sei und auf welche Weise das chemische Gleichgewicht, das die angegebene Diät im Körper herstellt, diesen dazu zwinge, sein Fett zu verbrennen und die Pfunde dahinschmelzen zu lassen wie Eis in der Sonne. Das klingt erfreulich. Vielleicht setz ich mich morgen ein bißchen in die Sonne. Sie las weiter, und dann begann sie Seiten zu überschlagen, Das glaub ich ja alles, aber wo ist die Diät???? Endlich. Nach fast hundert Seiten wars soweit. ERSTE WOCHE. *Ein* Blick genügte. Sie zwinkerte und sah noch einmal genauer hin. Es veränderte sich nichts. Dann las sie, Zeile für Zeile, die ganze Seite. Es blieb alles, wie es war. Sie suchte, ohne hinzusehen, in der Pralinenpakkung nach einer Praline mit Karamel und kaute und lutschte und starrte dabei weiterhin ungläubig die Seite an.

FRÜHSTÜCK

1 hartgekochtes Ei
1/2 Grapefruit
1 Tasse schwarzen Kaffee (*kein* Zucker)

Lunch

1 hartgekochtes Ei
1/2 Grapefruit
1/2 kleine Schüssel Salat (*ohne* Salatsoße)
1 Tasse schwarzen Kaffee (*kein* Zucker)

Abendessen

1 hartgekochtes Ei
1/2 Grapefruit
1 Tasse schwarzen Kaffee (*kein* Zucker)

Anmerkung: Trinken Sie mindestens 2 l Wasser pro Tag (entweder 10 Gläser à 0,2 l oder 8 Gläser à 0,25 l)

Sarah fuhr fort zu starren und zu kauen. Sie suchte auch zwischen den Zeilen, da sie gehört hatte, daß dort der eigentliche Sinn zu finden sei. Jeden Abend sagte der sympathische junge Nachrichtensprecher mit dem Schnurrbärtchen und der Brille: «Wenn man das, was zwischen den Zeilen steht, liest, wird einem klar, was damit eigentlich gesagt werden soll, nämlich ...» Sie sah hin. Sie starrte. Sie hielt das Buch schräg, in alle möglichen Richtungen, doch sie sah nur weißes Papier. Dann fiel endlich der Groschen. Sie schlug sich auf die Stirn. Ich bin aber auch wirklich meschugge. Wenn das die erste Woche ist, dann gibts in der zweiten Woche was anderes. Natürlich. Dann wird langsam aufgestockt. So wirds sein. Sie blätterte rasch um – und erstarrte ... es war das Gleiche. Genau das Gleiche. Aber warum – ach so, da ist der Unterschied. Sie sah sich genau das Lunch-Menu für die zweite Woche an, und das war anders. Das Ei war durch ein gegrilltes Fleischpastetchen (100 g) ersetzt. Sie sah sich rasch das Menu der dritten Woche an. An Stelle des Pastetchens gabs hundert Gramm gegrillten Fisch. Sie ließ das Buch in den Schoß sinken und griff nach einer neuen Praline. Egal, was für eine. Sie starrte auf den Bildschirm. Wie war das möglich? Wie konnte ein Mensch so wenig essen? Dabei würde sogar eine Maus verhungern. Sie hatte ein hohles Gefühl im Magen. Tiefe Traurigkeit senkte sich über sie. Ihr Kopf sank auf die Brust und sie mußte die Augen weit aufreißen, um den Bildschirm trotzdem sehen zu können. Sie fühlte sich von Gott und der Welt verlassen, vernichtet und allein. Einsam und verlassen. Mutterseelenallein. Ihre Kehle war wie zugeschnürt und sie spürte den Druck rasch aufsteigender Tränen. Sie blinzelte gegen die Tränen an, und da sah sie sich selbst in ihrem roten Kleid, mit wundervollem rotem Haar, quer über den Bildschirm schreiten, schlank, schick und sexy. Und was für Kurven! Wer kann sich wohl noch daran erinnern? Als sie Seymour kennenlernte, hatte sie Kurven. Sie war fest und straff, damals. Jawohl, straff. Mit Kurven. Oh, wie Seymour sie immer ansah. Und anfaßte. Immer wieder erzählte er mir, daß alle seine Freunde ihn beneideten, so schön war ich. Knakkig. Das war ich, knackig. Sie sah sich neben dem Quizmaster stehen, der sie dem Publikum vorstellte, und hörte den Applaus und die anerkennenden Pfiffe. Sie lächelte dem Publikum zu. Wenn sie sehen, wie ich aussehe, wollen sie mich vielleicht für eine Serie. Vielleicht als Ziegfield-Girl. Sie neigte den Kopf, erst zur einen, dann zur anderen Seite, während sie sich auf dem Schirm begutachtete. Ein anerkennendes Lächeln löste ihre Züge. Also was ist schließlich dabei, ne Zeitlang nur n paar Eier zu essen. Ich werd jede Menge Wasser trinken und mich schlank denken ... und mein Übergewicht wird dahinschmelzen wie nichts. Nicht der Rede wert. Wer braucht schon Käseschnecken. Nebbich. Sie aß die restlichen Pralinen, damit sie nicht umkamen, und ging dann beschwingten Schrittes ins Schlafzimmer und freute sich diebisch darauf, am nächsten Morgen aufzustehen und mit ihrer Diät zu beginnen, die die Pfunde dahinschwinden lassen würde wie nichts und ihr ein neues Leben eröffnen würde. Während sie sich auszog, sang sie sogar ein bißchen. «Bei mir bist du scheen.» Die wohltuende Kühle der Laken tat ihr gut, die Dunkelheit war ihr wohlgesinnt.

Sie seufzte in ihr Kissen und kuschelte sich in eine tröstliche Körperlage und sah den winzigen Lichtkügelchen zu, die von ihren geschlossenen Lidern abprallten, bis sie schließlich verschwanden, und ihr Inneres war von Seymour erfüllt und den vielen gemeinsamen Jahren des Glücks. Sie atmete und lächelte ein Gebet für Seymour ... und Harry. Er war immer ein so guter Junge gewesen. Wie gern hatte sie sich immer mit ihm abgegeben, ihn geherzt und geküßt. Sie sah immer noch die stämmigen kleinen Schenkel vor sich und wie sie so tat, als bisse sie hinein. Was für ein Glück, was für eine Glückseligkeit war es, mit ihm im Kinderwagen über den Boulevard und in den Park zu gehen ... Oh, wenn sie doch immer Babies bleiben würden ... Mommy, Mommy schau mal ... ach Harry, Gott soll dich beschützen, daß du nie leiden mußt ... Ahhhhh, mein Junge ... Gesund und glücklich sollst du sein, und eine gute Heirat machen ... Ahhhhhhh, eine gute Heirat ... Und der Sommer vor unserer Hochzeit. Weißt du noch, Seymour? Der Mardi-Gras. Das erste Mal, daß ich in Coney Island war. Clowns und Drachen und Festwagen und Konfetti ... die Sonne ... erinnerst du dich noch an die Sonne an dem Tag, Seymour? Ich spüre sie heute noch. Und wir fuhren Karussell ... ich höre es noch ... es war alles irgendwie einmalig ... so besonders schön. O Seymour, wie viele einmalig schöne Tage wir hatten ... und wie du mich immer packtest, Sarah kicherte ein wenig im Bett, und wie du immer so Sachen sagtest ... Ich werd im Fernsehen auftreten, Seymour. Was sagst du dazu? Deine Sarah im Fernsehen. Ada färbt mir die Haare. Rot. Wie das Kleid. Fast, jedenfalls. Erinnerst du dich, ich trug es zu Harrys Bar-Mizwa? So ganz richtig ist es noch nicht, aber Ada wirds schon hinkriegen. Kannst du dir deine Sarah im Fernsehen vorstellen? Hättest du das je für möglich gehalten? Vielleicht bleibe ich sogar dort. Vielleicht wollen sie mich noch für eine andere Show haben. Weißt du noch, Lana Turner wurde in einem Drugstore entdeckt? Weißt du noch? Ich glaube, bei Swabs? Wer weiß? Es ist wie ein neues

Leben, Seymour. Es ist schon ein neues Leben ... und Sarah Goldfarb, Mrs. Seymour Goldfarb kuschelte ihre Wange ins Kissen und lächelte ein seliges Lächeln, das sogar im Dunklen leuchtete vor dem Glück, das ihr aus dem Herzen kam und ihr ganzes Sein durchflutete. Das Leben war nicht mehr etwas, was ertragen werden mußte, sondern etwas, was gelebt werden durfte. Sarah Goldfarb war eine Zukunft geschenkt worden.

Harry und Marion fuhren ab, mit dem letzten Rest von Harrys Stoff. Sie lagen zusammen auf der Couch und vergruben sich hinter ihrer Euphorie und der Musik. Es war eine Sanftheit in der Musik, die sie gefangennahm, eine Sanftheit auch in dem Licht, das vom oberen und unteren Rand der Rolljalousie her glühte, in sich vergrößernden Kreisen glühte, und wie gefiltert durch die irrisierenden seitlichen Spalten der Jalousie sickerte und die Dunkelheit mit sanfter Gewalt in die entferntesten Ecken zurückdrängte und den Raum in eine weiche Farbe tauchte, die den Augen der beiden wohltat, und in ihrer Umarmung lag viel Zugewandtheit und Zärtlichkeit, selbst in der Art, wie sie den Kopf abwandten, um dem anderen nicht den Rauch ins Gesicht zu atmen; selbst ihre Stimmen waren leise und sanft und schienen ein Teil der Musik zu sein. Harry strich Marion das Haar aus der Stirn und nahm wahr, wie seine tiefe Schwärze das gedämpfte Licht reflektierte, wie das Licht ihren Nasenrücken und die hohen Backenknochen mit einem Schimmer überzog. Weißt du, ich hab schon immer gedacht, daß du die schönste Frau bist, die ich je gesehen habe. Marion lächelte und sah zu ihm hoch, Wirklich? Harry nickte lächelnd, Schon, seit ich dir das erste Mal begegnet bin. Marion hob die Hand und strich zart mit den Fingerspitzen über seine Wange und lächelte, Das ist schön, Harry. Ihr Lächeln verstärkte sich, Das tut mir wirklich wohl. Harry lachte leise, Vor allem deinem Ego, wie? Na ja, ich will nicht behaupten, daß es ihm schadet, aber das meine ich nicht. Es tut mir rundherum gut, wie ... na, du weißt schon, viele Leute sagen mir so etwas und es bedeutet mir nichts, überhaupt nichts. Du meinst, weil du glaubst, daß sie das nur so hinsagen? Nein, nein, das nicht. Das weiß ich nicht, und es ist mir auch gleichgültig, ob sie das tun. Ich nehme an, daß sie es vielleicht wirklich so meinen, aber wenn sie das sagen, sie zuckte die Schultern, bedeutet es mir einfach nichts. Das können die seriösesten Menschen der Welt sein, aber ich habe dann immer Lust, sie zu fragen, was ich mir dafür kaufen kann, verstehst du, was ich damit sagen will? Harry nickte und lächelte, Ja ... Sie sah Harry einen Moment in die Augen, die Weichheit ihres Blickes selbst spürend, Aber wenn *du* es sagst, höre ich es. Verstehst du, wie ich das meine? Ich *höre* es, nicht nur mit den Ohren. Es *bedeutet* mir etwas. Ich meine, es ist irgendwie wichtig für mich, und ich höre es nicht nur, sondern ich glaube es auch, mit allem, was ich bin ... und es tut mir wohl, tief innerlich wohl. Harry lächelte, Das macht mich froh, weil das auch mir wohl tut. Sie wandte ihm ungestüm ihr Gesicht zu, Und weißt du, warum? Weil ich spüre, daß du mich wirklich kennst, mein wirkliches Ich. Du siehst nicht nur das Äußere, Marion sah Harry noch eindringlicher in die Augen, du siehst auch mein Inneres und siehst dort einen *Menschen*. Mein ganzes Leben lang hat man mir gesagt, ich sei schön, ich sei eine, ich zitiere, rabenhaarige Beauté, und das sagt man mir in der Annahme, daß damit alle Schwierigkeiten behoben wären. Mach dir keine Gedanken, Schatz, du bist eine Schönheit, alles wird gut werden. Meine Mutter ist völlig beknackt in der Beziehung. Als sei das das A und O des Daseins. So, als ob man, wenn man schön ist, keinen Schmerz empfände oder keine Träume hätte oder die Verzweiflung der Einsamkeit nicht kennte. Wieso bist du unglücklich, du bist doch schön? Mein Gott, die treiben mich noch in den Irrsinn, als sei ich nur ein schöner Körper und nichts sonst. Nicht *ein*mal, kein einziges Mal haben sie versucht, mein wirkliches Ich zu lieben, mich dafür zu lieben, was ich *bin*, mein Wesen zu lieben. Harry streichelte ihr weiter den Kopf, über die Wange, den Hals und rieb ihr Ohrläppchen sanft zwischen seinen Fingerspitzen; er lächelte, als sie den Kopf bewegte und ihr Lächeln unter seinen Liebkosungen weicher wurde. Ich glaub, wir sind verwandte Seelen und deshalb fühlen wir uns einander so nahe. Ihre Augen leuchteten noch stärker, als sie sich jetzt auf die Seite drehte, sich auf einen Arm stützte und Harry ansah, Genau das meine ich. Verstehst du, du hast Gefühl. Du kannst mein eigentliches Ich würdigen. Die menschliche Nähe, die ich im Augenblick spüre, habe ich noch nie bei jemandem gespürt ... bei *niemandem*. Ja, ich weiß, was du meinst. Genau das empfinde ich auch. Ich weiß nicht, ob ich es in Worte fassen kann, aber – genau so ist es, es bedarf keiner Worte. Damit ist alles gesagt. Was nützen alle Worte, wenn keine Empfindungen dahinter stehen. Sie bleiben bloße Worte. Als ob ich ein Gemälde ansähe und ihm sagte, du bist schön. Was bedeutet dem Gemälde das? Aber ich bin kein Gemälde. Ich bin nicht zweidimensional. Ich bin ein *Mensch*. Selbst ein Botticelli atmet nicht und hat keine Gefühle. Es ist ein schönes Bild, aber es bleibt nur ein Bild. Wie schön das Äußere auch sein mag, das Innere birgt Empfindungen und Wünsche, die bloße Worte nicht befriedigen können. Sie kuschelte sich an seine Brust, und Harry legte den Arm um sie und hielt ihre Hand, Ja, du hast recht. Es ist nicht nur das Äußere, das schön ist, aber das wissen sie nicht. Es ist hoffnungslos. Und deshalb soll man sich über die Menschen nicht den Kopf zerbrechen. Sie werden dich eines Tages doch in die Pfanne hauen. Du kannst dich nicht auf sie verlassen, weil sie sich früher oder später gegen dich wenden oder einfach verschwinden und dich allein lassen. Marion runzelte flüchtig die Stirn, Aber du kannst nicht alle Menschen aus deinem Leben ausschließen. Ich meine, man muß jemand haben, den man lieben kann ... an den man sich halten kann ... jemanden – Nein, nein, das meine ich nicht, Harry zog sie an seine Brust zurück, ich spreche nur von all den Banausen da draußen. Jemand wie du könnte für mich alles ändern. Wenn du zu mir hältst, könnte ich etwas zustande bringen. Ist das dein Ernst, Harry? Es klang fast wie ein Aufseufzen. Glaubst du wirklich, daß ich dir ein Ansporn sein könnte? Harry sah ihr in die Augen, dann in ihr Gesicht und ließ zart eine Fingerspitze über ihre Wange wandern und die Kontur ihrer Nase nachziehen, in seinen Augen und auf seinem Gesicht lag ein weiches, zärtliches Lächeln, Durch dich könnte mein Leben wieder einen Sinn bekommen. Ein Mann braucht etwas, wofür er lebt, was hätte es sonst für einen Sinn zu leben? Ich brauche mehr, als nur die Straßen. Ich will nicht mein ganzes Leben vor der Polizei davonrennen müssen. Ich will etwas *sein* ... irgendwas. Marion schlang die Arme um ihn und drückte ihn fest an sich, O Harry, ich glaube wirklich, daß ich dir dabei helfen könnte. Ich trage etwas in mir, das verzweifelt hinausdrängt, aber nur der richtige Mensch kann das Schloß öffnen. Du könntest es aufschließen, Harry. Ich weiß es. Harry nahm sie in die Arme, als sie sich an ihn kuschelte. Ja, wir würden es schaffen, bestimmt. Er strich ihr über den Kopf und sah zur Decke hinauf. Deshalb will ich mir unbedingt etwas Geld verschaffen und eine Unze kaufen. Ich will nicht mein Leben damit verbringen, mich auf den Straßen rumzudrücken und zu enden wie die andern. Wenn ich ein bißchen Geld habe, kann ich mich an irgendeinem Geschäft beteiligen und mich darin einrichten. Er sah Marion an und lächelte, Ich hab das noch nie jemand erzählt, aber ich wollte schon immer sone Art Künstler-Café aufmachen. Du weißt schon, mit gutem Essen und allerlei Gebäck und verschiedenen Arten Kaffee, dazu Tee aus aller Welt, aus Deutschland, Japan, Italien, Rußland. Da könnte auch so ne Art Theatergruppe mitmachen, die abends Vorstellungen gibt, und vielleicht auch Pantomimen, die einen Sketch aufführen. Ich weiß nicht, ich hab mir das alles noch nicht so genau überlegt, aber – Marion setzte sich auf, O, das klingt phantastisch. Das ist eine fabelhafte Idee, Harry. Und du könntest auch Bilder von jungen Malern ausstellen. Es könnte doch zugleich so ne Art Galerie werden. Auch Skulpturen und so. Harry nickte, Ja. Das klingt gut. O Harry, laß uns das machen, unbedingt. Das ist eine großartige Idee. Die Maler aufzutreiben wäre überhaupt kein Problem. O, und dann könnten wir ein paar Abende in der Woche Dichterlesungen veranstalten, O Harry, wie aufregend, und es würde klappen, ganz bestimmt. Ja, ich weiß. Es braucht natürlich n bißchen Zeit, aber wahrscheinlich könnte ich sogar mehrere solcher Dinger aufmachen. Weißt du, wenn das Lokal hier erst mal läuft, könnten wir nach Frisco gehen und dort eins eröffnen. O, San Francisco würde dir gefallen, Harry, und ich kenne genug Leute dort, die mitmachen würden, Pantomimen Dichter Maler, ich kenne sie alle und wer weiß, was sich noch alles daraus ergeben könnte. Harry lächelte, Ja. Aber wir müssen erst mal dafür sorgen, daß das erste hier richtig läuft, bevor wir uns ans nächste wagen. Ja, ich weiß. Aber Pläne schmieden können wir trotzdem. Wie lange wird es dauern, bis du das Geld zusammen hast, was glaubst du? Harry zuckte die Schultern. Ich weiß nicht. Nicht lange. Wenn wir die erste Unze erst mal haben, gibts kaum noch Schwierigkeiten. Sie umarmte ihn und drückte ihn fest an sich, O Harry, ich bin ja so aufgeregt, ich kann dir gar nicht sagen, wie. Harry lachte leise, Das ist mir noch gar nicht aufgefallen. Sie lachten und schlangen die Arme umeinander und küßten sich, zunächst zart und verhalten, dann leidenschaftlicher, und Harry legte den Kopf ein wenig zurück und sah Marion innig an, Ich liebe dich, und küßte sie auf die Nasenspitze, küßte ihre Lider, die Wangen, dann ihre weichen Lippen, ihr Kinn, ihren Hals, ihre Ohren, wühlte sein Gesicht in ihr Haar und liebkoste ihren Rücken mit den Händen und hauchte ihr ihren Namen ins Ohr, Marion, Marion, ich liebe dich, und sie ließ sich von der sanften Strömung forttragen und spürte sich von seinen Worten und Küssen und Empfindungen durchflutet, und diese Flut schwemmte alle ihre Probleme, ihre Zweifel, ihre

Befürchtungen und Ängste fort, und sie fühlte sich warm und lebendig und vital. Sie fühlte sich geliebt. Sie wurde gebraucht. Harry empfand sich als wirklich und wichtig. Er spürte, wie all die Bruchstücke sich allmählich zu einem Ganzen fügten. Ihm war, als stünde er am Rande von etwas Bedeutsamem. Sie fühlten sich ganz. Sie fühlten sich vereint. Obwohl sie noch auf der Couch lagen, empfanden sie sich als ein Teil der Unermeßlichkeit des Himmels und der Sterne und des Mondes. Sie befanden sich auf einem Berg, ganz oben, wo eine sanfte Brise Marions Haar umspielte, und gingen durch einen sonnengesprenkelten Wald und durch blumengesprenkelte Felder und hatten Teil an der Freiheit der Vögel, die sich zwitschernd und singend durch die Luft schwangen, und der Abend war tröstlich warm und das gedämpfte Licht verdrängte weiter das Dunkel in die Schatten, während sie einander in den Armen hielten, sich küßten und der eine die Dunkelheit des andern in die Ecke verbannte, im Glauben an das Licht im andern und an seinen Traum.

Sarah lächelte sich wach. Es war noch früh, aber sie fühlte sich völlig ausgeruht und erfrischt. Sie wußte nicht genau, ob sie geträumt hatte oder nicht, aber wenn ja, dann war es ein schöner Traum gewesen. Ihr war, als höre sie Vogelgezwitscher. Sie stand auf und ging ipsy pipsy ins Badezimmer und unter die Dusche und bereitete sich innerlich und äußerlich auf den neuen Tag vor. Sie betrachtete im Spiegel ihr Haar, zuckte die Schultern und lächelte. Nebbich. Es ist schön. Immerhin aus derselben Familie, sie kicherte. Bibel, babel, halt den Schnabel, es ist ein orangefarbener Himmel. Sie kicherte wieder und ging ipsy pipsy ins Wohnzimmer, schaltete den Fernseher ein, dann in die Küche und stellte ihr Ei zum Kochen auf, dann zum Hausbriefkasten, um nachzusehen, ob der Brief vom Fernsehen schon gekommen war. Sie wußte, daß der Postbote erst Stunden später fällig war, aber man kann nie wissen. Es könnte ja ein Eilbote sein, oder ein anderer Postbote, der die Post früher bringt. Ihr Briefkasten war leer. Wie die anderen auch. Sie ging in ihre Wohnung zurück und begann, sich ihre Grapefruit zurechtzumachen und überlegte, was sie zuerst essen solle: die Grapefruit oder das Ei. Sie schlürfte den schwarzen Kaffee, dachte nach, und aß dann die Hälfte der halben Grapefruit, dann das Ei und dann den Rest der Grapefruit. Und dann war der Teller leer. Ihr war, als sei sie eben erst aufgestanden, und nun hatte sie bereits das Frühstück hinter sich. Sie zuckte die Schultern und füllte ein Viertelliter-Glas mit Wasser, trank es aus und sah im Geiste, wie ihr Übergewicht dahinschwand. Sie saß am Tisch und trank ihren Kaffee, aber ihre Hände wollten immerzu nach etwas greifen, deshalb erhob sie sich und spülte das Geschirr, trocknete es ab und räumte es fort, dann sah sie auf die Uhr, um festzustellen, wie lange es noch bis zum Lunch dauerte und sah, daß noch nicht einmal Frühstückszeit war. In ihrem Magen stieg Panik auf, doch sie ging zurück ins Schlafzimmer und machte das Bett und brachte das Zimmer in Ordnung und sagte zu ihrem Magen, er solle endlich Ruhe geben, Im roten Kleid wird dir wohler sein, als einer Käseschnecke. Sie sang und summte vor sich hin, machte sich im Wohnzimmer zu schaffen, wischte Staub, räumte auf und wartete darauf, daß es Zeit würde, zu Ada rüberzugehen, um ihr Haar einer weiteren Behandlung unterziehen zu lassen. Während sie im Wohnzimmer Ordnung machte, nahmen die Vorgänge auf dem Bildschirm sie mehr und mehr gefangen, und so ließ sie schließlich ihre Arbeit liegen und setzte sich in ihren Sessel, um den Rest der Sendung zu sehen. Das Ende war nicht nur glücklich, sondern auch lustig und herzbewegend, und als sie ihr Handtuch nahm und die Wohnung verließ, war sie in bester Stimmung. Sie warf noch einmal einen Blick in den Briefkasten und ging zu Ada. Heute wirds nicht so schlimm. Nur noch n bißchen mehr Farbe. Ist der Brief gekommen? Der Postbote war noch nicht da. Ich glaube aber, heute kommt der Brief. Glaubst du, daß drinsteht, um welche Show es sich handelt? Sarah zuckte mit den Schultern, Ich hoffe. Was du wohl gewinnst? Gewinnen? Vielleicht ein Weekend mit Robert Redford, wie soll ich das wissen? Wenn ich weiß, um welche Show es sich handelt, werd ich auch wissen, was für Gewinne es gibt. Nachdem sie sich vor dem Fernsehapparat installiert hatten, legte Ada Sarah das Handtuch um den Hals, Gestern hab ich in einer Quiz-Show eine Dame aus Queens gesehen, die hat einen brandneuen Wagen gewonnen und dazu ein sechsteiliges Koffer-Set, sogar ein Kosmetikköfferchen war dabei, in einem wunderbaren Blau. Weißt du Ada, das ist genau das, was ich brauche. Einen fabrikneuen Wagen und einen Koffer. Wenn ich nach Miami fahre. Ich hab immer neue Koffer, wenn ich im Fountainebleau absteige. Sieh bloß zu, daß sie dir ne Schutzpolitur auf den Wagen machen, und nich so ne billige. Bei der Sonne da unten braucht der Wagen einen Schutz. Sag mal, war der Wagen auch groß genug für einen Fahrer und das Gepäck? Ada begann die Farbe aufzutragen, Du hättest die Dame sehen sollen, sie fiel fast in Ohnmacht. Ich glaub, die wohnt in der Nähe von den Katzens. Den Katzens? Ja, du weißt doch, Rae und Irving Katz. Sie wohnten lange Zeit über Hymies Delikatessengeschäft. Wann war das? Das ist vielleicht zehn Jahre her, so genau weiß ich das nicht mehr. Und ich soll noch wissen, wer die Katzens waren, die vor zehn Jahren über Hymies Delikatessengeschäft wohnten. Das war die Zeit, als mein Seymour starb. Ich weiß, ich weiß. Aber du kannst dich bestimmt erinnern. Sie hatten einen so netten Sohn. Der ist jetzt ein bekannter Arzt. In Hollywood. Ach ja, jetzt fällts mir ein. Und die leben in der Nähe der Dame mit dem Wagen und dem Koffer? Ada zuckte die Achseln. Könnte sein. Sie sind nach Queens gezogen. Vielleicht kennen sie einander. Jedenfalls ist das ein schöner Gewinn. Genau das, was ich brauche. Gestern hab ich gesehen, wie ein Paar einen Swimmingpool gewonnen hat. Einen Swimmingpool? Ja. Sogar mit Filteranlage und Heizung und allem möglichen. Also *das* wär was für mich. Ich könnte die Couch raustun, und sie könnten den Swimmingpool im Wohnzimmer installieren. Das ginge nicht, Sarah. Dann würden sie dir die Miete anheben. Wie hoch denn wohl? Überallhin. Ich schenk ihnen die Koffer. Sollen sie verreisen und mich in Ruh lassen. Vorsicht, jetzt nicht bewegen. Eine rote Nase brauchst du nicht. Ada trug sorgfältig die Farbe auf, während sie sich weiter unterhielten und allerlei Überlegungen anstellten, und als Ada fertig war, sah Sarah auf die Uhr, Sehr gut. Ich komm gerade noch zu meinem Lunch zurecht. Ich glaub, heut werd ich zur Abwechslung ein Ei zu mir nehmen, Grapefruit, schwarzen Kaffee und ein kleines bißchen Salat. *Bon appetite*.

Harry und Marion schliefen auf der Couch, einer in den Armen des anderen. Die Musik spielte immer noch und das Licht der Lampe in der Ecke mischte sich mit dem Sonnenlicht, das durch die heruntergelassenen Jalousien drang. Es war eine Stille im Raum, die den Straßenlärm der Bronx, die von Menschen und rumpelnden kreischenden ratternden Fahrzeugen wimmelte, irgendwie nicht zur Kenntnis nahm. Ihre Haut war feucht von der heißen, feuchten Luft, und doch schliefen sie tief und ruhig. Die Wohnung, und alles, was in ihr war, schien eine Insel zu sein, isoliert von ihrer Umgebung. Sie spiegelte den Zustand der beiden Schläfer wider. Gelegentlich ließ ein Lastwagen die Fenster klirren und Fußboden und Wände schüttern, doch das Geräusch wurde verschluckt von der Stille, und nur manchmal bewegte etwas die Luft und die in dem diffusen Sonnenlicht schwebenden Staubpartikel begannen zu tanzen, wenn sanfte Luftwellen streichelnd an ihnen vorüberzogen. Die Sommersonne stieg höher und höher am Himmel und schoß Hitzestöße auf die Stadt hinunter und die drückende Feuchtigkeit machte Körper und Kleider feucht, und die Menschen fächelten sich und wischten sich die schwitzenden Gesichter, und versuchten einen weiteren Schreckenstag zu überstehen, während Harry und Marion, einer in den Armen des andern, den Tag schlafend verbrachten, blind für die Realität um sie herum.

Nach ihrem herzhaften Lunch, zu dem sie ein bißchen mehr Salat gegessen hatte, ging Sarah noch einmal zum Briefkasten. Man konnte es nicht eigentlich mogeln nennen, denn es *war* nur eine halbe Schüssel Salat gewesen ... Es kommt wirklich darauf an, wie man mißt: locker oder fest. Wenn man nur wenig Salat in die Schüssel tut, ist mehr Luft drin als Salat. Sarah hatte ja nichts anderes getan, als Luft zwischen den Salatblättern rauszudrücken ... allerdings ziemlich kräftig, und so ging fast ein halber Salatkopf rein. Na und? Man braucht keinen Zahnstocher, wieviel Salat man auch ißt. Sie trank rasch hintereinander zwei Gläser Wasser, dann versuchte sie sich einzureden, sie sei satt, Aber wen willst du damit betrügen? Das nimmt dir keiner ab. Ich bin nicht satt, ich komm um vor Hunger. Sie zog noch einmal das Buch zu Rate, und es versicherte ihr, daß man nach den ersten ein oder zwei Tagen (zwei! Kann ja wohl nicht ernst gemeint sein!!!) beginne, an seinem eigenen Fett zu zehren und keinen Hunger mehr verspüre. Ich warte. Das Buch empfahl ihr ferner, sie solle sich vorstellen, wie gut sie mit ihrem zulässigen Gewicht aussehen würde und sich darauf konzentrieren, nicht an den Hunger zu denken, den sie unter Umständen verspüre (*unter Umständen?* Wer nimmt hier wen auf den Arm?!) und das tat sie und sah sich erneut in ihrem prächtigen roten Kleid, mit rotem Haar und goldenen Schuhen über den Bildschirm gehen, schlank und knakkig, mit zulässigem Gewicht und sexy aussehend, aber selbst da war sie immer noch hungrig. Ich hab keinen Hunger, weil ich schlank und schön bin? Ich esse nichts, weil ich so phantastisch aussehe? Sie sah das Buch an. Platzen sollst du. Sie kümmerte sich nicht um ihren Kaffee, sondern ging zum Briefkasten. Immer noch keine Post. Sie ging in die Wohnung zurück und stand in der Mitte der Küche und starrte auf den Kühlschrank und spürte, wie sie sich vorbeugte, langsam, aber stetig, und sie war von dem Vorgang fasziniert und wie hypnotisiert und fragte sich, wie weit sie sich wohl noch vorbeugen könne, ohne der Länge nach hinzuschlagen, und sie beugte sich weiter und immer weiter vor, bis sie plötzlich die Arme vorstreckte und einem Sturz zuvorkam, indem sie sich im letzten Augenblick auf dem Kühlschrank abstützte. Gott soll schützen. *Das* brauch ich nicht. Sie kehrte dem Kühlschrank den Rücken, schob sich seitlich an ihm vorbei und ging ins Badezimmer. Sie fuhr sich mit den Händen durchs Haar und sah es sich genau an. Immer noch nicht das Rot, das sie wollte, aber immerhin rot. Irgendwie karottenfarbig, aber rot. Eindeutig aus derselben Familie. Morgen nimmt Ada es sich noch einmal vor und vielleicht ist es dann so, wie es sein soll, aber für den Augenblick langt es. Vielleicht sollte sie ein bißchen vor die Tür gehen und sich, während sie auf den Postboten wartete, in die Sonne setzen. Die wollen sicher alle sehen, wie phantastisch meine Haare jetzt sind. Sie blieb an der offenen Küchentür stehen, mit dem Rücken zur Küche und warf, nach einem Seitenblick auf den Kühlschrank, den Kopf in den Nacken, Na wennschon, nebbich, nahm ihren Klappstuhl und ging, nachdem sie einen Blick in den Briefkasten geworfen hatte, auf die Straße hinaus. Sie setzte sich zu den andern, die an der Hauswand saßen und sich sonnten, einige mit einem Spiegel, den sie sich unters Kinn hielten, während sie zur Sonne hinaufstarrten. Sarah konnte förmlich spüren, wie ihr Haar in der Sonne schimmerte, und sie warf es mit einer leichten Kopfbewegung ein wenig zurück, während sie auf das erste anerkennende Wort wartete. Ada hats uns schon erzählt. Es ist fabelhaft. Vielen Dank. Morgen macht sies mir noch ein bißchen dunkler. Damits zum Kleid paßt. Warum dunkler? Jetzt siehts aus wie bei Lucille Ball. Aber *ich* seh noch nicht so aus. Aber bald ... ich mach eine Diätkur. Eine der Damen ließ für einen Augenblick ihren Spiegel sinken, Quark und Salat, dann hob sie den Spiegel wieder. Die Frauen reckten, mit geschlossenen Augen, ihre Gesichter der Sonne entgegen, während sie sprachen. Was für ne Diät? Eier und Grapefruit. Oi wai. Hab ich auch mal. Na, dann viel Glück, Herzchen. Is gar nicht so schlimm. Wie lange machst du das denn schon? Den ganzen Tag. Den ganzen Tag? Es ist ja erst ein Uhr. Na und? Ist doch schon mehr als die Hälfte, also so gut wie n ganzer Tag. Ich denk mich schlank. Meine Rosie hat fast fünfzig Pfund abgenommen wie nix. Wie nix? Was heißt wie nix? Wie nix heißt wie nix. Einfach so. Puff, weg waren sie. Hast du sie in nen Schwitzkasten gesteckt? Ein Arzt. Er hat ihr Pillen gegeben. Dann hat man keinen Hunger mehr. Und was is daran so gut? Wer will schon keinen Hunger haben? Glaubst du, ich hock hier und denk nicht an gehackte Leber und Geräuchertes mit Roggenbrot? Mit ein bißchen Zwiebeln und Senf. Hering. Hering? Ja, Hering. In saurer Sahne. Mit Matzen. n kleiner Imbiß. Wenn die Sonne hinter dem Haus da verschwindet, genehmige ich mir einen kleinen Imbiß, sie blinzelte zur Sonne hinauf, in zwanzig Minuten oder so. Sag doch nicht so was, wenn jemand gerade ne Abmagerungskur macht. Ach, das macht nichts. Ich werd mir heimlich n extra Salatblatt gönnen. Ich denk mich schlank. Die Frauen saßen immer noch auf ihren Klappstühlen an der Hauswand, die Gesichter der Sonne zugewandt, und unterhielten sich, als der Postbote kam. Sarah griff nach ihrem Klappstuhl und folgte ihm ins Haus. Ada und die anderen Damen folgten ihr. Goldfarb. Goldfarb. Ich weiß, daß Sie einen wichtigen dikken Brief für Goldfarb haben. Mal sehen, ich weiß nich. Ich hab heute nich allzu viel, nur die paar Sachen hier, und er steckte Post in die verschiedenen Fächer, hier in der Gegend gibts nich viel Post, außer am Anfang des Monats, wenn die Sozialversicherungsschecks kommen. Aber ich warte auf etwas – hier is was für Goldfarb, Sarah Goldfarb, und er händigte Sarah einen dicken Umschlag aus. Nu wolln wir mal sehen. Mach auf, mach auf. Sarah öffnete vorsichtig das Kuvert, da sie den Inhalt unter keinen Umständen beschädigen wollte, und entnahm ihm einen vorgedruckten Brief und einen doppelseitigen Fragebogen mit einem daran angehefteten Rückantwortkuvert. Also in welcher Show? Der Postbote verschloß die Briefkästen, schob sich an den Frauen vorbei, die Sarah umringten, Also, schönen Tag noch, bis morgen, und verließ pfeifend das Gebäude. Die Frauen nickten, und eine oder zwei von ihnen sagten automatisch auf Wiedersehen, und alle drängten sich noch näher an Sarah heran. Hier steht nicht, welche Show. Was? Wie sollst du es dann wissen, wenn sies dir nicht sagen? Sie werden sich entscheiden, wenn du ihnen das ausgefüllte Formular zurückgeschickt hast. Wozu diese Geheimniskrämerei? Ada nahm Sarah den Brief aus der Hand, und Sarah deutete auf einen bestimmten Absatz: Siehst du, hier? Ada nickte, während sie vorlas, «... als Public Relations-Agentur für verschiedene laufende, sowie in Aussicht genommene TV-Shows ergreifen wir die Gelegenheit ...» Ein Haufen nichtssagender Worte. Wie bei der Seifenoper: Die nächste Folge bringen wir morgen. Sie kicherten ein wenig und gingen zu ihren Stühlen zurück, um noch das letzte bißchen Sonne zu erhaschen, bevor sie hinter einem Haus verschwand. Sarah zuckte mit den Schultern und ging in ihre Wohnung zurück, um sich mit dem Fragebogen zu beschäftigen. Sie stellte den Fernseher an und setzte sich in ihren Sessel und las den Fragebogen mehrmals durch, bevor sie in die Küche ging. Sie kehrte dem Kühlschrank den Rücken und machte sich ein Glas Tee, dann setzte sie sich an den Küchentisch, um den Fragebogen auszufüllen. Sarah hatte in ihrem Leben noch nicht viele Formulare ausgefüllt, und jedesmal, wenn ihr diese Prüfung bevorstand, schien die Aufgabe ihr zunächst unlösbar. Auch mit diesem war es so. Sie saß bloß da, mit dem Rücken zum Kühlschrank, schlürfte ihren Tee und wußte, daß das Dunkel sich bald lichten würde. Sie sah das Formular aus dem Augenwinkel an und zog es dann langsam über den Tisch zu sich heran, bis es vor ihr lag und fast ihre Nasenspitze berührte. Also, was soll schon sein. Soll ich mich vielleicht von nem Stück Papier einschüchtern lassen? Sie wolln was von mir wissen? Also los, Schlaumeier, fragen Sie. Phhh. Das nennen Sie eine Frage? Solche beantworte ich sechs auf einmal. Sie begann das Formular auszufüllen und malte sorgfältig Druckbuchstaben hin. Name. Adresse. Telefonnummer. Sozialversicherungsnummer. Huh, wie der Wind, und sie ging rasch von einer Frage zur nächsten über und hielt dann plötzlich inne. So, jetzt werden Sie auch noch persönlich? Schließlich hat jeder seine kleinen Geheimnisse. Sie sah den Fragebogen mit zusammengekniffenen Augen von der Seite an und schlürfte ihren Tee. Okay, sie wollns wissen, also sage ichs ihnen, und sie schrieb rasch ein paar Zeilen hin: ihr Geburtsdatum. Die nächste Frage: Alter. Jetzt soll ich auch noch zählen für die. Ich bin zwar kein Einstein, aber das kann ich gerade noch. Sie sah sich die nächste Frage an und lächelte, lachte dann leise und zuckte die Achseln, bevor sie sie beantwortete. Familienstand: schön wärs ja. Vielleicht schicken sie mir Robert Redford ... oder vielleicht sogar Mickey Rooney. Geschlecht: Also so was, weiblich natürlich, was denn sonst. Sie kicherte und redete weiter auf das Formular ein und schrieb ihre Antworten sorgfältig und leserlich nieder. Als sie fertig war, überlas sie das Ganze mehrmals, um sicher zu sein, daß die Antworten auch alle stimmten und sie nichts übersehen hatte. Etwas so Wichtiges durfte nicht nachlässig oder gleichgültig behandelt werden. Wie viele Träume konnte dieses Stück Papier wahr machen. Wohin das noch alles führen konnte. Jeden Tag sah sie im Fernsehen, wie sich Dinge für Leute plötzlich zum Guten wandten. Menschen heiraten. Söhne kommen nach Hause. Alle Leute sind glücklich. Sie saß eine Weile mit geschlossenen Augen da, faltete das Papier dann behutsam zusammen, in den alten Kniffen, und steckte es in das bereits adressierte Kuvert, klebte es zu, drückte lange auf die Verschlußklappe, legte es dann auf den Stuhl und setzte sich zur Sicherheit drauf. Wenn es jetzt nicht gut verschlossen ist, kann es überhaupt nicht verschlossen werden. Sie warf den Kopf zurück, straffte die Schultern und ging, mit einem Blick zum Kühlschrank, Wer braucht dich schon?, um den Brief in den Kasten zu stecken. Im Schatten saßen noch einige der Damen. Sarah schwenkte den Brief, Fertig, der geht jetzt los. Sie begleiteten sie zum Postkasten an der Ecke. Vielleicht schikken sie dich für eine Woche zu Grossinger, das tun sie mit allen Stars. Und dort eß ich dann Eier und Grapefruit? Die Damen lächelten und lachten leise und vergnügt, als sie die Straße hinunter gingen. Ihre gute Freundin, Sarah Goldfarb, zwanzig Jahre schon ihre Freundin (einige kannten sie sogar noch länger), würde im Fernsehen auftreten. Kein Leben bleibt von Trauer und Schmerz verschont, aber hin und wieder gibt es einen Lichtstrahl, der in die Einsamkeit deines Herzens fällt und dir Trost spendet, wie eine warme Suppe und ein weiches Bett. Dieser Lichtstrahl leuchtete nun ihrer Freundin Sarah Goldfarb, und sie nahmen teil an dem Licht und an ihrer Hoffnung und ihrem Traum. Sarah hob die Klappe des Briefkastens und drückte einen Kuß auf den Umschlag, bevor sie ihn hineingleiten ließ. Sie hob die Klappe noch einmal, um sich zu vergewissern, daß der Brief auch wirklich hineingefallen war, und vertraute ihren Traum dem US-Postdienst an.

Die 8-Stunden-Tag-Termiten, die Butterbrot-Schlepper, die ehetrottligen Bürohengste, all die Lemuren und Spießer waren schon zu Hause oder auf dem Weg dorthin, als Harry und Marion einem neuen Tag entgegendämmerten. Sobald sie ihre Augen öffneten, wenn auch nur ein klein wenig, schienen die Schatten zum Angriff überzugehen und ihre Augen zu zwingen, sich wieder zu schließen, und so drehten sie sich, so gut es auf der schmalen Couch ging, ächzend noch einmal auf die andere Seite und versuchten wieder einzuschlafen, doch obwohl ihre Lider schwer waren und ihre Körper träge, war es ihnen nicht möglich, weiterzuschlafen, und so hingen sie zwischen Wachen und Schwärze, bis die Schwärze unbehaglich wurde und sie ihre steifen Glieder hochzwangen und ein Weilchen auf dem Rand der Couch saßen, um sich erst einmal zurechtzufinden. Harry massierte seinen Nacken, Mann, mir is, als hätt ich Fußball gespielt, du lieber Gott. Er zupfte an seinem Hemd, Ich bin klatschnaß. Zieh es aus und hängs über den Stuhl. Dann wirds rasch wieder trocken. Ich mach uns Kaffee. Harry sah Marion nach, wie sie durchs Zimmer ging, mit sacht schaukelndem Hinterteil. Er hängte sein Hemd über die Stuhllehne, hob die Jalousie ein bißchen und starrte einen Augenblick aus dem Fenster auf den Straßenverkehr, aber so unkonzentriert, daß alles wie in Einzelteile zerspalten schien, bis er sie schließlich zu einem Ganzen zusammenzwinkerte. Er rieb sich den Kopf und öffnete die Augen ein wenig mehr. Nach und nach wurde er sich der Geräusche aus der Küche bewußt, und er ließ die Jalousie fallen und ging zu Marion, die gerade zwei Tassen Kaffee auf den Tisch stellte. Gutes Timing. Ja. Sie saßen und schlürften den heißen Kaffee und rauchten. Mein Gott, ich weiß nich mal mehr, wie und wann ich eingeschlafen bin. Und du? Marion lächelte, Ich weiß nur noch, daß du mir über den Nacken gestrichen und mir ins Ohr geflüstert hast. Harry gluckste, Nach dem Gefühl in meinen Händen müßte ich dir die ganze Nacht den Nacken gestreichelt haben. Marion sah ihn an und es klang fast schüchtern, Es war schön. Es hat mir sehr gefallen. Die vergangene Nacht war die beste meines Lebens. Nimmst du mich aufn Arm? Sie schüttelte mit einem weichen Lächeln den Kopf, Nein. Da wir beide auf der Couch lagen, wie hätte ich das anstellen sollen? Harry lachte ein bißchen und zuckte die Achseln, Ja. Allerdings. Kaum möglich, wie? Aber es war irgendwie toll. Marion nickte, Ich fands wunderschön. Harry gähnte wieder und schüttelte den Kopf, Mann, ich scheine heute morgen oder heute abend oder welche Zeit wir gerade haben, überhaupt nicht in Schwung zu kommen. Hier. Marion gab ihm eine Speed-Tablette, nimm das, das wird dich gleich munter machen. Huh, was is das, er steckte sie in den Mund und spülte sie mit Kaffee runter.

Speed. Du kannst noch eine nehmen, bevor du zur Arbeit gehst. Zur Arbeit? Ach ja, wir wollten ja heute nacht zu dieser Zeitung, wie? O Gott. Mach dir keine Gedanken, wenn du die nächste Tasse Kaffee intus hast, siehts gleich anders aus. Besonders, wenn du daran denkst, warum ihr arbeiten wollt. Harry kratzte sich den Kopf, Ja, wahrscheinlich. Aber im Augenblick scheints mir ganz unmöglich. Dann denk nicht dran. Sie füllte erneut die Tassen, Wenn wir ausgetrunken haben, gehn wir unter die Dusche. Das haut immer hin. Ja. Sie lächelte, Wie im Regen spazierengehen.

Als Tyrone anrief, war Harry nicht nur hellwach, er schäumte sozusagen im Gebiß und hatte schon ein paar Stunden geredet, wobei er die Wirkung des Speeds durch gelegentliche Züge an einem Joint kompensierte. Aktiviert von der Musik, den Körper in energisch-rhythmischer Bewegung, schnippte er leise mit den Fingern, und die Klänge, die Harry in sich aufnahm, schienen mitten in seinem Kopf zu sein. Wenn er lange genug mit Reden aussetzte, um einen Schluck Kaffee zu trinken, an seiner Zigarette oder einem Joint zu ziehen oder einfach nur Atem zu holen, mahlten seine Kiefer zähneknirschend weiter. Mein Gott, das könnt ich mir die ganze Nacht anhören. Der Kerl hat einen unglaublichen Sound, wirklich einmalig ... *yeah, baby, blow* ... Harry schloß die Augen und nickte, den Kopf schräg zum Radio, im Takt zur Musik, Hörst du das? Hörst du, wie er runterzieht und in Moll endet? Kriegst du den Wechsel der Harmonie mit? Mann! das is ganz groß ... ja, mach weiter Baby, los, hahaha, blas dir die Seele ausm Leib. Und wie er das Tempo dann wieder hochzieht, irgendwie unmerklich? Das macht mich fix und fertig. Hörst dus? Kein plötzlicher Wechsel mit sonem Scheiß-Trommelwirbel wie vor hundert Jahren, sondern sone Art Hineingleiten ins Tempo, und bevor du weißt, wie dir geschieht, schnalzt du schon mit den Fingern. Der is einmalig, Mann, der is einsame Spitze ... Das Stück war zu Ende und, nachdem er seinen Kaffee ausgetrunken hatte, wandte Harry seine Aufmerksamkeit wieder Marion zu. Marion goß ihm Kaffee ein. Hör zu, wenn wir die Unze kriegen und sie verscheuern und Kohle haben, sollten wir mal in eine der Beizen *downtown* gehen und uns Musik anhören. Ja, gern. Wir werden viel unternehmen, wenn wir das Geld erst zusammenhaben. Wir werden den Laden schmeißen und die ganze Welt auf den Kopf stellen. Das mit unserem Künstler-Café wird flutschen wie nix, und dann fahren wir nach Europa und du wirst mir all die Gemälde zeigen, von denen du immer sprichst. Wir können sogar ein Studio für dich mieten und du kannst wieder malen und bildhauern. Die Cafés gehen von ganz allein, wenn die richtigen Leute sich darum kümmern, und wir können uns für ne Weile die Welt ansehen und sie in aller Ruhe genießen. Es wird dir gefallen, Harry, sehr. Meilenweit nichts als Tizians, im Louvre. Du meinst im Luhwer? hahaha. Wo ich schon immer mal hinwollte, is Istanbul. Ich weiß nich, warum, aber ich wollte immer schon nach Istanbul. Am liebsten mit dem Orientexpress, weißt du? Vielleicht mit Turhan Bey und Sydney Greenstreet und Peter Lorre. Jesus, den kann ich einfach nich vergessen. Weißtu noch, Lorre in *M*? Marion nickte. Ich hab mir oft überlegt, wie das wohl is, wenn man das tun muß, du weißt schon, wenn man ein Kinderschänder is. Ich weiß nicht, aber diese armen Kerle haben mir immer irgendwie leid getan, ich meine, die Kinder natürlich auch, aber diese armen Schweine, mein Gott, wie das wohl ist, wenn man das muß, kleine Kinder ansprechen und sie in irgendeinen Keller oder sonstwohin locken und sie dann vergewaltigen ... was wohl in diesen Köpfen vor sich geht, was denken die wohl? Es muß gräßlich sein, wenn sie später allein aufwachen und wissen, was sie getan haben ... O Gott. Und im Knast sind sie bei allen anderen Gefangenen verhaßt, weißt du das? Marion nickte wieder. Sie sind die, die im Knast am meisten verachtet werden. Jeder hackt auf ihnen rum und wenn ein Knastbruder sie totschlägt, kümmert sich keiner drum, selbst wenn sie genau wissen, wer es getan hat. Sie sehen einfach weg und tun, als ginge sie das nichts an, und in manchen Gefängnissen werden sie als Lustobjekte betrachtet, und wenn sie sich sträuben, werden sie vergewaltigt. Mann, das is sicher nich zum Totlachen. Bin ich froh, daß ich *da*rauf nich steh, er beugte sich vor und sah Marion noch eindringlicher an, seine Augen wölbten sich vor und seine Brust vibrierte vom Schlagen des Herzens, ich bin froh, daß wir beide nur uns brauchen, sonst nichts, er umschloß ihre Hände mit seinen und streichelte sie ein Weilchen, küßte die Fingerspitzen und dann die Handflächen, preßte die Hände einen Augenblick an seinen Mund und liebkoste ihre Handfläche mit der Zunge und sah sie, über ihre Hände hinweg, an, und sie lächelte, ihr Mund, ihre Augen, ihr Herz und ihr ganzes Sein lächelten, Ich liebe dich Harry. Wir werden viel erreichen, Baby, und dieser Welt zeigen, wos langgeht, denn ich spüre es, tief innen, ich meine, ich spüre es *wirklich*, es gibt nichts, was ich nicht schaffen könnte, nichts, und ich werd dich zur glücklichsten Frau der Welt machen, Tatsache, das versprech ich dir, weil ich etwas in mir habe, das schon immer rauswollte uund wenn du bei mir bist, Baby, *wird* es rauskommen und nichts kann mich aufhalten, es wird aufwärts gehen mit mir, bis ganz nach oben, und wenn du dir den Mond wünschst, dann gehört er dir und ich will ihn dir sogar hübsch verpacken. Und Marion hielt seine Hände und blickte ihm weich und voll Liebe in die Augen – ich sag dir, ich fühl mich wie Cyrano, und er stand auf und schwang den rechten Arm, als hielte er einen Degen in der Hand, bringt mir Riesen vor die Klinge, nicht bloße Sterbliche, bringt mir Riesen, und ich werde sie in Stücke hauen und – Es klingelte an der Tür und Marion stand auf und ging leise lachend zur Tür, Ich hoffe, es ist kein allzu großer Riese. Sie öffnete und Tyrone schleppte sich lahmarschig rein. Harry stand in der Mitte des Wohnzimmers und schwang seinen imaginären Degen, Das solln Riese sein? und er begann zu fechten. Tyrone stand bloß da und versuchte, die

Lider zu heben, Mein Vater war der beste Fechter von Tel Aviv, und er zog seine Fecht-Nummer ab, machte einen Ausfall, parierte, ging zum Angriff über, beugte das Knie und ließ sein treues Rapier plötzlich vorschnellen und versetzte dem Feind den Todesstoß, *touché*! Harry verbeugte sich, den rechten Arm vor dem Leib, und geleitete Tyrone in die Küche. Marion lachte. He, Mann, was is denn mit *dir* los? Mit mir? Nichts is mit mir los. Mir isses noch nie besser gegangen. Heute isn großer Tag. Ein einmaliger Tag. Ein Tag, der in die Geschichte eingehen wird als der Tag, an dem Harry Goldfarb die Welt aus den Angeln gehoben hat, als der Tag, an dem ich mich hoffnungslos und bis über beide Ohren verliebt hab und meiner Auserwählten meine weiße Feder überreiche, und er machte wieder eine tiefe Verbeugung, und Marion verneigte sich und nahm die Feder entgegen und er kniete zu ihren Füßen und küßte die dargebotene Hand, Erhebt Euch, Sir Harold, Ritter des Hosenbandordens, Verteidiger des Reiches, mein teurer Fürst – Scheiße, ich hab ihn doch bloß gefragt, was mit ihm los is, und ich krieg ne fernsehreife Vorstellung geliefert – Marion und Harry lachten, und Tyrone schien nur noch von unsichtbaren Schnüren aufrecht gehalten zu werden, die jeden Augenblick reißen konnten – Ihr spinnt komplett. Alles okay, Tyrone? Du bist ein bißchen blaß, und Harry brach in Lachen aus. Is denn das drin? Das is doch das Letzte, wirklich das Allerletzte is das. Mach lieber die Augen zu, sonst wirst du noch verbluten, und Harry lachte noch lauter und Marion schüttelte den Kopf und kicherte. Ach Scheiße. Ich komm mir vor, wie in sonem beschissenen Comic-Heft, Jim. Harry lachte immer noch. Du mußt eben mitmachen, du trübe Tasse. Tyrone ließ sich auf einen Stuhl am Küchentisch fallen und sah zu Marion hoch. Was hastu dem Jungen eingeflößt, Baby? Liebe, Mann. Sie hat mir Liebe eingeflößt. Ich hab endlich die Medizin gefunden, nach der ich schon ein ganzes Leben lang gesucht hab. Weißt du nicht, daß nur die Liebe die Welt in Schwung hält, Mann? Ich mach mir keine Sorgen um die Welt, Baby, nur um dich. Harry und Marion lachten über Tyrones müdes Lächeln und Harry wirbelte Marion im Kreis herum, legte ihr dann den Arm um die Taille, wobei sie sich leicht zurückbeugte, und berührte mit den Lippen sacht ihre zarte Kehle. Ich hab vierundzwanzig Stunden durchgebumst und hab das Gefühl, ich tret mir aufn Sack, und du stehst da mit deinem großen, häßlichen Gesicht wie son Mondkalb und erzählst mir, daß die Liebe die Welt in Schwung hält. Scheiße. Mich macht sie so müde, daß ich am liebsten siebenunddreißig Jahre schlafen möchte. Tyrone kicherte und Harry und Marion lachten und sie gab ihm eine Speed-Tablette und Tyrone schluckte sie und nahm einen großen Schluck Kaffee. Ich weiß nich, wieso ich hier bin. Ich schwöre, ich weiß es nich. Wenn der Hase mich nich geweckt und gesagt hätte, daß ich gehen soll, weil sie mir versprechen mußte, daß sie mich rausschmeißt ... Scheiße, ich könnt aufm Lattenzaun schlafen. Das is die Macht der Liebe, Ty. Die hat dich hergezogen. Wir haben Liebeswellen ausgesendet, damit dein blasser, aber niedlicher kleiner Hintern sich hierher bemüht und wir uns die Kohle verdienen, um die Unze zu kaufen. Was hat das mit Liebe zu tun, daß man scharf auf ne Unze is? Harry hielt Marion im Arm und drückte sie in die Rückenbeuge und sang à la Russ Columbo, Ah, wenn ihrs auch Irrsinn nennt, so nenne ichs doch Liebe. Ich hoff bloß, ich leb noch lange genug, bis diese Scheißtablette wirkt, bevor du mich in den Irrsinn treibst. Da treib ich aber lieber was anderes, und Harry brach wieder in Lachen aus, und Marion kicherte und schüttelte den Kopf, Nein Harry, wirklich, du bist schrecklich, und Tyrones Augen sprangen plötzlich auf, und er sah Harry mit einem gespielten Ausdruck der Ungläubigkeit an, Den Freak müßte man erschießen, Jim, damit er nicht länger leidet, und Tyrones Gekicher verband sich mit Harrys Gelächter und Marion begann zu lachen, und sie saßen um den Tisch und als Marion aufhörte zu lachen, füllte sie die Kaffeetassen aufs neue und

Harry fing sich wieder so weit, daß er ein paarmal tief durchatmen konnte und verlor sich in einer Melodie, die sein Bewußtsein völlig in Anspruch nahm, und er schloß die Augen halb beim Zuhören und nickte und schnippte mit den Fingern, Scheiße, Mann, wenn er auch aussieht wien Kretin, so klingt das, was er jetzt von sich gibt, jedenfalls besser ... das war gut, wie? und Marion begann zu lachen und Tyrone fuhr fort zu kichern, und Harry sah ihn mit kühler Überlegenheit an, Bleib cool, Mann, und nahm sein Nicken und Fingerschnippen wieder auf, und Tyrone C. Love trank seine zweite Tasse Kaffee aus und die Scharniere an seinen Augenlidern funktionierten wie geölt, und er machte sich an die dritte Tasse Kaffee und steckte sich eine Zigarette an und lehnte sich auf seinem Stuhl zurück, Blas dir die Seele ausm Leib, Baby, und er begann zu nicken und mit den Fingern zu schnippen, und Harry, die Augen nach wie vor halbgeschlossen, streckte den Arm zur Seite, die Handfläche nach oben, und Tyrone schlug drauf, Scheiße, wir schaffens, Baby, und Harry tat das Gleiche, Jawoohhhl, und Marion schmiegte sich an Harry und er legte einen Arm um sie und sie hörten der Musik zu und spürten sich von der Kraft ihres Entschlusses durchpulst und nickten hin und wieder in Richtung der Uhr und warteten darauf – die Zeit schritt nun rasch fort –, den ersten Schritt in eine neue Dimension zu tun ...

Der erste Diät-Tag war vorüber. Jedenfalls fast. Sarah saß in ihrem Fernsehsessel, nippte an einem Glas Wasser, konzentrierte sich auf die Vorgänge auf dem Bildschirm und achtete nicht auf das verführerische Wispern des Kühlschranks. Sie leerte das Wasserglas, das zehnte, *schlank, schlank*, und füllte es wieder aus dem Krug, der an Stelle der Pralinenschachtel auf dem Tisch stand. Wenn acht Gläser Wasser gut sind für mich, dann sind sechzehn Gläser doppelt so gut und vielleicht werd ich schon in der ersten Woche zwanzig Pfund abnehmen. Sie sah das Glas mit Wasser an und zuckte mit den Schultern, Und wenn ich die ganze Nacht aufbleibe, sechzehn schaff ich nicht. Wenn ich jetzt noch mehr trinke, werde ich sowieso die ganze Nacht auf den Beinen sein. Sie trank das Wasser schlückchenweise, *schlank, schlank*. Der Kühlschrank machte sie auf die Matzen im Küchenschrank aufmerksam. Ohne ihm einen Blick zu gönnen, sagte sie ihm, er solle sich um seine eigenen Angelegenheiten kümmern. Was geht dich der Küchenschrank an? Schlimm genug, daß du es für nötig hältst, mich an deinen Hering zu erinnern, aber der Küchenschrank ... das geht wirklich zu weit. Sie nahm wieder ein paar Schlucke Wasser und starrte auf den Schirm und verschloß ihre Ohren vor dem Kühlschrank, doch es gelang ihm, die Sperre zu durchbrechen und ihr mitzuteilen, daß der Hering, der schöne, köstliche Hering in saurer Sahne, verderben würde, wenn sie ihn nicht bald äße, und daß es höchst bedauerlich wäre, einen solchen Leckerbissen umkommen zu lassen. Jetzt hör dir den Kümmerer an. Wenn du so besorgt darum bist, nichts umkommen zu lassen, warum läßt du es dann zu? Das ist schließlich *deine* Aufgabe, du Meschuggener. *Du* bist dazu da, das Essen frisch zu halten. Tu, was man von dir erwartet, dann verdirbt der Hering auch nicht. Danke. Sie trank noch ein wenig Wasser – *schlank, schlank, schlank, schlank*. Zu dumm, daß ich keine Waage habe. Ich könnt mich wiegen und feststellen, obs funktioniert. Aber im Augenblick würde die Waage ächzen – bei all dem Wasser. Noch ein bißchen mehr und ich schwimme davon. Die Sendung war zu Ende und Sarah gähnte und blinzelte. Sie dachte flüchtig daran, aufzubleiben und sich die Spätsendung anzusehen, verwarf den Gedanken jedoch rasch. Ihr tat alles weh und ihr Körper verlangte dringend nach Schlaf. Ein anstrengender Tag. Die Haare nähern sich *dem* Rot. Zumindest ist es inzwischen eine Art flüchtige Bekanntschaft. Sie trank Wasser – *schlank, schlank*. Der Fragebogen ... ha, ein Klacks. Ausgefüllt wien tanzender Derwisch, wenn ich mich so ausdrükken darf. Und die Eier und die Grapefruit, eins zwei drei, und ein bißchen Salat, vielen Dank. Ein langer, ermüdender Tag. Fast zu müde, um zu Bett zu gehen. Plötzlich fiel ihr der Kühlschrank ein, Wenn er versucht mich zu packen, schlag ich ihn, und nicht auf den *tuchis*. Sie trank den Rest des Wassers – *schlank, schl – knackig, knackig, knackig*. Sie stand auf und hörte es gluckern, Ich komm mir vor wien Goldfischglas. Sie schaltete den Fernseher aus, stellte Krug und Glas in die Spüle und ging hocherhobenen Hauptes und mit gestrafften Schultern, den Blick starr auf ihr Ziel gerichtet, am Kühlschrank vorbei, ohne vom geraden Wege abzuweichen und in dem Bewußtsein, daß sie den Feind überwunden hatte und er vor Furcht zitterte – Hör dir das an, wie er murrt und knurrt, hat vor Angst schon das Herz in der Hose – und sie schritt gleich einer Königin, einer Fernseh-Königin, in ihr Schlafgemach. Langsam und genießerisch ließ sie sich auf ihrer Lagerstatt nieder und streckte sich aus und dankte Gott für ein so bequemes Bett. Ihr vertragenes Nachthemd fühlte sich seidig und weich und kühl an, sie schien rundherum in Weichheit gebettet, und ein Gefühl des Friedens und der Freude breitete sich vom Magen her in ihrem Körper aus, wie Ringe in einem Weiher, und legte sich gewichtslos auf ihre Lider, während sie einem unbeschwerten, erfrischenden Schlummer entgegentrieb.

Marion trieb sie so zeitig aus dem Haus, daß Harry und Tyrone unter den ersten waren, die zur Arbeit erschienen. Im Grunde war das unwichtig, da so wenige aufkreuzten, daß für alle Arbeit da war. Sie schmissen jeder noch ein Speed ein, bevor sie gingen, so daß sie hellwach und voller Tatendrang waren. Die Nacht war heiß und schwül, und der Schweiß lief an ihnen hinunter, als sie die gebündelten Zeitungen auf die Laster warfen, aber sie schufteten und lachten und kicherten und redeten dabei und schafften so viel, wie sechs andere zusammen. Als ihr erster Laster voll war, gingen sie zu einem anderen, um dort zu helfen, und die Männer traten einen Schritt zurück und schüttelten die Köpfe, als sie sahen, wie Harry und Tyrone mit den schweren Zeitungsbündeln um sich warfen, als sei das Ganze ein Privileg und ein Spaß ... ein lustiges Spiel. Einer der anderen sagte ihnen, sie sollten mal halblang machen, Ihr vermasselt uns hier die Tour. Wieso? Scheiße, Mann, die hetzen uns hier schon genug rum, wenn ihr beiden loslegt wie die Wilden, werden sie glauben, daß das jede Nacht so sein muß. Ein anderer gab Harry und Tyrone je eine Dose Bier, Hier, immer mit der Ruhe und hübsch langsam. Wir kommen ziemlich regelmäßig her, versteht ihr? und wir wollen, daß es hier so bleibt, wie es ist. Kapiert, Baby. Wir treten jetzt langsamer. Wir wollen nich, daß der Boss hier jemand aufs Dach steigt, Jim. Genau, Harry nickte und trank die halbe Dose leer und wischte sich mit dem Handrücken über den Mund, ah, das tut gut, verdammtnochmal. Ich hatte n Mund wie Löschpapier. Die andern Jungs schlugen Harry und Tyrone auf den Rücken, und alle waren sich einig und zufrieden und als die Laster beladen waren, kauften Harry und Tyrone das nächste Dutzend Bierdosen und verteilten sie, während sie darauf warteten, daß die nächsten Laster in den Hof zurücksetzten. Etwas später machten ein paar Flaschen Wein die Runde, und Harry und Tyrone war wohl zumute, da der Alkohol die starke Wirkung des Speeds kompensierte. Sie machten ein paar Überstunden und waren so happy wie Schweine im Dreck und rechneten sich aus, wieviel sie an diesem Morgen verdient hatten. Der Tritt in den Hintern erfolgte, als sie erfuhren, daß sie das Geld nicht sofort ausgezahlt bekämen, sondern bis zum Wochenende warten müßten. Scheiße. Is das nich das Letzte? Is das nich das Hinterste vom Letzten? So was Beschissenes. Na wennschon. So kriegen wir die Mäuse auf einmal und brauchen keine Angst zu haben, daß wir sie verpulvern, bevor wir genug für die Unze zusammenhaben. Ja, kann schon sein, aber malochen is schon schlimm genug, und malochen ohne Zaster zu sehen, das stinkt mich an, Jim. Jetzt mach halblang, Ty, mein Kleiner, geh nach Hause und schluck die Schlaftabletten, die Marion dir gegeben hat, und schlaf n bißchen. Nochn paar Nächte und wir haben unsere Unze. Harry streckte ihm die Handfläche hin und Tyrone schlug drauf, So wirds gemacht, Baby, und Harry tat das gleiche und sie verließen den Zeitungsverlag und beeilten sich nach Hause zu kommen, bevor sie in den morgendlichen Berufsverkehr gerieten und die Sonne sie überraschte.

Nachdem sie gegangen waren, machte Marion, vor sich hin singend und summend, lässig Ordnung. Die Wohnung war klein, und es gab nicht viel mehr zu tun, als die Tassen und die Kaffeekanne zu spülen und fortzuräumen. Sie saß auf der Couch, schlang die Arme um sich und hörte der Musik zu. Ihr war sonderbar zumute, ein ungewohntes, aber nicht bedrohliches Gefühl hatte von ihr Besitz ergriffen. Sie dachte darüber nach, versuchte das Gefühl zu analysieren, aber es wollte ihr nicht so recht gelingen. Aus irgendeinem Grund dachte sie an die vielen, vielen Madonnen, die sie in den Museen Europas gesehen hatte, vor allem in Italien, und sie war erfüllt von dem leuchtenden Blau und dem strahlenden Licht der italienischen Renaissance und dachte ans Mittelmeer und an seine Farbe und an die Farbe des Himmels und daran, wie ihr, als sie von einem hochgelegenen Restaurant in Neapel nach Capri hinübergesehen hatte, plötzlich aufgegangen war, warum die Italiener Meister des Lichts waren und auf eine Weise mit Blau umgehen konnten, wie niemand zuvor und niemand seither. Sie erinnerte sich daran, wie sie auf der Terrasse dieses Lokals unter dem Baldachin aus Fischernetzen saß und die Wärme der Sonne sie mit neuem Leben erfüllte und ihre Phantasie entzündete, und wie sie hatte nachempfinden können, wie es vor ein paar hundert Jahren gewesen sein mußte, hier zu sitzen, in diesem Licht und umgeben von diesen Farben, beim Klang von Vivaldis Streichmusik, der die Luft zum Vibrieren brachte, oder auch der Kanzonen für Blechinstrumente von Gabrieli, die von den benachbarten Kirchtürmen herüberklangen, oder in einer Kirche zu sitzen, durch deren bunte Glasfenster die Sonne stürzt und das Schnitzwerk der Kirchenbänke zum Aufleuchten bringt, und einer Monteverdi-Messe zu lauschen. Damals hatte sie sich zum erstenmal wirklich lebendig gefühlt, wahr und wahrhaftig lebendig, als sei ihr Dasein plötzlich gerechtfertigt, als hätte ihr Leben einen Sinn bekommen, dem sie sich, nachdem sie ihn erkannt hatte, unterordnen und dem sie ihr Leben weihen wollte. In diesem Sommer und Herbst hatte sie von morgens bis abends gemalt und war durch die Straßen und Gassen gegangen, in denen immer noch Musik der Meister nachklang, und jeder Stein, jeder Kiesel schien sein eigenes Leben und seine eigene Daseinsberechtigung zu haben, und sie hatte irgendwie das Gefühl, teil daran zu haben, das Gefühl, daß diese Berechtigung auch für sie gelte. An manchen Abenden saß sie, mit anderen jungen Künstlern – Malern, Dichtern, Musikern und Gott weiß wem noch – in einem Café, und sie tranken Wein und redeten und lachten und diskutierten und stritten sich und das Leben war aufregend und mit Händen zu greifen und durchsichtig und so morgenfrisch, wie das klare Licht der mediterranen Sonne. Als sich dann von Norden her langsam das Grau des Winters vorschob, war es, als sickere ihre Energie und ihre Inspiration dahin wie Farbe aus einer Tube, und wenn sie jetzt eine leere Leinwand betrachtete, war es nichts anderes als eine leere Leinwand, ein über ein paar Holzleisten gespanntes Stück Stoff, und nicht mehr ein Bild, das darauf wartete, gemalt zu werden. Nur Leinwand. Sie fuhr weiter nach Süden, Sizilien, Nord-Afrika. Sie folgte der Sonne, die ihr den Weg in die Vergangenheit weisen sollte, in die jüngste Vergangenheit, doch sie stieß nur auf sich selbst. Sie fuhr nach Italien zurück und verschenkte alle ihre Bilder, ihre gesamten Mal-Utensilien, Bücher und was sich sonst noch angesammelt hatte, suchte das hochgelegene Lokal in Neapel wieder auf und saß eine ganze Woche lang dort, endlose Stunden und betrachtete den Vesuv und Capri und die Bucht und den Himmel, versuchte mit der Verzweiflung einer Sterbenden die vergangenen Gefühle wiederaufleben zu lassen, versuchte mit den Juwelen funkelnden Weines die Flamme neu zu entfachen, die ihre Phantasie noch vor kurzem entzündet hatte, doch obwohl der Wein im Sonnen- und Mondlicht funkelte, war das ehedem lodernde Feuer erloschen und Marion war der steinernen Kälte erlegen, die sie in sich spürte. Ihr schauderte, als sie daran dachte, wie sie Italien verlassen hatte und in die Staaten zurückgekehrt war, zurück in die Grobheit ihrer Familie, zurück in ihr glanzloses Leben. Wieder schauderte es sie unwillkürlich, während sie dort auf der Couch saß und auf so viele elende, unglückliche Tage zurückblickte, dann lächelte sie und schlang die Arme noch fester um sich, nicht aus Verzweiflung oder weil es sie fror, oder aus Angst, sondern vor Glück. All das lag hinter ihr, in der näheren und weiteren Vergangenheit. Ausgestanden. Vorbei. Ihr Leben hatte wieder einen Sinn ... ein Ziel. Eine Richtung, der sie folgen konnte. Ein Ziel für ihre Energien. Sie und Harry würden jenes Blau des Himmels und der See wiederfinden und auch wieder die wärmende Glut sehnsüchtigen Verlangens spüren. Sie gingen einer neuen Renaissance entgegen.

Sarah erwachte mitten in der Nacht. Sie kam nur langsam zu sich, und obwohl sie lange Sekunden dagegen ankämpfte, stand sie schließlich auf und taumelte ins Badezimmer, um sich von dem heftigen Druck ihrer Blase zu befreien. Sie versuchte ihre Augen aufzuzwinkern, doch sie widersetzten sich ihren Bemühungen und blieben fast geschlossen, während sie da saß und sich *schlank* dachte. Noch halb im Schlaf und benommen war sie sich doch des aus ihrem Körper rinnenden Wassers bewußt, und auch der Ursache für diesen Überfluß – *schlank, schlank, schlank* – plötzlich richtete sie sich auf – *knackig, knackig, knackig* – Warum soll ich mich eigentlich mit dem zweiten Platz begnügen? Immer noch im Halbschlaf, saß sie ein paar Sekunden da und hörte mit Freuden dem Wirbeln des Wassers in der Klosettschüssel zu, denn sie wußte, daß nicht nur unerwünschte Pfunde in die Kanalisation flossen, und schließlich ins Meer, sondern auch ihr altes Leben, ihr einsames, sinnloses Leben, ein Leben des Nicht-gebraucht-Werdens. Manchmal brauchte ihr Harry sie, aber ... Sie lauschte der Wassermusik als sich der Spülkasten wieder füllte und lächelte, durch den Schleier ihrer Benommenheit hindurch, im Bewußtsein der neuen Frische, die sie erfüllte – sie würde schon bald eine neue Sarah Goldfarb sein. Das neue Wasser in der Klosettschüssel war kristallklar und sah kühl und erfrischend aus, sogar in einem Klosettbecken sah es kühl aus. Sauber ist sauber und neu ist neu ... Trinken werd ich aber trotzdem Wasser aus dem Hahn, vielen Dank. Sarah ging ins Bett zurück, mit leicht wippenden Schritten. Die Laken fühlten sich kühl und erfrischend an, als sie sich hinlegte und ihre Fingerspitzen über die seidige Weiche ihres Nachthemdes und sich selbst tiefer in ein Lächeln gleiten ließ, dessen Widerschein sie auf der Innenseite ihrer Lider sah. Sie atmete langsam und tief, seufzte einmal tief auf vor Zufriedenheit und sank in den schwerelosen Glückszustand zwischen Schlaf und Wachen, und die verschiedensten Wahrnehmungen durchprickelten ihren schlaftrunkenen Körper und verflüchtigten sich dann irgendwo in ihren Zehen, während sie den Kopf in die flaumige Weiche ihres alten Kopfkissens schmiegte, sich selbst einen Gutenachtkuß gab und erwartungsvoll dem Trost der Träume entgegentrieb.

Harry war immer noch angetörnt, als er zu Marions Bleibe zurückkehrte. Sie gab ihm ein paar Schlaftabletten, und sie saßen eine Weile auf der Couch und rauchten einen Joint, bis Harry anfing zu gähnen, und dann gingen sie zu Bett und durchschliefen die lähmende Hitze des Tages.

Heute war ihr Haar tadellos. Was für eine Farbe! So phantastisch, daß sie hätte aus dem Fenster springen mögen. Jetzt solltest du dich beeilen mit deiner Show, bevor der Haaransatz wieder nachwächst. Würd ich auch gern, das kannst du mir glauben, aber andererseits bin ich froh, daß sie sich Zeit lassen, bis ich noch mehr abgenommen habe. Wenn ich über die Bühne gehe, wirds so still werden, daß man es förmlich hören kann. Ich werd einen Blick über die Schulter werfen und sagen *I want to be alone*. Jetzt bist du also eine amerikanische Schwedin? Sie lachten leise und Sarah ging in ihre Wohnung zurück, um festzustellen, wie ihr rotes Kleid zu dem roten Haar aussah. Sie zog es an, auch die goldenen Schuhe, und posierte und wand und drehte sich vor dem Spiegel, wobei sie das Kleid im Rücken so fest wie möglich zusammenhielt. Der klaffende Spalt schien schmaler geworden zu sein. Sie spürte genau, daß sie abgenommen hatte. Sie schlängelte sich und wackelte, leise juchzend, mit den Hüften und lächelte ihr Spiegelbild an und warf ihm eine Kußhand zu, Du bist phantastisch, ein wahres Zuckerpüppchen. Wieder wand und drehte sie sich und juchzte ein bißchen, drückte ein Küßchen auf ihre Hand und lächelte ihr Spiegelbild an, Eine Greta Garbo bist du nicht, aber auch kein Wallace Beery. Sie sah über die Schulter in Richtung des Kühlschranks, Siehst du wohl, du Schlaumeier, du mit deinen Heringsleckerbissen? Es geht schon fast zu. Noch ein paar lumpige Zentimeter und ich paß rein wie in ein Futteral, verbindlichsten Dank. Behalt du deinen Hering. Wer braucht schon Hering? Eier und Grapefruit schmecken mir großartig. Und Salat. Sie posierte und paradierte noch ein Weilchen vor dem Spiegel und beschloß dann, ihren Lunch zu sich zu nehmen und anschließend nach draußen zu gehen und sich ein bißchen in die Sonne zu setzen. Sie nahm das Ei, die halbe Grapefruit und den Salat aus dem Kühlschrank, einen Ausdruck selbstgefälliger Überlegenheit im Gesicht, und warf, nach einem letzten Blick auf den Kühlschrank, den Kopf verächtlich in den Nacken und knallte die Tür mit dem *tuchis* zu. Was sagst du nun, du Großmaul? Du siehst, wie gut ich ausseh und bist sprachlos. Sie gönnte dem Kühlschrank noch einige verführerische Posen und machte sich dann, summend und trällernd, an die Zubereitung ihrer Mahlzeit; sie fühlte sich unangreifbar und kess. Als sie gegessen hatte, spülte sie das Geschirr, räumte es fort, und griff nach ihrem Klappstuhl. Bevor sie die Wohnung verließ, drückte sie einen Kuß auf ihre Fingerspitzen und gab dem Kühlschrank einen aufmunternden Klaps, Weine nicht, Herzchen. Oder, wie mein Harry sagen würde, bleib cool. Sie lachte in sich hinein, schaltete den Fernseher aus, verließ die Wohnung und gesellte sich zu den in der Sonne sitzenden Damen. Sie stellte ihren Stuhl auf einen günstigen Platz und schloß die Augen und wandte, wie die anderen, ihr Gesicht der Sonne zu. Sie veränderten nicht ihre Haltung, wenn sie redeten, sie hielten die Gesichter unverwandt der Sonne entgegen und verrückten nur hin und wieder ihre Stühle, damit sie die ganze Zeit Sonne im Gesicht hatten. Weißt du schon, in welcher Show? Hast du schon was gehört? Wie sollte ich? Der Brief ist ja gestern erst abgegangen. Vielleicht morgen. Kann auch länger dauern. Is ja auch ganz egal, in welcher Show, find ich. Die Hauptsache is, daß man mich sehen wird. Werden sie dir zeitig genug Bescheid geben? Was denn sonst, vielleicht erst, wenns vorbei is? Darfst du jemand mitbringen? Sarah zuckte die Achseln, Wie soll ich das wissen? Sie sollten dir wenigstens erlauben, einen starken Mann mitzubringen. Wer soll sonst all die Gewinne tragen? Die schaff ich schon nach Hause, keine Sorge. Besonders Robert Redford. Für ihn brauch ich keinen starken Mann. Die Frauen gluckten und nickten, während sie weiter in die Sonne starrten. Frauen, die vorbeikamen, blieben stehen und redeten mit Sarah, und als sie eine halbe Stunde dort gesessen hatte, drängten sich alle Frauen der Nachbarschaft um sie und redeten fragten gluckten hofften wünschten. Die Wärme, die Sarah empfand, kam nicht nur von der Sonne, sondern auch von all der Aufmerksamkeit, die ihr plötzlich zuteil wurde. Sie fühlte sich als Star.

Marion kaufte ein paar Skizzenblöcke und Bleistifte, Zeichenkohle, einen Bleistiftspitzer und eine Spraydose Fixativ. Sie wollte auch ein paar Pastellstifte kaufen, doch aus irgendeinem Grund gefielen ihr die, die sie hatten, nicht, und so ließ sie es für den Augenblick bleiben. Sie konnte sich immer noch welche holen. Vielleicht würde sie in den nächsten Tagen in die City fahren und durch die großen Künstlerbedarf-Geschäfte streifen und den Geruch der Leinwände einatmen und sie berühren, und auch die Keilrahmen, Staffeleien und Pinsel, und sich sozusagen nur mal umsehen. Sie hatte nicht die Absicht, sich Ölfarben zu kaufen, bevor sie ein Atelier hatte, aber ein paar Aquarelle wollte sie malen. Das war es, worauf sie im Augenblick aus war. Sie spürte wieder das Licht, die schwebende Leichtigkeit in sich, die sie, wie sie wußte, in schöne, zarte Aquarellfarben umsetzen konnte. Ja, das war es, was ihr an Aquarellen am meisten gefiel, ihre duftige Leichtigkeit. Sie konnte es nicht abwarten. Sie spürte einen unvorstellbaren Drang in sich, eine einzelne Rose zu malen, eine Rose in einer schlanken Vase aus durchscheinendem blauen Glas, venezianischem Glas, oder vielleicht auch eine Rose, auf einem Stück Samt liegend. Ja, das wäre auch schön. Mit einem nur angedeuteten Schatten. So zart und duftig, daß man den Duft förmlich riechen konnte. Nun, wir werden sehen. Vielleicht in ein paar Tagen. Für den Augenblick nur einige Skizzen, um Auge und Hand wieder anzuregen. Sie empfand den fast unwiderstehlichen Drang, alles, was sie auf der Straße sah, zu zeichnen, alles schien ihr so lebendig, schien vor Leben zu vibrieren. Sie nahm blitzschnell die Form der verschiedenen Nasen, Augen und Ohren in sich auf, den Schnitt der Gesichter, die Beschaffenheit der Backenknochen und Kinne, die Halslinien – und die Hände. Sie liebte Hände. Hände sagen einem so viel, die Form der Finger und vor allem, wie Menschen ihre Hände halten und mit ihnen umgehen. Sie war noch sehr jung, ein Kind, als sie zum erstenmal eine Reproduktion der *Schöpfung* von Michelangelo sah, und besonders das Detail, die *Erschaffung Adams*, traf sie unvermittelt und blieb ihr für immer unvergeßlich. Je mehr sie sich später mit Malerei befaßt hatte, desto stärker beeindruckte sie die schlichte Konzeption jenes Freskos und die schier unfaßbare Aussage in der Haltung der beiden Hände. Es war eine Haltung, die sie in ihren eigenen Arbeiten auszudrücken versuchte, und manchmal hatte sie das Gefühl, daß ihr das auch gelungen war, zumindest bis zu einem gewissen Grade. Sie wollte dem Beschauer durch die «Gebärde» des Dargestellten, ob es nun ein Mensch war oder ein unbelebter Gegenstand, etwas mitteilen, auf einfache, direkte Weise, wollte ihre Gefühle auf die Leinwand übertragen, wollte durch ihre Kunst ihre innere Haltung zum Ausdruck bringen, und damit ihr Empfindungsvermögen spürbar und sichtbar machen.

Die folgenden Tage verliefen für Marion, Harry und Ty nicht viel anders als die vorangegangenen. Harry und Ty törnten sich nachts an und schufteten wie die Wilden. Sie bemühten sich, langsamer zu arbeiten, sobald die anderen ihnen aufs Dach stiegen, und dann schluckten sie ein paar Schlaftabletten und verschliefen den Tag. Da Harry sich sehr schnell an etwas gewöhnte, war das Ganze für ihn in der zweiten Nacht schon zur Routine geworden. Wenn er morgens nach Hause kam, liebte er Marion noch ein paar Stunden, bevor er ein paar von ihren Schlaftabletten nahm und abschlaffte. Jetzt weiß ich, wieso du dabei abnimmst, du bumst dir den Stoff einfach weg. Bei manchen Männern ists genau umgekehrt. Soo? Ja. Es macht sie völlig impotent und manchmal verlieren sie jedes Interesse daran. Tut mir leid, damit hab *ich* nichts zu tun. Komm her, und Harry zog sie zu sich aufs Bett, und Marion kicherte, als er sie auf den Hals küßte. Was machst du da? Harry warf den Kopf zurück und sah sie an, Wenn du das nich weißt, mach ichs nich gut. Sie lachten und Harry küßte sie auf Hals, Schulter und Brust und befeuchtete seine Lippen und küßte sie auf den

Bauch, Ich will doch mal sehn, ob ichs noch hinkriege. Was? Das, und beide lachten und kicherten und verbrachten einen ausgedehnten Liebesmorgen, bis es Zeit wurde, den Tag wegzuschlafen.

Nachts, während Harry arbeitete, saß Marion mit ihrem Skizzenblock und den Bleistiften und der Zeichenkohle auf der Couch. Sie saß im Türkensitz und schlang die Arme um sich und schloß die Augen und ließ ihre Gedanken in eine Zukunft schweifen, in der sie und Harry beieinander waren, immer, und das Künstler-Café war immer gut besucht und der *New Yorker* hatte einen Artikel über das Lokal gebracht, und bald war es *in* und alle Kunstkritiker kamen, um dort zu sitzen, Kaffee zu trinken und Kuchen zu essen und sich die Bilder der großen Künstler von morgen anzusehen, die Marion entdeckt hatte, und bildende Künstler und Dichter und Musiker und Schriftsteller saßen und redeten und diskutierten und von Zeit zu Zeit stellte auch Marion ihre Bilder aus, und alle anderen Maler waren begeistert, und selbst die Kritiker waren von ihren Arbeiten angetan und lobten deren Sensibilität und Engagiertheit, und wenn sie nicht im Café war, sah sie sich malend in ihrem Atelier, und die Leuchtkraft ihrer Bilder blendete das Auge, und in solchen Augenblicken griff sie nach ihrem Skizzenblock und sah sich nach etwas um, was sie skizzieren konnte und fand nicht das, was sie suchte, und so arrangierte sie aus Gegenständen aus der Küche oder aus dem Wohnzimmer ein Stilleben, aber nichts wollte sie anregen oder inspirieren, und so kehrte sie zu ihren Phantasien zurück und genoß die beruhigenden Tröstungen, die sie ihr gewährten, und diese Phantasien waren wirklicher für sie, als daß sie auf der Couch saß und die Bleistifte und die Zeichenkohle und den fabrikneuen Skizzenblock betrachtete.

Jeden Tag sah Sarah in ihren Briefkasten, mehrmals, aber immer noch keine Antwort von der McDick Corporation.

Sie hielt sich trotzdem weiter an ihre Diät, aber es fiel ihr schwerer und schwerer, selbst, wenn sie eine *ganze* Schüssel Salat aß. Sie verbrachte die Tage mit Ada und den Damen in der Sonne, und immer noch kamen welche und fragten und sie zeigte ihnen ihr rotes Haar, aber sonst passierte nichts Neues. Wenn die Sonne hinter dem Gebäude verschwand, gingen einige der Damen ins Haus, vor allem die mit den Spiegeln, aber Sarah und ein paar andere blieben noch draußen sitzen und genossen den kühlen Schatten. Auch dann war es für Sarah nicht leicht, nicht ans Essen zu denken und sich mit der besonderen Aufmerksamkeit zu begnügen, die ihr als zukünftiger Kandidatin in einer Quiz-Show zuteil wurde, und ihre Gedanken wanderten zu Visionen von geräuchertem Lachs und Beugeln und köstlichem Käsegebäck von einer Würzigkeit, die sie förmlich riechen und schmekken konnte, und die Stimmen der Damen trieben an ihr vorbei, während sie lächelte und sich die Lippen leckte. Doch die Abende waren noch schlimmer, wenn sie allein in ihrem Sessel saß und fernsah, den Rücken zum Kühlschrank, der ihr etwas zumurmelte; ihr Magen krampfte sich vor Angst zusammen und auf ihrer Brust lastete ein schweres Gewicht. Es war schon schlimm genug, daß *er* sie piesackte, aber dann fing der Hering auch noch an. Diese Schwätzer. Hören nicht auf. Reden und reden und reden. Sie hatte ein Gefühl in den Ohren, als sei sie unter Wasser. Mir gehts prima, warum bist du nicht hinter Maurrie, dem Fleischer, her. Beiß ihm die Daumen ab. Damit tätest du allen einen Gefallen. *In saurer Sahne, mit Zwiebeln und Thymian* – ich höre nichts – *mit warmem Zwiebelbrot ... oder einer Zwiebelrolle* – ich esse lieber Brötchen, vielen Dank, und außerdem hab ich keinen Hunger – *und dein knurrender Bauch läßt mich nicht schlafen* – Bauch, Schmauch, der knurrt nicht, der denkt sich bloß *schlank – und der Lachs ist rot wie dein Haar ... und Sahnekäse und Beugel* – na und? Nebbich. Nur noch ein Tag, dann esse ich ein Fleischpastetchen zum Lunch und du kannst von mir aus tot umfallen, verbindlichsten Dank, und Sarah trank noch ein Glas Wasser – *knackig, knackig* – und stellte das Glas in die Spüle und warf ihren Rotschopf zurück, in Richtung Kühlschrank, streckte ihm den *tuchis* hin und ging zu Bett. Sie mußte jetzt nachts mehrmals aufstehn und war fast versucht, das Wassertrinken aufzugeben, oder es doch zumindest einzuschränken, doch dann dachte sie an all die Pfunde, die in die Kanalisation flossen und fuhr fort zu trinken, trinken, trinken, den ganzen Tag lang, und die nächtlichen Gänge zum Badezimmer störten sie nicht mehr allzusehr. Doch nun begann sie zu träumen, manchmal mehrere Träume in einer Nacht. Sie sah Hähnchen durch ihr Zimmer fliegen, aber sie waren sorgfältig gerupft und goldgelb gegrillt, mit Kascha-Bällchen auf dem Rükken. Und dann das Roastbeef. Es kam den Berg heruntergerollt und drohte sie zu zermalmen, doch irgendwie sauste es an ihr vorbei, sie nur um eine Handbreit verfehlend, in seinem Schlepptau eine Sauciere, die mit fetter brauner Sauce gefüllt war und Schüsseln voller Kartoffelbrei und schokoladenüberzogene Kirschen mit Kirschsirupfüllung. Nach ein paar solchen Nächten beschloß Sarah, daß es nun genug sei. Sie ließ sich von ihrer Freundin den Namen des Arztes geben und bekam einen Termin. Mit Schlankheitspillen kenn ich mich nicht aus, aber Eier und Grapefruit stehn mir bis hier, vielen Dank.

Harry hatte ein hohles Fahrstuhlgefühl im Magen, das sich auf seinem Gesicht widerspiegelte, als Marion ihm sagte, daß sie mit ihrem Psychiater verabredet sei, zum Essen und einem anschließenden Konzertbesuch. Warum zum Teufel mußt du dich mit ihm treffen? Laß den Kerl doch laufen. Ich will nicht, daß er meinen Eltern erzählt, ich hätte die Behandlung abgebrochen. Ich will die fünfzig Dollar pro Woche haben. Marion sah Harry liebevoll an und sprach so sanft wie möglich, behutsam und einfühlsam. Liebling, ich werde nicht mit ihm schlafen – Harry zuckte die Schultern und warf eine Hand hoch, Ja, du wirst bloß – Ich hab ihm gesagt, daß ich meine Tage habe, also werden wir nach dem Konzert nach Hause fahren. Harry versuchte verzweifelt, zu verbergen, wie ihm zumute war, doch es gelang ihm nicht und sein Kinn sank tiefer und tiefer, und er begann, sich über sich selbst zu ärgern, weil er nicht imstande war, über seine schlechte Laune wegzukommen. Was soll das heißen? Marion lächelte, dann begann sie leise zu lachen, in der Hoffnung, Harry aus seiner trüben Stimmung zu reißen, doch Harry blieb stur. Plötzlich schlang Marion beide Arme um ihn und jauchzte auf vor Freude. O Harry, du bist eifersüchtig. Harry versuchte, nicht sehr energisch, sie von sich wegzuschieben und beließ es auch sehr rasch bei diesem einen Versuch. Marion küßte ihn auf die Wange und drückte ihn an sich, Komm Liebling, nimm mich in die Arme ... los ... bitte??? bitte???? Sie griff nach Harrys Armen und legte sie sich auf die Schultern, wo er sie widerstrebend liegen ließ, und als sie seine Arme herunterzog und um ihre Taille legte und sich an ihn schmiegte, sträubte er sich nicht mehr. Schließlich drückte er sie ein wenig und hielt Marion nun fester und sie seufzte und kuschelte ihren Kopf an seine Brust und küßte ihn dann auf Lippen Wange Ohr Hals und brachte ihn dazu, sich zu winden und zu kichern, doch sie ließ nicht von ihm ab, bis er laut lachte und sie bat aufzuhören, Komm, hör auf ... hör auf, du verrückte Nudel, oder ich beiß dich in die Kehle, und er küßte ihren Hals und kitzelte sie und auch sie begann zu lachen und beide keuchten und einer flehte den andern an aufzuhören, und schließlich waren sie so schwach vor Lachen, daß sie aufhören mußten; Marion saß auf Harrys Knien, ihre Arme hingen schlaff an ihnen herunter, wie die einer Stoffpuppe, und Lachtränen kitzelten ihre Wangen. Sie wischten sich über Augen und Gesicht und atmeten ein paarmal tief durch, mußten aber von Zeit zu Zeit immer noch wieder kichern. Und was ist, wenn er das mit deinen Tagen nicht glaubt? Ach Harry, sie tippte ihm auf die Nasenspitze, sei nicht so naiv. Wie meinst du das? Ich meine, daß ich weiß, wie ich mit der Situation fertig werde. Er wird das, was ich ihm sage, akzeptieren, ob er mir nun glaubt oder nicht. Es würde ihm nie einfallen, etwas zu forcieren. Der Typ ist er nicht. Und wenn ers nun wäre? Dann, mein Lieber, würde ich nicht mit ihm ausgehen. Harry, Liebling, ich bin keine Närrin. Sie lachte leise, Ich bin vielleicht verrückt, aber nicht dumm. Wirklich??? Harry sah sie zweifelnd an. Warum nimmt er nicht seine Frau mit ins Konzert? Wahrscheinlich geht sie zu einer Elternversammlung oder was, woher soll ich das wissen? Es macht ihm Spaß, sich in einem schicken Lokal mit einer schönen jungen Frau zu zeigen. Er ist der typische Spießer. Es schmeichelt seinem Ego. Ach, wirklich???? Also, ich persönlich glaube, daß jeder, der zum Psychiater geht, sich auf seinen Geisteszustand untersuchen lassen sollte. Harry, nein, also wirklich, sie gluckste und kicherte. Warum lachst du denn? Ich weiß nicht. Aus Zuneigung wahrscheinlich. Aber ich muß mich jetzt trotzdem fertig machen. Sie stand auf und ging auf das Schlafzimmer zu, blieb stehen, drehte sich um und kam zu Harry zurück, der ebenfalls aufgestanden war, schlang die Arme um ihn und drückte ihn fest an sich und legte den Kopf an seine Schulter, schloß die Augen und seufzte ... O Harry, ich bin froh, daß dich das so verstimmt hat, nicht etwa, weil es mich freut, wenn du dich ärgerst, sondern weil es mir so guttut zu wissen, daß du mich so gern hast. Gern? Wer beleidigt hier wen, he? Glaubst du, das war nur so hingeredet, als ich dir sagte, daß ich dich liebe? Nein, nein, Liebling, ich glaube dir. Ich glaube dir von ganzem Herzen. Aber es ist wohl so, daß ich es so gern von deinem Gesicht ablese. Okay, okay, schließen wir wieder Frieden. Sie lächelte ihm zu, küßte ihn dann auf den Mund und ging ins Schlafzimmer, um sich umzuziehen, Ich verspreche dir, daß ich den ganzen Abend an dich denken werde. Auch ich werd an dich denken, während ich mir den Arsch aufreiße und maloche und du was Gutes ißt und Wein trinkst und Musik hörst. Harry lachte, Aber das ist wohl immer noch besser, als daß *du* dir den

Arsch aufreißt. O Harry, wie gräßlich, sie gluckste und lachte vor Erleichterung, während sie sich für den Abend schön machte.

Marion und Arnold trafen sich in der kleinen Bar eines intimen französischen Restaurants an der East Side. Als sie kam, stand er auf und streckte ihr die Hand entgegen. Sie nahm seine Hand und setzte sich auf seinen Platz. Wie gehts, Marion? Gut, Arnold, und dir? Auch gut. Wie immer? Ja bitte. Er bestellte zwei Cinzano mit einem Schuß Angostura, für sie mit einer spiralig geschnittenen Zitronenschale. Du siehst blendend aus, auch wie immer. Danke. Sie lächelte und ließ sich von ihm Feuer geben. Bald teilte man ihnen mit, daß ihr Tisch bereit sei, und der Geschäftsführer geleitete sie zum Tisch und fragte Monsieur und Madame nach ihrem Befinden, und sie lächelten, wie man einem Geschäftsführer zulächelt, und nickten höflich und sagten, es ginge ihnen gut. Marion machte es sich in ihrem Sessel bequem und spürte die Atmosphäre auf sich einwirken. Was ihr an Arnold gefiel, war sein guter Geschmack, was Restaurants betraf. Sie waren immer klein, intim und *chic* und hatten gewöhnlich gutes Essen, etwas, das in den Staaten nur schwer zu finden ist. Die innere Wärme, die sie empfand, hatte mehr mit der eleganten Umgebung zu tun als mit dem Aperitif, an dem sie immer wieder nippte. Wie enttäuschend, daß du indisponiert bist. Ja, dagegen kann ich kaum etwas tun, sie lächelte, trotz Freud. Ist Anita verreist oder so was? Warum fragst du? Bloß so, wirklich, nur Neugier. Er sah sie einen Augenblick an, bevor er antwortete. Nein, aber sie wird bis in die Nacht hinein beschäftigt sein. Gestern waren ein paar Reporter da, die Fotos von ihr gemacht haben, im Garten, zusammen mit einigen anderen «Mitgliedern». Darf ich dich etwas sehr Persönliches fragen, Arnold? Natürlich. Wie habt ihr zwei, du und Anita, es geschafft, Kinder in die Welt zu setzen – Sie hob die Hand, Ich versuche nicht witzig zu sein, ehrlich, es ist bloß, weil ihr beide euch immer an verschiedenen Orten aufzuhalten scheint. Arnold straffte sich ein wenig. Nun ja, daran ist eigentlich nichts Geheimnisvolles. Ich meine nicht, was die Kinder angeht, Marion lächelte, Wie *das* geht, weiß ich. Warum stellst du diese Fragen, das ist sehr sonderbar. Was meinst du wirklich damit? Marion zuckte die Schultern und schluckte die zerkaute Schnecke hinunter. Nichts Besonderes. Wie ich schon sagte, ich bin neugierig. Er sah sie prüfend an, während sie einen kleinen Schluck vom weißen Bordeaux nahm, den er bestellt hatte, Oh, der ist wunderbar. Sie nahm noch einen Schluck und wandte sich dann wieder ihren Schnecken zu. Arnolds Stirn war noch etwas gerunzelt. Wenn Menschen einen bestimmten Punkt im Leben erreicht haben, wenn ihnen ein gewisses Maß an Erfolg beschieden war ... ein wesentliches Maß, meine ich, vergrößert sich ihr Interessengebiet und ihr Blickfeld erweitert sich. Ich glaube, Anitas Sozialarbeit hat etwas mit ihrem Bedürfnis zu tun, eine innere Leere auszufüllen, ihre eigene Identität zu finden. Aber was mich wirklich interessiert ist, warum du mich so etwas fragst. Offenbar versuchst du, das, was dir im Leben fehlt, dadurch zu kompensieren, daß du eine Stellvertreterrolle spielst, in diesem Falle die meiner Frau. Arnold, das ist ziemlich geschmacklos. Sie trank ihren Wein aus, und der Kellner war sofort zur Stelle, um ihr Glas wieder zu füllen. Arnold nickte ihm höflich zu. Jedenfalls mache *ich* mir keinerlei Gedanken über meine Identität, sie lächelte ihn an und tätschelte seine Hand, wirklich nicht. Sie hatte ihre Schnecken aufgegessen und tunkte ein kleines Stück Weißbrot in die Knoblauchbutter. Ich habe wieder angefangen zu malen und es geht mir großartig. Tatsächlich? Der Kellner nahm die leeren Teller fort, und sie lehnte sich zurück und lächelte Arnold zu. Ja. Zwar habe ich noch nichts Fertiges, aber ich arbeite. Ich spüre die Bilder förmlich in mir aufsteigen und hinausdrängen. Hm ... ich würde deine Arbeiten sehr gern sehen. Sie würden mir sicher einen tiefen Einblick in dein Unterbewußtsein gewähren. Ich möchte annehmen, daß dir mein Unterbewußtsein inzwischen vertraut genug ist. Nun, es ist mir nicht gerade fremd, aber wenn ich deine Bilder sehen könnte, hieße das, daß ich es von einem ganz anderen Blickwinkel her sähe, sozusagen. Nicht nur, daß die meisten deiner Schutzbehauptungen dann hinfällig würden, sondern auch die Symbole lägen viel klarer zutage als in deinen Träumen, und es wäre eine großartige Bestätigung der Schlüsse, die man aus der Analyse des frei Assoziierten ziehen kann. Na schön, vielleicht bitte ich dich mal rauf, damit du dir meine Sachen ansehen kannst, und Marion lachte leise in sich hinein, während sie das Fleisch von ihren Froschschenkeln schabte.

Nach dem Konzert nahmen sie irgendwo noch einen letzten Drink. Arnold trank seinen Scotch mehr oder weniger unbeteiligt, doch Marion liebte es, den Chartreuse im Mund hin und her zu rollen, bevor sie ihn hinunterschluckte. Das war ein wunderbares Konzert, einfach wunderbar; sie hatte einen sinnenden Ausdruck im Gesicht, als höre sie die Musik immer noch. Besonders der Mahler. Immer wenn ich seine Auferstehungs-Symphonie höre, bei der ganz besonders, fang ich an zu begreifen, warum es heißt, daß er die Romantik in der Musik auf ihren Gipfel geführt hat. Ich fühle mich dabei innerlich so beschwingt, so voll Leben, als sei ich gerade einen blumenbedeckten Abhang hinaufgelaufen und mein Haar fliegt im Wind und ich wirbele in die Runde und das Laub der Bäume und die Flügel der Vögel leuchten auf im Sonnenlicht. Marion schloß die Augen und seufzte. Ja, es war eine mustergültige Aufführung. Ich finde, es ist ihm gelungen, Mahlers Ambivalenz bis auf den Grund auszuloten, und er hat verstanden, daß Mahler sie unbewußt in seine Musik projiziert hat. Marion zog die Brauen zusammen, Was für eine Ambivalenz? Die Grundkonflikte in seinem Leben. Der Kompromiß, den er zwischen seinem jüdischen Erbe und seiner Bereitschaft, dieses im Hinblick auf seine Karriere zu verleugnen, geschlossen hat. Der ständige Konflikt, in dem er sich als Kapellmeister befand, wo er doch eigentlich komponieren wollte, aber Geld zum Leben brauchte. Die Art und Weise, wie er die Tonarten wechselt, beweist, daß das unbewußt geschah, daß er nicht wußte, daß es seine Konflikte waren, die diesen Wechsel bedingten. Ebenso waren sie verantwortlich für seine wechselnde Einstellung zu Gott. Doch das war vorbei, als er die zweite Symphonie schrieb. So schien es jedenfalls. Aber ich habe seine Werke aufmerksam gehört und sie sehr gründlich analysiert, und es gibt keinen Zweifel, daß – obwohl er gewisse Dinge gesagt und vielleicht sogar bewußt geglaubt hat – sein Unterbewußtsein mit dem inneren Zwiespalt noch nicht fertig geworden war. Arnold holte tief Luft, Mahlers Musik ist, vom analytischen Standpunkt aus gesehen, außerordentlich interessant. Ich finde sie äußerst stimulierend. Marion lächelte und stellte ihr leeres Glas auf den Tisch, Und *ich* liebe seine Musik trotzdem. Sie macht mich irgendwie glücklich, traurig zu sein. Sie seufzte und lächelte wieder. Aber ich muß jetzt wirklich gehen Arnold. Ich hab in letzter Zeit viel gearbeitet und bin müde. In Ordnung. Er fuhr sie nach Hause, und bevor sie ausstieg, lächelte er ein bißchen gezwungen, Ich ruf dich in ein paar Wochen an. In Ordnung. Er gab ihr einen Kuß und sie erwiderte den Kuß und stieg aus. Er wartete, bis sie im Haus war, dann fuhr er weg. Sobald Marion in ihrer Wohnung war, steckte sie sich einen Joint an, zog sich um und legte Mahlers *Kindertotenlieder* auf. Dann setzte sie sich mit ihrem Skizzenblock und ihren verschiedenen Stiften auf die Couch. Sie schob den Block dauernd auf ihrem Schoß hin und her und nahm immer wieder einen Zug vom Joint, bis er zur Hälfte geraucht war, dann drückte sie ihn aus und bemühte sich, ein Bild, irgendein Bild in sich hervorzurufen, um es auf den Skizzenblock zu übertragen. Das dürfte keine große Schwierigkeit sein. Mahler ... gutes Hasch ... da müßte alles beisammen sein. Als ihr klar wurde, daß sich so etwas nicht erzwingen ließ, lehnte sie sich zurück, versuchte sich innerlich zu lockern und wartete. Aber nichts geschah.

Wenn sie nur ein Modell hätte. Das war es, was ihr fehlte. Ein Modell. Sie spürte, wie es sie drängte, zu malen, und dieser Drang, sich auszudrücken, verlieh ihr Kraft, doch sie schien das Tor nicht öffnen, ihre Energien nicht in die Tat umsetzen zu können. Sie sprang auf und griff nach ein paar auf dem Tisch liegenden Frauenmagazinen, begann sie durchzublättern und alle Artikel und Inserate mit Bildern von Babies und Müttern zu markieren. Sie riß die Seiten, die ihr für ihren Zweck geeignet erschienen, heraus, benutzte die Bilder als Modell und begann zu zeichnen, unentschlossen zunächst und wie tastend, dann immer schneller und zuversichtlicher. Die Mütter und Babies befanden sich in den verschiedensten Stellungen, teils aneinandergeschmiegt, teils in einigem Abstand voneinander, mit zunächst unterschiedlichem Gesichtsausdruck, der jedoch allmählich immer melancholischer wurde. Sehr rasch zeichnete sie dann ein Kind in gekrümmter Körperhaltung, einen Ausdruck stummer Qual auf dem Gesicht, und der Gesichtsausdruck der Mutter war dem des Mannes auf dem Holzschnitt von Munch sehr nahe. Marion betrachtete die Skizze prüfend von allen Seiten und sie erregte und inspirierte sie, da sie in sich eine tiefe Übereinstimmung mit beiden Figuren verspürte. Sie betrachtete eingehend das gequälte Gesicht des Babys und zeichnete ein zweites Baby daneben, etwa ein Jahr älter, doch der Gesichtsausdruck blieb der gleiche. Sie zeichnete dieses Kind immer wieder, und auf jeder Skizze war es jeweils ein Jahr älter und die Skizzen wurden mit ihrer wachsenden inneren Anteilnahme immer besser, immer lebendiger, und sie begann kleine Geburtstagskerzen unter die Skizzen zu zeichnen, die das Alter des Kindes angaben, und dann gewannen die Gesichtszüge an Deutlichkeit und das Haar wurde lang und schwarz und dazu der gleiche Ausdruck stummer Qual, und dann wurde aus dem hübschen kleinen Mädchen allmählich ein anziehendes junges Mädchen und dann eine schöne junge Frau, doch der Gesichtsausdruck blieb sich immer gleich: gequält und wie gehetzt. Sie hielt inne und sah die schöne Frau auf dem Skizzenblock an und diese erwiderte ihren Blick: ein Frauenkörper in fließenden, schwingenden Linien, der Kopf mit ebenmäßigen Gesichtszügen und dunkelglänzendem Haar, und mit Augen, in deren dunklem, eindringlichen Blick sich geheimes Leid widerspiegelte, und dann, mit einem großen Zwischenraum, zeichnete sie noch eine weitere Figur, eine Figur unbestimmbaren Alters, aber jedenfalls weitaus älter als die vorhergegangene, doch die schwingenden Linien waren die gleichen, der Körper war der gleiche, die Gesichtszüge waren die gleichen, bis sie plötzlich den gequälten Ausdruck der Munch-Figur annahmen. Marion starrte diese Frau an und wurde sich unvermittelt der Stille bewußt. Sie stand auf und ließ die Platte noch einmal laufen und setzte sich dann wieder auf die Couch und betrachtete ihre Zeichnungen. Sie erregten sie.

Als es für Harry und Tyrone Zeit wurde, mit der Arbeit aufzuhören und sich auszahlen zu lassen, hatten sie sich so daran gewöhnt, Speed einzuwerfen und die Nacht durchzumachen und später mit Hilfe von Schlafmitteln in Tiefschlaf zu versinken, daß sie das Gefühl hatten, sie könnten ewig so weiterarbeiten. Doch sie waren zu realistisch, um zuzulassen, daß dieses Gefühl sich zu einem Gedanken verdichtete, von der Ausführung ganz zu schweigen. Aus jugendlicher Kraft und wegen des von den Amphetaminen erzeugten zwanghaften Arbeitsdrangs hatten sie eine Reihe von Überstunden gemacht, da sie in möglichst kurzer Zeit möglichst viel Geld machen wollten. Sie hatten fünfundzwanzig steuermindernde Angehörige angegeben, so daß ihre Lohnschecks den Höchstbetrag aufwiesen. Sie kassierten sie in der Bar auf der anderen Straßenseite und zischten ein paar Biere, während sie, grinsend und sich gegenseitig auf die Handflächen schlagend, das Geld immer wieder zählten. Sehn die Mäuse nich niedlich aus? Und Tyrone fächelte sich mit den Banknoten. Harry boxte ihn auf den Arm, Wir habens geschafft, Mann, wir habens verdammtnochmal geschafft. Wir haben die Kohle für eine Unze. Da hastu verdammtnochmal recht, Baby, also wolln wir nich länger damit inner Bar rumhocken. Jetzt aber ran an den Speck. Also los, Mann, und sie schlugen einander auf die Handflächen und hauten ab. Aus einer Telefonzelle an der Ecke rief Tyrone Brody an. Harry lehnte sich an die Zelle, rauchte und sah dem aufsteigenden Rauch nach, summte einen Rock-Song, nickte mit dem Kopf und schnippte mit den Fingern, im Takt der Musik, und murmelte hin und wieder vor sich hin, Ja Baby, los, mach weiter, aber immer hübsch cool und – Scheiße! Das is vielleicht ne Sauerei!!! Was is los Mann? Er sagt, ne Unze guter Stoff kostet um die Fünfhundert rum. Ach du große Scheiße! Das heißt, daß wir noch nen Hunderter brauchen. Genau, Jim. Er sagt, vielleicht vier fünfzig, aber, und Tyrone zuckte die Schultern. Bloß keine Panik, Mann. Hundert Linsen können wir immer noch organisieren. Wir sind ja schließlich nich von gestern. Jaja, aber du weißt, was passiert, wenn du dir nen Dollar hier und nen Dollar da verschaffst. Bis du den zweiten hast, is der erste schon verbraten. Harry nickte zustimmend. Und Brody sagt, daß er gerade Klassestoff hat, Auch das noch. Beste Ware. Scheiße! Harry schnippte seine Kippe fort und riß dann plötzlich den Kopf hoch, He, was is los mit mir, Mann? Ich weiß, wo wir die Kohle herkriegen ... von Marion. Glaubstu, sie rückt sie raus? Klar. Überhaupt kein Problem. Und außerdem können wirs ja heute abend schon zurückgeben, stimmts? So wirds gemacht, Baby, und sie schlugen einander auf die Handflächen. Los, gehn wir. Sie gingen zu Marion, und Harry erzählte rasch, was los war. Also wir brauchen nur noch einen Hunderter, und das Geschäft läuft, Baby, und heute abend kriegst du die Kohle nich nur zurück, wir sind dann auch auf dem besten Weg zu unserem Café. Marion lächelte, Ich bin sicher, mein Börsenmakler würde sagen, daß das eine gute Geldanlage ist. Jetzt, wo ich wieder arbeite, brauch ich einen Ausstellungsraum. Ich löse einen Scheck im Supermarkt ein. Prima, Baby. Ich ruf Brody an und sag ihm, daß wir unterwegs sind. Nein, nich von hier Ty. Das machen wir aus einer Telefonzelle. Tyrone zuckte die Schultern, Okay Jim. Marion ging und war in etwa fünf Minuten mit dem Geld zurück. Harry umarmte und küßte sie, Bis später, Baby, wenn alles erledigt ist. Ich will nich mit heißer Ware hier aufkreuzen. Ich will nich, daß deine Bleibe heiß wird. Um *meine* Bleibe bistu weniger besorgt. He Mann, du bist nich Marion. Ich weiß, die is noch bleichgesichtiger als du. Jesus, das kann ich mir jetzt den ganzen Tag lang anhören. Marion lachte, Er ist genauso schlimm wie du. Alle drei lachten. Ich dachte, du wärst auf meiner Seite. Marion küßte ihn auf die Wange, Du weißt doch, kommende Woche ist die Woche der Nächstenliebe. He Baby, komm, los. Okay, okay. Harry gab Marion einen Kuß und er und Tyrone hauten ab. Tyrone fuhr in die City, zu Brody, während Harry Milchzucker und kleine Klarsichtbeutel besorgte und damit in Tyrones Bleibe ging, um dort auf ihn zu warten. Das hier war nur der Anfang.

Der Kühlschrank kicherte hämisch, als Sarah ein großes Stück Sahnekäse auf der unteren Hälfte eines Beugels verstrich. Lach du nur, du Schlaumeier. Wir werden ja sehen, wer zuletzt lacht. Sie streckte dem Kühlschrank die Zunge heraus und biß langsam, sehr langsam ein großes Stück von dem verschwenderisch mit Sahnekäse bestrichenen Beugel ab, schmatzte genießerisch und leckte sich die Lippen. Und ich will dir noch was sagen, du Spötter, zum Lunch werd ich den Hering essen, vielleicht eß ich ihn aber auch nicht zum Lunch, sondern heb ihn mir auf für eine kleine Zwischenmahlzeit. Sarah summte laut vor sich hin, während sie liebevoll Sahnekäse auf der anderen Hälfte des Beugels verstrich, mit erhobenen Brauen und einem verächtlichen Blick auf den Kühlschrank, der immer noch hämisch grinste und dachte, daß er gewonnenes Spiel hätte, daß er Sarah Goldfarb im Kalorienkrieg besiegt hätte, doch Sarah schüttelte nur verneinend den Kopf. Nichts da. Du denkst vielleicht, du hättest den Krieg gewonnen, aber ich hab dich überlistet. Der Kühlschrank lachte und sagte ihr, er sei zu alt, um auf ihren Schwindel reinzufallen, und Sarah tat seine Worte mit einer Handbewegung ab, ich weiß, daß du alt bist, ich hör dich ja den ganzen Tag grummeln und stöhnen und ächzen, aber so ein großes As, wie du denkst, bist du nicht. Der Kühlschrank lachte laut auf, als Sarah den Rand ihrer Käseschnecke in die Tasse tunkte und ihn dann vorsichtig in den Mund schob, damit kein Kaffee auf den Tisch tropfte. Das sieht mir aber nicht nach einem Ei oder nach Grapefruit aus, und er lachte noch lauter. Lach du nur, hab ruhig deinen Spaß, du Dummkopf. Ich frühstücke jetzt in Ruhe zu Ende, und dann werd ich vors Haus gehen, zu meinem Publikum. Vielleicht wärs besser, du würdest die Nähte an deinem Kleid nachnähen, sonst platzen sie, hahahaha. Selber haha. Wenn ich erst schlank und knackig bin und im Fernsehen auftrete, sprech ich nicht mehr mit dir. Dann fliegst du raus, auf den Müll, und zwar laß ich das von jemand anders besorgen, ich werd mir doch nicht die Hände an dir schmutzig machen. Ha, und sie warf den Kopf in den Nacken und begann erneut zu summen, während sie ihre Käseschnecke aufaß, dann spülte sie Teller und Tasse und machte sich fertig, um sich zu den vor dem Haus in der Sonne sitzenden Damen zu gesellen. Sie ging triumphierend am Kühlschrank vorbei, der sich ihre letzte Bemerkung sehr zu Herzen genommen hatte. Die Damen warteten schon auf Sarah, und als sie kam, boten sie ihr den besten Platz an, den, der am längsten Sonne hatte. Sarah setzte sich, und die Mutmaßungen, in welcher Show sie wohl auftreten werde, begannen sofort aufs neue, während sie alle begierig auf den Postboten warteten und darauf, ob heute wohl der Tag sei, an dem etwas für Sarah dabei sein würde.

Harry wußte, daß Tyrone erst in einigen Stunden wiederkommen würde, also machte er es sich gemütlich, mit ein paar Joints, Zigaretten und dem alten Dampfradio, das Tyrone auf seinem Tisch stehen hatte. Es paßte ihm weiß Gott nicht, so lange von der Szene weg zu sein, aber er wußte, daß es zu auffällig gewesen wäre, wenn er so lange im Café auf Tyrone gewartet hätte. Er legte den Milchzucker und die Tütchen auf den Tisch, runzelte dann die Stirn und dachte einen Augenblick daran, was wohl wäre, wenn die Polizei reinkäme und diese «Ackzessoahrs» sähe, und er blickte um sich, wo er sie wohl verstecken könne, gab diesen Gedanken jedoch nach einigen Minuten auf, weil es einfach keinen geeigneten Platz dafür zu geben schien, und außerdem wars ja wohl überflüssig, Nebbich, was soll schon sein, schließlich können sie einen wegen einem Pfund Milchzucker und n paar Briefmarkentütchen nich einlochen. Er zog ein paarmal an einem Joint, drückte ihn dann aus, steckte sich eine Zigarette an und lehnte sich zurück, um der Musik zuzuhören. Nach einigen Minuten klang die Musik nicht mehr ganz so unsauber, und je länger er zuhörte, und je mehr Hasch er rauchte, desto besser klang sie. Halbwegs gut sogar, wenn mans genau nahm. Na ja ... halbwegs: die Hälfte wovon? Schlecht ist schlecht und gut ist gut. Wenn etwas so beschissen is, wie das Murksding da, is jedes kleinste Plus schon was wert, Harry zuckte die Achseln, immerhin. Besser als nichts. Wird mir die Zeit ein bißchen vertreiben. Bald is Ty zurück und wir werden den Stoff abpacken und die Kohle einsammeln und n paar Jungs werden das Zeugs für uns dealen und dann können wir uns so langsam den dicken Otto untern Nagel reißen ... jawohl, ein Pfund reinen Stoff von den Itakern und dann gehts erst richtig los, Mann. GOLDFARB & LOVE INCORPORATED, nein, keine sone Gesellschafter-Scheiße für uns, wir machens einfach Schwarz/Weiß, hahahaha, ein Unternehmen ohne Rassendiskriminierung. Wer weiß, was wir noch alles auf die Beine stellen. Immer hübsch cool und besonnen bleiben, die Sache is gelaufen. Bald werden wir sicher ein ganzes Pfund reinen Stoff haben ...

Harry war gerade damit fertig geworden, das Geld zu zählen, und Tyrone zählte es zur Sicherheit noch einmal, genau Baby, fünfundsiebzig Riesen. Gut. Bei diesen Typen will ich auf gar keinen Fall, daß da irgendein Irrtum passiert. An ein Versehen glauben die nich. Oder nur dann, wenn sie sich selber irren. Die können äußerst unangenehm werden. Okay, packen wirs zusammen. Ich muß jetzt los. Ich will nich zu spät kommen. Sie legten die Geldbündel sorgfältig in einen Aktenkoffer, verschlossen ihn, und Harry zog einen hellbraunen Mantel an und setzte einen dunkelbraunen Hut auf, Bis später, Mann. Okay Baby, bleib cool. Harry verschloß die Wagentüren von innen und vergewisserte sich, daß die Fenster geschlossen waren, bevor er losfuhr, Richtung Kennedy Airport. Er stellte das Radio leise, um sich nicht ablenken zu lassen, warf einen Blick auf den Aktenkoffer neben sich mit den Fünfundsiebzigtausend, lächelte selbstzufrieden und zuckte in seinem hellbraunen Mantel leicht mit den Achseln und fragte sich, ob die Leute auf der Straße und die in den anderen Wagen ihn ansahen und überlegten, wer er sei und was er vorhabe, und dann stellte er fest, daß sie ihm keinerlei Aufmerksamkeit schenkten, weil er so cool und locker war, daß er sich unauffällig und wie selbstverständlich in den fließenden Verkehr einordnete. So mußte es auch sein. Niemals auffallen. Deshalb fuhr er einen Chevy und keinen Mercedes. Deshalb kontaktierte *er* mit den weißen Jungs und Tyrone mit den schwarzen. Immer unauffällig bleiben. Das war das Geheimnis des Erfolgs und daß sie es geschafft hatten und nun ganz oben waren und nie eingelocht werden würden. Für die Bullen waren sie bloß zwei von vielen Typen, die durch die Straßen gingen. Er fuhr vorsichtig, aber nicht übervorsichtig. Er hielt nichts davon, nervös zu wirken. Das ist es, womit man sie auf sich aufmerksam macht. Nein, du mußt mit dem Strom schwimmen, in diesem Fall mit dem Verkehrsstrom, und alles unterlassen, was Aufmerksamkeit erregen könnte. Er fuhr leicht und flüssig weiter und warf von Zeit zu Zeit einen Blick auf die Leute in den ihn umgebenden Wagen und überlegte, was sie wohl tun würden, wenn sie wüßten, daß er Harry Goldfarb sei, einer der Boss-Dealer der Stadt, und daß er neben sich einen Aktenkoffer mit fünfundsiebzig Riesen liegen hatte und im Begriff war, dafür ein Pfund reinen Stoff abzuholen???? Die würden sich einscheißen vor Staunen. Genau das würden sie tun, sich einscheißen. Wahrscheinlich würden sies nicht glauben. Die denken sicher, daß ich ein erfolgreicher Geschäftsmann bin, sonst nichts. Vielleicht ein Börsenmakler ... ein Investment-Berater. Ja, das bin ich ja auch ... irgendwie, ein Investment-Berater. Ich wette, ich könnte irgend jemand auf der Straße ansprechen und ihm sagen, ich wäre ein berühmter Rauschgifthändler, und sie würden lachen und sagen, Klar, und ich bin Al Capone, hahaha. Sicher könnt ich auch auf ein Polizeirevier gehen, mit meinem Pfund reinen Stoff, und dort rumhängen und die irgendwas fragen, und die würden nie schecken, wer oder was ich bin und was ich bei mir habe. Vielleicht geh ich aufs Revier und frage die, ob sie in ihrem Bezirk Probleme mit Junkies haben ... das könnt ne gute Methode sein, mich über etwaige andere Bezirke zu informieren, sollen die Bullen es mir doch sagen, als ob man das nicht einen Kilometer weit riechen könnte. Das wär ne Wucht. Am Mautschalter vorbei fuhr er langsamer, dann gab er wieder Gas, sah, wie das Sonnenlicht an den Brükkenkabeln abprallte, und war fasziniert von der grellen Helle und stellte sich vor, es seien tausend Scheinwerfer und er der Star. Er fädelte sich in den Autostrom ein, der auf die Brückenauffahrt zusteuerte, und trotz des starken Verkehrs lief alles glatt und flüssig und er saß ganz locker am Steuer, hielt den Blick auf die Fahrbahn gerichtet und sah von Zeit zu Zeit aus dem Augenwinkel auf seinen Aktenkoffer und auf die Leute in den anderen Autos und wußte, daß sie entweder zu irgendeiner Arbeit fuhren oder von irgendeiner Arbeit kamen, gefangen in irgendeiner Besenkammer in irgendeinem Vorort oder in einem Rattenloch in der City, daß sie nie wußten, was draußen vor sich ging und nie wußten, wie das ist, frei zu sein, frei, Mann, gehen wohin man will und wann man will und einen umwerfenden Zahn am Arm zu haben, und wenn man mit ihr eins von diesen Lokalen betritt, machen all die Kerle Stielaugen und wünschen sich, sie steckten in deiner Haut... Sieh sie dir doch an, die armen Schweine. Zwölf Uhr, und sie sind bereits geschafft. Am liebsten hätte er das Fenster heruntergekurbelt und ihnen zugebrüllt, sie sollten mal halblang machen. Von Zeit zu Zeit warf er einen raschen Blick auf die Möwen, die über dem Wasser dahinglitten, und auf die gekräuselte Wasseroberfläche, auf der das Sonnenlicht spielte. Das Wasser sah grau und kalt aus, doch das störte ihn nicht. Nichts störte ihn. Alles in seinem Leben lief wie geschmiert. Er und Marion hatten es prima miteinander. Die Sache mit dem Café lief wie geschmiert, seine legalen Geldanlagen entwickelten sich großartig, und noch ein paar Transaktionen wie diese und er würde sich zurückziehen und seine Zeit damit verbringen, sich ums Börsengeschäft zu kümmern – und zu reisen. Er und Marion hatten keine Gelegenheit gefunden, die geplanten Reisen zu unternehmen, außer ein paar kurze Trips auf die Bahamas, und mit all der Kohle hier und der in der Schweiz brauchte er keine krummen Sachen mehr zu machen und würde aussteigen, bevor es anfing zu stinken. Er würde es nicht so machen wie die meisten, die zu lange im Geschäft blieben und für viele Jahre eingelocht wurden, oder jemand in die Quere kamen und mit nem Loch im Kopf endeten. Nein, ich nich, Mann. Wir werdens schaffen und es richtig machen. Ein Weilchen an der Riviera am Strand liegen, dann uns in den bewußten Cafés in Paris und Rom herumtreiben, und dann ganz cool im alten Istanbul – wenn Turhan Bey erwischt wird mit Schnee, dann hat er eben Pech gehabt. He, das isn prima Song, Mann. Er begann im Takt der Musik mit dem Kopf zu nicken und zu singen: Wenn Turhan Bey erwischt wird mit Schnee, dann hat er eben Pech gehabt. Wenn Turhan Bey erwischt wird mit

Schnee, dann hat er eben Pech gehabt. Er lächelte und kicherte in sich hinein, Gar nich schlecht. Vielleicht sollte ich in meiner Freizeit Songs schreiben. Er bog von der Brükkenrampe ab und ordnete sich in den trägen, dichten Verkehrsstrom zum Flughafen ein. Er sah auf seine Uhr und lächelte, als er feststellte, daß er jede Menge Zeit hatte und nicht hetzen mußte, um einen Parkplatz zu finden. Deshalb fuhr er immer früh los, damit er nicht nervös zu werden brauchte, wenn er in einem Stau stecken blieb oder was. Manchmal kriegt irgendson Unglücksrabe nen Platten oder seine Rostlaube bricht zusammen und das hält den Verkehr auf, und er hatte keine Lust, wegen dem Platten von irgendsoner Flasche mehr als eine halbe Million Dollar zu verlieren ... oder Schlimmeres. Diese Typen reagieren nicht allzu liebenswürdig darauf, wenn man sie versetzt, und sie hocken da mit ihrem Pfund reinem Stoff in den wüstenähnlichen Hallen und könnens wieder zurückschleppen. Harry plante stets lange voraus. Das ist eines der Geheimnisse des Erfolges: sorgfältige, genaueste Planung. Er parkte den Wagen und schlenderte zum Flughafengebäude. Es war immer noch zu früh, und er ging in den Coffee Shop und bestellte eine Tasse Kaffee und ein Stück Eistorte. Während er aß, hielt er den Aktenkoffer auf den Knien, lächelte selbstgefällig in sich hinein und stellte sich vor, wie die Leute um ihn herum sich einscheißen würden, wenn sie wüßten, daß er fünfundsiebzig Riesen bei sich hatte. Am Ausgang zahlte er und ging, langsam, in die Cocktail Lounge und setzte sich in die entfernteste Ecke, in die Nähe der großen Fenster, von denen aus man das Rollfeld überblicken konnte. Er stellte den Aktenkoffer auf den Boden, neben seinen linken Fuß, und fingerte an seinem Glas herum, nahm von Zeit zu Zeit einen kleinen Schluck, sah den abhebenden und landenden Flugzeugen zu und wie sie auf die Fluggastrampen zurollten. Er sah immer noch aus dem Fenster, als ein im gleichen Stil wie er gekleideter Mann – hellbrauner Mantel, dunkelbrauner Hut, ähnlicher Anzug – sich auf den Hocker zu seiner Linken setzte. Der Aktenkoffer, den er in der Hand trug, glich dem von Harry aufs Haar. Er stellte ihn auf den Boden, neben seinen rechten Fuß. Er bestellte einen Drink und hatte ihn bereits ausgetrunken, bevor Harry mit dem seinen fertig war. Er stellte sein leeres Glas auf die Bar, griff nach Harrys Aktenkoffer und ging. Harry fuhr fort, an seinem Glas herumzufingern, ab und zu daran zu nippen und aufs Rollfeld hinauszusehen. Zehn Minuten später nahm er den Aktenkoffer und verließ die Cocktail Lounge und das Flughafengebäude und ging, ohne sich zu beeilen, geradewegs auf seinen Wagen zu. Er machte sich nicht die Mühe, die Leute genauer anzusehen, um sich zu vergewissern, daß keine Bullen in der Nähe waren, er *wußte*, daß die Luft rein war. Er vertraute jenem gewissen Gefühl in der Magengegend, und das sagte, Alles okay Baby. Er öffnete die Wagentür und warf – fast hätte er aufgelacht – den Koffer hinein, stieg ein und schloß die Tür. Das wars, Mann. Das erste und letzte Geschäft dieser Art. Das erste und letzte Pfund H, das er je besorgt hatte. Sobald er und Tyrone das unter die Leute gebracht hatten, würden sie den Laden dichtmachen und den Straßen für immer Lebewohl sagen, mit Kußhand. Auf dem Rückweg vom Flughafen ging es nur zäh und langsam vorwärts, immer wieder Go und Stop, wie gehabt, aber er war daran gewöhnt, lehnte sich, die Musik nur undeutlich wahrnehmend, zurück, konzentrierte sich mit wachen Sinnen auf den Verkehr und entspannte sich. Der Verkehr war einer der Sicherheitsfaktoren, mit denen sie rechneten. Sie wußten: niemand würde annehmen, daß Leute sich am hellichten Nachmittag an einem Ort wie dem Kennedy-Airport verabreden. Das war einfach in jeder Beziehung falsch. Zu belebt. Zu öffentlich. Zu viele Polizisten aller Art, die die Menschen im Auge behielten, die ins Land kamen. Und wenn man geschnappt wird, wohin dann? Rennen konnte man nicht, fahren ebensowenig. Und schwimmen auch nicht. Hahaha, den großen Teich schaff ich nich, Mann, is ja schließlich n ganzer beschissener Ozean. Es war alles falsch.

Deshalb funktionierte es so gut. Doch heute war der Verkehr noch verfilzter als üblich. Platte Reifen und verbogene Stoßstangen, wohin man sah. Überall das gleiche Bild, vorn, hinten: aufblitzende rote und gelbe Lichter, doch er blieb cool und geriet nicht in Panik und stellte dann fest, daß es sich um einen Abschleppwagen oder eine Ambulanz handelte und nichts mit ihm zu tun hatte, sogar, wenn er einen Bullen den Verkehr um eine Unfallstelle herumwinken sah, blieb er ganz ruhig – Scheiße! Nein, Mann. Das taugt nichts. Wer will das alles schon durchstehen. Und wenn die Bullen dich nicht fertigmachen, dann tuts der verdammte Verkehr. Der gute alte Bob Moses und sein größter Parkplatz in den USA. Das einzig Wahre, *der*, also wirklich DER Ort für nen Treff, das is son Hammer, da ziehts einem die Schuh aus. Jaa. Niemand, NIEMAND würde auf Macy kommen. He, das gefällt mir, das is ne Wucht, Mann. Die Spielwarenabteilung ... Ja ... Bei den Eisenbahnen. Vielleicht kauf ich mir eine, wenn die Sache erfolgreich gelaufen is. Das muß n Riesenspaß sein, n ganzes Zimmer voll von dem ganzen Kram ... Häuser, Brücken, Flüsse, Bäume, Autos, Laster, Tag- und Nachtbeleuchtung, Signale, der ganze Schamott. Jawohl, bei den Eisenbahnen. Einfach in ein Taxi springen und sich zurücklehnen, während der Fahrer gegen den Verkehr ankämpft und stöhnt und flucht über all die verdammten Arschlöcher, die in der Stadt rumgurken, und warum lassen die ihre Wagen nicht zu Hause, statt die Straßen zu verstopfen, du lieber Himmel und sieh dir doch den Wichser da an, der versucht mich zu schneiden, He, zurück, wo du hingehörst, du miese Schnalle, und er drehte sich um und sah Harry an, Sicher eine von diesen verdammten Lesben, so, wie die fährt, und er wechselte abrupt auf die andere Spur über und dann das Kreischen von Bremsen und Schreie und Flüche, und er steckte den Kopf und die Hand mit ausgestrecktem Mittelfinger zum Fenster raus, und das hieß Fickt euch doch selber, und wand und schlängelte sich mit seinem Auto durch den Verkehr und immer wieder der ausgestreckte Mittelfinger für die Hupenden, und hämmerte dabei auf seine eigene Hupe und brüllte ihnen zu, Was hastu außer ner Hupe sonst noch zu Weihnachten gekriegt, hahaha, und Harry saß zurückgelehnt im Fond des Taxis und lächelte und kicherte in sich hinein und hielt den Aktenkoffer lässig auf den Knien und dachte, was fürn Spaß das wäre, wenn er den Aktenkoffer aufmachen und die ganze Kohle auf den Sitz schütten würde, und dann sehen, wie der Fahrer sich vor Staunen einscheißt, doch er blieb cool und nickte dem Taxifahrer zu und gab ihm, als sie vor Macy hielten, das Fahrgeld, und sagte, das Wechselgeld könne er behalten, und winkte ihm, auf dem Weg ins Kaufhaus, noch einmal zu. Es war noch zu früh, und so schlenderte er durch die Damenunterwäsche-Abteilung und sah sich Verschiedenes an, wovon er dachte, es könnte Marion gefallen, kaufte jedoch nichts, zuerst das Geschäft, wie immer. Man muß sich auf das, was man tut, konzentrieren, auf die Weise legt man die Polizei rein und die ganze Welt dazu. Konzentrieren. Er schlenderte durchs Erdgeschoß und nahm den Fahrstuhl hinauf in die Spielwarenabteilung, und es machte ihm Spaß, das Erdgeschoß unter sich versinken zu sehen, während der Fahrstuhl hochschwebte. Das Angebot an Eisenbahnen war nicht gerade überwältigend, aber immerhin waren ein paar ganz annehmbare dabei, und genau zur verabredeten Zeit stellte er sich direkt vor den großen langen Tisch mit Eisenbahnzubehör und einigen Zügen, die ständig im Kreis fuhren, und stellte den Aktenkoffer auf den Boden, neben seinen rechten Fuß, und der Mann kam, wie gehabt, und griff nach dem Aktenkoffer und so weiter und er schlenderte aus dem Kaufhaus hinaus und nahm ein Taxi *uptown*, ging einen Block weit zu Fuß, nahm ein anderes Taxi und fuhr noch ein Stück in die gleiche Richtung, ein weiterer kurzer Fußmarsch und dann mit einem Taxi ein kurzes Stück in Gegenrichtung, und dann ein paar Blocks zu Fuß zu dem Raum, wo der Stoff gestreckt werden sollte und wo Tyrone auf ihn wartete. Hier hab ichs Baby, das letzte Pfund H, mit dem wir uns abgeben. Jaa, und noch nie von Menschenhand berührt. Jesus, Ty, du kannst so bleiben. Was wirst du tun, wenn wir aussteigen? Den ganzen Tag rumsitzen und kichern? Ach, Scheiße, aber ich nich, Mann. Kratzen werd ich mich auch n bißchen. Sie mischten den Stoff sorgfältig mit dem Milchzucker, verpackten ihn und schafften das Zeug dann zu ihren Leuten, die es auf den Straßen unter die Leute brachten. Sie arbeiteten nicht mit Süchtigen, mit niemandem, der sich nicht in der Hand hatte, nicht cool war. Tyrone nahm die meisten Briefchen, da er die Geschäfte mit den Schwarzen abwickelte, und Harry brachte den Rest zu den Weißen. Als das letzte Briefchen verhökert war, wurde gefeiert. Harry und Tyrone führten ihre Damen aus, und nicht etwa nur in *ein* Lokal, sondern sie zogen mit ihnen von Lokal zu Lokal und zum Schluß fuhren sie in Pferdedroschken im Central Park umher und bewunderten den Sonnenaufgang. Am folgenden Tag verbrachte Harry einige Zeit mit seinem Vermögensverwalter und besprach mit ihm den Ankauf einiger zusätzlicher Papiere und traf dann Vorbereitungen für sich und Marion für ihren gemeinsamen Trip um die Welt. Ich glaube, Afrika lassen wir aus, dort scheints ziemlich unruhig zu sein. Außer Nord-Afrika. Vielleicht zuerst Algier, Casablanca, Jaa, machs noch einmal, Sam. Dann ostwärts. Mal sehen, was in Kairo los is und noch son paar Städte, und dann das gute alte Istanbul. Istanbul – Jesus, mit einem Paß auf den Namen Goldfarb? Vielleicht sollte ich meinen Namen ändern, in Smith oder Turhan Bey, und Harry kicherte und lehnte sich im Sessel zurück und hörte mit halbem Ohr der Musik aus Tys Dampfradio zu und entfernte einen Teil des Tabaks aus einer Zigarette und steckte die Kippe des letzten Joints rein und rauchte, als er Schritte auf der Treppe hörte, dann einen Schlüssel im Schloß, und Tyrone C. Love kam, breit grinsend, in das winzige Zimmer gebeboppt und ließ ein kleines Päckchen auf den Tisch fallen. Hier, Baby, und Brody sagt, der Stoff is Schau und daß wir ihn eins zu drei strecken sollen, also mindestens eins zu drei, und er sagt, wenn wir uns selber damit bedröhnen, sollen wir besser nur ne Prise nehmen. Hat er dichs nicht probieren lassen? Nich mal kurz sniefen, um zu sehen, obs was taugt? Nix. Er will nich, daß jemand in seiner Bleibe abfährt, knif. Kommt nich in Frage, sagt er. Und wie stellen wir fest, ob er uns vielleicht beschissen hat? Der bescheißt niemand, Mann. Nur deshalb lebt er noch und kann dealen. Wenn er sagt, es is Schau, dann isses Schau. Ich hab ihm gesagt, daß wir da sowieso nich einsteigen wollen, daß wir cool bleiben und uns nichts vermasseln wollen. Ja, aber wie sollen wir wissen, was wir haben und wie wirs strecken sollen, wenn wirs nich wenigstens ausprobieren? He, das stimmt. Ein Schüßchen kann schließlich nich schaden. Genau. Aber wir nehmen nur ganz wenig. Wir könntens ja sniefen. He, wenn ich abfahre, dann fahr ich richtig ab. Ich werd mir doch gutes Dope nich mit Sniefen verderben. Schlechtes übrigens auch nich. Harry kicherte und sie holten ihre Bestecke raus. Aber hübsch cool bleiben, Mann. He Baby, ich bin immer cool. Nein nein, Spaß beiseite, ich meine *wirklich* cool. Dies is unsere Chance, ans große Geschäft zu kommen, ich meine, ans wirklich große Geschäft. Dann brauchen wir uns nich unser ganzes Leben mit so mickrigem Kleinkram abzugeben. Wenn wirs richtig anfangen, kriegen wir unser Pfund reinen Stoff, aber wenn wir nich clean bleiben, vermasseln wirs uns. He, Baby, es war mein Ernst. Ich will auch nich den Rest meines Lebens mit zerrissenen Turnschuhen und rinnender Rotznase durch die Straßen rennen. Prima, und Harry streckte ihm die Handflächen hin und Tyrone schlug drauf und Harry tat das gleiche. Okay, also nur eine kleine Kostprobe. Harry tippte mit dem Zeigefinger eine kleine Menge in den Löffel, dann noch ein klein wenig. Das is genug. Wenn wir ausgeflippt sind, können wir uns nich ums Geschäft kümmern. Sie fuhren ab, und schon mit dem ersten Flash von unten aus dem Bauch und, mit einer Blutwelle, hinauf in den Kopf, wußten sie, daß Brody sie nicht beschissen hatte und daß sie aus diesem Stoff jede Menge rausholen konnten und immer noch gute Ware auf die Straße brachten. Ach, Scheiße, wir streckens eins zu vier und trotzdem wird niemand uns aufs Dach steigen und behaupten, wir hätten ihn beschissen. Ja ... das hier is wirklich einsame Spitze, Mann. Er sagt, davon gibts noch mehr, also sehn wir zu, daß wirs möglichst schnell an den Mann bringen und uns neues holen, Jim, weils echt einmalig is. Weistu was, Mann, wir reißen uns jetzt am Riemen und rennen uns die Beine ausm Arsch, dann können wir uns morgen n paar Unzen besorgen. So wirds gemacht! Und sie schlugen einander auf die Handflächen und machten sich an die Arbeit. Sie mischten das Heroin sehr sorgfältig mit dem Milchzucker, ohne dabei zu rauchen, da sie fürchteten, etwas von dem kostbaren Pulver in die Luft zu blasen oder zu husten oder zu niesen und es damit ins Nichts zu befördern. Es war ihnen bewußt, daß sie high waren, also konzentrierten sie sich angestrengt auf das, was sie, langsam und mit abgezirkelten Bewegungen, taten. Von Zeit zu Zeit legten sie eine Pause ein und verließen den Tisch, um eine dringend benötigte Zigarette zu rauchen. Als sie fertig waren, nahm jeder fünfzig Briefchen an sich, und sie gingen hinaus, auf die Straße. Mit so viel Stoff in der Tasche taten sie das recht ungern, aber sie hatten keine Wahl. Sie mußten die Leute wissen lassen, woran sie waren, und da Tyrone kein Telefon in seiner Bude hatte, war die einzige Möglichkeit, mit den Junkies zu kontaktieren, sich unter sie zu mischen. Harry rief Marion an und erzählte ihr, es laufe alles bestens und was sie jetzt vorhätten und sie sagte, sie könnten ein Weilchen ihre Telefonnummer benutzen. Is das dein Ernst? Ja. Aber mit Vorsicht, bitte. Ich meine, gebt sie nicht jedem Junkie, der rumläuft. Eher so Leuten wie Gogit. Leuten, die ihr gut kennt. Und den Stoff könnt ihr in Tys Bude deponieren. Okay, Liebling, so wirds gemacht. Das vereinfacht die Sache sehr, bis wir ne Bleibe mit Telefon haben. Ich wollte dich da bloß nich reinziehn, verstehst du? Ich verstehe, Harry, und ich freue mich über deine Umsicht. Aber das geht schon in Ordnung. Prima. Okay, bis später. Ach ... Harry? Ja? Behältst du ein bißchen was für uns zurück? Keine Sorge. Ich hab schon dran gedacht. Nicht viel. Du weißt schon. Genau. Wenn ich nach Hause komme ... bis später. Tschau. Harry legte auf und sagte Tyrone, daß sie für eine Weile Marions Telefonnummer benutzen dürften, Wir können die Anrufe dort entgegennehmen und uns mit den Leuten verabreden. Den Stoff lassen wir bei dir, in deiner Bude. Groß, Mann. Aber Vorsicht mit der Nummer, Mann. Kapiert, Baby. Okay, bis später, hier, an derselben Stelle. Is geritzt. Sie trennten sich. Harry ging in die eine Richtung und Tyrone in die andere, da die Aktion getrennt verlief, getrennt in Schwarz und Weiß.

Alles ging gut. Tyrone traf Gogit fast unmittelbar darauf und gab ihm Marions Nummer, und Gogit drehte seine üblichen Runden und stellte fest, wer etwas haben wollte, und sehr bald schon war Tyrone ausverkauft und mußte zurückgehen und seinen Vorrat auffüllen. Als er wiederkam, warteten bereits eine Menge begierige Junkies auf seinen Stoff, da es sich mittlerweile herumgesprochen hatte, daß es sich um gute Ware handelte. Tyrone spürte, wie Erregung ihn durchflutete, doch er blieb cool und gab der aufsteigenden Hysterie nicht nach und bekämpfte den Drang, sich einen weiteren Druck zu setzen. Er war froh, daß er etwas intus hatte, aber gerade nur so viel, daß er cool bleiben konnte, und er sagte sich, er müsse sich erst, locker und gelassen, ums Geschäft kümmern, bevor er an einen weiteren Schuß dachte. Er kannte sich auf den Straßen und in der Szene aus, besaß eine gute Portion Beharrungsvermögen und vertraute jenen Instinkten, die er in den fünfundzwanzig Jahren seines Lebens entwickelt hatte. Nur kraft derer hatte er auf der Straße überlebt, von der Bronx bis Harlem, Und er sagte sich, wenn er *dort* überlebt hatte, Baby, schaffte er es wo auch immer, und das is kein leeres Gerede, Jim. Und heute abend waren seine Sinne ganz besonders geschärft. Das mußten sie auch sein. Er mußte die Leute wissen lassen, daß er Stoff anzubieten hatte, doch sobald das die Runde machte, würden gewisse Typen versuchen, ihm den Stoff mit Gewalt wegzunehmen, Typen, die einem genauso gleichmütig die Kehle durchschneiden, wie sie sich eine Zigarette anstecken. Für die is einer wie der andere, Jim. Das sind ganz gemeine, abgefuckte Fixer, Baby. Also brachte Tyrone seinen Vorrat an verschiedenen Stellen an den Mann und vergewisserte sich, daß niemand ihm folgte, als er mit der Kohle nach Hause ging, um neuen Stoff zu holen. Er war ganz besonders wachsam und auf der Hut, da er fest daran glaubte, daß dies seine Chance war, und zwar *die* Chance, da er nicht glaubte, es würde eine zweite für ihn geben. Fünfundzwanzig Jahre waren eine lange Zeit in der Welt, in der er lebte, und er wußte, daß es, wenn überhaupt, nur selten eine Gelegenheit gab, da rauszukommen, und das hier war eine solche Gelegenheit und er würde sie nicht schießen lassen. Er wußte nicht genau, wie das alles gekommen war, wieso er plötzlich so viel Stoff an der Hand hatte und die Knete kassierte, es schien alles wie sone Art Traum, aber die Gelegenheit war da und er würde sie nicht schießen lassen. Und er wußte ferner: wenn er nicht hellwach blieb, Jim, würde es mehr als der Traum sein, was er verlor. Und er war es leid zu verlieren. Diese Straßen waren für Verlierer gemacht. Diese Straßen wurden von Verlierern beherrscht. Er war auf dem Weg nach oben, nach oben und raus, und es ging ihm weniger darum, einen großkotzigen El Dorado zu besitzen und einen Stall voll toller Weiber ... Scheiße, *eine* Alte is genug für mich. Was Tyrone mehr als irgend etwas anderes wollte, war, keinen Ärger zu haben. Das isses, Baby. Keinen Ärger. Fünfundzwanzig Jahre lang hab ich nichts als Scherereien und Streit erlebt. Immer streitet jemand mit jemandem. Immer gibt jemand jemandem Saures. Wenns nich die Polizei is, dann isses n anderer Schwarzer. Nie is jemand zufrieden mit dem, was er hat. Das Dope vergiftet dein Blut, Jim, oder der Schnaps, und dann latscht du rum und bettelst um nen

Schuß oder nen Drink. Scheiße, das is nichts für mich, Baby. Kommt nich in Frage. Und ich bin nich einer, der nie genug hat. Nur so viel, daß das für nen kleinen Laden reicht – is mir sogar egal, was für einer, Jim, ne chemische Reinigung, ne Fernsehreparaturwerkstatt, irgendwas, was meine Alte und mich so einigermaßen ernährt. Wo wir keinen Ärger haben, du weißt schon, ein hübscher kleiner Laden irgendwo außerhalb. In irgendeinem Vorort. Ich weiß nich, vielleicht in Queens oder sogar auf Staten Island. Nur ein kleines Haus und nen Wagen und was Anständiges zum Anziehn – und keinen Ärger. Wir brauchen nicht mal n Garten, kein gar nichts, Mann, nur frei und locker leben, Jim, ich liebe dich und du liebst mich, so in der Art ... ach Scheiße, du brauchst mich gar nicht zu lieben, du kannst meinen schwarzen Hintern von mir aus hassen, ich will bloß keinen Ärger.

Harry schlenderte in der Nachbarschaft umher und ließ ein paar Leute wissen, daß er was hatte, dann saß er eine Weile in einem Drugstore, trank einen Soda-Schokoladensirup und sah sich Herrenmagazine an. Ein paar Deals wickelte er von dort aus ab, und als sie zumachten, stand er eine Weile mit ein paar Jungs, die er kannte, auf der Straße rum, ging dann in eine Bar und anschließend in eine andere und hielt sich nirgendwo lange auf. Als seine Taschen leer waren, blieb er noch ein Weilchen in der Gegend, um festzustellen, wer noch etwas wollte, und wieviel. Einer, den er schon lange kannte, Bernie, sagte ihm, daß er für ein paar andere Jungs was haben wollte und er würde in einer Stunde zurück sein, also ging Harry zurück zu Tys Bude und holte neuen Vorrat und verhökerte auch den, bevor er zu Marion ging. Später rief Tyrone ihn an und sagte, wieviel er losgeworden war, und als sie ihren gemeinsamen Verdienst ausgerechnet hatten, langte es bereits für eine Unze und dabei war alles erst gerade angelaufen. Jetzt, wo die Jungs wissen, was wir anzubieten haben, werden wir morgen schon im Laufe des Tages ausverkauft sein. Alles klar. Sobald wir genug für noch zwei Unzen zusammen haben, besorgen wir uns die, he? Genau, Jim. Ich will so viel von dem Stoff haben, wie möglich. Richtig. Ruf mich wieder an, wenn ich nich vorher bei dir vorbeikomme. Bis später, Baby, und Tyrone legte auf und beboppte in seine Bude zurück. Der lange Abend hatte ihn geschlaucht, und er würde heilfroh sein, wenn er seinen niedlichen schwarzen Hintern endlich ins Bett hauen konnte. Er spürte, wie der Schweiß ihm den Rücken hinunterlief. Er hatte schon viel Zeit auf den Straßen verbracht, doch diese letzten Stunden waren die schlimmsten seines Lebens gewesen. Er hatte sich nie viele Gedanken über die Straßen gemacht, außer, daß er wußte, daß er von der Straße weg wollte. Aber er hatte sie noch nie zuvor so sehr als persönliche Bedrohung empfunden. Er konnte tags und nachts durch die Straßen streifen, und es war ihm egal, ob jemand an ihm vorbeiging oder mit dem Wagen hinter ihm hielt, aber jetzt war das anders. Verdammt anders! Er hatte bis jetzt nichts zu verlieren gehabt. Er hatte nie etwas besessen, das ein anderer hätte haben wollen. Er war bloß ein Schwarzer, ein Wollkopf unter vielen gewesen, der versucht hatte, sich in dieser Welt der Weißen einen weiteren Tag durchzuschlagen. Niemand fürchtete ihn, und er fürchtete niemanden. Er war kichernd und sich kratzend durch die Straßen gebeboppt. Wenn du dich auf den Straßen auskennst und den Verrückten, diesen beknackten Irren, die mit Fleischermessern und Schießeisen rumrennen, aus dem Weg gehst, dann sinds eben bloß Straßen, die man irgendwie bestehen muß, aber wenn du etwas hast, das ein anderer haben will, kriegst du Ärger, Jim. Dann ist es nicht mehr bloß Beton und Asphalt, die zu bestehen sind ... du mußt dich des Irrsinns erwehren, den die Straßen den Menschen einimpfen. Einer von denen geht ja noch, und die Straßen als solche sind auch keine große Sache, aber beides zusammen, da kriegstu die Motten, Jim, und sieh dann bloß zu, daß du deinen Hintern in Sicherheit bringst. Und wenn du etwas hast, was ein anderer will, kriegst du Ärger, und wenn das Dope ist, und du gehst damit durch die Straßen, dann kriegst du *großen* Ärger. Scheiße. Es is beschissen, Jim, aber der einzige Weg, sich auf den Straßen zu behaupten, is der, daß du sie für dich arbeiten läßt, Du mußt diese Arschgeigen übertölpeln, Mann.

Nachdem Harry aufgelegt hatte, nahm er Marion und wirbelte sie herum. Wir sind auf dem besten Wege, Baby, auf dem allerbesten. So, wies läuft, kommen wir im Handumdrehen an unser Pfund reinen Stoff und dann sollst du mal sehen. Ach, da bin ich aber froh, Harry, sie umarmte und küßte ihn, so froh. Ich hab nicht gedacht, daß ich nervös werden würde, aber ich hab die ganze Nacht nicht geschlafen. Wahrscheinlich hab ich nie so darüber nachgedacht, aber plötzlich erschien mir alles da draußen so bedrohlich. Soll ich dir was sagen, Liebling? Mir gings ebenso. Wenn du mit so viel Stoff geschnappt wirst und der Ankläger haut dich entsprechend in die Pfanne, verdonnern sie dich mindestens zu n paar Jahren. Mußt du das nun jeden Abend durchziehen? Marions Gesicht war zerknittert vor Besorgnis, und Harry lächelte sie an. Nix. Wir haben uns bloß so am Riemen gerissen, damit wir soviel wie möglich an den Mann bringen, um uns morgen noch zwei Unzen zu besorgen, solange wir an diesen einmaligen Stoff drankommen. Und dann steigen wir aus und werden uns irgendwo zur Ruhe setzen. Das hoffe ich, Liebling. Die letzte Nacht war eine meiner einsamsten Nächte. Harry umarmte und küßte sie erneut, Mach dir keine Sorgen, sehr bald schon wird man uns auf der Straße nicht mehr sehen. Wir werden den Stoff den Dealern geben und es uns gemütlich machen – aber jetzt wollen wir nicht mehr daran denken, ja? Wir machen uns n kleinen Druck und legen uns lang und reden über unser Café und über die Trips nach Europa. Sie fuhren ab und streckten sich auf der Couch aus, hörten der Musik zu und redeten noch einmal über ihre gemeinsame Zukunft und besprachen die genaueren Einzelheiten ihres Künstler-Cafés. Marion holte Skizzenblock und Bleistift und hielt die verschiedenen Einfälle, die ihnen so zuflogen, auf dem Papier fest, und bald war der Grundriß für das erste der vielen Cafés fertig, auch die Ausstattung mit Hängepflanzen, einer kleinen Bühne für Darbietungen aller Art, einer kleinen Voliere im kleinen Gärtchen, in dem sich wilder Wein rankte, und alle Wände mit Galerieleisten, damit die Gemälde keinen Schaden nehmen konnten, und dann beschrieb sie, wie sie sich das Künstler-Café in San Francisco vorstellte, und zeichnete auch diesen Grundriß, mit allem Drum und Dran, und erklärte ihm, wie man das Ganze einrichten könnte, und wie gut ihm Fishermans Wharf gefallen würde, auch die Kabarettisten und Schauspieler, die dort auftreten, und all die fabelhaften Restaurants, Und die machen dort großartiges Theater, weißt du, und es ist immer was los, was Musik und Kunst angeht, überhaupt alles, genau wie in New York, und sie legte die *Kindertotenlieder* auf und ließ die Platte mehrmals laufen, während sie Seite an Seite, sich aneinanderlehnend, auf der Couch saßen und zeichneten und redeten und plötzlich auflachten oder in sich hineinlachten und einander umarmten und küßten und gläubig ihre Träume spannen …

Das Wartezimmer war überfüllt. Sarah kannte niemanden, aber alle erschienen ihr vertraut, sogar die jungen Schlanken. Sie füllte das Anmeldeformular aus und gab es der Schwester zurück und wurde kurz darauf in eines der Untersuchungszimmer geführt. Die Schwester stellte Gewicht und Körpergröße fest und fragte sie, wie sie sich fühle, Prima, deshalb bin ich hier, und beide lachten. Sie maß ihren Blutdruck und fragte, wie es um ihre Augen und Ohren bestellt sei, und Sarah antwortete, es wäre beides vorhanden, und die Schwester lachte wieder und ging hinaus. Nach einer kleinen Weile kam der Arzt und sah sich die von der Schwester vorbereitete Karteikarte an, dann hob er den Kopf und lächelte, Wie ich sehe, sind Sie ein wenig übergewichtig. Ein wenig? Ich bin sofort bereit, fünfzig Pfund davon abzugeben. Nun, ich glaube, das wird keinerlei Schwierigkeiten machen. Er horchte kurz ihr Herz ab, klopfte ihr mit dem Finger zweimal auf den Rücken, dann nahm er sich erneut die Karteikarte vor. Ihre Allgemeinverfassung scheint gut zu sein. Meine Assistentin wird Ihnen eine Packung Pillen geben, die genau nach den beigefügten Instruktionen einzunehmen sind. Sie wird Ihnen ebenfalls einen Termin für nächste Woche geben. Bis dann, und er war fort. Sarah bekam ihre Pillen, und die Schwester erklärte Dosierung und Anwendungsweise so eingehend, daß Sarah alles genau verstand. Okay, das hab ich verstanden, aber sagen Sie mir, Herzchen, was verlangt der Doktor pro Visite? Er hat gesagt, ich soll in einer Woche wiederkommen, und ich hab kein Geld. Oh, da machen Sie sich keine Gedanken, Mrs. Goldfarb, das arrangieren wir schon mit *Medicare*, die zahlen dann die Rechnung. Wunderbar. Da bin ich aber sehr erleichtert. Also, in einer Woche dann. Genau. Auf Wiedersehn, Mrs. Goldfarb. Auf Wiedersehn, Herzchen. Alles Gute.

Sarah saß am Küchentisch, die Pillen und den Beipackzettel vor sich. So, jetzt wolln wir mal sehn, die Dunkelrote nehme ich morgens, und die Hellrote nehm ich am Nachmittag, die Orangene abends, sie drehte sich um und sah schmunzelnd zum Kühlschrank hinüber, das sind meine drei Mahlzeiten, Schlaumeier (der Kühlschrank verharrte in sonderbarem Schweigen), und die Grüne vor dem Schlafengehen. Ganz einfach. Eins, zwei, drei, vier, schnippschnapp, und die Pfunde fallen ab. Also nehm ich besser die Dunkelrote jetzt gleich, denn es ist schon fast Zeit für die Hellrote, und sie gluckste in sich hinein, als sie leichtfüßig zur Spüle ging, um sich ein Glas Wasser zu holen und ihre Frühstückspille zu schlucken. Sie öffnete, vor sich hinsummend, den Kühlschrank, entnahm ihm den Sahnekäse, schlug die Tür selbstzufrieden zu, öffnete die Tüte auf dem Tisch, holte ein rundes Zwiebelbrötchen heraus und wickelte ein Stück geräucherten Fisch aus dem Papier. Sieh mir gut zu, Kühlschrank, und gräme dich. Jetzt prasse ich. Aber bald werd ich ne Menge Haushaltsgeld sparen. Sie zuckte die Achseln, machte eine verächtliche Kopfbewegung zum Kühlschrank hin und verstrich den Sahnekäse auf dem Brötchen und schob sich kleine Schlemmerhäppchen Fisch in den Mund, Mhhhhhhhhhhhhhhh, schmatzte genußvoll und machte eine halbe Drehung auf ihrem Stuhl, damit der Schlaumeier, der Kühlschrank, auch sehen konnte, mit welchem Genuß sie sich die Delikatessen einverleibte.

Sie bereitete eine zweite Kanne Kaffee. Sonst trank sie nur eine Tasse Kaffee, und die zum Frühstück, die übrige Zeit trank sie Tee. Doch an diesem Morgen trank sie eine ganze Kanne, sechs Tassen, und nun war sie dabei, eine zweite Kanne zu bereiten, ohne daß ihr das eigentlich bewußt wurde, bewußt war ihr lediglich, wie sie sich fühlte: gut aufgekratzt, unternehmungslustig. Und dann stellte sie fest, daß es bereits Lunchzeit war und sie keinen Hunger verspürte. Überhaupt keinen. Sie trank weiter Kaffee. Schon Lunchzeit, und ich hab keinen Hunger, sie streckte dem Kühlschrank die Zunge heraus, nicht mal ein Stückchen Hering in saurer Sahne, vielen Dank. Das reine Wunder. Kein noch so verstecktes Verlangen nach einem kleinen Imbiß. Eiscreme mit Sahne und warmer Schokoladensirup: will ich nicht. Geräuchertes mit Roggenbrot, Senf und Kartoffelsalat: will ich nicht. Nichts will ich. Seit dem Frühstück hab ich eine Pille geschluckt und dazu eine Tasse Kaffee getrunken und – sie sah die Kanne an, dann ihre Tasse und begriff, daß sie mehr als eine Tasse getrunken hatte, daß sie sich eine zweite Kanne Kaffee gemacht hatte, die schon fast leer war ... Ach was, sie zuckte die Achseln, Nebbich. Eine Pille und eine Kanne Kaffee, und ich bin schon knackig, also was solls? Sie trank ihren Kaffee aus und goß sich neuen ein, Denk bloß nicht, daß ich dich nicht sehe, und sie zwinkerte dem Kühlschrank zu, und jetzt ist Lunchzeit, und sie nahm die hellrote Pille und legte sie mit spitzen Fingern auf ihre Zunge und spülte sie mit Kaffee hinunter und wand und drehte sich in ihrem Sessel hin und her und dachte über das schier unglaubliche Wunder nach, das in ihr Leben getreten war. Wenn sie nur früher davon gewußt hätte. Sie fühlte sich so jung und kräftig, so voller Tatendrang, als könne sie hohe Berge bezwingen. Sie überlegte, ob sie an diesem Nachmittag vielleicht die Fußböden schrubben und die Wände feucht wischen sollte, zumindest die in der Küche, beschloß jedoch, das auf später zu verschieben und jetzt zu den Damen hinauszugehen und sich ein bißchen in die Sonne zu setzen und ihnen zu erzählen, wie gut es ihr ging. Sie konnte es kaum erwarten, ihnen zu berichten, daß sie den Jungbrunnen entdeckt hätte.

Sie griff nach ihrem Klappstuhl, ging hinaus und stellte ihn auf den Ehrenplatz, der immer für sie freigehalten wurde. Mindestens ein Dutzend Damen warteten bereits auf sie, und als sie kam, ging sofort die alte Leier los, über die Show und wie und wo und wann, und sie lächelte nur und bewegte die Hände auf die hoheitsvollste Weise, sah, in Erwartung des Postboten, nach rechts und links und huschte und hüpfte mit ungezügeltem Kräfteüberschuß umher und um die Damen herum, setzte sich dann einen Augenblick hin und stand wieder auf und wanderte ruhelos auf und ab, und als die Dame erschien, die ihr den Arzt empfohlen hatte, umarmte und küßte sie sie und sagte ihr, daß sie sie für immer ins Herz geschlossen hätte, daß das, was mit ihr vor sich ginge, das Schönste auf der Welt sei, sie könne es kaum glauben, aber sie würde an Essen nicht einmal *denken*, und sogar, wenn man ihr eine große Schüssel Hühnersuppe mit Nudeln vorsetzte, würde sie nicht davon essen, selbst dann nicht, wenn das Huhn in Borschtsch gedünstet wäre, und wie wohl sie sich fühle, seit sie sich nicht mehr mit all dem vielen Essen vollstopfe, wovon man nur müde werde, und sie fühle sich frei wie ein Vogel in den Lüften und auch sie würde am liebsten die Flügel ausbreiten und fliegen und singen *Bei mir bist du scheen*, Und es kostet mich nicht mal etwas, wird alles von *Medicare* bezahlt, und vielleicht geh ich sogar tanzen, und sie versuchte zu sitzen und sich ein wenig zu sonnen, sprang jedoch immer wieder auf, als risse eine unsichtbare Macht sie fortgesetzt vom Stuhl und zwänge sie, wieder zwischen den Damen umherzuspringen wie ein Karnickel und den Kopf hin und her zu drehen und nach dem Postboten Ausschau zu halten, der ihr bald, sehr bald, einen Bescheid von der McDick Corporation bringen würde, in dem drinstand, in welcher Show sie dabeisein würde und wie lange es noch dauerte, bis sie ihr rotes Kleid anziehen könne, und die Damen schüttelten die Köpfe und nickten und sagten ihr, sie solle sich hinsetzen, Setz dich doch schon hin und schalt n bißchen ab, sieh zu, daß du n bißchen Sonne ins Gesicht kriegst, is ja wunderbar, daß du dich so wohl fühlst, aber du machst dich ja kaputt, und sie lachten und neckten Sarah, und Sarah saß und ging umher und verteilte Umarmungen und Küßchen und sah nach links und rechts, bis der Postbote kam, und als sie, ihr Gefolge hinter sich, auf ihn zuging, schüttelte er den Kopf, Heute nichts für Sie, und er ging mit ein paar Briefen ins Haus, doch Sarah verzweifelte nicht und hielt sich weiter dran und erzählte ihnen noch einmal, wie wohl sie sich fühle und wie bald sie aussehen würde wie Rotkäppchen.

Sarah ging als letzte ins Haus. Sie mußte kein Essen zubereiten, also hatte sie keine Eile. Als erstes schaltete sie den Fernseher ein, dann kochte sie sich eine Kanne Kaffee und drehte dem Kühlschrank, der, seine Niederlage witternd, immer noch schmollte, eine lange Nase. Sarah machte sich in der Küche zu schaffen, rubbelte wischte putzte und sah immerzu auf die Uhr, ob schon Essenszeit sei. Schließlich bildeten die Zeiger eine gerade Linie und Sarah setzte sich, als könne sie es nicht erwarten, mit ihrer orangefarbenen Pille an den Tisch. Sie steckte die Pille in den Mund, trank ein wenig Kaffee hinterher und fing dann erneut an zu fegen wischen schrubben, wobei sie vor sich hinsummte, mit sich selbst und dem Fernseher redete und den Kühlschrank geflissentlich übersah. Von Zeit zu Zeit erinnerte sie sich selbst an das Wasser und trank ein Glas und dachte *schlank schlank* und *knackig*. Schließlich begann ihre Energie nachzulassen und sie wurde sich der Tatsache bewußt, daß sie die Kiefer aufeinander preßte und mit den Zähnen knirschte, doch beachtete sie das nicht weiter, während sie sich bequem in ihrem Fernsehsessel zurechtsetzte, oder es doch zumindest versuchte. Sie wechselte ununterbrochen die Stellung, rückte ruhelos hin und her, stand immer wieder auf, um dieses oder jenes zu holen oder noch eine Tasse Kaffee oder noch ein Glas Wasser zu trinken, und verspürte eine Andeutung von Kribbeln unter der Haut und im Magen ein leises Gefühl der Beklemmung, zu vage, um sie ernstlich zu beunruhigen. Bewußt war ihr lediglich, daß sie sich nicht ganz so wohl fühlte wie am Nachmittag, doch immerhin besser und lebendiger als seit vielen Jahren. Wenn irgend etwas möglicherweise nicht ganz stimmen sollte ... es war die Sache wert. Der Preis war gering. Sie dachte immerzu an die grüne Pille, und obwohl die Sendung, die sie gerade sah, erst zur Hälfte vorüber war, stand sie auf und schluckte die grüne Pille und ging zu ihrem Sessel zurück. Sie trank noch ein paar Gläser Wasser und nahm sich vor, morgen weniger Kaffee zu trinken. Das mit dem Kaffee taugt nicht. Tee ist besser. Wenn etwas nicht stimmt, dann liegt es wahrscheinlich am Kaffee. Sie trank noch ein wenig Wasser und sah im Geiste, wie es das Fett aus ihrem Körper herauswusch und fortschwemmte ... fort ... fort ... weit, weit fort ...

Tyrone hatte sich zwei weitere Unzen verschafft und gegen Abend waren er und Harry bereit, Schwerarbeit zu leisten. Sie selbst hielten sich weiterhin zurück und setzten sich jeweils nur einen kleinen Druck, nur gerade so viel, daß sie da draußen auf den Straßen gelassen und locker waren und den Durchblick behielten. Sie mußten locker und cool bleiben, aber unbeirrt und zielbewußt vorgehen. Im Laufe des Tages waren soundsoviele Anrufe erfolgt, und sie sahen sich genötigt, mindestens die Hälfte ihrer Ware abzugeben, bevor sie

Zeit gehabt hatten, den Stoff zu strecken. Nachdem Harry einige Interessenten beliefert hatte, rief er Marion an, um zu hören, wer sich sonst noch gemeldet hätte und was überhaupt so vorläge. Das Ganze wuchs sich zu einem solchen Stress aus, daß Marion vorschlug, sie sollten den Stoff bei ihr deponieren, bis Tyrone sein Telefon bekäme. Diese Rumrennerei und das Hin und Her mit den Anrufen ist absurd. Und mir scheint, daß du ein unnötiges Risiko eingehst, Harry, so wie du die Sache im Augenblick handhabst. Harry ging sofort auf ihren Vorschlag ein, und sie wickelten ihre Geschäfte nun von Marions Wohnung aus ab, so lange, bis Tyrone nach einigen Tagen seinen Telefonanschluß bekam. Nun lief alles einfacher und glatter. Mit dem, was sie für sich selbst verbrauchten, waren sie nach wie vor sehr mäßig, und der Stoff, den sie laufend kauften, war nach wie vor so hochwertig, daß sie ihn eins zu vier strecken konnten und immer noch gute Ware lieferten. Die Junkies waren gierig danach. Bald streckten sie den Stoff eins zu fünf und machten entsprechend noch mehr Geld. Die Tausender stapelten sich nur so und sie mieteten sich unter falschem Namen ein Bankfach, in dem sie das Geld deponierten. Sie machten über tausend Dollar pro Tag und beschlossen, daß es nun an der Zeit sei, ein wenig langsamer zu treten und sich ein paar anständige Sachen zum Anziehen zu kaufen, wenn sie ausgehen wollten. Doch es schien, als hätten sie dazu nie Zeit, und so begannen sie, ein paar Jungs, wie etwa Gogit, damit zu beauftragen, eine Nacht lang Stoff zu verhökern, bekamen die Kohle dann am folgenden Tag und machten fifty-fifty mit den Jungs. Mit einem Schlage, so sah es jedenfalls aus, blühten die Rosen auch für sie. Nun war die Flasche, statt halb leer, plötzlich halb voll und füllte sich unaufhaltsam, bis zum Hals.

Eines Abends saßen Harry und Marion, nachdem sie gedrückt hatten, auf der Couch, hörten der Musik zu und sprachen, wie üblich, über ihre Pläne für das Künstler-Café, als Harry sich nachdenklich zurücklehnte und dann, nachdem er zu einem Entschluß gekommen war, mit dem Kopf nickte. Ja, das werd ich tun. Marion lächelte, Tun wofür? Oder sollte ich sagen für wen? Die alte Dame. Ich hab daran gedacht, irgendwas für sie zu kaufen, du weißt schon, irgendein Geschenk, aber ich wußte nicht, was, es ist nicht so einfach, sich für so jemanden etwas auszudenken. Was könnte sie brauchen oder haben wollen? Jede Frau liebt Parfum. Du könntest ihr da was ganz Besonderes kaufen, in einem Kristallflakon. Ach nein, das wär nichts für sie. Du kennst sie ja. Ja, wahrscheinlich hast du recht. Aber ich hoffe, du hast den Wink verstanden, und sie lachte leise. Du kommst später an die Reihe, und er küßte sie auf die Wange und knetete ihren Nacken. Jetzt ist mir endlich das Richtige eingefallen. Es schwebte mir irgendwie schon die ganze Zeit vor, aber ich kriegte es nicht zu fassen. Ich hab mich schließlich gefragt, worauf sie steht, und mir dann gesagt, auf Fernsehen, stimmts? Wenn jemand fernsehsüchtig ist, dann ist es meine alte Dame. Und ich hab mir gedacht, daß ich ihr sowieso einen neuen Fernseher schuldig bin, schließlich ist ihr alter Apparat von der ewigen Hin- und Herschlepperei zum alten Abe und wieder zurück nicht gerade besser geworden. Und es muß n guter sein, nicht irgendson Tinnef. Bitte gebrauche dieses Wort nicht. Welches? Tinnef? Ja. Es erinnert mich an meinen Vater mit seinem Konfektions-Vokabular. Harry zuckte die Achseln und lachte, der geht dir aber wirklich aufn Geist, wie? Marion hob die Schultern, als wolle sie es damit abschütteln, Ich kanns verdrängen. Aber was ist mit dem Fernseher? Ich werde meiner alten Dame einen neuen Apparat kaufen. Ich glaub, ich kann nen Tausender dafür hinlegen, wenns sein muß, und ihr nen Apparat kaufen, der sie umwirft. Sie wird meschugge vor Freude. Harry! Marion machte einen Schmollmund, und Harry kicherte und schlang die Arme um sie, Entschuldige, aber manchmal kann ich einfach nicht widerstehen, man kann dich so leicht ärgern. Jedenfalls werd ich morgen nen Schrank von Farbfernseher kaufen und sie wird nie mehr daran denken, daß ich mir ihren Apparat so oft ausgeliehen habe. Marion legte den Kopf auf die Seite und sah Harry an, dann lächelte sie sanft, Du liebst sie wirklich, nicht wahr? Harry zuckte die Achseln, Wahrscheinlich. Ich meine, ich weiß es nicht genau. Manchmal glaub ich ja, und dann wieder nicht. Meistens will ich bloß, daß sie zufrieden und glücklich ist. Verstehst du, wie ich das meine? Marion nickte, einen sehnsüchtigen Ausdruck auf dem Gesicht. Ich möchte sie einfach zufrieden sehen und daß sie ihr Leben genießt ... aber manchmal kann ich mich kaum zurückhalten, dann könnte ich sie ... ach, ich weiß nicht. Es ist weniger, daß ich ihr weh tun will, bloß, wenn ich sie da so sitzen seh, in derselben alten Wohnung, in der sie immer gelebt hat, in demselben alten Hauskleid, du weißt schon, auch wenn es nicht dasselbe ist, so ist es das doch, dann weiß ich einfach nicht, was tun, wenn ich irgendwo anders bin, ist alles okay, ich liebe sie irgendwie und denke gern an sie. Aber wenn ich dort bin, bei ihr in dieser Wohnung, passiert irgendwas in mir und ich werd so gottverdammt nervös und bin dann so gereizt, daß es damit endet, daß ich sie anschreie. Ach, das ist wahrscheinlich ganz einfach zu erklären. Du liebst sie und spürst eine gewisse innere Abhängigkeit von ihr und weißt nicht, wie du auf gesunde, normale Weise deine Unabhängigkeit erlangen sollst, nämlich, indem du sozusagen flügge wirst und das Nest verläßt, also schlägst du um dich und weist sie zurück, bevor sie dich zurückweisen kann. Ein klassischer Fall, wirklich. Kann sein. Auf all das geb ich nicht viel. Ich weiß nur, daß sie mir immerzu Vorträge hält, ich soll mich vorsehen, du bist ein guter Junge, sei vorsichtig, damit dir nichts zustößt ... verstehst du? Es ist, als ob sie mir nicht die Luft zum Atmen läßt. Marion nickte. Harry zuckte die Achseln, Ach, ich weiß nicht. Ist ja auch nicht so wichtig. Jetzt, wo ich auf eigenen Füßen stehe, kann ich mich um sie kümmern und sie ab und zu besuchen und vielleicht wird sie jetzt Ruhe geben, wenn sie sieht, daß ichs zu was gebracht hab. Ach ... vielleicht können wir sie irgendwann zum Essen ausführen oder so was. Oder inne Show, was weiß denn ich. Was meinst du? Liebend gern, Harry, Ich hab deine Mutter immer gern gehabt. Sie ist immer so nett und drollig und ... so echt, so ungekünstelt. Sie lebt in der Bronx und liebt die Bronx und hat nichts zu verbergen. Nicht, wie so manche andere, die auf Leute herabsehen, die nicht in New Rochelle oder den Connecticut Suburbs oder in Westchester wohnen und die glauben, sie wären etwas, das sie nicht sind, wobei es immer noch so klingt, als müßten sie sich andauernd räuspern, wenn sie reden, und die sich zum Frühstück mit Sahnekäse und Beugel vollstopfen und samstags gehen sie abends chinesisch essen. Sie widern mich an. Es gibt nichts Schlimmeres als Kultur-Barbaren mit Prätentionen. He, du kochst ja richtig, und er lachte leise. Ja, es macht mich aber auch echt kribbelig. Shakespeare sagt, Dies über alles: *Sei dir selber treu*. Polonius mag ein Narr gewesen sein, aber in diesen Worten steckt viel Weisheit. Ich glaube, daß die heutige Welt nicht zuletzt deshalb so problematisch ist, weil niemand weiß, wer oder was er ist. Alle rennen rum und suchen nach einer Identität, oder versuchen, sich eine auszuborgen, sie wissen es bloß nicht. Sie denken tatsächlich, sie wüßten, wer sie sind, und was sind sie? Ein Haufen Tinnef – Harry mußte lachen über die Art und Weise, wie sie das Wort hinausspie, und über die Heftigkeit, mit der sie sprach –, die keine Ahnung davon haben, was die Suche nach einer persönlichen Wahrheit und nach einer Identität wirklich bedeutet, wogegen nichts zu sagen wäre, wenn sie einen in Ruhe ließen, aber sie bestehen darauf, alles zu wissen und daß du, wenn du nicht lebst wie sie, falsch lebst, und wollen dir deine Privatsphäre beschneiden ... sie versuchen, in deinen Lebensraum einzudringen, um ihn zu verändern oder zu zerstören – Harry kniff die Augen zusammen, dann, als ihre Wut zunahm und nun hell aufflammte, starrte er sie nur noch an – sie können es einfach nicht fassen, daß du weißt, was du tust, und daß du deine eigene Identität und deine eigene Privatsphäre hast und zufrieden und glücklich damit bist. Verstehst du, das ist das eigentliche Problem. Wenn sie das begriffen, brauchten sie sich nicht bedroht zu fühlen und nicht zu glauben, sie müßten dich zerstören, bevor du sie zerstörst. Diesen Spießern will es einfach nicht in den Kopf, daß du zufrieden bist, dort, wo du bist, und nichts mit ihnen zu tun haben willst. Meine Privatsphäre gehört mir und genügt mir. Harry sah sie einen Augenblick an. Ich will dir mal was sagen, Baby, ich bin froh, daß das so ist. Ich möchte weiß Gott nicht deine Privatsphäre einengen. Ich hab nichts anderes getan, als *Tinnef* gesagt, und schon war der Teufel los. Stell dir vor, was passieren würde, wenn ich *Schickse* sage. Und Harry lachte und umarmte sie und Marions Verspanntheit wich plötzlich von ihr, und die Droge und Harrys Reaktion und ihre eigene Müdigkeit glätteten die Falten ihrer Stirn und sie begann ebenfalls zu lachen. Weißt du, Baby, schon Konfuzius sagte vor der berühmten Schlacht von Wang Ton zu Lei Kowan: Soll er doch Kuchen essen, und beide lachten wieder, Nein Harry, wirklich, und Marion erhob sich und legte noch einmal die *Kindertotenlieder* auf, kehrte zur Couch zurück und schmiegte sich an Harry. Über beide kam Ruhe, sie hörten der Musik zu und sprachen über ihre Pläne, während die Droge stetig durch ihre Adern floß und jeder lebenden Zelle ihrer Körper Träume zuflüsterte.

Harry hatte am folgenden Tag nicht vergessen, daß er seiner Mutter einen neuen Fernseher kaufen wollte, aber irgendwie war schon die Vorstellung, nun tatsächlich in diese Geschäfte zu latschen und einen Verkäufer aufzutreiben, der Bescheid weiß, und die Arschgeige dazu zu bringen, dir das zu zeigen, was du suchst, und nicht das, was er dir andrehen will, dermaßen anödend, daß er das große Gähnen bekam. Verdammtnochmal! Wenn er doch bloß in irgend sonem Bumsladen anrufen könnte, daß sie das Ding rüberschicken, dann wärs ja geritzt, aber in ein Geschäft gehen und mit Leuten reden und alles ... Er grübelte eine Weile darüber nach, und dann fiel ihm ein, daß er ja nichts anderes zu tun brauchte, als sich n Druck zu setzen und alles wäre okay. Jawohl, ein kleiner Druck, und er konnte es mit diesen Geschäften und den verdammten Verkäufern aufnehmen. Eigentlich wollte er so früh am Tage nicht abfahren, aber was solls, dies hier war schließlich was anderes. Und es war schon in Ordnung so, schließlich hatte er den Apparat seiner alten Dame immer wieder dazu benutzt, sich Geld für Dope zu verschaffen, und nun würde er eben ein bißchen Dope dazu benutzen, ihr einen neuen Apparat zu verschaffen. Ja, hahahaha, das is nich schlecht. Das gefällt mir. Ja ... das is wie mit der Gans und dem Gänserich, oder irgendsone Kacke. Harry sagte, Marion solle sich doch auch n kleinen Schuß setzen und sie wollte zunächst dagegen protestieren, gleich nach dem Aufstehen schon abzufahren, doch die Worte blieben ungesagt, und so begannen sie den Tag mit einem Druck, einem etwas kräftigeren Druck als am Vortag, und gingen fort, um ihren Einkauf zu tätigen. Marion fragte ihn, wohin er denn wolle, und er zuckte die Achseln und sagte dann plötzlich wie aus der Pistole geschossen, Zu Macy. Das is genau das Richtige. Aber das ist doch so weit, warum denn gerade dorthin? Ich geh gern zu Macy. Dort wickel ich öfters meine Geschäfte ab, gute Geschäfte. Besonders in der Spielwarenabteilung, und er kicherte und Marion sah ihn an, als wäre er nicht ganz dicht, zuckte jedoch die Achseln und war es zufrieden. Na schön, ne Taxifahrt durch die Stadt wird mich nicht umbringen.

Als sie bei Macy ankamen, bestand Harry darauf, daß der Taxifahrer sie am Eingang der Seventh Avenue absetzte. Der Fahrer zuckte bloß die Achseln und machte ein Gesicht, als wäre Harry beknackt, Es is dein Geld Kumpel. Warum Seventh Avenue Harry, wir könnten doch genauso gut hier aussteigen? Nein, Seventh Avenue. Ich machs eben *so*. Marion sah Harry verständnislos an, und Harry lächelte und grinste. Marion wollte gleich in die Fernsehabteilung, aber Harry wollte unbedingt erst in die Spielwarenabteilung, die

Eisenbahnen ansehen. Marion schüttelte erneut den Kopf, ging jedoch mit, um die Eisenbahnen anzusehen. Als sie in die Fernsehabteilung kamen, warf Harry einen flüchtigen Blick auf die ausgestellten Apparate, und als ein Verkäufer auf ihn zukam und fragte, ob er ihm behilflich sein könne, sah Harry ihm in die Augen, und was er sagte, klang selbstsicher und bestimmt. Ja, ich möchte eine große Fernsehtruhe. Sehr gern. Da hätten wir ein sehr schönes Modell, dort drüben, im luxuriösen Barockstil, heute im Angebot herabgesetzt von 1.299,- Dollar auf 999,99 Dollar, aber nur heute. Es handelt sich um ein komplettes Heimstudio mit eingebautem Radio mit Mittelwelle und UKW – Nein, nein. So was nicht. Bloß einen Fernseher. Bitte sehr. Wenn Sie bitte mitkommen wollen? Das hier ist unser Top-Modell. Es hat – Ist das der größte, den Sie haben? Ja. Mit einem Jahr Garantie, Ersatzteile und Kundendienst eingeschlossen, auf die Bildröhre fünf Jahre und – Okay, den nehm ich. Der Verkäufer lächelte und fuhr fort, die verschiedenen Vorzüge des Apparats hervorzuheben, während er die Rechnung ausschrieb, dann füllte er einen Wartungsvertrag aus, gültig für fünf Jahre nach Ablauf der Garantiezeit, und Harry zahlte mit Hundertdollarnoten und wartete ruhig auf das Wechselgeld. Er saß in der Nähe des Verkaufstresens, während der Verkäufer ging, um die Formulare auszufüllen und damit den Verkauf perfekt zu machen. Harry lächelte in sich hinein, als er sich selbst so ruhig dasitzen und seinen Einkauf tätigen sah wie ein normaler Bürger. Er feixte und gluckste in Gedanken, als der Verkäufer mit dem Wechselgeld zurückkam, fast so servil wie ein Dienstbote. Harry steckte das Geld achtlos ein und nickte dem Mann, als sie gingen, mit einer entsprechenden Handbewegung zu.

Später an diesem Abend dachte Harry daran, wie er bei Macy gewesen war und den Fernseher gekauft hatte, und er wurde nervös und rot im Gesicht und Schweiß begann an seinen Flanken hinunterzurinnen. Als er jetzt daran dachte, fragte der Knilch ihn immerzu etwas, worauf er keine Antwort wußte, und Harry stammelte und stotterte und es war ihm peinlich und er entschuldigte sich dafür, daß er das komplette Heimstudio nicht haben wollte und je öfter der Kerl wiederholte, was für eine Gelegenheit das sei und wie seine betagte Mutter ihm bis zu ihrer letzten Stunde dankbar dafür sein würde, wenn er ihr diesen Apparat schenkte, desto schuldiger fühlte er sich, bis ihm schließlich klar wurde, daß er ein Narr wäre, wenn er dieses wunderbare Heimstudio nicht kaufte, und wenn es für die Wohnung seiner Mutter zu groß sein sollte, würde man es entsprechend einpassen. Harry schüttelte den Kopf, schüttelte diese Gedanken ab, und er und Marion gingen ins Badezimmer, setzten sich einen Druck und machten sich bereit, einen weiteren Abend zu überstehen.

Als es Zeit für ihn wurde zu gehen, schien die Idee, seine Mutter zu besuchen, nicht mehr ganz so gut zu sein, doch ein kleiner Schuß macht alles möglich. Er zog eine neue, hautenge Hose an und ein Sporthemd und dazu Slipper, begutachtete sich noch einmal im Spiegel und fragte dann Marion, wie er aussähe. Gut. Sehr gut. Du siehst aus wie der Sohn, den jede Mutter sich wünscht. Wünschen kost nix, und er kicherte und stellte sich noch einmal vor den Spiegel, Okay, ich hau jetzt besser ab. Bis später, Baby. Marion gab ihm einen Kuß, Sei nicht nervös. Es wird sicher sehr nett werden. Deine Mutter ist kein Barracuda, wie meine. Vielleicht wärs dann einfacher. Okay, bis gleich. Harry ging und ließ seine neuen Schuhe von einem Schuhputzer in der Nähe der U-Bahn auf Hochglanz bringen, gab dem Jungen ein paar Dollar und winkte einem Taxi.

Nachdem Sarah die Pillen zwei Wochen genommen hatte, hatte sie sich an die Nebenwirkungen gewöhnt. Das Zähneknirschen machte ihr inzwischen fast Spaß, und selbst wenn es sie gelegentlich ein wenig irritierte, so waren ihr Wohlbefinden und die Tatsache, daß die Pfunde dahinschwanden, diese kleine Unannehmlichkeit wert. Jeden Morgen und Abend zog sie das rote Kleid an, um zu sehen, ob sie schon hineinpaßte, und jedesmal war der klaffende Spalt am Rükken zweifellos schmaler geworden. Sie beschränkte sich nun auf nur *eine* Kanne Kaffee am Morgen, den Rest des Tages trank sie Tee. Manchmal hatte sie das Gefühl, als quöllen ihr die Augen aus dem Kopf, aber nebbich. Sie erwähnte diese kleinen Beschwerden dem Arzt gegenüber, und er sagte, das sei eine völlig normale Reaktion und es ginge ihr großartig. Sie haben schon in der ersten Woche zehn Pfund abgenommen. Sarah strahlte und vergaß alles andere. Zehn Pfund. Was für ein tüchtiger Arzt. Eine Kanone. Sie ging jede Woche hin, wurde gewogen, bekam einen neuen Vorrat an Pillen, unterschrieb den Krankenschein und ging wieder nach Hause. Konnte man sich etwas Besseres wünschen? Sie ging hinaus zu den anderen Frauen in die Sonne und machte ihnen das Vergnügen, ihre fabelhafte Figur bewundern zu dürfen, bevor sie ihren Ehrenplatz einnahm. Doch sie saß nicht allzu lange still. Immer wieder stand sie auf, um sich zu dehnen und zu strecken und umherzugehen, um außer reden noch irgend etwas zu tun. Ihre Zunge hatte so viel Bewegung, daß der Rest auch Bewegung haben mußte. Und jeden Tag wars mit dem Postboten dasselbe: alle sehen ihm entgegen, wenn er die Straße herauf kommt, und er grinst und schüttelt den Kopf, Heute nicht. Wenn ichs hab, werd ich damit winken, schon von weitem winken, und er ging ins Haus, um seine Post in die verschiedenen Hausbriefkästen zu stecken. Aber etwas hatte sich verändert ... Ihr Kühlschrank sprach nicht mehr mit ihr. Er schien nicht einmal mehr zu schmollen. Er war immer noch da, aber er hatte seine Persönlichkeit verloren. Er war nur noch ein Kühlschrank und kein anzufeindender Gegner mehr, was sie zunächst vermißte, doch schon bald dachte sie nicht mehr daran und brachte das, was in der Küche zu tun war, möglichst rasch hinter sich und ging vors Haus zu den Damen, um sich zu sonnen.

Sie saß auf ihrem Ehrenplatz, als Harry aus dem Taxi stieg. Er zog seine Hose hoch und stand der Phalanx von Frauen gegenüber und zermarterte sich das Hirn, wie er am besten ungeschoren an ihnen vorbeikäme, doch aus lebenslanger Erfahrung wußte er, daß das nicht möglich sei, also gürtete er seine heroingestärkten Lenden und ging direkt auf seine Mutter zu. Sarah starrte einen kurzen Augenblick, ihr stimuliertes Gehirn registrierte sofort das, was ihre Sinne ihr vermittelten: die zuschlagende Wagentür, Der Rest ist für Sie, die neue Kleidung, die lockere Haltung, das Lächeln, die ausdrucksvollen Augen, die vor Leben sprühten. Sie sprang auf, Harry, und hätte ihn mit ihrer Umarmung fast umgeworfen. Sie küßte ihn und er küßte sie und sie war so aufgeregt, daß sie ihn immer wieder küßte, He, nich so stürmisch Ma, du erdrückst mich ja, und er lächelte sie kurz an und brachte dann seine Kleidung in Ordnung. Komm, komm herein, Harry. Ich mach dir ne Kanne Kaffee, dann wirds ein richtiger Kaffeebesuch. Sie nahm seinen Arm und ging auf den Hauseingang zu, Dein Stuhl Ma, du hast deinen Stuhl vergessen, und er ging hin und hob ihn auf und klappte ihn zusammen und begrüßte dabei all die Frauen, die ihn fast vom Tag seiner Geburt an kannten und manche schon, bevor er geboren worden und vorerst nur ein Fünkchen in seines Vaters Auge war, und sie sagten ihm, wie gut er aussähe und wie es sie freue, daß es ihm so gut ginge, und er nickte und wurde abgeküßt und abgeknutscht, bis es ihm endlich gelang, sich ihren Klauen zu entwinden. Sarah setzte sofort Kaffeewasser auf und hastete geschäftig umher und holte Tassen und Untertassen und Teelöffel und Milch und Zukker und Servietten, Wie geht es Dir denn Harry, du siehst so gut aus, und sie sah nach, ob der Kaffee schon fertig war und fragte Harry, ob er etwas essen wolle, einen kleinen Imbiß vielleicht, oder Kuchen, ich geh schnell und hol was, wenn du willst, ich hab nichts im Haus, aber Ada wird was haben, Napfkuchen vielleicht, und Harry sah und hörte seiner Mutter zu und hätte sich fast gefragt, ob er wohl im richtigen Haus sei, und schließlich war der Kaffee fertig und sie füllte die beiden Tassen und fragte Harry erneut, ob er irgend etwas essen wolle. Nein, Ma. Nichts. Setz dich. Setz dich hin, um Gottes willen. Mir ist schon ganz schwindlig. Sie stellte die Kaffeekanne auf den Herd zurück, postierte sich dann vor Harry und lächelte, Merkst du was? Harry, immer noch ein wenig benommen von all der Hektik, blinzelte. Siehst du nicht, daß ich schlanker geworden bin? Ja, natürlich, es sieht wirklich so aus, Mom. Fünfundzwanzig Pfund. Und das ist nur der Anfang. Das ist ja großartig, Ma. Wirklich großartig, das freut mich für dich. Aber setz dich hin, ja? Sarah setzte sich. Harry war immer noch ein wenig verwirrt, und sein Kopf schien nicht so recht mithalten zu können. Es tut mir leid, daß ich mich ne Weile nicht hab blicken lassen, Ma, aber ich war sehr beschäftigt, ehrlich. Sarah nickte immer wieder und lächelte Harry an, wobei ihre Kiefer sich zusammenpreßten, Hast du nen guten Job gefunden? Verdienst du gut? Ja, Ma, sehr gut. Was ist das fürn Job? Ja, ich bin sone Art Großhändler, für nen großen Importeur. Ach, ich freu mich ja so für dich, Junge, und sie stand auf, drückte ihn erneut an sich und gab ihm einen Kuß, He, Ma, langsam, ja? Du quetschst mich sonst tot. Jesus, was hast du bloß gemacht? Gewichtheben? Sarah setzte sich, immer noch mit zusammengepreßten Kiefern grinsend, Für wen arbeitest du? Ja, ich bin eigentlich sozusagen selbständig. Ich und noch einer, um es genau zu sagen. Selbständig? O Harry, und sie wollte schon wieder aufspringen und ihn umarmen, und Harry drückte sie in den Sessel zurück, Ma, bitte, ja? Selbständig, o Harry, das wußte ich doch gleich, als ich dich sah, ich wußte ja immer schon, wie tüchtig du bist. Ja, Ma, du hattest recht. Ich habs geschafft, wie du es vorhergesagt hast, und er lächelte und kicherte. Und jetzt lernst du vielleicht ein nettes jüdisches Mädchen kennen und machst mich zur Großmutter. Ich kenn schon eine – Sarah juchzte und quiekste und hopste in ihrem Sessel auf und nieder, und Harry hob abwehrend die

Hände, Herrgottnochmal, Ma, bleib aufm Teppich, ja? O Harry, ich kanns dir gar nicht sagen. Ich kanns dir gar nicht sagen, wie glücklich ich bin. Wann ist die Hochzeit? Hochzeit?? Immer langsam, ja? Krieg dich wieder ein. Ans Heiraten zu denken is noch jede Menge Zeit. Ist es ein nettes Mädchen? Wer sind ihre Eltern? Was – Du kennst sie, Ma. Marion. Marion Kleinmeitz. Du weißt doch, du – Oh, Kleinmeitz. Natürlich. Ich weiß schon. New Rochelle. Er hat ein großes Geschäft im Konfektionszentrum. Jaja, er macht ganz groß in Damenunterwäsche, und Harry kicherte, doch Sarah grinste weiter glücklich vor sich hin; sie sah im Geiste bereits die große Hochzeit vor sich und alle ihre Freundinnen, die der Trauung beiwohnten, Harry und Marion unter dem Baldachin, den Rabbi, den Wein, die Enkelkinder ... Sie war so aufgeregt, daß sie nicht stillsitzen konnte, also stand sie auf und schenkte neuen Kaffee ein und setzte sich wieder. Bevor du wieder anfängst rumzurennen und ich vergeß, was ich dir sagen wollte, nämlich, daß ich ein Geschenk für dich habe und – Harry, ich will kein Geschenk, schenk mir Enkelkinder, und sie grinste und grinste – Das kommt später, ja? Willst du mich jetzt ausreden lassen, ja? Sarah nickte, grinste, krampfte die Hände zu Fäusten. Lieber Gott, du bist aber wirklich heute ... Hör zu, ich weiß ... Hm ... Harry rieb sich den Nacken, kratzte sich den Kopf und suchte nach Worten und spürte, wie die Verlegenheit sein Gesicht rötete, und so senkte er den Kopf und trank einen Schluck Kaffee, hielt ein Streichholz an seine Zigarette und fing wieder von vorn an. Ich wollte dir sagen, daß ich ... ich ... na ja, er zuckte die Achseln, also ... ich weiß, daß ich dir nicht der beste Sohn von der Welt gewesen bin – O Harry, du bist ein guter – Nein, nein! Laß mich ausreden, Ma, bitte. Ich werds nie herausbringen, wenn du mich dauernd unterbrichst. Er holte tief Atem, Es tut mir echt leid, daß ich dir son schlechter Sohn gewesen bin. Er hielt inne. Atmete. Seufzte. Atmete. Sarah grinste. Krampfte die Hände zusammen. Ich will das wiedergutmachen. Ich meine, ich weiß, daß ich nichts ungeschehen machen kann, aber ich will, daß du weißt, daß es mir leid tut und daß ich dich liebe und daß ich es wiedergutmachen will. Harry, es ist – Ich weiß wirklich nicht, warum ich diese Dinge immer wieder tue. Ich will es eigentlich wirklich nicht. Es passiert einfach, ich weiß auch nicht. Es ist alles irgendwie doof, aber ich liebe dich wirklich, Ma, und ich will, daß du glücklich bist, und deshalb hab ich dir einen brandneuen Fernseher gekauft. Er wird in ein paar Tagen geliefert. Von Macy. Sarah juchzte wieder, und Harry hob wieder abwehrend die Hände, und sie setzte sich wieder hin und grinste ihren Sohn mit zusammengepreßten Kiefern an und knirschte mit den Zähnen, und ihr ganzes Sein strahlte Glückseligkeit aus. O Harry, was für ein guter Junge du bist. Dein Vater wäre so froh, wenn er sehen könnte, was du für deine arme einsame Mutter tust. Mit einem Wartungsvertrag auf fünf Jahre und die kümmern sich um alles, wenn die Garantie abgelaufen ist. Die Garantie gilt für fünf Jahre und ein Jahr. Welche wofür gilt, weiß ich nich. Aber das ist eine lange Zeit. Es war der beste, den sie hatten. Ganz große Klasse. Siehst du das, Seymour? Siehst du, wie gut dein Sohn ist? Er weiß, wie einsam seine Mutter ist, so ganz allein in ihrer Wohnung, und niemand, der sie besucht, nicht ein – He, Ma, jetzt is aber genug, ja? Mach mir keine Schuldkomplexe, ja? Sarah riß die Augen noch weiter auf und drückte beide Hände an die Brust, Nie würde ich meinem Sohn so etwas antun. Niemals. Ich schwöre, daß ich für meinen Jungen nur das Beste will, ich würde nie wollen, daß er irgendwelche – Okay, okay, Ma, jetzt mach mal halblang, ich wollte dir ja nur den Apparat schenken und dir sagen, daß es mir leid tut und daß ich will, daß du froh und zufrieden bist, okay? Und Harry beugte sich über den Tisch und küßte seine Mutter zum erstenmal seit langer Zeit, er wußte nicht mehr, wann es das letzte Mal gewesen war. Er hatte nicht daran gedacht, es nicht vorgehabt, es schien irgendwie von selbst gekommen zu sein, als selbstverständlicher Abschluß der Unterhaltung, sozusagen. Sarah strahlte und blinzelte, als ihr Sohn sie küßte, und sie legte die Arme um ihn und küßte ihn wieder, und er küßte sie noch einmal und legte seine Arme um sie und spürte, wie ein sonderbares Gefühl von ihm Besitz ergriff, ein Gefühl, so ähnlich wie ein Trip, aber anders. Er konnte es nicht genau definieren, aber es war ein gutes Gefühl. Er sah in das lächelnde, strahlende Gesicht seiner Mutter und das Gefühl durchströmte ihn heftiger, strömte mit nicht zu erklärender Gewalt und bewirkte, daß er sich irgendwie ... Ja, ich glaube, das ist es ... sich irgendwie *ganz* fühlte. Für einen kurzen Augenblick fühlte Harry sich ganz, als sei jeder einzelne Teil von ihm mit jedem anderen Teil von ihm verbunden, als stünden sie alle im Einklang miteinander und bildeten ein harmonisches Ganzes ... Ganz. Das Gefühl hielt nur Sekunden an, während er dasaß und blinzelnd seine eigene Mutter und seine Handlungen und Empfindungen beobachtete, dann sickerte Verwirrung in ihn ein und er stellte fest, daß er versuchte, etwas Bestimmtem auf die Spur zu kommen, aber nicht wußte, was er war und warum er sich so sehr darum bemühte. O Harry, ich bin ja so stolz auf meinen Sohn. Ich wußte schon immer, daß du es schaffen würdest, und jetzt – Harry hörte die Worte, doch sein Gehirn war gänzlich davon in Anspruch genommen, etwas Bestimmtem einen Namen zu geben. Dann war es allmählich soweit. Er hatte sich über seine Mutter gebeugt und sie geküßt, als er ein ihm bekanntes Geräusch hörte ... ja, das war es, was er zu fassen suchte, dieses Geräusch. Was zum Teufel konnte das nur sein???? Dein Vater und ich haben oft lange über dich gesprochen und er hat immer alles Glück für dich, *Das* ist es! Das Geräusch. Er starrte seine Mutter zunächst verwirrt an, da er nicht wußte, was es zu bedeuten hatte, und dann begann alles sich zusammenzufügen, eine Menge Einzelteile fügten sich plötzlich zu einem Ganzen, und Harry spürte, wie sein Gesicht den Ausdruck von Überraschung, Ungläubigkeit und Bestürzung annahm. Das Geräusch, das er hörte, war Zähneknirschen. Er wußte, daß *er* nicht mit den Zähnen knirschte, *er* hatte gedrückt, kein Speed eingeschmissen, also mußte es seine Mutter sein. Viele lange Sekunden sträubte sein Hirn sich gegen die Wahrheit, wie es sich, seit er aus dem Taxi gestiegen war, dagegen gesträubt hatte, von dem offen zutage Liegenden Kenntnis zu nehmen, doch nun überwältigten ihn die Fakten, und er blinzelte immer noch, als er sich über den Tisch beugte, Ma, nimmst du Speed? Was? Ob du Speed nimmst? Er hatte unwillkürlich die Stimme erhoben. Du nimmst Appetitzügler, nicht wahr? Du schluckst Speed? Sarah war völlig verwirrt und durcheinander. Mit einem Schlage hatte die Stimme und die ganze Art ihres Sohnes sich verändert, er brüllte sie an und sagte Dinge, die sie nicht verstand. Sie sah ihn an und schüttelte den Kopf. Speed, was is ...? Wieso hast du soviel abgenommen? Ich hab dir doch gesagt, ich geh zu einem Spezialisten. Ja, das glaub ich. Was fürn Spezialist is das? Was das fürn Spezialist ist? Ein Spezialist. Für Abnehmen. Ja, genau das hab ich mir gedacht. Du hast irgendson Quacksalber beschwatzt, dir Speed zu verschreiben, wie? Harry, was ist mit dir? Sarah zuckte die Achseln und blinzelte, ich geh zu einem Arzt, sonst gar nichts. Wieso Quacksalber, ich ... sie schüttelte immer wieder den Kopf und zuckte die Achseln, Was ist denn bloß Harry, wir saßen und unterhielten uns so nett, und dann – Was gibt er dir, Ma? He? Gibt er dir Pillen? Natürlich gibt er mir Pillen. Er ist Arzt, und Ärzte geben einem Pillen. Was für Pillen, meine ich? Was für Pillen? Eine ist dunkelrot, eine hellrot, eine orange und eine grün. Nein, nein, das meine ich nicht. Was für ne *Art* Pillen? Sarah hatte die Schultern bis über die Ohren hochgezogen, Was für ne Art? Ich habs dir doch eben gesagt. Und sie sind rund ... und flach. Harry verdrehte die Augen und sein Kopf zitterte ein wenig, Ich meine, was in den Pillen *drin* ist? Harry, ich bin Sarah Goldfarb, nicht Doktor Einstein. Woher soll ich wissen, was drin ist? Er gibt mir die Pillen, und ich schlucke sie und nehme ab, was braucht man da groß zu wissen? Okay, okay, Harry rückte in seinem Sessel hin und her und rieb sich den Nakken, Also du weißt nicht, was das für Pillen sind? Wer hat dir diesen Witzbold empfohlen? Wer ihn mir empfohlen hat? Mrs. Scarlinni, wer sonst? Und die weiß durch ihre Tochter von ihm. Harry nickte, Ich verstehe. Rosie Scarlinni. Was ist mit ihr? Sie ist ein nettes Mädchen, und so eine entzückende Figur. Bei all dem Speed, den das Weib einschmeißt, muß sie ihr Fett ja loswerden. Die zittert so, daß es von selbst abfällt. Harry, du bringst mich ganz – Hör zu, Ma, bewirkt das Zeug, daß du dich irgendwie besonders wohl fühlst, besonders aktiv und so, und redest du vielleicht n bißchen mehr als sonst, obwohl das bei euch Kaffeeschwestern kaum möglich ist, he? Sarah nickte und zog einen Schmollmund, Kann schon sein, vielleicht n bißchen. Harry verdrehte wiederum die Augen. Ein bißchen. Jesus, ich hörs bis hier, wie du mit den Zähnen knirschst. Aber nachts nicht. Nachts? Wenn ich die grüne Pille eingenommen habe. In dreißig Minuten schlaf ich tief und fest. Bums, und ich bin weg. Harry schüttelte immer noch den Kopf und verdrehte die Augen, Ma, du darfst das Zeug nicht mehr nehmen. Das taugt nichts. Wer sagt, daß es nichts taugt. Ich hab fünfundzwanzig Pfund abgenommen. Fünfundzwanzig Pfund. Großartig. Wirklich großartig. Willst du denn unbedingt süchtig werden, um Gottes willen? Wieso süchtig? Hab ich vielleicht Schaum vorm Mund? Er ist ein netter Arzt. Hat sogar Enkelkinder. Ich hab die Fotos auf seinem Schreibtisch gesehen. Harry schlug sich an die Stirn, Ma, ich sag dir, dieser Quacksalber taugt nichts. Du darfst diese Pillen nicht mehr nehmen. Die können zur Sucht führen, um Gottes willen. Sucht, Schmucht. Ich paß schon fast in mein rotes Kleid rein, Sarahs Gesichtsausdruck wurde weicher, das Kleid, das ich zu deinem Bar-Mizwa trug. Das dein Vater so gern mochte. Ich weiß noch, wie er mich ansah, ich in meinem roten Kleid mit goldenen Schuhen. Es war das einzige Mal, daß er mich in dem roten Kleid gesehen hat. Bald danach wurde er krank und starb und du hattest keinen Vater mehr, mein armes Bubele, aber Gott sei Dank hat er dein Bar-Mizwa noch erlebt und – Was soll das mit dem roten Kleid? Was hat das mit – Ich werd das rote Kleid im Fernsehen tragen. Ach, das weißt du ja noch gar nicht. Ich werd im Fernsehen auftreten. Ich bekam einen Anruf und dann ein Formular und bald werde ich im Fernsehen auftreten – Komm, Ma, von wem hast du dich da aufn Arm nehmen lassen? Arm, Scharm. Wenn ich dir doch sage, daß ich als Kandidatin für eine Quiz-Show vorgesehen bin. Sie haben mir noch nicht gesagt, in welcher, aber wenn ich soweit bin, werden sies mir sagen. Du wirst stolz auf deine Mutter sein, wenn du sie in ihrem roten Kleid und mit goldenen Schuhen im Fernsehen siehst. Bist du sicher, daß dich keiner hochnimmt? Sicher, Schmicher. Ich habe schließlich ein offizielles Formular bekommen. Richtig gedruckt und alles. Harry nickte und schüttelte den Kopf, Okay, okay. So ist es also offiziell. Du wirst im Fernsehen auftreten. Du solltest dich darüber freuen. Alle Damen freuen sich darüber. Das solltest du auch. Ich freue mich, Ma, ich freue mich. Sieh doch, ich lächle. Aber was hat das damit zu tun, daß du diese gottverdammten Pillen schluckst, Herrgottnochmal. Das rote Kleid ist eingegangen, Sarah schmunzelte und kicherte leise, und is mir n bißchen eng und deshalb muß ich abnehmen, ist doch logisch. Aber Ma, diese Pillen sind nicht gut für dich. Nicht gut? Wie können sie nicht gut sein? Ich hab sie doch von einem Doktor bekommen. Ich weiß es, daß sie nicht gut für dich sind, Ma, ich weiß es. Wieso weißt du so viel? Wieso verstehst du mehr von Medizin als der Doktor? Harry holte tief Luft, es klang wie ein Seufzen, Ich weiß es, Ma, glaube mir. Und das ist keine Medizin. Es sind Abmagerungspillen. Bloß Abmagerungspillen. Bloß Abmagerungspillen. Von diesen «bloß Abmagerungspillen» hab ich schon fünfundzwanzig Pfund abgenommen und wir machen weiter. Aber, Ma, du solltest diese Scheißpillen nicht nehmen, um abzumagern. Sarah war bestürzt und gekränkt, Harry, was hast du? Warum sprichst du so? Ich will ja nur, daß mein rotes Kleid mir wieder paßt. Das Kleid von deinem Bar-Mizwa. Dein Vater hat dieses Kleid geliebt, Harry. Und ich werds tragen. Im Fernsehen. Du wirst stolz auf mich sein, Harry. Aber Ma, is das nu sone Wichtigkeit, im Fernsehen aufzutreten? Diese Pillen werden dich schon umgebracht haben, bevor es soweit ist, du lieber Himmel. Wichtigkeit. Wen kennst du, der schon mal im Fernsehen aufgetreten ist? Wen? Harry schüttelte resigniert den Kopf. Wen? Wer in der ganzen Nachbarschaft ist im Fernsehen aufgetreten? Wen hat man je dazu aufgefordert? Weißt du wen, Harry? Du weißt es, wer die einzige ist, die man darum gebeten hat. Sarah Goldfarb. Die und keine andere. Die einzige in der ganzen Nachbarschaft, die man darum gebeten hat. Du bist mit dem Taxi gekommen – Harry nickte und schüttelte den Kopf, Ja, ich bin mitm Taxi gekommen – Hast du gesehen, wer den besten, sonnigsten Platz hatte? Hast du deine Mutter auf dem Ehrenplatz in der Sonne gesehen? – Harry nickte und schüttelte den Kopf – Weißt du, mit wem jeder spricht? Weißt du, wer jetzt jemand ist? Jemand, der nicht länger irgendeine alleinstehende Witwe in einer kleinen Wohnung ist? Ich bin jetzt jemand, Harry. Siehst du, wie hübsch mein rotes Haar ist – Harry zwinkerte heftig und unterdrückte einen Fluch. Ihr Haar war leuchtend rot, und er hatte es nicht einmal bemerkt. Er verstand immer noch nicht, worum es eigentlich ging, doch er nahm an, daß es früher eine andere Farbe gehabt haben mußte, aber er konnte sich nicht an diese Farbe erinnern – und rate mal, wie viele von den Damen sich jetzt das Haar rot färben lassen? Los, rat mal? Ma, wie soll ich das raten? Sechs. Sechs Damen. Bevor ich rotes Haar hatte, haben die Leute auf der Straße oder kleine Kinder vielleicht irgendwelche Bemerkungen gemacht, aber jetzt wissen sie es, sogar die kleinen Kinder, daß ich im Fernsehen auftreten werde, und jetzt gefällt ihnen rotes Haar und sie haben mich gern, jeder hat mich gern. Bald werden Millionen von Menschen mich sehen und mich gern haben. Und ich werd ihnen von dir und deinem Vater erzählen. Ich werd ihnen erzählen, wie gern dein Vater das rote Kleid hatte, und von der großen Party, die er zu deinem Bar-Mizwa gab. Weißt du noch? Harry nickte, er fühlte sich geschlagen und ausgelaugt. Er wußte nicht, was ihm hier Widerstand bot, ahnte jedoch, daß es sich um etwas handelte, dem er nicht gewachsen war, etwas, das seine Kräfte bei weitem überstieg, ja, im Augenblick sogar seine Fähigkeit, es auch nur zu begreifen. Er hatte seine Mutter noch nie so voller Leben, so sehr von etwas erfüllt gesehen. Das einzige Mal, daß er einen Menschen so verzückt und euphorisch erlebt hatte, war, als jemand einen hartgesottenen Fixer, der gerade über die nötige Kohle verfügte, wissen ließ, wo guter Stoff zu haben sei. Wenn seine Mutter vom Fernsehen und ihrem roten Kleid sprach, stand ein Leuchten in ihren Augen, das er nie zuvor bei ihr gesehen hatte. Vielleicht, als er ganz klein war, aber so weit reichte seine Erinnerung nicht. Ein Etwas in ihr war so stark, daß es ihn einfach überwältigte und jeden Widerstand und jeden Versuch, sie umzustimmen, zunichte machte. Er hatte die Waffen gestreckt, saß bloß da und hörte seiner Mutter zu, halb verwirrt, halb froh darüber, daß sie glücklich war. Und wer weiß, was ich vielleicht gewinne? Einen neuen Kühlschrank. Oder vielleicht einen Rolls-Royce. Oder Robert Redford. Robert Redford? Ja, hast du was an ihm auszusetzen? Harry blinzelte nur und schüttelte verwirrt den Kopf und ließ ihre Begeisterung willenlos über sich ergehen. Sarah sah ihren Sohn, ihr einziges Kind, tiefernst an; an Stelle des Grinsens und Zähneknirschens war die stumme Bitte um Verständnis getreten, die ihre Augen weicher und ihre Stimme ruhiger werden ließ, Es geht nicht um die Gewinne, Harry. Es geht nicht darum, ob ich gewinne oder verliere oder nur dem Showmaster die Hand schüttele. Es ist irgendwie ein Grund morgens aufzustehen. Es ist ein Grund abzunehmen, damit ich mich wohl fühle, ein Grund, wieder ins rote Kleid hineinzupassen. Es ist sogar ein Grund, wieder zu lächeln. Es macht den morgigen Tag heller. Sarah beugte sich ein wenig vor. Was hab ich denn schon, Harry? Wozu mache ich mein Bett und spüle das Geschirr? Ich tue es, aber wozu? Ich bin allein. Seymour ist nicht mehr da, du bist nicht mehr da – Harry wollte protestieren, doch sein offener Mund schwieg – Ich habe niemanden, für den ich sorgen kann. Ada ist Friseuse. Alle haben sie irgend etwas. Jede einzige. Was hab ich? Ich bin einsam, Harry. Ich bin alt. Harry war völlig verstört, sein Kopf zitterte, die Augen zwinkerten, seine Finger kneteten einander, er stammelte. Du hast Freundinnen, Ma, wieso – Das ist nicht dasselbe. Man braucht jemand, für den man sorgen kann. Wie kann ich einkaufen, wenn ich niemand zum Bekochen habe. Ich kaufe eine Zwiebel, eine Mohrrübe, ab und zu ein Hähnchen, eine kleine Zwischenmahlzeit, Sarah zuckte die Achseln, soll ich vielleicht für mich allein einen Braten machen? Oder sonstwas Besonderes? Nein, Harry, es freut mich, daß ich mich so fühle, wie ich mich fühle. Es freut mich, an das rote Kleid zu denken und ans Fernsehen ... und an deinen Vater und an dich. Wenn ich jetzt in der Sonne sitze, lächle ich. Ich komm dich besuchen, Ma. Jetzt, wo ichs geschafft hab und mein Geschäft gut geht, werd ich kommen. Ich und Marion – Sarah schüttelte den Kopf und lächelte – ehrlich, Ma. Ich schwöre. Wir kommen zum Essen. Sarah schüttelte den Kopf und lächelte ihr einziges Kind an und bemühte sich, es zu glauben, Wie schön, du bringst sie also mit, und ich werd dein Lieblingsessen machen, Borschtsch und *Gefillte Fisch*. Prima, Ma. Ich ruf dich vorher an, zeitig, okay? Sarah nickte, Gut. Ich freue mich. Ich freue mich, daß du ein nettes Mädchen gefunden hast und einen guten Job. Dein Vater und ich wollten immer nur das Beste für dich. Ich seh im Fernsehen, daß zum Schluß alles immer gut wird. Immer. Sarah stand auf und schlang die Arme um ihren Sohn und drückte ihn an sich, und ihre Tränen streichelten sanft ihre Wangen, Ich freue mich, Harry, daß du jemanden hast und nicht allein bist. Gesund sollst du bleiben, und zufrieden. Und viele Kinder haben. Nicht nur eins, das taugt nichts. Viele. Sie werden dich glücklich machen. Harry tat sein bestes, seine Mutter ebenfalls zu umarmen und nicht zu versuchen, sich ihrer Umarmung zu entziehen, und er klammerte sich verzweiflungsvoll an sie, ohne auch nur im geringsten zu wissen warum. Etwas trieb ihn dazu, festzuhalten und festgehalten zu werden, so lange wie möglich, als sei es ein Vorgang von großer Tragweite. In ihm krampfte sich alles zusammen, und er fühlte sich unfrei, beengt, und doch ließ er, fast, wie gegen seinen Willen, seine Mutter nicht los. Schließlich, als er schon fürchtete, er würde sich gleich in seine Bestandteile auflösen, trat seine Mutter einen kleinen Schritt zurück und sah ihm ins Gesicht und lächelte, Jetzt weine ich auch noch. Ich bin so glücklich, daß ich weine. Harry zwang sein Gesicht mit letzter Kraft zu einem verspannten Lächeln, Ich bin froh, daß du glücklich bist, Ma. Ich liebe dich, ehrlich. Und es tut mir leid – Sarah schüttelte den Kopf und wischte seine Entschuldigung fort, Schsch – es tut mir wirklich leid. Aber ich werd es wiedergutmachen. Du sollst froh und zufrieden sein. Mach dir meinetwegen keine Gedanken. Ich bin es gewohnt, allein zu sein. Sie sahen einander einen Augenblick an, schweigend und lächelnd, und Harry dachte, seine Gesichtshaut würde gleich reißen, und er bewegte sich und sah auf seine Uhr, Ich muß jetzt gehen, Ma. Ich hab in ein paar Minuten eine Verabredung in der Stadt. Aber ich komm wieder. Wunderbar. Ich koch dann für euch. Hast du deinen Schlüssel noch? Ja, Ma, hier, er zeigte ihr sein Schlüsselbund. Jetzt muß ich mich beeilen, ich bin schon spät dran. Lebwohl Junge, und Sarah umarmte und küßte ihn noch einmal, und Harry ging. Sarah sah viele Minuten lang auf die Tür, die Zeit hatte ihre Bedeutung verloren. Dann goß sie sich noch eine Tasse Kaffee ein und saß am Tisch und gab sich einer sanften Trauer hin. Sie dachte an Harry als Baby mit stämmigen Beinchen und prallen Bäckchen und wie sie ihn warm angezogen und in drei Decken gehüllt hatte, wenn sie im Winter mit ihm an die Luft ging, und wie er Laufen lernte und wie er den Spielplatz liebte und die Rutschbahn und die Schaukel, und dann begann der Kaffee die Chemikalien in ihrem Körper zu aktivieren, und ihr Herz schlug schneller und sie begann mit den Zähnen zu knirschen und die Kiefer aufeinander zu pressen und die Euphorie pumpte sich durch ihren Körper, und sie dachte an ihr rotes Kleid und ans Fernsehen und daran, wieviel sie bereits abgenommen hatte – *knackig, knackig* – und ihr Gesicht verzog sich wie im Krampf zu einem Grinsen und sie beschloß, den Rest des Kaffees zu trinken und dann vors Haus zu gehen und den Damen zu erzählen, wie fabelhaft ihr Harry sich gemacht hätte, daß er selbständig und verlobt sei und sie, Sarah, schon bald Großmutter sein würde. Ende gut, alles gut.

Als Harry seine Mutter verlassen hatte, war er verstört und durcheinander. Er war nicht nur verstört und durcheinander, er war sich auch dessen bewußt. Es war für ihn schon immer schwierig gewesen, mit seiner Mutter zusammen zu sein, sie schien immer genau zu wissen, auf welchen Knopf sie zu drücken hatte, um ihn die Wände hochzutreiben, doch diesmal war alles auf unerwartete Weise anders gewesen, und er hätte ums Verrecken nicht sagen können, *was* eigentlich passiert war. Er hatte nicht das Bedürfnis gehabt, um sich zu schlagen und sie anzubrüllen, eher schon hätte er sich in sich selbst verkriechen mögen. Vielleicht war ihm immer schon danach zumute gewesen. Er wußte es nicht. Scheiße! Es war alles so gräßlich verworren und verwirrend. Rotes Haar. Rotes Kleid. Fernsehen. Alles anscheinend so blödsinnig, und doch gab es da etwas, irgendein merkwürdiges Gefühl, daß es so seine Ordnung hatte. Vielleicht deswegen, weil seine Mutter glücklich war. Das wärn Ding. Er hatte nie gewußt, wieviel ihm daran lag, daß seine Mutter glücklich war, nie zuvor auf diese Weise daran gedacht. Wenn es nur nicht immer eine solche Nervenkiste wäre, mit ihr zusammen zu sein. Aber heute war sie vielleicht kregel gewesen! Ja, von diesen gottverdammten Pillen. Jesus, er wußte wirklich nicht, was tun. Seine alte Dame high von diesen verdammten Pillen und färbt sich ihr Haar rot ... Harry schüttelte den Kopf, als die Worte und Gedanken und Gefühle auf ihn einstürmten und seine Verwirrung und Verstörtheit nur noch schlimmer machten. Er wußte nicht, was mit seiner Mutter los war, aber eines wußte er genau, nämlich, daß er einen Schuß brauchte. Ja, ein kleiner Schuß und alles ist wieder okay.

Viele Wochen gelang es Tyrone, sich den Klassestoff zu verschaffen, den sie eins zu vier strecken und ihrer Straßenkundschaft immer noch als beste Ware liefern konnten. In ihrem Bankfach stapelten sich die Dollarscheine und sie sahen und hörten sich unter der Hand um, wie und wo sie an das Pfund reinen Stoff rankommen könnten. Es mußte so diskret wie möglich gehandhabt werden, damit nicht die falschen Leute Wind davon bekamen und es ihnen dann mit Gewalt abnahmen. Es sah so aus, als gäbe es ein paar neue Leute, die das Zeug verhökerten, und mit denen versuchten sie zu kontaktieren, weil das offenbar diejenigen waren, die ebenfalls über den begehrten Klassestoff verfügten. Bis jetzt war ihnen das noch nicht gelungen, aber sie kamen der Sache schon näher, immer näher. Und das Geschäft lief wie geschmiert. Sie ließen ihre Jungs für sich dealen, also lief das Geschäft sozusagen von selbst, und sie konnten es sich gemütlich machen. Nachfrage war immer vorhanden. Der Markt war eindeutig vorhanden und sie brauchten nur darauf zu warten, daß die Leute auf sie zukamen. Sie brauchten nichts zu überstürzen, also führten sie sich ein bißchen mehr von ihrer eigenen Ware zu Gemüte. Sie brauchten nicht zu befürchten, daß sie, wenn *sie* die Connection waren, an der Nadel hängen würden ... nicht, daß das überhaupt ein Problem gewesen wäre. Sie wußten, daß sie jederzeit damit aufhören konnten, wenn sie wollten. Wenn sie es je wollen sollten.

Es vergingen noch einige Wochen, und Sarah hatte immer noch nichts von den Fernsehleuten gehört, doch das hatte sie nicht weiter beunruhigt – bis heute. Heute stand sie auf und probierte das rote Kleid an und der Reißverschluß ging tatsächlich zu. Die letzten paar Zentimeter zwar nur mit wiederholtem Ziehen und Zerren, auch mit ein bißchen Stöhnen und immer wieder tief Atemholen – aber er ging zu. Bald würde sie das Kleid tragen und gleichzeitig atmen können. Und nun begann sie um den Bescheid zu bangen, in welcher Quiz-Show sie mitwirken würde, und wann. Selbst wenn sie ihr nicht sagten, wann, wenn sie nur wüßte, um welche Serie es sich handelte, könnte sie sich, sozusagen als eine Art Probe, die vorhergehenden Shows ansehen und würde dann wissen, was auf sie zukam, und konnte es den Damen erzählen und sie vielleicht dazu einladen, eine Show aus dieser Serie in ihrem wunderbaren neuen Apparat zu sehen, den ihr Sohn Harry ihr geschenkt hatte, nun, da er selbständiger Unternehmer war, und sie wünschte, er würde mit seiner Verlobten zum Essen kommen und sie könnte Borschtsch und *gefillte Fisch* machen, was Harry genauso gern aß wie sein Vater, der immer genußvoll mit den Lippen geschmatzt und um mehr gebeten hatte ... Sarah seufzte ... doch Harry rief am folgenden Tag an, um zu fragen, wie es ihr ginge und überhaupt, um sich mal zu melden, und er wiederholte, daß er sie bald besuchen würde, doch im Augenblick wäre das leider nicht möglich, weil seine Geschäfte ihn zu sehr in Anspruch nähmen. Aber könntest du nicht wenigstens kurz vorbeikommen? Ma, ich hab dir doch eben gesagt, wie beschäftigt ich bin. Ich hab zur Zeit ne Menge Eisen im Feuer, und ich muß mich einfach ständig darum kümmern. Deine eigene Mutter? Nicht mal ein kurzer Besuch? Was hab ich dir angetan, Harry, daß du mich nicht sehen willst? Herrgottnochmal, wovon redest du eigentlich? Ich tu dir überhaupt nichts an. Du könntest deine Braut mitbringen, damit ich sie umarmen und küssen kann. Du solltest mit diesen Pillen aufhören. Die machen dich noch meschuggener als sonst. So, jetzt bin ich also schon verrückt? Wer hat was von verrückt gesagt? He, Ma, würdest du vielleicht damit aufhören, mir Schuldgefühle aufzuladen? Was für ne Schuld? Schon gut, ja? Ich ruf dich an, um dir zu sagen, daß ich dich liebe und daß ich dich bald besuche, und du versuchst, mir Schuldkomplexe zu machen. Die will ich nich, die kann ich nich brauchen, okay? Okay, okay. Ich weiß zwar nicht, was du nicht brauchst, aber okay. Vielleicht brauchst du mich nicht, aber okay. Harry holte tief Luft und schüttelte den Kopf und krampfte die Hand um den Telefonhörer und dankte Gott, daß er so schlau gewesen war, sich nen Druck zu setzen, bevor er anrief, Hör zu, Ma, ich will dich nich aufregen, okay? Ich liebe dich und wir sehen uns bald. Paß auf dich auf. Bleib gesund, Harry. Er legte auf und sie zuckte die Achseln und goß sich Kaffee ein und saß am Tisch und wartete ungeduldig darauf, daß der Kaffee ihre Pillen aktivierte und die Euphorie sie durchflutete, und bald schon grinste sie und knirschte mit den Zähnen und ging wieder hinaus auf die Straße zu den Damen, um sich ein wenig zu sonnen. Und wenn sie bis Montag nichts von den Fernsehleuten gehört hatte, würde sie anrufen.

Harry und Marion fuhren zweimal am Tag ab, manchmal auch öfter, und rauchten zwischendurch eine Menge Hasch und schmissen hin und wieder eine Pille ein. Sie sahen sich Marions Skizzen vom Künstler-Café an, das sie eröffnen würden, doch inzwischen immer seltener und mit schwindendem Enthusiasmus. Irgendwie schienen sie einfach keine Zeit dazu zu haben, obwohl sie eine Menge Zeit damit verbrachten, herumzuliegen und eigentlich gar nichts zu tun hatten, außer vage Zukunftspläne zu schmieden und das Gefühl zu genießen, daß immer alles okay sein würde, genau wie jetzt. Sobald Harry sich vom Geschäft zurückgezogen haben würde, so würden sie – darauf bestand Marion – *nicht* in einem Vorort leben, und *nicht* in einem Haus mit einem weißen Lattenzaun, und sonntags *keine* Grillparty im Garten veranstalten, und sie würden *nicht* – He, Moment mal. Was *werden* wir denn tun? Und er griff ihr an die Brust und legte den Arm um sie und küßte sie auf den Hals und sie schob ihn von sich fort und kicherte und zog die Schultern hoch, um ihren Hals zu schützen, Nicht, nicht, ich bin kitzlig. Okay, also werden wir dich auch *nicht* kitzeln. Und was sonst noch? Wir werden *keinen* Cadillac fahren und wir werden meine Familie zum Passahfest *nicht* besuchen, wir werden, was das angeht, überhaupt kein Passah feiern oder auch nur *eine* Matze im Haus haben. Harry nickte und verdrehte die Augen, als sie noch mehr aufzählte, was sie *nicht* haben oder tun würden, Aber wir werden eine hübsche Wohnung im westlichen Teil vom Village haben, und wir werden ab und zu auf einen Drink in eine benachbarte Bar gehen und wir werden in der Bleecker Street einkaufen und jede Menge wunderbaren Käse im Haus haben, besonders Provolone wird immer in der Küche hängen, und alles was wir sonst noch wollen. Harry hob die Brauen, Oh, alles, was wir sonst noch wollen? Keine Sorge, Harry, wir werdens uns leisten können. Alles, was wir haben wollen. Er lächelte und zog sie dicht an sich, Ich habs schon jetzt, und er küßte sie und strich langsam mit der Hand über ihre hintere Rundung, du hast alles, was ich brauche. Marion legte die Arme um seinen Hals, O Harry, ich liebe dich. Wenn ich mit dir zusammen bin, empfinde ich mich als Individuum, empfinde ich mich als schön. Du *bist* schön. Die schönste Frau der Welt. Du bist mein Traum.

Am Montag begann Sarahs Tag, wie üblich, mit einer dunkelroten Pille und einer Kanne Kaffee, doch irgendwie war die Wirkung nicht wie sonst. Sie nahm immer noch ab, und das rote Kleid ging ohne allzu viel Mühe zu, aber irgend etwas fehlte, selbst nach einer ganzen Kanne Kaffee. Sie fühlte sich nicht so, wie damals, als sie mit den Pillen anfing. Es war, als fehlte plötzlich irgend etwas darin. Vielleicht hatten sie sich geirrt und ihr die falschen Pillen gegeben? Vielleicht sollte sie stärkere bekommen? Sie rief beim Arzt an und sprach mit der Schwester und fragte zwei-, dreimal und öfter, ob sie ganz sicher sei, daß sie ihr nicht die verkehrten Pillen gegeben hätte? Nein, Mrs. Goldfarb, ich bin ganz sicher. Aber vielleicht haben Sie mir diesmal schwächere gegeben? Das ist nicht möglich, Mrs. Goldfarb. Sie sind immer gleich stark, verstehen Sie? Der Unterschied liegt nur in der Farbe. Alle dunkelroten sind gleich stark, alle hellroten und so weiter. Aber irgendwas ist nicht, wie es war. Sie haben sich daran gewöhnt, das ist alles. Zunächst wirken die Pillen sehr stark, aber nach einer Weile gibt sich das und Sie haben bloß keinen Appetit mehr. Sie brauchen sich keine Gedanken zu machen, Mrs. Goldfarb. Sie meinen also, daß ich – Ich muß leider auflegen, das andere Telefon klingelt. Klick. Sarah sah den Hörer in ihrer Hand an. Vielleicht hat sie recht. Ich esse nicht – *knackig, knackig* – und das Kleid paßt. Sie seufzte und dachte sich schlank. Ohne zu wissen, was sie tat, machte sie eine zweite Kanne Kaffee, wobei sie das Deckelglas mit Tee ansah, und trank den Kaffee, während sie sich in der Wohnung zu schaffen machte, dann zog sie ihre Strickjacke an und ging vors Haus, um ein wenig bei den Damen in der Sonne zu sitzen. Es war nun morgens und abends bereits ein wenig kühl, aber sie saßen trotzdem da, und am Nachmittag war es wärmer. Sie stellte den Klappstuhl auf ihren Platz, saß ein Weilchen und stand dann auf, jedoch ohne ihre gewohnte Munterkeit und ihr gewohntes Lächeln. Bleib doch endlich sitzen. Rauf und runter, rauf und runter, wie son Jo-Jo, die ganze Zeit. Ich setz mich gleich wieder hin. Ich bin heut ein bißchen zappelig. *Heute* bist zu zappelig? Und gestern hast du ruhig und friedlich dagesessen? Sarah, du bist schon seit Wochen wien junges Mädchen, das nichts als Robert Redford im Kopf hat, die Damen lachten und gluckst en. Du solltest ein bißchen ruhiger werden. Bald wirst du im Fernsehen auftreten und solltest nicht rumhüpfen wie son Eichhörnchen.

Glucksen und Gelächter. Ich warte, ich warte. Heute wird der Bescheid wohl kommen, und dann kann ich mich beruhigen, wenn ich weiß, um welche Show es sich handelt, und vielleicht schreiben sie mir auch, wann. Sarah zuckte die Achseln, Wer weiß. Das rote Kleid paßt mir jetzt. Sarah ging immer noch im Kreis herum, dann ging sie zum Bordstein, sah die Straße hinauf und hinunter, achtete jedoch nicht darauf, was sie sah, ging zu den Damen zurück, setzte sich einen Augenblick hin, stand wieder auf und ging erneut herum. Aber mein Haar braucht dringend eine Auffrischung. Also werden wirs morgen herrichten wie neu, du wirst toll aussehen, wie Rita Hayworth. Sarah stellte sich in Positur, eine Hand auf der Hüfte. Knackig. Die Damen lachten. Sarah sah wieder die Straße hinauf und hinunter. Heute ist es soweit. Ich weiß es, heute ist der Tag.

Es war noch nicht drei Uhr und Sarah nahm ihre orangefarbene Abendpille und trank eine Tasse Kaffee hinterher. Sie hatte den Postboten die Straße heraufkommen sehen, und er hatte nur genickt und war ins Haus gegangen. Sarah folgte ihm, sah zu, wie er die Briefe in die verschiedenen Fächer tat, starrte, bevor er ging, viele Sekunden lang auf die Leere in ihrem Fach, und dann kehrte sie in ihre Wohnung zurück. Sie machte automatisch eine Kanne Kaffee, nahm ihre Mittagspille und saß am Küchentisch und sah fern, mit dem neuen Apparat, den ihr Sohn Harry ihr geschenkt hatte. Von Zeit zu Zeit sah sie auf die Uhr. Kurz vor drei dachte sie, es sei nun fast Abendbrotzeit. Sie nahm die orangefarbene Pille und trank noch eine Tasse Kaffee. Sie machte noch eine Kanne Kaffee. Sie saß. Sie dachte. Ans Fernsehen. Die Show. Daran, wie sie sich fühlte. Irgend etwas stimmte nicht. Ihre Kinnbacken schmerzten. Im Mund ein merkwürdiges Gefühl. Sie konnte nicht genau sagen, was für ein Gefühl. Es schmeckte wie nach alten Socken. Wie ausgedörrt. Widerlich. Ihr Bauch. Oh, ihr Bauch. Völlig durcheinander. Als ob sich dort etwas bewegt. Als sagte da drinnen eine Stimme: GIB ACHT!!!! Sie kriegen dich. Sie sah wieder über die Schulter. Niemand. Nichts. GIB ACHT! Wer kriegt wen? Die Stimme in ihrem Bauch brummelte weiter. Bis jetzt hatte sie, wenn es anfing, noch mehr Kaffee getrunken oder noch eine Pille genommen, und es hatte aufgehört, jetzt ist es da und bleibt da. Die ganze Zeit. Und dieser gräßliche Geschmack im Mund, wie getrockneter Kleister, auch das hatte sich gegeben, irgendwie. Es hatte sie nicht weiter gestört. Jetzt, ähh. Und die ganze Zeit dieses Zittern in Armen und Beinen. Überall. Irgendwas unter der Haut. Wenn sie wüßte, welche Show, würde es aufhören. Nur das: wissen. Sie trank ihren Kaffee aus und wartete, versuchte, jenes gute Gefühl in ihren Körper, ihren Kopf zurückzudenken ... aber nichts. Kleister und alte Socken im Mund. Krabbeln unter der Haut. Die Stimme im Bauch. GIB ACHT! Sie starrte auf den Bildschirm, hatte Spaß an der Show, und plötzlich, GIB ACHT! Noch eine Tasse Kaffee und sie fühlte sich noch unbehaglicher. In den Zähnen ein Gefühl, als würden sie bersten. Sie rief die McDick Corporation an und fragte nach Lyle Russel. Wer, bitte? Lyle Russel. Tut mir leid, aber dieser Name steht nicht in meinem Telefonverzeichnis. Worum handelt es sich? Ums Fernsehen. Was für ein Fernsehen? Ich weiß nicht. Das möchte ich ja gerade wissen. Augenblick, bitte. Die Telefonistin nahm einen anderen Anruf entgegen, und Sarah lauschte aufmerksam auf die Stille. Um welche Sendung, sagten Sie, handelt es sich? Ich weiß es nicht, Herzchen. Er hat mich angerufen und gesagt, ich sollte in einer Show mitwirken und – Einen Augenblick. Ich verbinde Sit mit der Programmabteilung. Sarah wartete, während das Telefon irgendwo klingelte und klingelte, bis eine weibliche Stimme fragte, was sie für sie tun könne. Ich möchte Lyle Russel sprechen. Lyle Russel? Ich glaube nicht, daß es jemanden dieses Namens bei uns gibt. Haben Sie auch wirklich die richtige Nummer? Ich wurde mit Ihnen verbunden. Und worum handelt es sich? Er will mich in einer Show – In einer Show? Was für einer Show? – GIB ACHT! – Sarah spürte irgendwo Schweiß an sich hinunterschleichen. Ich weiß nicht. Er wollte es mir schreiben. Ich fürchte, ich verstehe nicht ganz, die Ungeduld in ihrer Stimme war nicht zu überhören, Wenn Sie es mir nicht sagen können – Er hat mich angerufen und gesagt, ich würde einer der Kandidaten sein, und er hat mir verschiedene Papiere geschickt. Ich hab sie schon vor einem Monat zurückgeschickt und weiß immer noch nicht – Oh, ich verstehe. Einen Augenblick, ich verbinde Sie mit der zuständigen Abteilung. Im Hörer knackte es, und knackte und knackte, O Gott, nun mach schon, und es knackte immer noch, während Sarah den Hörer umklammert hielt und sich den Schweiß vom Gesicht wischte, Ja, bitte? Bitte legen Sie dieses Gespräch zum Kandidaten-Büro rüber. Einen Augenblick, bitte. Sarah hörte ein Telefon klingeln, die Augenmuskeln gehorchten ihr nicht mehr, das Schwitzen und das Krabbeln unter der Haut verstärkten sich, ihr Mund war wie verkleistert, Ja, bitte? Sarah konnte nicht sprechen. Hallo? Schweiß brannte in ihren Augen, und schließlich gelang es ihr, die Lippen auseinander zu bringen und in Vorwegnahme der Antwort durchfuhr sie eisiger Schrecken, als sie Lyle Russel zu sprechen verlangte. Wen? Sarah sank in ihrem Sessel zusammen. Sie hatte das Gefühl, daß der Sessel unter ihr nachgab und sie durchbrechen würde. Sie hatte das Gefühl zu sterben, und – GIB ACHT! – sie fuhr herum und sah vom einen Ende des Zimmers zum andern, während sie den Namen wiederholte. Sind Sie sicher, daß Sie mit der zuständigen Abteilung verbunden sind? Ich wurde mit Ihnen verbunden. Die Qual war unerträglich. Wenn sie nur noch eine Tasse Kaffee trinken könnte. Mit großer Willensanstrengung gelang es ihr, den Mund zu öffnen, und sie wiederholte, für die Stimme irgendwo am andern Ende der Leitung, alles noch einmal. Ah ja. Endlich! Endlich! Sie war durchgedrungen. Sarah löste sich fast auf vor Erleichterung. Das muß einer unserer Produktionsassistenten gewesen sein. Wir haben so viele, wissen Sie. Und womit kann ich – Ich würde gern wissen, um welche Quiz-Show es sich handelt und vielleicht auch, wann ich – Würden Sie mir Ihren Namen und Ihre Adresse geben, bitte? Sarah buchstabierte beides langsam und deutlich, die Schickse am anderen Ende konnte offenbar nicht allzu gut Englisch. Endlich hatte sie Namen und Adresse notiert. Ich werde es nachprüfen, Mrs. Goldfarb, und Sie hören von uns. Vielen Dank für Ihren Anruf. Klick. Sarah sprach noch viele Sekunden lang in den Hörer, nachdem das Klick verklungen und in den Stimmen aus ihrem Fernseher aufgegangen war. Sie sah das Telefon an, ihr war fast, als seien ihre Schweißtropfen Tränen. Sie hören von uns, sie schüttelte den Kopf, Sie hören – GIB ACHT!!!!

Tyrone lachte, Bin ich froh, daß mir niemand Schuldgefühle aufzuladen versucht, Jim. Ihr Bleichgesichter seid wirklich nicht zu retten mit euren Schuldkomplexen. Da sagstu was, Mann. Ich weiß nich, was es is, aber ich versuch doch immer, es mit der alten Dame richtig zu machen, aber ... und Harry zuckte die Achseln ... aber immer wieder kommt sie mit dieser jiddische-Momme-Scheiße daher. Das geht nich bloß euch Juden so, Jim, das is bei allen Weißen nich anders. Und ihr bleibt von dieser Scheiße verschont? Na klar. Unsere Mütter steigen uns schon mal aufs Dach, aber sie schlagen sich nich an die Brust, o nein. Sie schlagen dich statt dessen aufn Hintern. Weißtu, manchmal glaub ich, wir wären ohne Mütter besser dran. Vielleicht hatte Freud recht. Ich weiß nich, Mann. Meine Mom starb, als ich acht war, aber ich erinnere mich daran, daß sie ne dufte Frau war. Sie hatte sieben Kinder, Jim, und sie war wie eine von diesen Film-Mamies, irgendwie wunderbar, und immer gesungen und gelächelt. Sie hatte soon Busen und drückte mich oft an sich, Jim, und ich weiß noch, wie geborgen ich mich dann fühlte und wie gut sie roch. Sieben Gören, Mann, und sie hat nie eins geschlagen. Sie liebte uns alle, wie wir da waren ... und alle liebten sie. Und immer hat sie gesungen. Ich meine, den ganzen Tag und den ganzen Abend sang sie diese Gospels, daß man das Gefühl hatte, der Himmel is gleich um die Ekke. Verstehst du, sie sang und man fühlte sich rundherum zufrieden und glücklich, wie von Dope. Harrys Lachen ging in Gekicher über. Eine Mahalia Jackson, wie sie im Buch steht, wie? Oh, sie war wirklich was Besonderes, Jim. Ja, ich glaube, es war echt prima bei uns zu Hause, als ich klein war. Ich meine, Mom lebte noch und alles war irgendwie prima. Du weißt schon, mit Ausgehen und Verschiedenes unternehmen, und zu Hause war es immer irgendwie lustig. Dann starb Mom und ... Tyrone zuckte die Achseln ... Und was war mit deinem Alten? Ach, Scheiße, der war schon lange abgehauen, bevor Mom starb. Wahrscheinlich gibts ihn noch irgendwo und er macht, was ihm gefällt. Als Mom starb, kamen wir zu verschiedenen Leuten. Ich kam zu meiner Tante in Harlem, und dort lebten wir ne ganze Weile. Is das ne Schwester deiner Mutter? Ja, aber sie war ganz anders, Jim. Aber nett. Sie hat nich gesungen und mir schon mal den Hintern versohlt, aber immer ne Zuckertitte für uns gehabt, wenn wir aus der Schule nach Hause kamen. ne Zuckertitte? Was is das denn? Was das is? Du weißt nich, was ne Zuckertitte is? Ich weiß, was ne Zuckermuschi is, Mann, aber ne Zuckertitte, da könnt ich mich einscheißen. Sie lachten und Tyrone schüttelte den Kopf, ne Zuckertitte is etwas Butter und Zucker in ein Stück Mull eingebunden, und man saugt dran, wie an einer Titte. Ach deshalb nennt man das so? Du bist aber wirklich n Blödmann, Mann ... Sie is ne nette Frau, meine Tante ... aber Mom war was Besonderes, wirklich was ganz Besonderes. Harry hatte die Augen geschlossen und lehnte sich zurück und dachte daran, wie seine Mutter ihn, als er klein war, immer vor dem kalten Wind beschützt hatte, und wie warm sie sich angefühlt hatte, wenn er nach Hause kam und wie sie ihn dann umarmte und die Kälte aus seinen Ohren und Wangen wegstreichelte, und immer wartete eine heiße Suppe auf ihn ... Ja, ich glaube, meine alte Dame war auch ziemlich dufte. Es muß beschissen sein, so ganz allein zu bleiben. Harry Goldfarb und

Tyrone C. Love saßen, mit halbgeschlossenen Augen, gelöst in ihren Sesseln, ließen sich von der Wärme liebgewonnener Erinnerungen und des Heroins durchströmen und machten sich innerlich bereit für ihre abendliche Tätigkeit.

Etwas, das Tyrone ganz besonders liebte, waren teure Seidenhemden. Verdammt! Wie er diese Weiche und Glätte liebte, so weich und glatt wie der Hintern seiner Freundin, und die isn Edelhase, Jim, wirklich was Besonderes. Er hatte etwa ein Dutzend solcher Hemden in seinem Wandschrank hängen, unterschiedlich geschnitten und in unterschiedlichen Farben, allen möglichen Farben. Er liebte es, seine Hemden zu streicheln, genauso, wie er es liebte, Alice zu streicheln, und manchmal stand er bloß vor dem Wandschrank und freute sich über seine feinen Hemden, Jim. Verdammt! Er liebte sogar diesen Wandschrank. Er hatte zwei große Schiebetüren, und die ganze Front war ein Spiegel, *ein* einziger großkotziger Spiegel, Jim. Manchmal schob er diese Schiebetüren nur auf und zu, was er so genoß, daß ihm beinahe einer abging. Was machst du da, Schatz? Warum kommstu nich ins Bett zurück? Dazu is noch jede Menge Zeit, Baby, ich hab hier n Klasse Spielzeug. Ich hab mal als Kind n Film gesehn, und da hatte dieser Kerl genau son Klasse Wandschrank mit Schiebetüren wie den hier, voll mit Anzügen, und dahinter war ein geheimer Gang. Das warn Hammer. Wozu brauchte er nen geheimen Gang? Das weiß ich nich mehr, ich erinnere mich nur an den Schrank. Tyrone schob die Türen zu und blickte in den Spiegel und erblickte hinter sich seinen Hasen und lächelte ihm zu. Als Tyrone sich die Wohnung ansah, verliebte er sich sofort in die Wandschränke im Schlafzimmer, und das gab den Ausschlag. Die hatte ihm der Hausverwalter so ziemlich als erstes gezeigt. Diese Schranktüren sind drei Meter breit und ganz aus Spiegelglas. Die Schränke drei Meter fünfzig, glaube ich. Beide. Da drüben is noch einer. Stelln Sie n Bett dazwischen und Sie sehn ne prima Vorstellung, und er lachte und kniff ein Auge zu und boxte Tyrone an den Arm, hahaha. Tyrone war nackt und stand neben dem Bett und rieb sich den Bauch, Yes, Sir, ich heiße Tyrone C. Love, und genauso bin ich, und Alice begann zu kichern, als er kopfüber ins Bett hechtete. Laß das, Tyrone, du erschreckst mich zu Tode. Aber ich will doch meine kleine Momma nich erschrecken, er knetete ihren Nacken und ihre Schulter so zart und besänftigend, ich will niemand erschrecken und am wenigsten den niedlichsten Hasen, den es je gab, und Alice begann sich leicht zu winden, als er sie auf den Hals küßte, und sie zog ihn fest an sich, als er ihre Kehle küßte und dann ihre Brüste, während er ihre Brüste mit der Hand liebkoste, und sie umfaßte mit beiden Händen seinen Kopf und küßte ihn, küßte und küßte ihn und schlang die Arme um ihn und preßte ihn an sich und wand sich und seufzte und stöhnte, als Tyrone C. Loves Liebeskünste bewirkten, daß ihr so wohl war und ihr das Gefühl gaben, einmalig zu sein, und als er fertig war und auf dem Rücken lag, durchlief sie noch ein Zittern und ein letztes Oooooooooooo verklang wie ein Winseln, dann drehte sie sich rasch auf die Seite und umarmte und küßte ihn, bis sie beide, eng umschlungen, dalagen, ruhig und friedvoll, Tyrone auf dem Rücken, Alice, die Dame seines Herzens, auf der Seite, das Gesicht so warm an seine Schulter geschmiegt, und beide verspürten sie einen inneren Frieden und eine befriedigte Zufriedenheit, wie sie sie noch nie verspürt hatten, mit oder ohne Heroin. Von Zeit zu Zeit öffnete Tyrone die Augen einen Spalt, um sich zu vergewissern, daß das hier Wirklichkeit war, daß er auf diesem Bett lag, in diesem Zimmer, mit dieser Frau, und dann seufzte er innerlich auf und spürte ihre Weichheit und Wärme neben sich und den Frieden und die Zufriedenheit in sich. Er ließ den Kopf langsam zur Seite sinken und küßte seine Alice auf die Stirn und strich ihr übers Haar, Du bist wirklich da, und sie drückte ihn fest an sich und kuschelte sich fester an seine Schulter und er spürte ihren Atem auf seinem Arm und irgendwie ahnungsvoll auch jenes hingebungsvolle Leben in ihr, das nun ein Teil von ihm war und von dem er ein Teil sein und das er beschützen wollte. Er wollte sie sicher und warm im Arm halten, und sie würden in Frieden miteinander leben und lachen und viel Spaß und keinen Ärger haben.

Der Honigmond war vorüber, der Klassestoff vom Markt verschwunden. Brody sagte Tyrone, er wüßte nicht genau, was passiert sei, aber wahrscheinlich hätte es etwas mit den Kerlen zu tun, die sie in den Müllcontainern gefunden hätten. Du meinst die mit den durchschnittenen Kehlen und dem Schild: Haltet unsere Stadt sauber? Genau, Brody nickte und beide kicherten. Scheiße, Baby, wenn die die Sache mit dem Klassestoff vermasselt haben, is das nich zum Lachen. Brody nickte wieder, Stimmt Bruder, aber ich habs so gehört – daß sie sich mit den falschen Leuten angelegt haben. Sie haben den Jefferson-Brüdern mit Gewalt n paar Kilo H abgenommen und wollten möglichst schnell damit Geld machen. Und die Jeffersons haben sie kalt gemacht? Brody kicherte, Wer sonst? Mit denen macht keiner ungestraft rum, Baby. Tyrone rieb sich den Kopf, vor und zurück und im Kreis, Wie is dieser Stoff? So gut wie der andere? Du kannst ihn höchstens eins zu zwei strecken, wenn überhaupt was in den Briefchen drin sein soll. Tyrone zuckte bloß die Achseln und ging mit dem Stoff in seine frühere Bleibe, wo Harry auf ihn wartete. Bevor sie irgend etwas anderes taten, schütteten sie wie gewöhnlich eine kleine Menge auf den Löffel und fuhren ab. Sie sahen einander an, während sie die Spritze ein paarmal mit ihrem eigenen Blut ausspülten und es wieder reindrückten und auf den großen Flash warteten. Doch so richtig kam es nicht dazu. Eine Andeutung davon, ja, aber es kam nicht in die Nähe von dem, was sie gewohnt waren. Scheiße, Brody hat mich nich verarscht, als er sagte, daß dies kein Dynamit is. Da sagstu was, Mann. Ich glaube, wir drücken noch was hinterher. *Der* Schuß war Scheiße. Sie schütteten noch einmal etwas auf den Löffel und fuhren zum zweitenmal ab und dieses Mal haute es besser hin, zumindest doch so, daß sies im Bauch spürten, und auf den Augenlidern. Sie sahen einander an und zuckten die Achseln. Aber denk nur an all das Geld, das wir am Milchzucker sparen, Harry lachte und Tyrone kicherte. Wir werden schon unsern Schnitt machen. n paar Mäuse werden schon noch dabei rausspringen.

Nachdem sie ihren Eigenbedarf gedeckt hatten, war zum Verhökern schon viel weniger vorhanden und letzten Endes hatten sie nur Ausgaben gehabt, aber wenn schon, sie hatten ja ziemlich Knete gehortet und schon bald würden sie wieder größere Mengen kaufen können und wieder erstklassigen Stoff erwischen und dann würden sie sich am Riemen reißen und sich ihr Pfund reinen Stoff verschaffen.

Sarah kam nun ohne Mühe in das rote Kleid hinein, wußte aber immer noch nicht, in welcher Show sie mitwirken würde. Sie rief jede Woche zweimal an, bekam jedoch immer die gleiche Antwort. Sie wären dabei, ihrer Anfrage nachzugehen, und sie bekäme Bescheid. Sobald sie jetzt anrief und eine Nachricht hinterließ, nickte das Mädchen nur und sah dabei die andern an und lächelte. Schon wieder die, was? Sie nickte und gab sich alle Mühe nicht zu lachen. Nachdem sie aufgelegt hatte, starrte Sarah immer viele Minuten auf den Apparat, dann ging sie in die Küche und machte eine neue Kanne Kaffee. Sie sparte Geld, da sie so wenig aß, dafür gab sie es für Kaffee aus. Und der gegenwärtige Kaffeepreis, ahhhh. Sie versuchte, von Zeit zu Zeit, sich wieder auf Tee umzustellen, doch das hinterließ ein vages Verlangen in ihrem Magen, das nur von Kaffee gestillt wurde. Doch ihr wahres Bedürfnis stillte der Kaffee nicht mehr, wie er das früher getan hatte, aber das unbestimmte Verlangen war weniger stark als nach Tee. Ihr war andauernd unbehaglich und beklommen zumute, was schlimm genug war, aber was es noch schlimmer machte, war die Tatsache, daß sie nicht wußte, warum. Etwas war nicht in Ordnung, aber sie wußte nicht, was. Sie hatte die ganze Zeit das Gefühl, es würde bald etwas Schreckliches passieren. Und manchmal war ihr nach Weinen zumute. Und nicht so, wie früher, wenn sie traurig war und an Seymour oder Harry dachte, ihr Bubele, und sich so einsam fühlte. Nun saß sie und sah fern und fing an zu weinen – GIB ACHT! – ihr Herz machte einen Sprung und blieb in ihrer Kehle stecken, und sie wußte nicht, warum. Wenn sie wegen ihrer Show anrief, hätte sie auch am liebsten geweint. Sie wollte dem Mädchen am Telefon sagen, wie wichtig es für sie sei, doch ihr Kopf war völlig durcheinander. Wenn sie ihr wenigstens die Namen der Shows sagen würde, für die sie schon Kandidaten hatten, das wäre doch etwas gewesen, aber das Mädchen sagte ihr, das sei vertraulich und hielt die Hand über die Sprechmuschel, während sie kicherte und ihrer neben ihr sitzenden Kollegin zublinzelte. Sarah drehte immerzu am Programmwähler und bemühte sich, so viele Quiz-Shows wie möglich zu sehen, doch irgendwie konnte sie nicht lange genug stillsitzen, um sie sich wirklich anzusehen und festzustellen, welcher Art sie waren, und sich selbst über die Bühne gehen zu sehen. Einige Male gelang es ihr, sich aus der hinteren Ecke vortreten und ein Stück schräg über die Bühne gehen zu lassen, doch es schien, als müßte sie ihre gesamte Kraft darauf verwenden, das Kleid rot und die Schuhe golden zu erhalten, so daß das Bild fast gleich darauf verschwand und es damit endete, daß sie bloß in ihrem Sessel saß und auf etwas sah, doch sich selbst sah sie nicht mehr. Sie war bei der Show nicht dabei. Sie versuchte, eine ganze Show abzusitzen, konnte es jedoch nicht. Sie stand auf und goß sich noch eine Tasse Kaffee ein oder stand am Herd und machte eine neue Kanne Kaffee, und durch ihren Kopf zog der unbestimmte Gedanke, daß einige zusätzliche Pillen ihr sicher guttun würden. Sie begann nun, morgens die dunkelrote und die hellrote und die orangefarbene Pille auf einmal zu nehmen, und für eine kleine Weile machte das die Sache besser und ihre Wohnung war in Windeseile ordentlich und sauber und sie konnte vors Haus gehen und sich ein bißchen in die Sonne setzen, doch um die Mittagszeit krabbelte und krampfte es in ihr und – GIB ACHT! – und sie wartete darauf, daß ein Wagen von der Straße abkam, krachend die Reihen der parkenden Wagen durchschlug, auf den Bürgersteig hinauf raste und sie überfuhr, oder vielleicht fällt etwas vom Dach, oder ... Sie wußte es nicht, sie wußte es nicht, aber irgend etwas Schlimmes. Sie konnte nicht sitzen. Sie stand auf und die Damen lachten und neckten sie, Sarah hat Ameisen im Schlüpfer, und sie wanderte umher und dachte, *schlank* und *knackig*, und selbst, wenn Ada ihr Haar alle paar Wochen nachfärbte, konnte sie kaum stillsitzen und sprang plötzlich auf, ohne vorher zu wissen, daß sie das gleich tun würde, und Ada drückte sie auf den Stuhl zurück, Wenn du rote Haare haben willst, mußt du stillsitzen. Sie nahm ab, sie nahm ab. Das Kleid saß wie angegossen. Kein Ziehen und Zerren mehr. Kein Ächzen. Kein Stöhnen. Sie nahm ab. Sie sollte glücklich sein. Das rote Kleid paßt, ihr Haar ist wie das von Rita Hayworth, ihre goldenen Schuhe funkeln und sie würde im Fernsehen auftreten, ein Traum, ein Traum, und sie sollte glücklich sein, sie sollte glücklich sein!!!!

New York war kein Sommerfestival mehr. Harry und Tyrone bekamen eine kalte Dusche ... Brody kam nicht mehr an ungestreckten Stoff ran. Was! Jawohl. Er kann welchen besorgen, aber er is gestreckt. Scheiße, Mann ... was is passiert? Tyrone zuckte die Achseln und rieb sich mit der flachen Hand den Kopf, Brody sagt, es scheint, daß irgend jemand den Stoff aufkauft und streckt. Aufkauft und streckt? Tyrone nickte immer noch, Und wenn Brody keinen ungestreckten Stoff mehr auftreibt, kanns keiner. Harry starrte das Päckchen auf dem Tisch an, Aber mit *diesem* Stoff können wir höchstens unseren eigenen Bedarf decken. Warum hören wir nicht einfach auf damit???? Sie starrten einander einen Augenblick an, während die Bedeutungsschwere von Tyrones Frage sich, durch viel inneren Widerstand hindurch, langsam setzte und registriert wurde. Harry zuckte die Achseln, Ja, wär wohl das beste. Aber ich finde, wir könnten uns genauso gut jetzt n kleinen Druck machen und morgen mit dem Aufhören anfangen. Genau. Das Zeug hier ohne n kleinen Druck abzupacken is ne Zumutung. Harry kicherte, Sieht so aus, als blieben wir aufm Haufen Milchzucker sitzen. Macht nichts, Baby, eines Tages haben wir unser Pfund reinen Stoff. Und dann brauchen wir ihn.

Marion und Alice waren auch sehr dafür aufzuhören, und so legten sie sich an diesem Abend alle wild entschlossen schlafen. Um die Mittagszeit standen sie auf, rauchten zu ihrem Kaffee einen Joint und fühlten sich bei dem Gedanken wohl, daß sie keinen Gedanken an Dope verschwendeten und saßen eine Weile rum, sahen ein bißchen fern, redeten darüber, daß sie vielleicht etwas essen sollten, aber eigentlich war ihnen gar nicht danach, dann saßen sie wieder nur rum und dachten an und sprachen über die verschiedenen Dinge, die an diesem Tag getan werden müßten, und überlegten sich, wie und wann sie sie tun würden, dann sahen sie noch ein bißchen fern, tranken noch ein bißchen Kaffee und zogen noch eine Pfeife durch und verbrachten viel Zeit damit, an ihren tränenden Augen und laufenden Nasen herumzuwischen, und um drei Uhr ging ihnen auf, daß sie aus ner Bagatelle ne große Sache machten, daß sie, wenn sie es wirklich wollten, natürlich jederzeit mit dem Drücken aufhören konnten – den Beweis dafür lieferten sie ja im Augenblick –, aber es war einfach töricht, in Panik zu geraten und zu glauben, die Welt würde untergehen, bloß, weil sie im Augenblick nicht an ungestreckten Stoff rankamen, also wurde der Löffel hervorgeholt. Ihre Nasen liefen nicht mehr, und ihre Augen tränten nicht mehr, und während sie aßen, hörten sie Musik.

Eine Woche später kamen sie immer noch nicht an ungestreckten Stoff ran, also versuchten sie erneut aufzuhören, aber diesmal wurde der Löffel bereits hervorgeholt, bevor sie angezogen waren. Sie erwachten früher als sonst, und in ihren Mägen wühlte Panik, ihre Augen brannten und ihre Nasen tropften, doch die zaubrische Droge ließ alle ihre Beschwerden verschwinden. Es ging nicht darum, daß sie nicht aufhören konnten, nur darum, daß dieses nicht der richtige Zeitpunkt war. Sie hatten zu viel zu tun und fühlten sich nicht wohl. Wenn alles zur Zufriedenheit erledigt war, würden sie ganz einfach der ganzen Szene den Rücken kehren, aber bis dahin hin und wieder mal drücken, um locker zu bleiben.

Schließlich gelang es Sarah, ihren Morgen so einzurichten, daß sie imstande war, einige höchst wichtige Dinge zu erledigen. Sie nahm die dunkelrote, die hellrote und die orangefarbene Pille zugleich, trank eine Kanne Kaffee, zog dann das rote Kleid und die goldenen Schuhe an und drehte sich vor dem Spiegel hin und her. Sie sah so knackig aus und fühlte sich so gut und bemühte sich mit aller Kraft, nicht daran zu denken, wie sie sich mittags fühlen würde. Sie behielt das rote Kleid an und saß in ihrem Sessel und sah sich die Quiz-Shows an, drehte nicht mehr am Programmwähler herum, sondern sah sich die jeweilige Show von Anfang bis zu Ende an. Sie sah den Showmaster, das Publikum, die Gewinne, und hörte das Lachen und den Applaus, dann zwang sie sich, mit großer Anstrengung, über die Bühne und auf den breit lächelnden Showmaster zuzugehen, und sie hörte, wie die Leute applaudierten, doch nun hatte sie keine Gewalt mehr über sich und verließ den Bildschirm und kam ins Zimmer und ging in der Wohnung umher und betrachtete die alten, abgenutzten Möbel und nahm das Fehlen von

Licht und Leben wahr, versuchte dann, in den Apparat zurückzukehren, doch wollte ihr das nicht so recht gelingen und schließlich schien sie irgendwo zu verschwinden, Sarah wußte nicht genau wo, vielleicht hinten im Apparat oder unter dem Bett, irgendwo. Das verwirrte Sarah. Sie suchte die ganze Wohnung ab, konnte Rotkäppchen jedoch nicht finden. Das nächste Mal gab sie besser acht, wohin sie ging und fragte sie, was sie täte und wohin sie ginge, doch sie sah nur zu ihr hoch und warf den Kopf in den Nacken und zuckte die Achseln und warf ihr einen Wer-bist-du-denn-Blick zu und ging ihres Weges und verschwand erneut. Tagelang stieg sie so aus dem Apparat und ging umher. Sie sprang nicht auf den Boden, sondern stieg heraus und befand sich dann auf dem Boden und ging, Sarah ostentativ ignorierend, lärmend umher und sah sich sehr von oben herab um, wobei sie Sarah gelegentlich einen mißbilligenden Blick zuwarf, irgendwelche mißbilligenden Laute von sich gab, und dann fuhr sie fort, alles genauestens zu inspizieren und hatte offensichtlich an allem etwas auszusetzen und sah Sarah auf jene Art an, von oben herab, obwohl sie doch zu ihr hoch sah. Schließlich hatte Sarah genug davon und wurde böse und starrte sie ihrerseits an, Was fällt dir ein, mir Vorhaltungen zu machen? Was glaubst du, wer du bist? Und Sarah warf den Kopf in den Nacken und machte ihr hochnäsigstes Gesicht, und als sie den Blick wieder senkte, war Rotkäppchen verschwunden. Viele Tage das Gleiche, bis eines Morgens auch der Showmaster den Apparat verließ und Rotkäppchen führte ihn durch die Wohnung und zeigte ihm dies und das und jenes, und beide schüttelten mit äußerster Mißbilligung den Kopf, dann sahen sie zu Sarah hoch, schüttelten wieder den Kopf, dann blickten sie wieder auf das, was sie gerade betrachtet hatten, dann wieder auf Sarah, wieder ein Kopfschütteln und dann gingen sie weiter und setzten ihre Inspektion, unter Kopfschütteln und weiteren mißbilligenden Blicken, an einer anderen Stelle fort. Dieses geschah an drei aufeinanderfolgenden Vormittagen, und jedesmal war es Sarah peinlicher zu sehen, wie sie die Schäbigkeit ihrer Wohnung in Augenschein nahmen, Was erwarten Sie? Wärs bei Ihnen anders, so ganz allein? Das Haus ist alt. Zehn Jahre nicht renoviert, vielleicht länger. Ich bin alt. Allein. Macht ihr es erst mal besser. Ich geb mir Mühe, ich geb mir ja ... und Sarah spürte ein brennendes Zucken im Magen, und aufwallende Übelkeit schnürte ihr die Kehle zusammen, Bitte ... bitte. Ich will es erklären. Doch sie blieben nicht, um sie anzuhören, sondern gingen in den Apparat zurück und winkten dem Publikum zu, und dann stiegen nach den beiden Hunderte von Leuten aus dem Apparat und gingen hinter ihnen her durch die düstere, schäbige, winzige Wohnung, und den Leuten wiederum folgte ein Aufnahme-Team mit Kameras und sonstiger Ausrüstung, die dicken Kabel ringelten sich über den Fußboden, und Sarah sah sich in ihrem Sessel sitzen und auf den von der leblosen Düsternis ihrer Wohnung umgebenen Fernsehapparat starren, und die Wohnung schien, während sie sie auf dem Schirm betrachtete, kleiner und kleiner zu werden und sie spürte das Geschehen um sich herum und hatte die Empfindung, zermalmt zu werden, nicht von den Wänden, sondern von Scham und Verzweiflung. Sie wußte nicht, was sie alles sahen und fanden, wußte aber, daß es übel war ... oh, so übel. Sie hätte nach dem Rechten sehen sollen, bevor sie kamen. Was gab es denn da? Sie hatte doch neulich erst geputzt. Oder nicht? Sie wußte es nicht genau. Sie wechselte den Kanal, doch das Bild blieb das gleiche. In jedem Kanal, immer und immer wieder das gleiche Bild. Millionen von Menschen sahen sie vor ihrem Fernseher stehen und versuchen, den Kanal zu wechseln, das Bild zu wechseln, und sie spürte etwas in sich krabbeln. Jeder kannte ihre Schande. Jeder. Millionen. Millionen von Menschen kannten ihre Schande, sie selbst jedoch nicht. Tränen strudelten in ihren Augen und rannen an ihren Wangen hinunter. Sie wußte nichts davon. Sie wußte lediglich, daß *sie* wußten und daß Scham und Verzweiflung sie zermalmten. Und jetzt sah sie die kleine

Dame in Rot und den Showmaster, die die Leute durch ihre schmutzige kleine Wohnung führten, sah sie auf dem Bildschirm, und sie starrten sie angeekelt an. Sarah klammerte sich an den Apparat, um den Schirm zu verdecken, und langsam, oh, so quälend langsam, sank sie in sich zusammen, bis sie, sich an ihn lehnend, vor dem Fernseher kniete, ihr Kopf hing herab, ihre Tränen befleckten ihr rotes Kleid, das sie zum Bar-Mizwa ihres Harry getragen hatte, sie rollte sich zu einer Kugel zusammen, während der Bildschirm sich mit Menschen füllte, die mißbilligend auf sie herabsahen, und sie schlug ihre Arme um sich, als eine gewaltige Woge vom Magen her zu ihrer Kehle hinaufrollte und spürte sich in ihren Tränen ertrinken, O bitte, bitte ... laßt mich in die Show ... bitte ... bitte ...

Brody war kaltgemacht worden. Ausgelöscht. Genau konnte Tyrone nicht rauskriegen, was eigentlich passiert war – er fragte ein halbes Dutzend Leute und bekam ein halbes Dutzend Antworten –, aber auf welche Weise man ihn erledigt hatte, war unwichtig, die Tatsache, daß er steif und kalt war, blieb bestehen. Sie fanden ihn in einer Hintergasse, erschossen, erstochen oder von einem Dach gestoßen, oder nach einem Unfall, wie man das so nennt. Seine Taschen waren leer, also wars klar, daß er umgebracht worden war. Wenn er unterwegs war, hatte er entweder Stoff bei sich oder den Kies für neuen Stoff. Tyrone hörte sich die verschiedenen Versionen und das Gequatsche ein Weilchen an, dann zischte er ab. Auf dem ganzen Weg zu seiner Bleibe hätte er sich den Arsch aufreißen können, daß er keine Ersatz-Connection hatte. Sie waren diesbezüglich lahmarschig gewesen, da Brody immer an solchen Klassestoff rangekommen war, daß sie sich Besseres gar nicht hätten wünschen können, und wenn sie nach Frankreich gegangen wären. Dann, als der Stoff ihm ausging, hatten sie sich irgendwie nicht dazu aufraffen können, sich nach jemand anderem umzusehen, da sie sicher waren, daß Brody bald wieder Dynamit haben würde, daß er, wenn es etwas Erstklassiges in der Stadt gab, es sofort riechen würde. Jetzt waren sie a. A. ... schlicht am Arsch. Herrgottnochmal Mann, das is vielleicht ne Scheiße. Läßt sich einfach umbringen und uns hier auf dem Trockenen sitzen. Das gibts doch gar nich. Brody doch nich. Nach all den Jahren. Also, Baby, sieht so aus, als müßten wir was unternehmen. Wir können nich bloß hier rumsitzen. Ja. Da sagstu was, Mann. Scheiße! Was für n beschissener Mist! *Mein* gottverdammtes Pech! He, Mann, mach halblang, ja? Hat wenig Sinn, daß wir hier rumsitzen und uns bemitleiden. Jaja, ich weiß, Mann. Es bringt mich bloß auf die Palme, sonst gar nichts. Naja, ich finds auch nich zum Totlachen, aber wir müssen unsere niedlichen kleinen Hintern hier rausschleppen und sehen, was sich machen läßt. Schließlich kicherte Harry leise, Ja, ich setz mich vorn innen Bus, und du gehst nach hinten. Jawohl, die Sache mit Schwarz und Weiß war mir immer schon lieb und wert. Ach, Scheiße, das kriegen wir schon hin, Baby. Schön locker bleiben, dann wird sich schon irgendwas ergeben.

Sarah mußte einkaufen gehen. Schon seit Tagen mußte sie das, konnte sich jedoch nicht bewegen, konnte nicht aus dem Haus gehen. Sie ging nicht in die Sonne. Wenn es überhaupt Sonne gab. Vielleicht ist es draußen auch trübe. Hier drinnen ist es wie Nacht. Kann sein schlimmer. Abends macht man das Licht an, und es ist freundlich. Jetzt ist es grau. Grau. Sie mußte einkaufen gehen. Schon seit Tagen mußte sie das. Wenn Ada käme. Dann vielleicht? Vielleicht sollte sie anrufen? Ada würde sie begleiten. Sie würde sie fragen, warum kannst du nicht? Was sollte sie dann sagen? Sie wußte es nicht. Ist ja nur bis zum Laden. Ja. Nur bis zum Laden. Aber sie konnte nicht hingehen. Sie wußte, daß es falsch war, nicht zu gehen. Etwas Schlimmes. Sie spürte es tief innen, daß es schlimm war. Unheimlich. Wie sollte – GIB ACHT!!!! – nein nein nein nein ahhhhhh – Wie sollte sie es ihr sagen? Was ist da zu sagen? Was ist da zu sagen???? Sie mußte gehen. Schon seit Tagen. Kein Toilettenpapier. Kein Zucker. Alles verbraucht. Jetzt mußte sie gehen. Sie mußte aus dem Haus gehen. Steh doch einfach auf und geh durchs Zimmer. Das ist alles. Aufstehen und zur Tür hinaus. Rotkäppchen. Ipsy pipsy, GIB ACHT! Nichts. Nirgends. Nichts. Jetzt würde sie gehen. Der Kühlschrank veränderte seine Gestalt. Er kam näher. Mit einem riesigen Maul. Noch näher ... Sie stand auf. Ihre Handtasche. Wo? Wo? Sie fand sie. Sie umklammerte sie mit beiden Händen. Sie bewegte sich auf die Tür zu. Der Kühlschrank bewegte sich. Kam näher. Konturlos. Fast nur Maul. Ihre goldenen Schuhe klickten auf dem Küchenboden. Das rote Kleid war verdrückt. Sie rüttelte an der Klinke. Der Kühlschrank kam näher. Der Fernsehapparat war größer. Der Bildschirm wurde größer und größer. Sie rüttelte an der Klinke. Aus dem Apparat kamen Leute. Die Wohnungstür öffnete sich. Sie schlug sie hinter sich zu. Sie schwankte in ihren goldenen Schuhen. Die hohen Absätze klickten auf den Fliesen. Der Wind war kühl. Auch hier war es grau. Niemand vor dem Haus. Sie ging die Straße hinunter. Schwankend, taumelnd. Stützte sich an der Mauer. Sie erreichte die Ecke. Blieb stehen. Der Verkehr. Verkehr! VERKEHR!!!! Wagen. Laster. Busse. Menschen. Lärm. Strudel. Hektik. Ihr war schwindlig. Sie klammerte sich an den Pfosten der Verkehrsampel. Verzweifelt. Sie konnte sich nicht bewegen. Das Licht wurde grün. Sie klammerte sich an. Mit weißen Knöcheln. Das Licht tickte zu Grün, dann zu Gelb. Dann zu Rot. Dann zu Grün. Immer und immer wieder. Viele Male. Viele viele Male. Menschen gingen vorbei. Einige sahen hin. Zuckten die Achseln. Gingen weiter. Sarah klammerte sich an. Sie sah zur anderen Seite der Straße hinüber. Sah die Straße hinauf und hinunter. Wartete auf das Signal. Gehen. Sie versuchte es. Sie sah nicht mehr hin. Barg das Gesicht am Pfosten. Klammerte sich an. Klammerte sich an. Die Geräusche waren nur noch ein Brausen. Lichtblitze stachen nach ihren geschlossenen Lidern. Sie klammerte sich an. Der Pfosten war kalt. Sie spürte das Klicken in dem Pfosten. Sie klammerte sich an ... Was ist los? Ada und Rae sahen sie an. Hälst du die Ampel fest? Sarah bewegte langsam den Kopf. Sie sah sie an. Sarah, du siehst nicht sehr wohl aus. Sarah starrte bloß. So sahen sie einander einen Augenblick an, dann packte jede einen Arm und sie brachten Sarah in Adas Wohnung. Sarah zitterte ein wenig, und sie gaben ihr ein Glas Tee und Sarah saß stumm und traurig da, beide Hände um ihr Glas gekrampft, beugte hin und wieder den Kopf zum Glas hinunter und schlürfte, stumpf vor sich hin starrend, den Tee. Ich dachte, du wärst n Springinsfeld, aber jetzt frage ich mich. Ada und Rae lächelten und kicherten und Sarah setzte zu einer Antwort an, daß sie mit Vergnügen ein Springinsfeld sein würde. Vielleicht hast du einen Virus. Warum gehst du nicht zu deinem Arzt? Er soll dir ein Anti-Irgendwas geben. Mein Termin ist erst in zwei Tagen. In zwei Tagen? Was is los, wirst du krank nach Termin? Was wird er schon sagen? Seien Sie jetzt gesund, krank können Sie in zwei Tagen werden? Alle drei kicherten und Sarah ärgerte sich im stillen ein bißchen, weil sie nicht daran gedacht hatte, zum Arzt zu gehen. Einen Augenblick beschäftigte sie dieser Gedanke, dann ließ sie ihn fallen, irgendwohin, und hörte das Kichern und spürte sich selbst kichern und schlürfte den Tee, bis das Glas leer war.

Im Wartezimmer war es voll wie immer und Ada und Rae unterhielten sich, während Sarah bloß dasaß. Als sie an der Reihe war, sagte sie dem Arzt, daß es ihr nicht sehr gut ginge. Und was genau scheint Ihnen nicht in Ordnung zu sein? Mit dem Abnehmen scheints doch zu klappen, und er lächelte sie an. Das schon. Aber es geht mir nicht gut. Die Leute im Fernsehen kommen heraus und – GIB ACHT! – und Sarah fuhr herum und sah hinter sich, um sich, unter den Stuhl, dann auf den Arzt und um ihn herum. Er lächelte nach wie vor mit gefletschten Zähnen. Ist was? Es ist alles so komisch. Irgendwie durcheinander, als ob – kein Grund zur Beunruhigung. Er schrieb etwas auf einen Zettel, Das hier ist für die Schwester und lassen Sie sich einen Termin für nächste Woche geben. Bis dann. Sie starrte einige Sekunden auf das Stück Papier, dann verließ sie mit Mühe den Raum.

Sie gab den Zettel dem jungen Mädchen. Er hat gesagt, in einer Woche. Aber ich hab in zwei Tagen einen Termin. Sehr gut. Den streichen wir, und Sie kommen in genau einer Woche wieder. Moment mal ... wie wärs um drei Uhr? Sarah nickte. Gut. Und meine Pillen? Ich gebe Ihnen Ihre Wochendosis. Sarah und ihr Körper seufzten auf vor Erleichterung. Sehr gut. Vielen Dank. Nun wollen wir mal sehen, was wir hier haben. Okay. Das junge Mädchen griff nach einem Glasbehälter, schüttete sich, bis einundzwanzig zählend, Dragees in die hohle Hand, tat sie in ein kleines Fläschchen und klebte ein Etikett drauf. Nehmen Sie bitte dreimal täglich eines davon. Steht drauf. Was ist das? Oh, nur etwas zur Beruhigung. Sarah sah das Fläschchen an. Wie spricht man das aus? Valium. Valium? Klingt eher wie ne Krankheit. Das junge Mädchen lachte, Also, in einer Woche. Und nehmen Sie gleich eines, sobald Sie zu Hause sind. Sarah nickte und ging hinaus. Sie gingen alle drei zu Ada und tranken ein Glas Tee mit Pflaumenkuchen. Sarah nahm sich ein kleines Stück, brachte es jedoch nicht herunter. Morgen vielleicht. Im Augenblick ... und sie zuckte die Achseln und schlürfte ihren Tee. So saß sie mit Rae und Ada und wartete darauf, daß das Dragee irgend etwas bewirkte, wußte jedoch nicht, was sie erwartete. Doch irgendwie ahnte sie, daß sie sich bald besser fühlen würde.

Als sie in ihre Wohnung zurückkam, befanden sich Kühlschrank und Fernseher auf ihrem angestammten Platz und benahmen sich anständig. Sie schaltete den Fernseher ein und stellte das Fläschchen neben die anderen auf den Tisch und sah sich dann im Vorübergehen im Spiegel. Sie hatte das rote Kleid an. Es war verdrückt. Es hatte schon einige Flekken. Sie zwinkerte und starrte ihr Spiegelbild an. Sie erinnerte sich dunkel daran, daß sie das Kleid morgens anprobiert hatte, wie jeden Morgen, doch sie war noch nie in dem Kleid fortgegangen, nur einmal, zum Bar-Mizwa ihres Harry. Sie schüttelte den Kopf und dachte einen Augenblick darüber nach, dann zuckte sie die Achseln und lächelte und zog sich um, bevor sie in die Küche ging und noch eine von den neuen Pillen nahm und sich in ihren Fernsehsessel setzte. Sie fühlte sich jetzt gelassen und ruhig, ihre Augenlider waren ein bißchen schwer. Nicht sehr. Nur entspannt. Der Sessel erschien ihr weicher. Sie sank tiefer hinein. Die Shows waren nett. Die Leute benahmen sich. Sie schlürfte ein Glas Tee. Sie griff zum Beistelltisch hinüber, doch er war leer. Nichts darauf. Dann merkte sie, daß sie mit den Fingerspitzen über den Tisch fuhr, hin und zurück, und sie sah ihn an, sah ihre Finger an, zuckte die Achseln, sah wieder auf den Bildschirm, was immer sich da auch abspielte. Worum es sich auch handelte, es war nett. Alle waren sie nett. Sie blieben hinter dem Schirm.

Tyrone versuchte, so cool wie möglich zu bleiben, doch der einzige Weg, um reinen Stoff zu finden, ist, dorthin zu gehen, wo er herkommt, und wenn du dort bist, gibts immer Ärger. Jeder einzelne war bereit, sein Geld zu nehmen und versprach, ihm dafür Klassestoff zu bringen, oder daß er Dynamit besorgen oder ein Treffen arrangieren könne ... Jeder erzählte seine Märchen, Tyrone lächelte und kicherte und sagte den Flaschen, den Mist könnten sie ihrer Oma erzählen. Er blieb einige Stunden zielbewußt und locker, hielt sich von Hauseingängen, Torwegen und Hintergäßchen fern und lief endlich einem Bekannten in den Weg und kaufte von ihm zwei sogenannte Bündel: je 25 Briefchen à 5 Dollar. Er ging rasch die Straße hinunter, auf der Suche nach einem Taxi, als er von zwei Beamten des Rauschgiftdezernats angehalten wurde. Sie filzten ihn, fühlten den Stoff in seiner Tasche, holten ihn aber nicht heraus. Sie nahmen sein Geld und zählten es, Zwanzig Mäuse. ne Menge Geld, die du so spät abends da mit dir rumträgst. Sie kicherten, Tyrone blieb stumm. Er hatte noch mehr als hundert Dollar bei sich, sagte aber nichts. Sie schoben ihn in ihren Wagen und der eine setzte sich neben ihn auf den Rücksitz. Tyrone wußte, was er zu tun hatte, und tat es so rasch und unauffällig wie möglich. Er zog langsam und fast ohne sich zu bewegen das Dope aus der Tasche und schob es in die Spalte neben dem Sitz. Als sie am Revier ankamen, fragten sie ihn, ob er soweit sei, und er nickte. Als sie drinnen waren, fragte Tyrone, was gegen ihn vorläge, und sie lächelten und sagten, Kontakt. Tyrone nickte und wartete darauf, daß die Scheißformalitäten ihren Anfang nahmen. In der Arrestzelle hockten hauptsächlich Fixer und Wermutbrüder. Als er seinen Anruf machen durfte, rief er Harry an, doch der war noch nicht da, also erzählte er Marion, was passiert sei und wo er wäre und Harry solle ihn gegen Bürgschaft hier rausholen. Bevor sie ihn vom Telefon wegscheuchten, bat er Marion noch, Alice anzurufen. Kurz darauf wurde ein alter Junkie, der aussah wie hundertvier, in die Zelle gestoßen, und er machte es sich gleich gemütlich, als sei er im Gefängnis geboren und aufgewachsen. Er hatte Einstiche am Hals, dort, wo er sich Heroin in die Vene gespritzt hatte. Deshalb trug er auch immer eine Krawatte. Sie war alt und schäbig, n Scheißfetzen, doch sie erfüllte ihren Zweck. Großartig. Du gehst inne Bedürfnisanstalt, kochst dir dein Zeug auf, ziehst die Krawatte fest und haust die Nadel rein. Gar nich zu verfehlen. Dick wien Tau. Er trug auch ein Jackett mit wattierten Schultern, das aussah wie etwas, das nicht einmal die Heilsarmee genommen hätte, aber auch das gehörte zu seiner Ausrüstung. Jedesmal, wenn er abfuhr, schoß er ein bißchen Dope in die Einlage der linken Schulter. Im Gefängnis läßt sich immer ein Besteck auftreiben, und dann riß er etwas von dem Kapok heraus, kochte es auf und machte sich einen letzten Schuß, bevor er abtransportiert wurde, wohin auch immer. Und ich hab immer noch n bißchen was, wenn ich wieder rauskomme. Wahrscheinlich geben sie mir sechs Monate Rikers Island. Er schnorrte eine Zigarette von einem in der Nähe hockenden jungen Burschen und nickte ihm zu, während er sie sich ansteckte. Scheiße, die Insel kenn ich in- und auswendig. War schon so oft da drin, daß mir der Laden schon halb gehört. Die anderen lachten und Tyrone setzte sich auf den Boden, nicht weit von dem alten Kerl und hörte seinen Geschichten zu, wie auch die meisten anderen in der Zelle, über Raymond Street, das alte Tombs-Gefängnis, die Rikers-Insel, all die Strafanstalten im Norden des Staates, besonders Danamora, Und das is das reinste Sibirien. Ich hab schon in so manchem Scheißknast gesessen, aber Danamora is das Hinterste vom Letzten. Schlimmer wie bei den Kettensträflingen in Georgia. Auch *die* Scheiße hab ich drei Monate lang hinter mich gebracht, in Ketten. So redete er ein paar Stunden über die Zeit, die er in Fort Worth und in Kentucky abgesessen hatte, im Scheiß-Lexington war er allerdings nur einmal gewesen. Kam raus und machte mich auf den Weg nach New York, mit diesem Macker zusammen, und er wollte unbedingt in Cleveland Station machen, um irgendwelche Verwandten zu besuchen, das Arschloch. Wir besorgen uns Schmerzmittel und kochen es ein, lassen es abkühlen und machen uns n kleinen Schuß und das nächste, was passiert, is, daß dieser Scheißbulle die Tür im Hotel einschlägt, und wir hocken wieder im Knast und kriegen zweieinhalb bis vielleicht fünf Jahre für die verdammten Einstiche. Ist das vielleicht ne Scheiße? Das Arschloch hat auch auf die Bullen geschimpft – er wußte einfach nich, wie man sich im Knast aufzuführen hat und mußte die ganzen fünf Jahre absitzen. Ich nur zwei. Und seitdem hab ich n großen Bogen um Ohio gemacht. Will auch nie mehr dorthin. Die andern lachten und kicherten. Auch Tyrone. Ich will euch mal was sagen, in diesem Scheiß-Ohio gibts die Todesstrafe für Dope. Aber als ich hierher zurückkam, hab ich mich mitm jungen Kerl zusammengetan – Jesus, war das n Dieb. Der konnte dir die Augen ausm Kopf stehlen, so daß du ihn nicht mal mehr sehen konntest. Alle stimmten in das Gelächter ein. Die Männer scharten sich dichter um den Alten, und es entstand ein Gefühl der Kameradschaft zwischen ihnen, wie sie da dem alten Zausel mit seinem zottigen, leblosen Haar, grauer Haut und ein paar abgebrochenen braunen Zähnen zuhörten, der von den goldenen Zeiten sprach, als man sich für drei Dollar bedröhnen konnte, Aber gleich für ne ganze Woche mindestens. Da gabs Stoff, der war so gut, daß du schon high wurdest, wenn das Zeug noch im Löffel schmorte, hahaha, und wenn dus dir reingehauen hattest, war dein Arschloch wie zugemauert, Mann. An Scheißen nich zu denken. Du wußtest gar nich mehr, wie das geht. Du dachtest, daß das Scheißbecken zum Füßewaschen da is, die andern lachten laut, ihre geballte Frustration und Angst entlud sich in Gelächter. Vor dem Krieg schickten die verdammten Krauts Stoff rüber, das *war* aber vielleicht Stoff – glaubt ihr, ihr wißt, was sauberer Stoff is? – und man konnte ein Pfund reinen Stoff für praktisch nichts kriegen, aber nichts war ja alles, was wir hatten, Alle lachten noch lauter. Ich nehme an, daß die Scheiß-Krauts das ganze Land bedröhnen wollten und auf die Weise den Krieg gewinnen, wie? Damals kümmerte sich keiner groß darum. Du konntest dir jede Menge Schmerzmittel kaufen, soviel du wolltest, und in jedem war Opium drin. Prima Sache. Wenn du krank bist. Du trinkst n Fläschchen davon runter und dann schmeißt du n paar Captas ein und kaust möglichst rasch n bißchen Brot hinterher. Die beste Methode, daß es unten bleibt. Damals war es praktisch legal, Marihuana zu besitzen. Es wuchs in Baulücken – damals gabs viele davon, nich wie heute. Alle diese leeren Grundstücke in der Scheißstadt – oft wußte überhaupt niemand, was da wuchs. Könnt ihr euch vorstellen, was heute passiert, wenn ihr n ganzen leeren Platz voll mit Gras hättet? Die Scheiß-Junkies würden euch die Schädel einschlagen, um da ranzukommen, eh? Alle lachten und wollten mehr hören. Ab und zu haben sie das Zeug runtergebrannt, aber sie mußtens den Leuten vorher sagen – hatte irgendwas mit Brandvorschriften zu tun – was weiß ich. Also setzten sies in die Zeitung – echt wahr, in die Scheiß-Zeitung –, daß das und das Grundstück an dem und dem Tag abgebrannt wird, um so und soviel Uhr. Einmal, ich war noch n grüner Junge und hing noch nich an der Nadel, nich so richtig jedenfalls, da hatten sie vor, dieses Grundstück in der Nachbarschaft abzubrennen, eh? Also, am Abend davor pflücken die Jungs soviel, wie sie können, nich wahr, und am nächsten Tag, als sie anfangen, das Gras zu verbrennen, stehn alle Junkies aus der Nachbarschaft und überhaupt aus der ganzen Scheißstadt in ein paar Meter Entfernung vor dem Wind und atmen tief durch, Mann ... was fürn Anblick, Mann ... Warn sicher Hunderte von den Jungs, die da auf der Straße standen und aussahen, als würden sie irgendwelche Scheiß-Atemübungen machen, Und sie lachten wie verrückt und die Scheißfeuerwehr glotzt uns an, als wärn wir irre, wie wir da stehen und high werden wien zehnstöckiges Haus, sogar unsere Zähne und unser Haar waren high. Alle brüllten vor Lachen, so daß einer der Bullen vorbeischlenderte, um festzustellen, was da los war. Tyrone hörte dem alten Fixer wie gebannt zu, der wie ein Guru in der Ecke saß und als ein Erleuchteter von vergangener Glorie kündete. Jawohl, mir is so mancher Pfundskerl untergekommen, Mann. Kerle, die – da hatten wir einen in Danamora, der konnte so bleiben. Der – sie nannten ihn Pussy McScene – der vögelte, was ihm vorn Lauf kam. Dieser Kerl vögelte einfach alles, wo er seinen Schwanz reinstecken konnte. Der hockte schon so lange in diesem Scheißsibirien, daß er nich mehr wußte, wie ne Frau aussieht, aber ihr kennt ja den Knast, da gibts immer jede Menge benutzbare Arschlöcher. Pussy McScene kommt also raus und tut sich mitm Weib zusammen, in der Nähe vom Needle Park, und – ich glaub, sie hieß Hortense – die tun sich also zusammen – sie is um die Fünfzig, weil Pussy, der muß jetzt in den Sechzigern sein, aber er kriegt ihn immer noch hoch – er schreibt uns also, daß er ne Frau vögelt. Natürlich glaubt ihm das keiner. Der hatte so viele Kerle gevögelt, daß wir glauben, der weiß gar nich mehr, wie man ne Frau vögelt und im ganzen Knast schließen sie Wetten ab, ob Pussy wirklich n Weib vögelt und da brauchen sie natürlich jemand, der das rausfindet, wegen der

Wetten, eh? Zufällig kriegt einer Urlaub auf Ehrenwort und der besucht Pussy und schreibt uns, daß Pussy sich tatsächlich sone Alte aufgerissen hat und er knipst n Bild von ihr, auf dem Pussy ihr den Rock hochhebt und ihre Möse herzeigt und – könnt ihr euch das vorstellen? Die alte Schnalle betrügt Pussy. Jawohl, ein- oder zweimal im Monat riß sie sich n Freier auf – ausm Bickford, sonem Lokal, glaub ich – und dann bringt sie Pussy die Mäuse und sagt ihm, Hier Baby. Alle lachten und kicherten und schlugen einander auf die Schulter, Du kannst so bleiben Alter. Du bist echt dufte. Ja, ich bin ganz schön was rumgekommen. Ich hab sie kommen und gehen sehen. ne Menge berühmte Junkies, eh? Aber ich bin noch da. Die andern sind alle tot. Aufm Armenfriedhof oder sonstwo. Is nich so einfach, in der Branche zu überleben. Ich hab ne Menge prima Kerle gekannt, die abgeknallt wurden oder an schlechtem Stoff eingegangen sind. Er schnorrte sich noch eine Zigarette. Jetzt sag ich euch, wie mans schafft. Jetzt sag ich euch, warum es mich noch gibt und die anderen Kerle nich. Klar, ich hab meine Hochs und Tiefs gehabt, aber der Grund dafür, daß ichs geschafft hab und immer noch schaffe, is der, daß ich mich nie mit ner Votze eingelassen hab. Die sind n Krebsschaden, Totengräber sind das. He, Pops, was redst du da? Son bißchen Muschi hin und wieder is doch nich schlecht? hehehehe. So, wie? Ich will dir mal was sagen – gewöhnlich verlang ich was für meine Ratschläge, aber dir sag ichs umsonst, eh? Muschi is wie Flugsand, du fällst rein und es saugt dich runter, und je mehr du strampelst, um so tiefer sinkst du, bis du erstickst. Scheiße, was fürn Tod. Ganz deiner Meinung, Pops. Weiber sind Scheiße, Jim. Die bringen *alles* durcheinander. Jawohl, lieber kümmer ich mich um meine Trips als um son Scheißweib. Der alte Mann nahm Haltung und Ausdruck väterlicher Besorgtheit an und beugte sich mit ernster Miene vor, Wie ich schon sagte, es is nich leicht, es in dieser Welt zu schaffen, aber du *kannst* es. Das weiß ich aus eigener Erfahrung. Denkt an den Jungen, von dem ich euch erzählt hab, der, der son guter Dieb war. Er hätt ein Erfolg werden können, wie ich, aber er hat sichs vermasselt. Bleibt an irgendsoner Pieze hängen, eh? Ich sagte ihm damals, er soll die Hure abhängen, aber er lacht mich aus, die is ganz große Klasse, sagt er, bringt ne Menge Kohle nach Hause, sagt er. Und sie sorgt dafür, daß er immer puppig in Schale is, und sorgt auch für Dope, sagt er. Also wird er faul und lebt von ihrem Geld und schließlich tut er nichts anderes als das, eh? Er muß aber sicher sein, daß sie die ganze Kohle nach Hause bringt und keine Freinummern schiebt, eh? Genau, Pops – Gelächter – Das kann er seinem Goldesel nicht durchgehen lassen. Na ja, und dann fängt sie an, mit irgendnem Kerl rumzumachen – es gibt keine Votze auf der Welt, die dich nich bescheißt, das könnt ihr mir glauben – und er muß die Sache wieder hinkriegen, eh? Und was passiert? Im Handumdrehen hat er drei Kugeln im Kopf, is ne Affenschande, außerdem. Er war ein erstklassiger Dieb, Ärger mit Weibern hatte der gar nich nötig. Ich sag dir, Junge, laß die Hände von – Scheiße, sogar der alte Pussy mußte dran glauben, wegen dieser Alten, dieser Hortense. Du meinst, jemand wollte ihm die Alte stehlen? Hahaha, das nich. Diese irre alte Kuh hat eine Connection um Geld beschissen und sagte ihm, das wär auf Pussys Mist gewachsen, und der arme alte Pussy, der von nichts was wußte, wurde von dem Kerl mit dem Auto überfahren. Ich war nich dabei, aber sie sagten, daß er dabei vom Bickford bis zum Needle Park flog, hahahaha. Aber ich sage dir, Junge, wenn dus da draußen schaffen willst und dich um deine Trips kümmern mußt, laß die Finger von den Weibern. Und dreh nur kleine Dinger. Nur kleine, damit du, wenn du eingelocht wirst – hör zu, nach der Wahrscheinlichkeitsrechnung mußt du ab und zu einfach eingelocht werden. Aber dann hastu Zeit, dich auszuruhen und zu entziehen. Und wenn du wieder rauskommst, genügt dir für ne Weile schon n kleines bißchen zum Abfahrn. Aber dreh nur kleine Dinger. Keine Kapitalverbrechen. Die einzige Möglichkeit. Auf die Weise schaffst dus gut. Auf die Weise kannstu dir ebensoviel zusammenklauen, ohne unter Umständen für lange Zeit hinter Gitter zu kommen. Ich hab schon jede Menge Jahre im Knast abgemacht, aber daran waren die Bullen schuld. Sie haben mich eingelocht, weil ich meine Connection nicht verpfeifen wollte. Scheiß drauf, ich verpfeif niemand – Tyrone hatte sich, während er mit den anderen lachte, immer weiter zurückgebeugt, bis er schließlich an der Wand lehnte und all die anderen ansah, die dem alten Mann zuhörten. Die jungen Männer, jung wie er selbst, beugten sich vor und saugten gierig jedes seiner Worte ein, die älteren lehnten sich zurück und nickten, schlugen sich auf die Schenkel und stimmten ins allgemeine Gelächter ein. In ihm ging etwas vor, das er nicht genau definieren konnte, es schien etwas zwischen ihm und den anderen zu stehen, hier, in dieser Zelle. Andererseits stellte sich schrittweise bei ihm ein Gefühl der Übereinstimmung her, als hätte er etwas mit ihnen gemein. Doch er unterdrückte dieses Gefühl rasch, da er wußte, daß er anders war als der alte Mann und all die andern in der Zelle. Er spürte einen Knoten im Magen und einen Schmerz im Hinterkopf. Er sah den alten Mann an. Er starrte angestrengt hin ... Er sah aus wie ne Ratte, Jim. Genau so sieht er aus. Wie ne Kanalratte. Die Haut so ledrig und grau, und dazu die vielen Einstiche an Armen, Beinen und Hals, und hockt gemütlich da und gibt an wie ne Tüte Mücken und stellt sich darauf ein, wieder mal seine Zeit abzusitzen. Scheiße, das taugt nichts, Jim, ich hab nich vor, mich mit der Fixe zu verheiraten, bis daß der Tod euch scheidet und so, ich nich. Nix. Du wirst Tyrone C. Love nicht dabei erwischen, wie er n Steak ausm Laden klaut oder sich innen Keller schleicht, um sich ihren Kaffee untern Nagel zu reißen. Scheiß drauf, wenn ich hier raus bin und wir clean sind, werden wir das große Geschäft machen und uns nich mit irgendwelchen Pfennigfuchsereien abgeben. Wir werdens gut schaffen, Jim. Wir wern uns unser Pfund reinen Stoff verschaffen und es wird alles wieder so sein, wie gehabt, daß wir gemütlich dasitzen und die Mäuse zählen, und ich und Alice werden uns von dem Kies n schönes Leben machen. Er sah den alten Mann in der Ecke an, der sich, umringt von den anderen, eine Zigarette aus einem fremden Päckchen nahm. Nein, Mann, ich werd nich im Knast sitzen. Auch nich kurze Zeit. Ich brauch in kein Scheißgefängnis, um zu entziehen. Alles okay so, wie es is, Jim. Und außerdem häng ich nich an der Nadel. Nich so, wie der da. Ich kann jederzeit damit aufhörn, wenn ich will, und wenns soweit is, kehr ich der ganzen Scheiße den Rücken und – LOVE ... LOVE, TYRONE C. SIEBENHUNDERTFÜNFUNDDREISSIG. Nimm deinen Kram und komm. Der Bulle schloß eine Tür auf, und Tyrone folgte ihm den Gang hinunter, in einen andern Raum. Der Bulle gab einem Kollegen einen Zettel, und die Formalitäten der Entlassung begannen. Als er schließlich sein Eigentum zurückbekommen und die nötigen Papiere unterschrieben hatte, konnte er gehen. Harry wartete vor dem Ausgang auf ihn. Was is los, Mann? Scheiße ... gehn wir, Jim. Harry kicherte, Okay, gehn wir, Mann. Sie winkten einem Taxi und fuhren zu Tyrones Wohnung. Ich bin gleich gekommen, als Marion mir gesagt hat, was los is. Das rechne ich dir hoch an, Baby. Er schlug Harry auf die Handfläche, und Harry schlug auf die seine. Hastu was zu Hause? Ja. Ich bin für ne Weile versorgt. Wie läufts? Na ja. Du weißt schon. Aber anständiges Zeug. Konnte nur Bündel kriegen, aber für den Augenblick langts. Ich kann mühelos an Stoff kommen, wir kommen also gut über die Runden. Aber nur in Bündeln. Tyrone zuckte die Achseln, Besser als nichts, Jim. Genau. Zumindest, bis wir wieder richtig im Geschäft sind. Und was is mit dir gewesen? Scheiße, Tyrone kicherte und schüttelte den Kopf, Diese beiden Arschgeigen von Bullen haben mich eingelocht. Er kicherte und erzählte Harry dann das Ganze. Kurz bevor sie an seiner Wohnung ankamen, war er damit fertig. Als der Wagen hielt, dankte er Harry noch einmal und sie schlugen einander auf die Handflächen und er lief ins Haus. Er empfand immer noch jenes Gefühl der Nähe, das er empfunden hatte, als er rauskam und Harry auf sich warten sah, ein Gefühl, das sich während der gemeinsamen Taxifahrt noch verstärkt hatte. Es war ein warmes und gutes Gefühl. Er würde nicht so werden, wie dieser alte Mann. Er hatte n paar gute Freunde, Mann. Er und Harry waren Kumpel, Jim, richtige Kumpel. Er dachte daran, wie Harry seinen Hintern gleich zum Revier geschleppt hatte, doch seine Gedanken kehrten auch immer wieder zu dem alten Mann zurück. Jedesmal, wenn er versuchte, jenes gute Gefühl neu zu beleben, indem er daran dachte, wie Harry ihn aus dem Knast rausgeholt hatte, schob sich das Bild des alten Mannes dazwischen. Scheiße, zum Teufel mit dir, Alter. Ich bin kein beschissener Junkie. Aber du bist n hoffnungsloser, abgewichster Fixer. Ich bin bloß einer, der keinen Ärger haben und sich nen guten Tag machen und die Knete zusammenkratzen will, für das Pfund reinen Stoff, und dann n kleinen Laden aufmachen ... Jawohl, ich und mein Hase, Jim. Alice stürzte sich auf ihn als er durch die Tür trat, O Baby, ich hatte solche Angst, daß sie dich die ganze Nacht dabehalten, und Tyrone umarmte und küßte sie, und sie lächelten und lachten ein bißchen, und dann ging Tyrone Richtung Badezimmer, Ich brauch n kleinen Druck, Baby ... um den Geschmack vom Knast aus meinem niedlichen kleinen Mund rauszukriegen ...

Harry wußte nicht warum, aber er war auf dem Heimweg unsicher und ein bißchen verstört. Er hätte nicht genau sagen können, was es war, oder warum. Es war so etwas wie eine Erinnerung, die wiederkehren wollte, es aber nicht ganz schaffte, und er versuchte, ihr auf die Sprünge zu helfen, doch je mehr er sich bemühte, desto mehr zog sie sich um eine Ecke zurück und verlor sich im Dunkel. Er richtete seine Gedanken auf die Scheißbullen, die ihr Dope und ihre Kohle gestohlen hatten, doch ein anderer Teil seines Hirns wollte, genau wie bei Tyrone, den alten Mann ansehen, und

Harry schüttelte im stillen den Kopf und fixierte seine Gedanken erneut auf die Scheißbullen, doch sein Kopf blieb stur und schob immer wieder das Bild des alten Mannes vor ihn hin, und Harry kehrte ihm den Rücken und verzog in Abscheu das Gesicht, Wie um Gottes willen kann jemand sich bloß so tief sinken lassen? Wenns mit mir jemals auch nur halb so schlimm wird, bring ich mich um. Scheiße! Und er verzog erneut angewidert das Gesicht. Als er wieder bei Marion war, erzählte er ihr von der Festnahme und dem alten Mann, und sie lächelte. Nun ja, man trifft eben an solchen Orten keine gehobenere Gesellschaft, und dann kicherte sie. Harrys verspanntes Gesicht löste sich ein wenig, und dann kicherte auch er. Marion entließ den alten Mann mit einer Handbewegung und einem Kopfnicken, Er ist ein so offensichtlicher Fall für Freud, daß er einem leid tun kann. Ich meine die Sache mit den Frauen. Offenbar hat er seinen Ödipuskomplex nie sublimiert und ist daher süchtig geworden. Auf die Weise kann er behaupten, er sei nicht an Frauen interessiert, ohne die Tatsache akzeptieren zu müssen, daß er Angst vor ihnen hat. Höchstwahrscheinlich impotent. Ich wette, daß er impotent ist und deshalb hat er solche Angst vor ihnen. Also schafft er sich eine Sucht an. Alles sonnenklar. Geradezu ergreifend. Harry kicherte, dann lachte er. Er wußte nicht warum, aber das, was Marion sagte, bewirkte, daß er sich besser fühlte. Vielleicht war es die Art, in der sie ihn ansah und beim Sprechen ihre Hand bewegte, aber was immer es war ... er spürte etwas von sich abgleiten, und wie an die Stelle von diesem undefinierbaren Etwas ein Gefühl der Erleichterung trat. Er fuhr fort zu lächeln, während er ihr zuhörte und sie ansah. Was mich wirklich aufregt, ich meine, was mich echt hochbringt, sind die Bullen. Typische Faschistenschweine. Es sind die gleichen Bullen, die die Studenten an der Kent State University gekillt haben, die die Menschen in Korea und Süd-Afrika foltern. Es ist die gleiche Mentalität, die bei den Konzentrationslagern Pate gestanden hat. Aber versuch mal, diesen vollgefressenen Mittelklasslern – ooooo, ich könnte schreien vor Wut. Wenn wir Nachrichten sahen und sahen, wie Polizisten Menschen mit ihren Schlagstöcken auf den Kopf schlugen, behaupteten mein Vater und meine Mutter, das sei in Wirklichkeit gar nicht passiert oder sie seien so eine Art verkommener Hippies, Kommunisten also. Das ist *der* Aufhänger. Jeder ist ein Kommunist. Sprich von Freiheit und Menschenrechten, und du bist ein Kommunist. Worüber sie reden wollen, sind einzig und allein die geheiligten Rechte des Aktionärs und daß die Polizei dazu da ist, dessen Eigentum zu schützen ... Sie holte tief Luft, schloß vorübergehend die Augen, dann sah sie Harry an, Weißt du, wenn ich ihnen das von heute abend erzählte, würden sie sagen, das sei nicht wahr, ich hätte es erfunden. Sie schüttelte den Kopf, Es setzt mich immer wieder in Erstaunen, wie blind manche Menschen für die Wahrheit sind. Sie steht zum Greifen nah vor ihnen und sie sehen sie nicht. Ich kann nur staunen. Ja, es ist schon irre. Ich weiß nicht, wie sie das machen. Harry stand auf, Komm, jetzt probieren wir das neue Zeug aus, bevor die Pflicht ruft.

Rosh Ha-Schanah und Jom Kippur waren vorüber. Sarah wußte, daß es ein gutes Jahr werden würde. Sie hatte zum erstenmal seit undenklichen Zeiten die Vorschriften des Versöhnungsfestes strikt eingehalten. Nicht einmal ein Glas Tee hatte sie getrunken, nur Wasser. Und ihre Pillen genommen. Medizin war doch wohl etwas anderes. War kein Essen. Und vom Arzt verschrieben, also wars Medizin. Aber sie fastete und büßte. Sie dachte an Harry, und Traurigkeit kam über sie. Sie betete für ihn. Wieder. Wie viele Male. Sie betete darum, ihn zu sehen. Als Papa. Das neue Jahr war schon ein paar Wochen alt. Vielleicht schon mehr. Jetzt rief sie die McDick Corporation ein paarmal in der Woche an, manchmal schon morgens, nachdem sie ihre dunkelrote, hellrote und orangefarbene Pille genommen und eine Kanne Kaffee getrunken hatte, und sagte ihnen, daß sie endlich ihre Karteikarte raussuchen und ihr mitteilen sollten, in welcher Show sie mitmachen solle. Sie könne nicht länger warten, und ob sie sicher wären, daß ihre Karteikarte nicht verlorengegangen sei, und sie würde gern kommen und ihnen suchen helfen, und das Mädchen, mit dem sie sprach, welches auch immer es war, wurde ärgerlich und hätte sie am liebsten angeschrien, blieb aber so ruhig wie möglich und sagte ihr sehr bestimmt, daß sie ihre Hilfe bei ihrer Arbeit nicht brauchten, und sie solle nicht so aufgeregt sein und um Gottes willen damit aufhören anzurufen, und schließlich legten sie auf und hofften und beteten, daß sie nicht mehr anriefe, aber sie tat es. Wenn sie ihr Valium geschluckt hatte, rief sie am Spätnachmittag an und war ganz lieb und sagte dem Mädchen, welches es auch war, Sie sind so nett, Herzchen, Sie werden doch sicher für mich rauskriegen, in welcher Show, ich mach Ihnen so ungern Mühe, aber so viele Leute fragen mich danach, und Sie sind für mich wie eine Tochter und es ist, als täten Sie Ihrer Mutter einen Gefallen, und ich verspreche Ihnen, daß ich Sie dann nicht mehr belästigen werde, Sie sind so nett, und das Mädchen kicherte und nickte und schüttelte den Kopf und legte schließlich auf, und Sarah ging zu ihrem Fernsehsessel zurück.

Der Winter kam früh. Es gab ein paar schöne Herbsttage, mit klarer, frischer Luft, der Himmel blau mit weißen Schaumwölkchen, in der Sonne war es warm und tröstlich, und kühl und belebend im Schatten. Tage der Vollkommenheit. Dann war es plötzlich grau und windig und kalt und regnerisch und dann gab es Eisregen und Schnee und selbst, wenn man ein Fleckchen Sonne fand, so schien sie ihre Kraft verloren zu haben. Von Zeit zu Zeit holte Marion unlustig ihren Skizzenblock hervor, doch nur ihre Hand führte den Bleistift übers Papier, alles übrige schien an ihrer Tätigkeit keinen Anteil zu haben. Gelegentlich machten sie den Versuch, ihren Enthusiasmus für das Künstler-Café und für ihre anderen Pläne wieder anzufachen, doch die meiste Zeit verbrachten sie damit, zu fixen, fernzusehen oder auch mal Musik zu hören. Ab und zu gingen sie ins Kino, doch bei dem schlechten Wetter interessierte sie auch das immer weniger. Harry verließ das Haus fast nur noch, um Stoff zu besorgen, was immer schwieriger wurde. Jedesmal, wenn sie jemanden auftrieben, der etwas hatte, zerschlug sich das Geschäft aus irgendeinem Grund. Es schien, als seien die Götter gegen sie. Den Plan mit dem Pfund reinen Stoff hatten sie längst aufgegeben, obwohl sie ganz bewußt gelegentlich darüber sprachen, wenn auch in immer größeren Abständen, wie auch darüber, sich ungestreckten Stoff zu verschaffen. Sie gaben sich mit Bündeln zufrieden, aber auch die waren inzwischen nur schwer aufzutreiben. Sie nahmen, was sie bekamen, und verbrauchten alles für sich selbst, sie erwischten nicht einmal so viel, daß sie ihren eigenen Bedarf davon hätten finanzieren können. Irgendwann sah es so aus, als hätten sie ganz schön Kohle gehabt, jetzt schien es, als hätten sie überhaupt nichts. Harry und Tyrone besprachen die Lage und wieviel von dem Geld noch übrig war, und sie versuchten, sich darüber klar zu werden, was eigentlich los war, indem sie die verschiedenen umlaufenden Gerüchte über den Engpaß durchgingen, alle ebenso plausibel wie weit hergeholt. Einige von den Jungs sagten, die italienischen und die schwarzen Gangs würden sich befehden, und andere, daß das ganz großer Mist sei, Ich habs aus sicherer Quelle, die haben auf nem Schiff Razzia gemacht und fünfzig Kilo H konfisziert und – Wovon redst du eigentlich? Wenn die hundert Pfund Heroin komfizieren, dann gäbs doch lauter Schlagzeilen und das Fernsehen würd den *ganzen* Tag nichts anderes bringen als diese Dope-Kacke. Scheiße, wenn die Bullen soviel Stoff gefunden haben, könn wir uns alle n Trauerflor sonstwo rumbinden, Baby. Genau, Mann, und er schlug ihm auf die Handfläche, und dann machte es die Runde und die Latrinenparolen nahmen ihren Fortgang. Aber letzten Endes wars egal, warum. Es gab ein Problem und damit hatte sichs. Warum, war scheißegal, und alles, was sie tun konnten, war, die Zähne zusammenzubeißen und zu hoffen, daß die Lage sich bald wieder ändern würde und sie dort weitermachen konnten, wo sie aufgehört hatten. Sie wußten, daß früher oder später die ganze Stadt wieder von Dope überschwemmt sein würde, genau wie vorher. So konnte es nicht bleiben, denn es steckte einfach zuviel Geld drin. Gelegentlich sprach Harry mit Marion darüber, und natürlich verlief die Unterhaltung genauso ergebnislos, wie die Gespräche mit Tyrone. Abgesehen davon, daß es das Band zwischen ihnen verstärkte. Solange sie gemeinsam an etwas teil hatten, fühlten sie sich einander nahe, und das war lebenswichtig. Und sobald sie die Schauer der Furcht und das Mahlen der Angst zu spüren begannen, fuhren sie einfach ab und ließen alle Sorgen und Befürchtungen von der Wärme der Droge wegschwemmen. Manchmal ersetzten sie den alten Löffel durch einen neuen, nur um der Sache willen. Das gehörte sozusagen zur Haushaltsführung. Das gesamte Ritual gab ihnen ein Gefühl der Zugehörigkeit zu etwas, und sie sahen ihm hochgemut und mit großer Vorfreude entgegen. Es war symbolisch für ihr Leben und ihre Bedürfnisse. Das behutsame Öffnen des Briefchens und das Hineinschütten der Droge in den Löffel und das Einträufeln des Wassers mit dem Dropper. Hin und wieder das Anbringen einer neuen Manschette am Dropper, damit die Kanüle fest sitzt, wozu Harry ein Stückchen Pappe von einem Streichholzbriefchen benutzte, und Marion ein Stück einer Dollarnote. Das Starren auf das Gemisch im Löffel, während es heiß wurde und sich auflöste, und dann das Hin- und Herbewegen der Watte mit der Kanüle und dann das Aufziehen der Lösung in die Pipette und das Im-Munde-Halten der Pipette, während sie sich den Arm abbanden und eine günstige Vene fanden und meistens einen alten Einstich benutzten, und die Sensation des Erregungsstoßes, wenn die Nadel in die Vene eindrang und das Ansaugen des Blutes, und sie lösten die Druckbinde und drückten den Stoff hinein und warteten auf den ersten Hitze-Flash und das warme Schwellen im Bauch und sie ließen die Spritze sich wiederholt mit Blut füllen und drückten es hinein, immer wieder, und dann zogen sie die Kanüle mit einem Ruck heraus und taten die Spritze in ein Glas mit Wasser und wischten sich die Blutstropfen vom Arm und lehnten sich zurück und fühlten sich ganz und unangreifbar und noch vieles andere, aber vor allem ganz.

Doch es gab da draußen immer weniger Dope. Es schien jeden Tag ein wenig schwieriger, an Dope ranzukommen, und ständig riefen Leute an, die welches wollten. Gelegentlich bekamen sie genügend, um einen Teil verhökern und ein bißchen Geld machen zu können, aber meistens verbrauchten sie alles, was sie bekamen, selbst. Eines Abends konnten sie überhaupt nichts auftreiben. Ein paar Jungs versprachen ihnen immer wieder, daß sie bald was bekämen, aber dabei blieb es. Schließlich gelang es ihnen mit Hilfe einiger Tabletten, einzuschlafen, doch ihre Körper zuckten und innerlich zitterten sie. Sie hatten sich noch nie schlafen gelegt, ohne für den kommenden Morgen Stoff im Haus zu haben. Sie hatten sich diese Situation auch nie so genau vorgestellt. Trotz der in letzter Zeit aufgetretenen Schwierigkeiten war ihr Eigenbedarf bis jetzt immer gedeckt gewesen. Aber nun war kein Stäubchen mehr im Haus, nur noch die Watte, die sie aufgehoben hatten. Sie wollten sich schon über die Watte hermachen, beschlossen aber, mit ungeheurer Willensanstrengung und mit Hilfe von Captas und Marihuana, sie für morgen aufzusparen. Ihr Schlaf konnte kaum Schlaf genannt werden. Es war fast schlimmer, als wach zu sein. Sie spürten, wie sie schwitzten, und rochen den Schweiß. Sie froren. Der Schmerz in Hinterkopf und Magen schien gekoppelt zu sein und erzeugte eine Übelkeit, die sich jeden Augenblick zu entladen drohte, doch es blieb bei dem ständigen Druck des Schmerzes und der Übelkeit, und ihre Panik stieg mit jedem Atemzug. Ihre Beklemmung wuchs und wuchs, bis sie ihren ganzen Körper ergriffen hatte und sich in ihrer Brust blähte und ihnen die Luft abzuschneiden drohte, und sie rangen nach Luft und richteten sich im Bett auf und starrten ins Dunkel und versuchten zu erkennen, wer oder was sie geweckt hatte. Sie versuchten die Augen zu schließen und wieder einzuschlafen, doch der Unterschied zwischen Schlaf und Wachsein war ihnen nicht mehr bewußt. Sie schienen sich in einer Art Falle zu befinden und warfen sich im Bett umher und stöhnten, und schließlich fuhr Marion hoch und rang nach Luft und Harry machte das Licht an, Is was? Marion schüttelte den Kopf, Ich muß wohl schlecht geträumt haben. Sie keuchte und ihr Körper bäumte sich bei jedem Atemzug auf. Harry legte den Arm um sie, Vielleicht sollten wir die Watte jetzt schon nehmen? Meinst du? Es ist doch noch so früh? Warum nicht? Vielleicht geht es dir dann besser. Ja, wahrscheinlich. Ich mach das. Okay. Harry ging ins Badezimmer, und Marion stand auf, um dabeizusein, wenn er die Watte aufteilte; beide hatten das Gefühl, im Recht zu sein, wenn sie die Watte soviel früher verbrauchten als geplant; die Last war von ihnen genommen und eigentlich hatte ja der andere es vorgeschlagen. Die Watte aufzuheben hatte als ein Spiel begonnen, doch nun war sie mehr oder weniger lebenswichtig geworden. Nachdem sie abgefahren waren, bewirkte die Droge, zusammen mit den Schlaftabletten, daß das übliche Kopfnicken einsetzte, und dann schliefen sie noch ein paar Stunden, und diesmal trieben sie in die Bewußtlosigkeit. Als sie erwachten, schien die Sonne, und ehe sie etwas anderes taten, griffen sie sofort wieder zur Watte. Es war nicht mehr viel davon übrig. Harry hängte sich ans Telefon, aber es tat sich nichts. Sie saßen verkrampft rum und rauchten ein paar Joints und versuchten fernzusehen, und obwohl sie die Heizkörper vor Hitze ticken hörten, lag etwas Frostiges in der Luft, eine Starrheit, die sie überraschte, sie jedoch nicht weiter beschäftigte, da sie einzig und allein damit beschäftigt waren, auf Dope zu warten. Kurz vor zwölf rief Tyrone an, um zu fragen, ob sich was täte. Nein Mann, nichts. Eben hat mich meine Connection angerufen, daß er was hat, ich zisch jetz los. Prima! Wie lange wirds dauern? Kommt aufn Verkehr an, ne Stunde vielleicht. Oder weniger. Ich melde mich, wenn ich zurück bin. Sehr gut. Ich bleib zu Hause, falls sich hier was tun sollte. Bis gleich, Baby. Harry legte mit einem hörbaren Seufzer auf. Im Zimmer war es plötzlich warm und die Isoliertheit schien sich verflüchtigt zu haben. Sie saßen herum, rauchten und sahen mit einer hysterischen, starren Gelassenheit fern. Keiner von ihnen wollte sich die Blöße geben und auf die Uhr sehen, doch im stillen berechneten sie den Ablauf der Zeit am Fernsehprogramm, und es wurde ihnen fast schlecht vor angespannter Erwartung. Als das Telefon klingelte, gab Harry sich die größte Mühe, möglichst lässig hinüberzuschlendern und den Hörer abzuheben, und Marion versuchte, uninteressiert zu erscheinen und sah weiterhin auf den Bildschirm, beobachtete Harry jedoch aus dem Augenwinkel, und als sie seinen Gesichtsausdruck sah, riß ihr die jäh zupackende Panik den Kopf herum, Nix Mann, bis jetz nich. Versuchs später noch mal. Sie seufzte im stillen, zumindest war es nicht Tyrone gewesen, der gesagt hatte, daß er nichts bekommen hätte. Harry setzte sich wieder auf die Couch, Gibt ne Menge Leute, die nach was giepern. Marion nickte und wollte etwas sagen, doch die Worte wollten sich nicht bilden, und so blieb ihr Mund geschlossen und ihre Augen sahen weiterhin auf den Bildschirm, ohne zu sehen, was dort vor sich ging, doch auf diese Weise gelang es ihr, den schleppenden Lauf der Zeit ein wenig voranzutreiben. Harry rückte ans Ende der Couch, um dem Telefon näher zu sein, und als es klingelte, blieb er sitzen und brauchte nur nach dem Hörer zu greifen, und beide spürten sie das plötzlich eintretende Schweigen und den Druck der Stille und der Erwartung, als sei alles Leben und jegliche Aktivität abrupt unterbrochen. Marion hatte sein Gesicht im Blickfeld, als es sich zu einem Grinsen verzog, Bis gleich, Mann. Er stand auf, Tyrone is zurück und hat was. Auch Marion war aufgestanden und versuchte, ihre Stimme so beiläufig wie möglich klingen zu lassen, ohne jedoch den Kampf, der in ihr vorging, verleugnen zu können, Ich glaub, ich fahr mit dir rüber. Ein bißchen frische Luft wird mir guttun. Das Leben schoß plötzlich wieder in den Raum ein und die Stille wurde beredt und schwand dahin, während sie ihre Mäntel anzogen und einander anlächelten und unversehens spürten, wie etwas übermächtig Lastendes von ihnen abglitt, so daß sie wieder lächeln und reden konnten. Sie konnten nicht glauben, was in ihnen vorging, und versuchten, es zu leugnen, versuchten, während der Taxifahrt zu Tyrones Wohnung, verzweifelt, ein belangloses Gespräch zu führen. Eine Stimme in ihnen sagte ihnen laut und unmißverständlich, daß sie süchtig seien, und zwar mit allen Konsequenzen, und sie versuchten, es mit einem Achselzucken abzutun, doch es insistierte, weniger als Stimme, denn als ein Gefühl, das jede einzelne ihrer Körperzellen durchdrang, so, wie die Droge, von der sie abhängig waren, und sie versuchten, es mit einer Gegenstimme zu bekämpfen, na wennschon, Wichtigkeit, sie konnten ja jederzeit damit aufhören, wenn sie wollten, war ja gar kein Problem, und was war dazu sonst noch zu sagen? Alles würde bald wieder in Ordnung kommen, und sie versuchten, sich abzulenken, und starrten aus den Wagenfenstern auf die Leute, die sich durch Wind und Kälte kämpften, und dachten daran, wie bald schon jenes zärtlich-warme Aufwallen sie durchfluten würde, und als sie bei Tyrone waren, versuchten sie, noch ein paar Minuten cool zu bleiben und zu lächeln und zu scherzen, während sie ihre Mäntel auszogen, und sie fragten ganz bewußt nicht nach dem Stoff, aber es stieg ein Glücksgefühl in ihnen auf, als sie sahen, daß Alices Augen fast geschlossen waren, und wie cool Tyrone aussah, und schließlich ließ der Geschmack in ihrem Rachen das unsinnige Gerede über das Wetter nicht länger zu, und sie fragten ihn nach dem Stoff und er legte zwei Bündel vor sie hin und sie nahmen zwei Briefchen und gingen ins Badezimmer und liehen sich Tyrones Besteck und fuhren ab, und mit einem Schlage waren all die Gedanken und Alpträume und Ängste und der Horror der vergangenen Nacht, die inneren Kämpfe während des kurzen Tages und der Fahrt zu Tyrone wie ausgelöscht, nicht mehr vorhanden und hatten nie existiert, und so saßen sie für den Rest des Tages in der tröstlichen Wärme ihrer Kameraderie zu viert herum und hörten Musik und redeten vor sich hin und fuhren ab.

Nun war die Kacke aber echt am Dampfen. Weit und breit kein Stoff. Kein Gedanke mehr daran, Geld zu machen, ja, nicht einmal der Wunsch danach, sondern nur die nicht enden wollende Mühe, genug für den Eigenbedarf zu ergattern. An manchen Tagen ging es nur darum, etwas für den Augenblick aufzutreiben. Und dann mußte man wieder auf die Straße, um sich für den Rest des Tages abzusichern und den Morgenschuß im Haus zu haben.

Und auf den Straßen wurde es zunehmend gefährlicher. In der ganzen Nachbarschaft wimmelte es von Junkies auf der Jagd nach Stoff, selbst bei Schnee und Matschwetter. In jedem Torweg drängten sich abgezehrte Gesichter mit triefenden Nasen und vor Kälte und Sucht zitternden Körpern. Die Kälte ließ das Mark in ihren Knochen krachen, und von Zeit zu Zeit brachen sie in Schweiß aus. Die verlassenen Gebäude, die sich meilenweit erstreckten und die Stadt wie ein Schlachtfeld aus dem Zweiten Weltkrieg aussehen ließen, dieser das Herz abschnürende, verheerende Anblick spiegelte sich in den erfrorenen Gesichtern der Menschen, die in ihnen vegetierten, wider. Hier und dort blinkten kleine Feuer, an denen zitternde Körper versuchten sich zu wärmen und lange genug zu überleben, um, auf diese oder jene Weise, an Dope zu kommen und es einen weiteren Tag zu schaffen, um das Ganze von vorn beginnen zu können. Wenn es jemandem gelang, an Stoff zu kommen, mußte er ihn unbehelligt bis zu seiner Bleibe oder sonstwohin schaffen, wo er abfahren konnte, ohne daß ihm einer die Tür oder möglicherweise den Schädel einschlug und ihm sein Dope raubte, oder ohne daß er selbst jemanden umbrachte, wenn er sich nicht von dem trennen wollte, was in diesem Augenblick für ihn kostbarer war als sein Leben, denn ohne dieses Etwas war sein Leben die Hölle, schlimmer als der Tod, ja, der Tod schien eher ein Geschenk als eine Bedrohung, denn das langsame Sterben war das Fürchterlichste, was es gab. Und so wurde die Stadt mit jedem Tag, mit jedem Schritt, mit jedem Atemzug unmenschlicher. Hin und wieder fiel ein Körper aus einem Fenster, und bevor das Blut durch die Kleidung sickern konnte, durchwühlten suchende Hände seine Taschen, in der Hoffnung, etwas zu finden, was den Aufenthalt in der Hölle für kurze Zeit erträglich machte. Taxifahrer vermieden gewisse Stadtviertel und trugen eine Waffe bei sich. Lieferungen ins Haus gab es nicht mehr. Bestimmte Dienstleistungen wurden eingestellt. Die einzelnen Bezirke glichen belagerten Städten, umgeben vom Feind, der sie auszuhungern trachtete, doch der Feind befand sich innerhalb der eigenen Mauern. Nicht nur innerhalb der Stadtgrenzen, der Stadtviertel, der verlassenen Gebäude und verpißten Torwege, sondern in jedem einzelnen Körper und Hirn und, vor allem, in jeder Psyche. Der Feind nagte ohne Unterlaß an ihrer Willenskraft, so daß sie keinen Widerstand mehr leisten konnten, ihre Körper verlangten nicht bloß, sie schrien geradezu nach dem Gift, das sie in diesen elenden Zustand versetzt hatte; das kranke Hirn, verkrüppelt von eben dem Feind, dem es hörig war, und die Hörigkeit und die furchtbare physische Not korrumpierte die Seele, bis die Reaktionen nicht einmal mehr denen eines Tieres glichen, nicht einmal denen eines verwundeten Tieres, nicht einmal mehr denen von irgendwas, was sie *nicht* sein wollten. Als die wahnwitzigen Überfälle und Einbrüche zunahmen, verstärkte die Polizei ihren Einsatz, und Männer und Frauen wurden erschossen, wenn sie Schaufenster einwarfen und versuchten, mit einem Fernsehapparat wegzulaufen, wobei die Apparate beim Hinfallen explodierten und die Körper, eine Blutspur hinterlassend, übers Eis glitten und steif froren, bevor sie aufgehoben und fortgeschafft wurden. Nach jedem bißchen Dope, das es auf den Straßen gab, reckten sich Tausende von gierigen, kranken Händen und packten zu und stachen zu und würgten und prügelten und drückten ab. Und wenn du jemandem sein Dope abgenommen hattest und ungeschoren davongekommen warst, konntest du nie wissen, ob du es je in deine Vene fließen sehen würdest. Und vielleicht würdest du sogar nicht einmal wissen, ob du es je in deine Vene hast fließen sehen, wenn dir jemand, bevor du die Nadel im Arm hattest und dich darauf konzentriertest, beim Erhitzen keinen Tropfen zu verschütten, den Schädel einschlug.

Der Strudel, in dem Harry und Tyrone immer mehr Zeit verbrachten, saugte sie langsam in sich hinein. Es war ein fortschreitender Prozeß, wie die meisten Krankheiten, und ihr alles beherrschendes Verlangen ermöglichte es ihnen, vieles von dem, was geschah, nicht zur Kenntnis zu nehmen, oder es bis zur Unkenntlichkeit für sich zu manipulieren; den Rest akzeptierten sie als einen Teil der Realität ihres Lebens. Doch mit jedem Tag wurde es schwieriger, der Wahrheit nicht ins Auge zu sehen, während die Krankheit die Wahrheit augenblicklich umfunktionierte und automatisch zu etwas Annehmbaren verformte. Ihre Krankheit ermöglichte es ihnen, alle Lügen zu glauben, die sie glauben mußten, um ihre Krankheit gewähren zu lassen und ihr zu frönen, bis zu dem Punkt sogar, daß sie glaubten, sie wären nicht von der Krankheit versklavt, sondern wären im Grunde frei. Sie stiegen über baufällige Treppen hinauf in verkommene Wohnungen mit verkommenen Bewohnern, wo der Putz von den löchrigen Wänden fiel und morsches Lattenwerk freigab. Aus dunklen Löchern und Winkeln schossen riesige Ratten hervor, die, ebenso hoffnungslos verzweifelt wie die Bewohner des Hauses, die bewußtlosen, auf dem Fußboden liegenden Menschenleiber beschnüffelten und über sie herfielen. Harry und Tyrone waren jetzt, ungeachtet ihrer Hautfarben-Theorie, immer gemeinsam unterwegs, weil ein Einzelgänger geradezu dazu einlud, Dope und Leben zu verlieren. Sie sahen alle aus wie Kanalratten und rochen wie Stinktiere – jener eigentümliche, Übelkeit erregende Geruch der Suchtkranken, der sich in ihren Kleidern festgesetzt hatte und die frostige Luft durchzog. Zunächst hielten Harry und Tyrone sich in der Randzone der Verheerung auf und sahen die Lagerfeuer in den verlassenen, verfallenden Gebäuden nur von ferne, doch als die Stillung ihres Verlangens zur Triebfeder ihres Lebens geworden war, zwang ihre Not sie, tiefer und tiefer in das Elend einzudringen. Zunächst waren ihre Vorstöße unentschlossen und zaghaft gewesen, jetzt gingen sie, wenn auch immer noch mit der gebotenen Umsicht, beherzter vor, da sie die Notwendigkeit erkannt hatten, so schnell wie möglich an den Ort der Action zu gelangen, bevor er ein Niemandsland wurde, mit leeren Tüten, zerbrochenen Flaschen, bewußtlosen Leibern und hin und wieder einem Leichnam. Sie nahmen automatisch jede sich ihnen bietende Gelegenheit wahr – ihre Krankheit befahl, und sie gehorchten. Ein kleiner Teil von ihnen hätte gern den Versuch unternommen, sich zu widersetzen, doch dieser Teil war so tief in ihnen vergraben, daß er nicht mehr als ein vergangener Traum aus einem früheren Leben war. Nur die unersättliche, irre Not des Augenblicks bestimmte ihr Leben, und diese Not war es, die die Befehle erteilte.

Sie schleppten sich dahin und schafften es kaum noch vom einen Tag zum anderen, von einer Stunde zur nächsten, und mit jedem Tag nahm ihre Verzweiflung zu. Oft wurden ihnen hundert Dollar hier und ein paar hundert Dollar dort geraubt, doch das gehörte zu jener Welt und sie konnten nichts anderes tun, als mehr Geld zu machen und so lange herumzurennen, bis sie den Stoff bekamen, den sie brauchten. Oft bekamen sie nur zwei Briefchen und drückten sie gleich weg und versuchten, mehr zu bekommen, damit sie auch etwas für Marion und Alice hatten, aber die mußten manchmal lange darauf warten. Wenn sie abgefahren waren, nahmen Harry und Tyrone sich jedesmal fest vor, den nächsten Stoff, auch wenn es nur ein paar Briefchen waren, nach Hause zu bringen, damit auch ihre Damen sich gütlich tun konnten, aber immer, wenn sie nur zwei Briefchen bekamen, drückten sie sie sofort weg, da sie wußten, daß es für alle Beteiligten besser war, wenn sie, Harry und Tyrone, abfuhren und hier im Zentrum der Action blieben, damit sie Stoff bekommen und den Mädchen einen zünftigen Schuß zukommen lassen konnten. Sie wußten und glaubten, daß es besser sei, überhaupt nichts zu haben als zu wenig, und wer wußte außerdem, was sich hier in der Szene alles tun konnte, während sie weg waren. Und wenn sie nach Hause kamen, gingen ihnen die Lügen glatt und glaubhaft über die Lippen.

Von Zeit zu Zeit dachten sie an den alten Mann, schoben diese Gedanken jedoch immer so rasch wie möglich von sich, überzeugt davon, daß sie nie so werden würden wie er, daß sie etwas unternehmen würden, bevor es so weit mit ihnen kam. Und auch wenn sie Junkies durch die Straßen schlurfen sahen, die versuchten, die Brille von jemandem für einen Schuß zu verkaufen oder die sich das Wasser, mit dem sie ihren Stoff aufkochen wollten, aus einer Klosettschüssel holten, wußten sie, daß sie nie so tief sinken würden. Fixen war ne Sache für sich, aber so was war ja geradezu tierisch. Und doch wurde es mit der Zeit irgendwie einfacher, alles, was so passierte, zu ignorieren. Die beiden und noch ein paar andere Jungs trafen sich mit einem Pusher, um sich Stoff zu besorgen, als ein Kerl aus einem Torweg kam, dem Pusher einen Revolver an den Kopf hielt, ihm den halben Schädel wegpustete, sich den Stoff schnappte und abhaute und dabei murmelte, er ließe sich nicht von einem solchen Scheißkerl bescheißen. Als das geschah, hatten die anderen sich teils zu Boden geworfen, teils waren sie weggerannt, und als der Kerl abgehauen war, warfen sie dem Dealer einen kurzen Blick zu und sahen, wie das Blut in Stößen aus dem Loch in seinem Kopf kam, und gingen davon. Der steifgefrorene Leichnam wurde acht Stunden später aufgefunden.

Sarah nahm noch ein Valium, bevor sie zu Ada rüberging. Sie saßen und tranken Tee und redeten und sahen fern. Vielleicht wirst du jetzt, wo die Feiertage vorüber sind, Bescheid bekommen, in welcher Show du mitwirkst. Es kommen noch mehr Feiertage. Es kommen immer Feiertage, aber im Augenblick sind keine. Vielleicht, wenn ich nachher anrufe, haben sie meine Karteikarte. Vielleicht haben sie sie gefunden und warten auf meinen Anruf. Ada zuckte die Achseln, Vielleicht, wer weiß. Aber du solltest was essen. Und du solltest stillsitzen, damit ich an die Haarwurzeln rankomme. Es gefällt mir nicht, daß du so mager bist. Das rote Kleid paßt mir jetzt, es sieht wunderbar aus. Sieht wunderbar aus. Aber du siehst nicht wunderbar aus. Du mußt essen. Das klingt wie von meinem Kühlschrank. Ada sah sie ausnahmsweise mit beiden Augen an, momentan existierte der Fernseher gar nicht für sie. Ich klinge wien Kühlschrank? Wie klingt denn ein Kühlschrank? Außer, daß er rattert und brummt und manchmal aussetzt, wie meiner? Sarah zuckte die Achseln, Die müssen sich manchmal ausruhen. Sarah, ist was? Nein, wieso? Was soll denn sein? Was sein soll? Du siehst nicht wohl aus. Du siehst müde aus und – Ich bin knackig. Du solltest das rote Kleid und die goldenen Schuhe sehen. Sarah, irgendwas stimmt nicht. Ich bin froh, daß das Kleid paßt, aber ich mach mir Sorgen. Deine Augen gefallen mir nicht, Herzchen. Bitte, bitte, laß mich etwas für dich warm machen ... ein bißchen Suppe. Heute gekocht. Sarah schüttelte den Kopf und winkte ab. Nein nein nein. Später. Sie stand auf, Ich muß jetzt anrufen. Ich fühle es, sie haben meine Karte gefunden. Ada sah traurig und besorgt aus, Das hast du schon hundertmal gesagt. Ich weiß, ich weiß, aber dieses Mal stimmts ... ich weiß es ... ich spüre es.

Harry und Tyrone hatten sich viele viele Stunden durch Straßen und Gassen geschleppt. Es wehte ein scharfer Wind, mit gelegentlichen Graupel- und Hagelböen. Wenn sie eine Zeitlang stehenblieben, war es ihnen fast nicht möglich, sich wieder in Bewegung zu setzen. Ihre Füße waren nicht nur gefühllos, sie schienen am Boden festgefroren zu sein, und der Schmerz stieg, von den Fußsohlen aufwärts, die Beine hinauf und drohte ihre Kniescheiben zu zersplittern. Sie versuchten, dem Wind den Rücken zu kehren, doch er schien ihnen immer ins Gesicht zu wehen, welche Richtung sie auch einschlugen. Sie verkrochen sich so tief wie möglich in ihre Jakken, froren jedoch trotzdem so sehr, daß sie kaum sprechen konnten und einander bloß zunickten. Ihre Nasen liefen, die Augen tränten, und über ihren Gesichtern lag eine dünne Eisschicht. Sie sahen zu den rötlich glimmenden Lagerfeuern in der Ferne hinüber und hätten sich gern ein Weilchen daran gewärmt, wußten jedoch, daß ihnen, sobald sie sich einem dieser Feuer näherten, alles geraubt werden würde, was sie bei sich hatten, einschließlich der Kleidung, und ertrugen deshalb weiterhin Schmerz und Eis, bis sie endlich zwölf Briefchen auftrieben und so schnell wie möglich die Szene verließen. Sie gingen in eine U-Bahn-Toilette, verschlossen die Tür und verbrannten, um sich aufzuwärmen, eine Rolle Klosettpapier, dann füllten sie ihre Fixen mit Wasser aus der verdreckten Klosettschüssel und fuhren ab und lehnten an der Wand des engen Gevierts und spürten, wie die Hitze des Flashs das Eis in ihrem Blut und in ihren Knochen zum Bersten brachte. Sie wischten sich das Wasser vom Gesicht und lächelten einander zu und schlugen einander auf die Handflächen, Das Zeug is Schau, Mann. Ja, Baby, einfach Klasse. Sie verließen die Toilette und gingen die Stufen zur U-Bahn hinunter. Sie froren nicht mehr und fühlten sich sicher.

Es ging das Gerücht, daß es in einigen Tagen wieder Dope geben würde. Alle schüttelten skeptisch den Kopf und versuchten, irgendwie einen weiteren Tag zu überstehen. Doch es hieß immer wieder, daß Harlan Jefferson versprochen habe, für die Weihnachtstage ein paar Kilo auf den Markt zu werfen, da er, als guter Baptist, nicht wolle, daß jemand in dieser erhebenden Zeit Not leide. Da das Gerücht sich so hartnäckig hielt, fingen die Leute an, daran zu glauben, hauptsächlich deswegen, weil sie daran glauben wollten, aber auch, weil es Harlan Jefferson ähnlich sah. Es lag Erwartung in der Luft, Spannung, Grund genug, sich am Riemen zu reißen und die Tage durchzustehen, bis sie den Stoff freigaben. Als es hieß, der Preis würde doppelt so hoch sein und man könne nicht weniger als eine Unze kaufen, wurde auch das von allen geglaubt. Der Bus trug die Botschaft weiter, und sie sickerte durch die U-Bahn- und den Hudson-Tunnel: am folgenden Abend um zehn würde es in einem riesigen Bezirk von verlassenen, verfallenden Gebäuden Stoff geben, doch müßte man mindestens eine halbe Unze kaufen und fünfhundert Dollar dafür hinlegen. Fünfhundert Dollar für ne beschissene halbe Unze is völlig irre Mann, aber was soll man machen? 5-Dollar-Briefchen sind bei denen nich drin, das steht nu mal fest. Die Jungs auf den Straßen machten Dampf dahinter und versuchten mit allen Mitteln, die Knete zusammenzukriegen, aber wie und wo um Gottes willen soll man fünfhundert Dollar auftreiben? Das Herumrennen und sich die Mäuse für zwei Briefchen pro Tag zu beschaffen war schlimm genug, aber fünfhundert???? Scheiße, die krieg ich nie zusammen, aber der Run ging trotzdem los. Wenn sie die Knete nicht hatten, um direkt von dem Mann zu kaufen, gelang es ihnen vielleicht, soviel zusammenzukratzen, daß sie den Jungs etwas abkaufen konnten, die direkt von dem Mann gekauft hatten, aber der Preis für ein Briefchen würde verdammtnochmal steigen, Jim.

Harry und Tyrone wollten, koste es was es wolle, eine

Unze kaufen, hatten jedoch zusammen nur siebenhundert Dollar. Sie überlegten, was sie versetzen oder stehlen könnten, aber es fiel ihnen nichts ein, was ihnen ein paar hundert Dollar bringen könnte. Dann dachte Harry an Marions Psychiater. Du meinst Arnold? Ja. Ich hab ihn seit Monaten nicht gesehen. Na und? Er ruft doch immer noch an, nicht wahr? Ja, aber ich weiß nicht ... Hör zu, sag ihm, daß wirs ihm in vierundzwanzig Stunden zurückgeben, länger wirds nich dauern, bis wir die Mäuse wieder drin haben. Marion runzelte die Stirn und sah bekümmert aus, verstört. Harrys Stimme und Miene waren dringlich, Paß auf, wenn wir uns die Unze besorgen und einen Teil davon verhökern, sind wir wieder im Geschäft. Wahrscheinlich heißt das, daß der Engpaß überstanden ist und daß auf den Straßen wieder Stoff zu haben sein wird, und wir müssen nich mehr rumrennen und jeden einzelnen Tag diese Scheiße durchstehen. Ich kann dir nur sagen, das is kein Honigschlecken, Schatz. Ich weiß, Harry, ich weiß. Mir gefällt das alles auch nicht. Also, wo liegt dann die Schwierigkeit? Ich weiß nicht, ich – Hör zu, du wirsts doch noch schaffen, daß er n paar hundert Dollar rausrückt. Was bedeutet das für ihn? Der hat doch Geld wie Heu, du lieber Gott. In Marions Augen und in ihrer Stimme lag die Andeutung einer stummen Bitte, Ich wünschte ja bloß, es gäbe einen anderen Weg, um an Geld zu kommen. Mir ist es gleich, wie wir drankommen. Wenn dir was anderes einfällt, prima, aber ich bin am Ende und wir brauchen die Kohle. Das Problem ist nicht, das Geld zu bekommen, Harry – Was denn sonst Herrgottnochmal? Marion sah ihn fast flehend an, Ich weiß nicht, was ich unter Umständen dafür tun muß. Was Marion sagte, war eindeutig und nicht zu überhören, doch Harrys Not ließ es zu, zwang ihn dazu, dem, was auf der Hand lag, auszuweichen, bevor die Wahrheit Zeit fand zu ihm durchzudringen und seinen Wünschen eine andere Richtung zu geben, und er tat diese Möglichkeit mit einem Achselzucken ab. Jetzt mach keine große Sache draus. Du verstehst ihn ja zu nehmen.

Marion sah Harry endlose Sekunden an und hoffte, daß irgend etwas plötzlich die Worte und die Situation zum Guten wenden möge, daß ein *deus ex machina* von der Decke herniedersteigen und das Problem augenblicklich lösen würde. Endweder du kriegst das Geld von deinem Psychiater, oder wir kriegen keinen Stoff. So einfach ist das. Marions Wunsch war in Erfüllung gegangen. Das Problem war gelöst. Sie nickte und rief in der Praxis an.

Auf Marions Vorschlag trafen sie sich in einem kleinen, ruhigen Restaurant, es war gedämpft beleuchtet und hatte eine private Atmosphäre. Sie kam eine Viertelstunde zu spät, um nicht auf ihn warten und sich, so allein, irgendwie auffällig vorkommen zu müssen. Ihr Make-up verdeckte zwar ihren Teint, doch ihr abgezehrtes Aussehen war selbst in dem schummrigen Licht nicht zu übersehen. Geht es dir nicht gut? Ist irgendwas? Nein, nein, ich hatte gerade eine Grippe, dauerte ewig, wie es mir vorkam. Ich kann sie irgendwie nicht loswerden. Ein paar Tage ist es gut und dann fängts wieder von vorn an. Warst du in letzter Zeit gestreßt? Du weißt, unaufgelöste emotionale Spannungen können einer Virusinfektion Vorschub leisten. Marion spürte, wie sich ihr Inneres versteifte, und sie kämpfte um Selbstbeherrschung und zwang ein Lächeln auf ihr Gesicht, Nein, nichts dergleichen. Ich war bloß so beschäftigt. Ich hab in letzter Zeit viel gearbeitet. Aber das ist ja wunderbar, ich freue mich zu hören, daß du produktiv gewesen bist. Marion tat ihr Bestes, um ihr Lächeln beizubehalten, während sie in ihrem Essen herumstocherte und an ihrem Wein nippte, und Arnold hin und wieder eine Bemerkung über ihren Appetitmangel fallen ließ und sein Erstaunen darüber äußerte, wie wenig sie trank, Es ist einer deiner Lieblingsweine. Sie hielt ihr Lächeln wie einen Schild vor sich und nickte, Ich weiß, sie griff über den Tisch und berührte seine Hand, aber diese Grippe, oder was es auch ist, scheint meine Geschmacksnerven betäubt und mir den Appetit genommen zu haben. Er lächelte und berührte ihre Hand, Um ganz offen zu sein, ich war ziemlich überrascht von dir zu hören. Ist irgendwas passiert? Marion widerstand der Versuchung, ihm die Kerze ins Gesicht zu stoßen, und bemühte sich, ihr Lächeln zu verstärken, Nein, warum fragst du? Oh, das ist meistens der Fall, wenn jemand anruft, von dem man eine ganze Weile nichts gehört hat, und der über Monate hinweg alle Einladungen zum Abendessen oder zum Lunch ausgeschlagen hat. Marion nippte an ihrem Glas, dann nahm sie einen größeren Schluck, Nein, es ist alles okay, aber ich muß dich um eine Gefälligkeit bitten. Er lehnte sich ein wenig zurück und lächelte wissend. In Marion schrie es, Du überheblicher Dreckskerl, doch sie senkte den Kopf ein wenig und sah ihn aus halbgeschlossenen Augen an, Ich muß mir dreihundert Dollar leihen. Darf ich fragen, wozu? Eine persönliche Angelegenheit, Marion versuchte, soviel Wärme wie möglich in ihr Lächeln zu legen, es war ihr gleichgültig, was er dachte, solange er nicht insistierte. Er sah sie kurz an und zuckte dann die Achseln. Das ist kein Problem. Marion seufzte im stillen auf vor Erleichterung. Ich muß es dir in bar geben, du verstehst. Sie nickte, Das ist ganz in Ordnung, und sie lächelte nun wirklich herzlich und voll Wärme und aß auch ein wenig und genoß den Wein und war dankbar, daß es Harry gelungen war, ein wenig guten Stoff zu besorgen und sie sich nicht mehr so elend fühlen mußte. Sie sagte sich immer wieder, daß es dieses Mal nicht anders war, als all die anderen Male, die sie mit Arnold zum Essen ausgewesen war. Es war genau wie immer. Genau wie immer. Sag mal, hat es etwas mit dem jungen Mann zu tun, mit dem du zusammen lebst? Marion kämpfte gegen die Wutwelle an, die siedend heiß in ihr aufstieg, und es gelang ihr, ihr Lächeln beizubehalten. Er lächelte und beugte sich vor und berührte ihre Hand, Ist nicht so wichtig. Ich war bloß neugierig. Wie ist der denn so? Marion lockerte sich und spürte das Kreisen der Droge in ihrem Blut, die sie mit Wärme und einem Gefühl der Zufriedenheit erfüllte. Er ist sehr nett. Mehr als das, hinreißend sogar. Marion trank ihren Wein aus, und Arnold wartete, bis der Kellner ihr Glas wieder gefüllt hatte, bevor er sich leicht vorbeugte. Er sieht sehr gut aus und er ist sensibel ... romantisch. Hört sich fast an, als liebtest du ihn. Marions Gesichtsausdruck wurde noch weicher, Ja, ich liebe ihn. Und er liebt dich? Ja. Und er braucht mich. Arnold nickte und sie lächelten einander an. Ich kann ihm helfen, große Dinge zu vollbringen. Wir haben eine Menge Pläne.

Nach dem Essen gingen sie in Arnolds kleine Zweitwohnung in der Stadt. Marion saß in der ihr so vertrauten Umgebung und versuchte, sich zu Hause, sich nicht bedroht zu fühlen, doch jedesmal, wenn Arnold etwas sagte, hätte sie ihm am liebsten ins Gesicht gebrüllt. Sie fuhr aber fort, ihn anzustarren und versuchte zu lächeln, versuchte verzweifelt, sich daran zu erinnern, wie sie sich all die anderen Male, die sie hier bei ihm gewesen war, verhalten und was sie getan und gesagt hatte, doch ihr kam nichts anderes in den Sinn als der dringende Wunsch, ihn anzuschreien. Sie rückte in ihrem Sessel hin und her, um eine bequeme Stellung zu finden. Hatte sie, wenn sie hier gewesen war, den Bücherschrank angesehen oder das Ölbild über der Couch? Wie hatte sie ihre Zigarette gehalten? Die Zigarette kam ihr plötzlich übergroß und unheimlich wichtig vor, und als sie die Asche im Aschenbecher abklopfte, fragte sie sich, ob sie sie statt dessen hätte ab*streifen* sollen. Plötzlich richtete sie sich auf, saß mit steifem Hals und steifem Rücken da, stellte ihr übergeschlagenes Bein neben das andere und zog ihren Rock hinunter, zwinkerte und spürte sich bei dem Gedanken erröten, ob Arnold sie wohl beobachte und aus ihrem Verhalten irgendwelche Schlüsse zöge. Sie versuchte, sich Wohlbehagen zu suggerieren, doch der Versuch schlug fehl. Es blieb dabei, daß ihr alles fremd und sonderbar vorkam. Sie versuchte, dieses Gefühl zu vertreiben oder es doch zumindest abzuschwächen, indem sie sich sagte, daß alles wie immer sei, alles wie immer, genauso, wie alle anderen Male, doch das Gefühl blieb. Arnolds Stimme übertönte die Musik, und sie spürte ihre Gesichtsmuskeln reagieren und hörte ihre Stimme der seinen antworten, empfand sich jedoch auch diesen Reaktionen auf sonderbare Weise entfremdet, ebenso, wie allem übrigen. Es schien, als warte sie auf etwas, vielleicht darauf, daß das Telefon klingelte und sie Harrys Stimme hörte, die ihr sagte, sie solle das Geld Geld sein lassen und nach Hause kommen, Ich hab n bißchen was da, doch Harry kannte weder diese Telefonnummer, noch wußte er, daß sie hier war. Er dachte, sie wären im Theater oder sonstwo. Er ahnte nicht, daß sie hier war und darauf wartete, mit Arnold ins Bett gehen zu müssen. Er wußte es nicht. Wenn er es wüßte, hätte er nicht – Sie versuchte verzweifelt, diesen Gedanken weiter zu verfolgen, doch eine innere Stimme verspottete sie, und die Wahrheit nagte sich beharrlich ihren Weg durch ihr gesamtes Sein ... sie wußte es und Harry wußte es. Sie liebten sich, aber sie wußten beide, daß sie mit Arnold ins Bett gehen würde ...

Marion saß auf der Bettkante, mit dem Rücken zu Arnold, und bemühte sich mit aller Kraft, sich zurechtzufinden. Das Gefühl der Entfremdung nahm zu – es ist wie immer, es ist wie immer – und sie blickte zwinkernd um sich, während Arnolds Stimme in ihrem Kopf dröhnte. Sie sah auf den Fußboden und wußte, daß sie sich ausziehen mußte. Das Licht der Nachttischlampe war so gedämpft, daß sie kaum die Wand sah, doch es irritierte sie und sie bat Arnold, es zu löschen. Er zog kurz die Brauen zusammen, Warum willst du plötzlich das Licht aus haben? Das wolltest du doch nie? Sie schluckte einen Schrei hinunter und hätte fast geweint. Sie versuchte, mit normaler Stimme zu antworten – was war normal? –, doch ihre Gereiztheit war unüberhörbar, Heute will ich es eben. Bitte, Arnold. Er zuckte die Achseln und löschte das Licht. Einen Augenblick fühlte sie sich in der plötzlichen Dunkelheit fast sicher und zog sich rasch aus, wobei sie sich jedes einzelnen Kleidungsstücks ganz bewußt entledigte, und sie spürte ihre Arme sich über ihrer Brust kreuzen, während sie rasch zwischen die Laken schlüpfte – es ist wie immer, es ist wie immer – sie kamen ihr schleimig vor.

Im Dämmerlicht nahm Arnold ihre Blässe unter dem Make-up wahr, und auch ihre Hagerkeit. Da er jahrelang viele Male mit Marion geschlafen hatte, war ihm der Unterschied nicht entgangen, sowohl, was ihren Körper, als auch, was ihr Verhalten anging, doch als er sich an das Dämmerlicht gewöhnt hatte, sah er die Einstiche an ihren Armen. Marion hatte natürlich ein Kleid mit langen Ärmeln angezogen, um ihre Arme zu verbergen, doch jetzt konnte sie das nicht mehr. Arnold war drauf und dran, eine diesbezügliche Frage zu stellen, überlegte es sich jedoch und versuchte, so zu tun, als gäbe es die Einstiche nicht. Er drehte sich auf die Seite und begann sie zu küssen und Marion reagierte so zugewandt, wie es ihr möglich war, und sagte sich wieder und wieder, Es ist wie immer. Es ist wie immer. Sie *war* ja schon mit Arnold im Bett gewesen. Es war alles genau wie immer. Es gab keinen Unterschied. Sie überließ sich ihrem Bewegungskanon und hoffte, daß es die richtigen Bewegungen und Laute waren, während sie sich verzweifelt daran zu erinnern suchte, *wie* die gewesen waren, doch irgendwie erschien ihr alles fremd und unstimmig, und dann versuchte sie, an Harry zu denken, doch das drohte alles zu verderben und sie erstarrte, bis sein Bild verschwunden war, und dann packte sie Arnold noch fester und warf sich im Bett umher und hoffte, sie verhielte sich ebenso, wie die anderen Male, die sie mit Arnold zusammengewesen war, doch wie oft sie sich auch sagte, daß es viele Male gewesen seien – sie kam sich beschmutzt vor, sagte sich jedoch immer wieder und wieder, *Es ist wie immer. Es ist wie immer. Es ist wie immer.* Doch es gelang ihr nicht, sich selbst zu überzeugen, und so konnte sie nichts anderes tun, als zu versuchen, Arnold zu überzeugen, und sie leierte stumm ihr Mantra, *Es ist wie immer*, und obwohl das nicht bewirkte, daß sie sich sauber fühlte, gestattete es ihr doch zu tun, was getan werden mußte, und so hielt sie sich bloß von Zeit zu Zeit vor

Augen, daß Harry das Geld brauche und daß sie es eigentlich für ihn tue und nicht des Geldes wegen und *es ist wie immer, wie immer, genau wie immer* ...

Marion nahm ihre Kleider und ging ins Badezimmer. Nachdem sie geduscht hatte, zog sie sich an, brachte Haar und Make-up in Ordnung und kehrte ins Schlafzimmer zurück. Das Licht brannte, doch sie fühlte sich sicher. Arnold saß auf der Bettkante und rauchte. Sie lächelte ihm zu und hoffte, daß es das ihm vertraute Lächeln war. Es lag ihr im Augenblick nur daran, nach Hause zu kommen. Hat das Geld etwas mit den Einstichen an deinen Armen zu tun? Wie? Die Einstiche. Von Kanülen. Brauchst du deswegen das Geld? Bist du – Er zuckte die Achseln – Wovon redest du? Ihre Augen flammten. Arnold lächelte professionell, Reg dich nicht auf. Wenn du in Schwierigkeiten sein solltest ... vielleicht kann ich dir helfen. Der Ausdruck in ihren Augen wurde ruhiger, Ich bin in keinerlei Schwierigkeiten, Arnold. Alles ist in bester Ordnung. Er sah sie einen Augenblick verwundert an. Kann ich das Geld haben, Arnold? Ich muß jetzt wirklich nach Hause. Es ist spät. Er sah sie wieder an, Ich hätte wirklich gern eine Antwort. Ich meine, bist du – was sind das für Einstiche auf deinem Arm? Um Gottes willen, Arnold, mußt du denn dauernd drum herum reden? Warum fragst du mich nicht einfach, ob ich fixe? Das willst du doch wissen? Oder? Er nickte. Ja. Also, wenn du es unbedingt hören willst ... es stimmt. Ich fixe. Er sah verletzt aus und schüttelte leicht den Kopf, Aber wie kannst du ... das ist unmöglich. Nichts ist unmöglich, Arnold. Weißt du das nicht? Aber du bist so jung und intelligent und begabt. Ich meine, du bist nicht wie die ... diese Leute, die sich auf den Straßen rumtreiben und alte Damen überfallen, um sich genügend Geld für Dope zu verschaffen, du bist kultiviert und zart und sensibel und warst in psychiatrischer Behandlung – und der Psychiater –, sie blickten einander einige Augenblicke an, und Arnold sah immer verwirrter und gequälter aus. Aber warum? Warum? Marion starrte ihn an und seufzte dann tief auf, ihr Körper reagierte, als würde er zusammengepreßt, Weil ich mich dann ganz fühle ... zufrieden, befriedigt. Arnolds Augen, seine gequälten, verwirrten Augen, begannen vor Zorn zu funkeln. Kann ich bitte das Geld haben, Arnold? Ich muß jetzt wirklich gehen. Er erhob sich steif und ging in ein anderes Zimmer und kam mit dem Geld zurück und gab es ihr, Warum soll ichs dir eigentlich nicht geben – Du bekommst es in ein paar Tagen zurück. Nein, schon gut. Schließlich hast du es dir ja verdient. Er ging ins Badezimmer und schloß die Tür hinter sich. Marion starrte einen Augenblick auf die Tür, dann verließ sie das Apartment. Sie ging die Treppen hinunter, Wut und Ekel stiegen in ihr auf und kämpften miteinander, ihre Augen füllten sich langsam mit Tränen, und als sie sich aus der Tür warf, hinaus in die Straße, und die kalte Luft sie traf wie ein Schlag, blieb sie stehen, ihr war schwindlig und sie lehnte sich an die Hausmauer und übergab sich, wieder und immer wieder ...

In Harry wühlte es. Nachdem Marion weggegangen war, saß er etwa eine halbe Stunde drogengelöst vor dem Fernseher. Er sagte sich immer wieder, daß sie in ein paar Stunden zurück sei und alles okay sein würde, doch als die Minuten sich summierten, schien sich in seinem Inneren langsam etwas zu verspannen und an Umfang zuzunehmen, und dann wallte es hoch, in seine Brust, und zupfte hartnäckig an seinem Rachen, so daß er sich einer leichten Übelkeit erwehren mußte. In gewisser Weise hatte er nichts gegen das körperliche Unbehagen einzuwenden, da es ihn von dem ablenkte, was in seinem Kopf vor sich ging, Dinge, die fortschreitend an Bedeutung gewannen und zu Bildern und Worten wurden, die er weder sehen noch hören wollte. Nach Ablauf einer Stunde war er nervös und kribbelig. In weniger als fünf Minuten sah er mehrmals auf die Uhr, und war jedesmal bestürzt über das, was er sah, da er glaubte, es sei schon mehr Zeit vergangen, und dann richtete er die Augen wieder auf den Bildschirm und dann dachte er wieder an die Zeit und glaubte, er habe nicht genau auf die Uhr gesehen und so sah er wieder auf die Uhr und ärgerte sich über das Faktum Zeit und sah wieder auf den Schirm und wiederholte diese Prozedur viele Male, bevor er aufstand und zu dem Scheißkasten hinging und den Kanal wechselte, ein ums andere Mal, und jede neue Scheiß-Show war beschissener als die vorige, und so ging er mehrmals alle Stationen der Reihe nach durch, bevor er sich zu einem alten Film entschloß und sich wieder auf die Couch setzte und ganz bewußt dagegen ankämpfte, auf die Uhr zu sehen. Er rauchte einen halben Joint, da er dachte, das würde seinem Magen guttun, und als er damit fertig war, lehnte er sich zurück und legte unbewußt die rechte Hand über seine Uhr und versuchte, Interesse für die Sendung aufzubringen, indem er auf den Bildschirm starrte, doch sein Bewußtsein wurde von dem, was dort vor sich ging, noch nicht einmal oberflächlich berührt, und er wurde sich in steigendem Maße der Bilder und Worte bewußt, die sich in seinem Kopf formten, und so richtete er seine Aufmerksamkeit auf sein physisches Unbehagen und als er dachte, er würde sich möglicherweise übergeben müssen, holte er sich eine Schachtel Pralinen und begann geräuschvoll zu kauen, während er auf den Schirm starrte und gegen die Bilder ankämpfte, die in ihm ihr Wesen trieben und durch sein Gehirn zuckten und er stieß sie immer wieder hinunter und hinaus, irgendwohin, doch die Übelkeit griff auf seinen Kopf über, und bald war jeder Teil seines Körpers krank durch und von diesem Kampf, und er kämpfte so lange und heftig er konnte, aber schließlich sah er wieder auf die Uhr und das Scheißding war stehengeblieben und er hätte es am liebsten vom Handgelenk gerissen und zum Fenster hinausgeschleudert, doch dann ging ihm auf, daß das ein Glücksfall war, daß es schon viel später sein mußte, als er angenommen hatte, und er wählte die telefonische Zeitansage und hörte die Stimme auf Band und den Piepston und eine schreckliche Traurigkeit überschwemmte ihn, als er auf seine Uhr sah und weiter auf die Stimme hörte, die ihm immer wieder die Zeit sagte und diesmal stimmte seine Uhr genau damit überein und wie lange er auch dem Ton und der Stimme lauschte und auf die Scheißzeiger starrte, es änderte sich nichts, und nun wallte die Trauer hinter seinen Augen auf und ihm war, als versuche eine Tränenflut sich ihren Weg ins Freie zu bahnen und sein Körper neigte sich vornüber, als er den Hörer auflegte und auf der Couch saß und auf den Schirm starrte, während die Last der Zeiger seiner Uhr ihn schmerzhaft zu erdrücken drohte, und wie langsam die Zeit sich auch bewegen mochte, man kann ihr nicht entrinnen, und jetzt waren seit ihrem Fortgang Stunden verstrichen, und die Bilder und Worte trieben jetzt nicht mehr nur schattenhaft in ihm umher, stupsten nicht mehr nur sacht an sein Bewußtsein, jetzt blitzten sie plötzlich vor ihm auf, fast, als befänden sie sich außerhalb von ihm und wollten sich auf ihn stürzen, und er sah Marion mit irgendeinem großen, dicken Kerl im Bett, der sie nach allen Regeln der Kunst zusammenfickte, und er wandte rasch den Kopf ab und stöhnte und rutschte und drehte sich auf seinem Platz hin und her und verfluchte den Scheißfernseher und wechselte den Kanal und hoffte, daß irgendwas für ihn dabei sein würde, und sagte sich immer wieder, daß sie nur zusammen essen gegangen wären, daß man sich nicht Geld borgen und gleich wieder abhauen kann, man muß sich hinsetzen und Wein trinken und quatschen und lächeln und seinen Schwanz in den – Was is denn das für ne Scheiß-Show? Und er drehte wie wild am Programmwähler, konnte aber das Bild von einem ungeschlachten Kerl, der ihn ihr reinschob, nicht mehr von sich wegschieben und bemühte sich, die beiden rasch zu bekleiden und sie in ein Lokal zu versetzen und Kaffee trinken und sich unterhalten zu lassen, doch dieses Bild konnte er nicht festhalten und selbst, als es noch vor ihm stand, machte eine kleine Stimme in seinem Hinterkopf sich über ihn lustig und flüsterte, Du scheißt dir ja selber in die Augen, und er versuchte, die Augen fest zu schließen und den Kopf zu schütteln, doch es half nicht, es richtete lediglich einen Scheinwerfer auf das Bett, in dem sie lagen, und selbst, wenn es ihm gelang, die beiden an einem Tisch zu placieren, griff sie unter den Tisch, und Harry ging ins Badezimmer und verbrauchte eines der Briefchen, die er für morgen aufgehoben hatte, aber scheiß drauf, Mann, ich brauchs *jetzt*, dieses letzte Briefchen war zu sehr gestreckt, das Zeug haut nich richtig hin, und ich will weiß Gott nich, daß mir schlecht wird und ich nich rausgehen, nich dorthin gehen kann, wo es was zu holen gibt, ja, das werd ich tun, ich fahr jetzt ab und geh mal nachsehn, was sich auf der Straße tut, vielleicht tut sich gerade was und ich kann mir was Anständiges besorgen, ich kann nich die ganze Nacht hier rumsitzen und in den Scheißapparat glotzen, das treibt mich die Wände hoch, und plötzlich wurde ihm schlecht und er beugte sich über die Klosettschüssel und hinein klatschten die Pralinen, die er eben gegessen hatte, und er sah wie hypnotisiert auf das Erbrochene, das so mühelos aus seinem Mund in die Klosettschüssel floß und dabei ein wenig über den Rand spritzte, sah dunkle Schokolade, weißes Marshmallow und grüne Galle sich auf so wunderschöne Weise mischen, daß er auf den kleinen, mit kleinen Inseln und schneebedeckten Berggipfeln getupften Ozean hinunterlächelte, und er lachte in sich hinein und spülte es hinunter und spritzte sich kaltes Wasser ins Gesicht und rieb es mit einem Handtuch trocken und ihm war besser und er saß auf dem Wannenrand und genoß die Welle innerer Ruhe, die durch seinen Körper rollte, den ruhevollen Frieden, der sich auf und in ihn senkte und die Bilder und Worte auslöschte, und er ging langsam ins Wohnzimmer zurück und rauchte den Rest des Joint und hatte seinen Spaß an dem Film und aß den Rest des Konfekts und fühlte sich ein Weilchen locker und cool und dann kam ihm langsam zum Bewußtsein, wie spät es war und daß die vergangene Zeit sich nun auf Stunden belief und das verdammte Bild kam wieder und er bemühte sich, jene Stimme aus seinem Kopf zu verdrängen, doch sie kicherte nur spöttisch und fuhr fort, hämisch zu flüstern und zu kichern und bald war das Restaurant hell erleuchtet und hatte keine Wände mehr und er konnte sie nicht wieder aufrichten, wie sehr er sich auch bemühte, und bald gab er den Versuch auf und sah den sich entfaltenden Belustigungen zu, sah, wie Marion und der Dreckskerl sich im Bett wälzten und er sie auf jede nur denkbare Weise vögelte, und Harrys Magen war hohl, wie ausgehöhlt, und schien weit offen zu sein, und der frostige Winterwind strich beißend durch ihn hindurch, und zugleich schien es in seinem Inneren zu leben, von wimmelnden Maden und huschenden Ratten, und Tränen der Wut und der Trauer machten seine Augen naß, und im Kopf hatte er ein Gefühl, als sinke er unter Wasser, und die schreckliche Übelkeit nahm immer mehr zu, während er auf die Bilder starrte und ihnen nun sozusagen unter die Arme griff, ihnen Kraft verlieh, Kraft, die ihm von irgendwoher kam, und das entkräftete ihn noch mehr und der Schmerz nahm zu, und auch die Übelkeit, aber irgendwie wußte er, daß er nicht erbrechen konnte, daß er sich einfach dieser Übelkeit überlassen mußte, und seine Hand lag, ihm nicht bewußt, auf seinem Geschlecht, und er zog die Beine auf die Couch hoch und krümmte sich langsam, doch unaufhaltsam in eine fötale Lage und bekämpfte die Übelkeit mit Zigaretten, und je länger er den Bildern auf dem Bildschirm in seinem Kopf zusah, desto mehr schien sein Herz an Umfang zuzunehmen, bis es drohte, sich durch seine Rippen hindurchzuquetschen und hinauszusickern, aus seiner Brust zu strömen, während irgend etwas Gottverdammtes sich in seiner Kehle blähte, und er rang nach Luft und sprang plötzlich auf und wechselte den Scheißkanal und ging noch ein paar Male alle Stationen durch und setzte sich dann wieder auf die Couch und riß die Augen so weit wie möglich auf und versuchte, weder gegen die Bilder anzukämpfen, noch sie zu akzeptieren, doch die Übelkeit hielt an und er gab den Kampf allmählich auf und lieferte sich jenem Hohlen, Kranken, Toten in sich aus und aller Schmerz und alle Furcht und Qual wurden zu einem ihn einhüllenden Bahrtuch der Verzweiflung, die nun, da der Kampf beendet war, fast einen Trost bedeutete, und er lehnte sich zurück und starrte auf den Schirm, fast interessiert an dem, was dort vor sich ging, und er suchte nach einer Möglichkeit, dieser Lüge Glauben zu schenken, um der Lüge in seinem Inneren glauben zu können.

Der Gedanke, auf die Straße zu gehen, um zu sehen, ob sich dort was tat, umschwamm ihn während der Werbespots, doch er schien die dazu nötige Initiative einfach nicht aufbringen zu können. Jedesmal, wenn der Gedanke an ihm vorbeiglitt, erwog er ihn kurz, ließ ihn jedoch, sobald der Film wieder begann, weiter seines Weges ziehen. Schließlich kam Marion nach Hause; ihr Make-up und der kalte Wind hatten Farbe in ihre Wangen gebracht. Sie schüttelte sich aus ihrem Mantel, Oh, ist das kalt draußen. Es hat eine Ewigkeit gedauert, bis ich ein Taxi bekam. Ja, es ist zum Kotzen. Sie verbrachte so viel Zeit damit, ihren Mantel aufzuhängen und die Kleider im Wandschrank zurechtzurücken und zu glätten, daß sie unsicher wurde und die Augen schloß und versuchte, den Druck aus ihrem Magen fort und Glanz in ihre Augen hineinzudenken, bevor sie sich umwandte und Harry ansah. Also, ich hab das Geld – sie ging auf die Couch zu, bemüht, entspannt und lässig zu erscheinen, Hier. Sie gab Harry das Geld. Sehr gut. Jetzt müßten wir eigentlich klarkommen. Er versuchte, sich zu lockern und die Tatsache, daß im Zimmer eine fast mit Händen zu greifende Atmosphäre von Peinlichkeit herrschte, nicht nur zu übersehen, sondern zu leugnen. Marion lehnte sich auf der Couch zurück und kreuzte die Beine und legte den Kopf auf die Seite und lächelte und sprach so beiläufig wie möglich, Was für ein Film ist das, Schatz? Harry zuckte die Achseln, Weiß nich. Ich hab eben erst eingeschaltet, weißt du. Marion nickte und starrte auf den Schirm und kämpfte und kämpfte dagegen an, aber sie wußte, daß es nicht nur zwecklos, sondern sinnlos war, hier zu sitzen und zu tun, als sei nichts geschehen, als sei alles, wie es war und als hätte sich nichts geändert. Das wäre absurd und sie zuckte unwillkürlich die Achseln, als das Wort in ihrem Kopf widerhallte; sie war viel zu intelligent und zu wach, um sich diese Selbsttäuschung zu gestatten. Sie wußte, sie konnte nicht mit Harry darüber sprechen, da das die Sache nur noch schlimmer machen würde, sehr viel schlimmer, aber auch der Versuch, es vor sich selbst zu leugnen, war ihr nicht möglich. Als sie zu diesem Schluß gelangt war und ihn angenommen hatte, seufzte sie fast hörbar auf. Was geschehen war, war geschehen. Sie würde es als gegeben hinnehmen und dann aus ihrem Gedächtnis entlassen, irgendwohin, in eine andere Dimension, und Harry nichts darüber sagen ... sie zuckte im Geiste die Achseln. Nein, es ist anzunehmen, daß er nichts fragen wird. Sie seufzte, und dann, als Harry sie ansah, lächelte sie ihm zu und knetete seinen Nacken, Ich liebe dich Harry. Er küßte sie, Ich liebe dich auch. Sie lächelte wieder und er wandte seine Aufmerksamkeit erneut dem Bildschirm zu und auch sie starrte einen Augenblick hin und versuchte, nicht an den riesigen, schartigen Knoten in ihrem Magen zu denken, stellte dann ihr übergeschlagenes Bein neben das andere und beugte sich vor, Ich glaube, ich mach mir n Schuß. Du auch? Ich hab mir gerade einen gemacht. Los. Sie lächelte wieder, wie mechanisch, ging ins Badezimmer und sagte sich, sie bilde sich das nur ein, daß Harry nicht sei wie sonst. Sie fuhr ab, saß einen Augenblick da und ließ alle Konflikte sich auflösen und dahinschwinden, tröstliche Wärme umgab sie wie warmes Wasser, und sie spürte ein echtes Lächeln auf ihrem Gesicht und kehrte ins Wohnzimmer zurück. Sie legte einen Arm um Harry und knetete erneut seinen Nacken, küßte ihn dann aufs Ohr und rieb mit der flachen Hand seine Brust und allmählich reagierte er und sie hielten einander viele Minuten umschlungen, einander betastend und hektisch nach einander greifend wie Verzweifelnde, während der Fernseher im Hintergrund weiterdröhnte, dann beschlossen sie, ins Bett zu gehen und Harry packte sie und drückte sie fester und fester und sie klammerte sich an ihn und küßte ihn und biß ihn, als er ihren Körper mit Küssen bedeckte und sich bemühte, eine Leidenschaft hochzupeitschen, die von seinem Körper Besitz ergreifen würde, doch etwas fehlte, etwas hemmte den Fluß von Etwas und wie verzweifelt sie sich auch bemühten, die körperlichen Bewegungen blieben bloße Bewegungen, nichts anderes, und je mehr sie sich anstrengten, desto tiefer zogen sie sich in ihren Panzer aus Verkrampftheit zurück, bis sie wortlos übereinkamen, den Versuch aufzugeben und ihre Erschöpfung ging in so etwas Ähnliches über wie Schlaf und Erlösung.

Sarah trug nun ständig ihr rotes Kleid. Und die goldenen Schuhe. Ada färbte ihr immer noch das Haar nach, und wenn sie gelegentlich andeutete, daß vielleicht irgend etwas mit dieser Show nicht stimme, schüttelte Sarah nicht nur den Kopf, sondern auch die Arme und ihren ganzen Körper. Manchmal kamen auch einige der anderen Damen zu Besuch und brachten eine Käseschnecke mit oder geräucherten Lachs und Beugel, aber Sarah hatte nie Hunger. Sie dachte sich immer noch knackig. Die Haut hing von ihren Oberarmen wie eine Hängematte, doch sie aß nach wie vor kaum etwas und dachte sich knackig. Dann sei meinetwegen knackig, aber du brauchst Fleisch auf den Knochen. Doch Sarah lehnte ab und trank lediglich ihren Kaffee und sprach ununterbrochen von ihrem baldigen Fernsehauftritt, der Apparat lief den ganzen Tag und Sarah sah sich alle Quiz-Shows genau an, damit sie konkurrenzfähig war, egal, in welcher Show. Ihre Freundinnen gingen bald wieder, und sie saß weiter in ihrem Fernsehsessel, nickte mit dem Kopf und lächelte, als sie sich mit so viel Haltung dastehen sah und die Antworten herunterratterte wie nichts und alle applaudierten und sie bekam die Gewinne überreicht und hielt eine kleine Rede und sagte, daß sie sie nicht behalten, sondern einem Bedürftigen schenken würde und sie applaudierten noch lauter und es sind Bilder in der Zeitung und in den Abendnachrichten, ja, sogar in den Spätnachrichten lächelt sie jedem zu und wenn sie auf die Straße geht, rufen die Leute im Chor WE LOVE SARAH, WE LOVE SARAH, WE LOVE SARAH, und sie seufzte und lächelte und schlang die Arme um sich, während sie fernsah und Kaffee trank, doch jeden Tag, morgens, geschah etwas mit ihr, sie fühlte sich sonderbar und zog die Jalousien herunter und die Vorhänge zu und spähte durch den seitlichen Spalt und hoffte, den, der sie heimlich beobachtete, dabei zu erwischen, und beobachtete den Teil der Straße, den der Spalt freigab, ohne daß derjenige, der ihr nachspionierte, sie sehen konnte, und dann ging sie zurück zu ihrem Sessel und warf hin und wieder einen Blick auf den Kühlschrank und der stand da, schweigend und verschüchtert, und dann erhob sie sich und ging auf Zehenspitzen sehr langsam und geräuschlos zur Tür und lauschte minutenlang und hielt den Atem so lange wie möglich an, damit sie sie nicht hörten, und dann beugte sie sich vorsichtig hinunter und entfernte den Klebestreifen vom Schlüsselloch und spähte hindurch, um festzustellen, ob sie sie sehen könnten, doch immer gelang es ihnen, aus ihrem Blickfeld zu verschwinden, bevor sie sie gefunden hatte. Sie klebte den Streifen wieder hin, schluckte ein paar Valium, kehrte dann zu ihrem Sessel zurück und sah sich ihre Shows an, eine nach der andern, griff sich von Zeit zu Zeit mit beiden Händen an die Brust, wenn eine Mutter sich Sorgen machte, und sagte der Frau, sie wüßte, was es heiße, Sehnsucht nach seinem Sohn zu haben. Mein einziges Kind, mein Bubele, und ich hab nicht mal eine Telefonnummer. Aber er ist sehr beschäftigt, wissen Sie. Selbständig. Er hat einen richtigen Beruf, mein Harry, und bald wird er mich zur Großmutter machen, und Sarah tröstete sie und sagte ihr, daß alles gut werden würde und dann nahm sie noch einige Valium und ihre Lider wurden schwer und es war, als lege sich ein Trauerschleier um sie, und Tränen rannen über ihre Wangen, während sie die Abend- und Nachtshows sah, und sogar sich selbst, wenn auch durch Tränen, in den Elf-Uhr-Nachrichten, aber das ließ ihre Traurigkeit nicht schwinden, und halb murmelte, halb dachte sie ein Gebet, daß man doch endlich vom Fernsehen von sich hören lassen und ihr sagen solle, in welcher Show sie mitmachen würde, und wann, und Harry solle sie besuchen, und seine Verlobte mitbringen und sie würden ein Glas Tee trinken und ihr sagen, in welcher Show, und sie würde das rote Kleid anhaben, O Seymour, weißt du noch, das rote Kleid? Harrys Bar-Mizwa? Seymour, ist was? Du wirst auch mitmachen, bei der Show, und wir werden Preise bekommen und sie armen Leuten schenken, damit sie es schön haben, und Harry wird einen Enkelsohn für mich haben, und sie sollte sich vor jenem Auto vorsehen ... Oh, ich sag dir, sieh dich vor, immer, wenn ein Auto so angerast kommt und der Mann um sich sieht, ist es gefährlich, und ich werd abends auf mein kleines Bubele aufpassen und ihr sagen, wie man *gefillte Fisch* macht, den mein Harry so liebt – warum sprichst du nicht mit mir Seymour? Du stehst bloß da und siehst mich an, komm, komm, wir gehn jetzt schlafen, komm, komm ... und Sarah Goldfarb ging zu Bett und hielt Seymours Hand, und Harry und sein Sohn und das Fernsehen trieben durch ihren tränengefüllten Kopf und die Tränen sickerten aus ihren Augen und feuchteten das Kissen, auf dem ihr Kopf ruhte, wollten den Schmerz in ihrer Brust wegschwemmen ...

Und dann das Erwachen am Morgen, das Einschalten des Fernsehers, das Aufsetzen des Kaffeewassers und dann ihre Pillen, die dunkelroten, hellroten und orangefarbenen, und dann den Kaffee trinken und auf die geschlossenen Vorhänge starren und die McDick Corporation anrufen und den Hörer auflegen und verwirrt den Kopf schütteln und versuchen, sich an das zu erinnern, was sie gehört hatte, und dann sitzen und spüren und hören, wie heftig und laut ihr Herz klopft, als würde es ihr gleich aus der Brust fallen, und ihr Pulsschlag klang ihr wie Trommeln in den Ohren und sie saß in ihrem Fernsehsessel und umklammerte von Zeit zu Zeit die Armlehnen, da ihr Herzschlag ihr die Luft abzuschnüren drohte, und langsam und dann mit einem Schlag wurde ihr klar, daß jemand in dieser McDick Corporation versuchte, ihre Mitwirkung zu verhindern, vermutlich hatten sie ihre Karteikarte zerrissen und wissen gar nicht, daß sie für die Show vorgesehen ist, sie hatte schon davon gehört, daß so etwas passiert, sie hatte viele Male im Fernsehen gesehen, daß Menschen so etwas tun, jemand wird um sein Erbteil betrogen und keiner weiß es, aber sie würde hingehen und rauskriegen, wer, und eine neue Karte ausstellen lassen und sie zog Strümpfe an und dicke Wollsocken von Seymour und zwängte ihre Füße in ihre goldenen Schuhe und zog mehrere Strickjacken an über ihr rotes Kleid und darüber noch ihren dicken Mantel, und wand sich einen Schal um den Hals und ein Tuch um den Kopf und ging hinaus, auf die Straße, und als die Kälte und die Graupeln ihr ins Gesicht schlugen, verlangsamte sie nicht den Schritt und ließ sich in keiner Weise beirren, sondern setzte ihren Weg zur U-Bahn fort, ohne die Menschen oder die Wagen zu hören, sie schob sich mit gesenktem Kopf durch den Wind und murmelte vor sich hin, als sie in der U-Bahn saß und die Reklamen betrachtete und die verschiedenen Erzeugnisse wiedererkannte, die im Fernsehen angepriesen wurden, und sie hätte auch sagen können, zu welcher Sendung sie jeweils gehörten, und sie erzählte den Umsitzenden von der Quiz-Show und daß sie im Fernsehen auftreten und den Armen helfen würde, und ihr Harry würde auch dabei sein und die Leute lasen weiter ihre Zeitung oder sahen aus dem Fenster und beachteten sie so wenig, als sei sie gar nicht vorhanden, bis sie ausstieg und ein älteres Paar leicht die Achseln zuckte und sie kurze Zeit aus dem Augenwinkel betrachtete, wie sie, immer noch vor sich hin murmelnd, über den Bahnsteig ging und weiter die Stufen hinauf, und sie ging die vereiste Straße entlang, ihr Kopftuch mit beiden Händen festhaltend und in ihren goldenen Schuhen wiederholt ausgleitend, doch sie stürmte weiter durch Wind und Graupeln, bis zum Madison Avenue-Gebäude, fuhr mit dem Fahrstuhl hinauf, ohne die Blicke und das Anstarren der Leute zu bemerken, betrat den Empfangsraum der McDick Corporation und fragte die Telefonistin, warum sie ihre Anrufe, daß sie Lyle Russel sprechen wolle, nicht durchstelle, und die Telefonistin vor der summenden Schalttafel mit den aufblitzenden Lichtern starrte Sarah an, einen Moment wie erstarrt, als sie in das abgezehrte Gesicht mit den hohlen Augen blickte und auf das nasse, strähnige, herunterhängende und am Gesicht klebende Haar und auf die dicken, aus den goldenen Schuhen hervorquellenden Socken, während Sarah, sehr unsicher auf den Beinen, von Zeit zu Zeit gegen eine Wand taumelte und fortfuhr, unzusammenhängend zu sprechen und ihr immer wieder ihren Namen nannte und bald fiel der Telefonistin der Name ein und sie bat sie, einen Augenblick Platz zu nehmen und rief die Programmplanung an und sagte ihnen, wer da sei und was vor sich ginge, und bald versuchten ein paar Leute Sarah zu beruhigen und sie zu überreden, nach Hause zu gehen und sie sagte ihnen, sie bliebe so lange, bis sie wüßte, in welcher Show sie auftreten würde und das Wasser tropfte an ihrem Gesicht hinunter und auf ihre Kleider und ihr rotes Kleid war verdrückt und feucht und ihr Kopftuch rutschte ihr über den Hinterkopf und Sarah Goldfarb sah aus wie ein bemitleidenswertes nasses verzweifeltes Häufchen Unglück, und sie sank langsam in einen Sessel und ihre Tränen mischten sich mit den schmelzenden Schneeflocken, die an ihren Wangen hinunterrannen und auf ihr rotes Kleid fielen, das Kleid, das sie zu Harrys Bar-Mizwa trug, und jemand brachte ihr eine Tasse heißer Suppe, damit sie etwas Warmes in den Leib bekam, und sagte ihr, sie solle vorsichtig trinken und hielt ihr die Tasse an den Mund, und einige von den anderen Mädchen führten sie in ein kleines Büro und versuchten sie zu beruhigen und jemand holte einen Arzt und bald war ein Sanitätswagen unterwegs und Sarah kauerte durchnäßt im Sessel, schluchzte und sagte ihnen, sie wolle ja alles den Armen geben, Ich will die Gewinne gar nicht, sie werden jemand glücklich machen, ich will ja nur mit Harry und meinem Enkelsohn bei der Show dabeisein, ich warte schon so lange darauf, und sie versuchten ihr zu erklären, daß nur einige wenige Leute dazu ausgewählt würden, und versuchten, ihr zu erklären, daß das seine Zeit brauche, Vielleicht bald, aber sie fuhr fort zu schluchzen und von Zeit zu Zeit hielt man ihr die Tasse mit der heißen Suppe an die Lippen und sie nippte daran und dann kamen die beiden Sanitäter und sahen sie kurz an und sprachen freundlich und beruhigend mit ihr und fragten sie, ob sie gehen könne und sie sagte ihnen, sie ginge immer über die Bühne, sie sollten mal ihren Harry in den 6-Uhr-Nachrichten sehen, und als sie sie nach ihrem Namen fragten, sagte eines der Mädchen ihnen, sie hieße Sarah Goldfarb, und Sarah sagte Rotkäppchen und ich geh ipsy pipsy auf den Showmaster zu, und setzte sich wieder hin und schluchzte und schluchzte und dann, nach einer Weile, wurde sie ein wenig ruhiger und bat, Seymour anzurufen, er solle sie vom Schönheitssalon abholen, und die Sanitäter halfen ihr auf die Füße und führten sie langsam zum Fahrstuhl und fuhren mit ihr hinunter, zum Sanitätswagen, und fuhren mit ihr durch Verkehr und Wetter zum Bellevue-Krankenhaus.

Zum Glück nahm Sarah ihre Umgebung nicht wahr, die von Menschen wimmelnden Gänge und Zimmer, die hin und her Hastenden, die Schmerzensschreie, das Stöhnen und Ächzen und Flehen drang nicht in ihre Ohren, und ihre Augen sahen die geschundenen siechen blutenden Körper nicht. Ihre Krankheit isolierte sie und, eingeschlossen im Kokon ihres Schmerzes, trug sie, was sie tragen konnte. Man setzte sie in einen Rollstuhl und Formulare wurden ausgefüllt und ein Arzt sah sie sich kurz an und überflog den Bericht der Sanitäter und schickte sie dann in die psychiatrische Abteilung und sie wurde durch Korridore gefahren, zu einer anderen Reihe von Wartenden und nach einer weiteren Stunde in einen Raum gerollt und ein Arzt sah sie flüchtig an, überflog dann rasch die an ihrem Rollstuhl hängenden Formulare und fragte sie nach ihrem Namen und sie begann zu weinen und versuchte, ihm von Harry und der Quiz-Show zu erzählen, daß er ihr einen neuen Apparat geschenkt habe und sie für die Armen auftreten werde, und er nickte und kritzelte rasch auf einen Zettel, sie litte an paranoider Schizophrenie und müsse eingehender untersucht werden, doch eine Schockbehandlung sei auf jeden Fall angezeigt. Er ließ den Krankenwärter kommen und Sarah wurde zu einer anderen Reihe von Wartenden gefahren und nach vielen Stunden schließlich zu einem Bett im Korridor der geschlossenen Abteilung. Einige Patienten schlurften an ihr vorbei, mit Gesichtern, die leer waren durch große Dosen Sedativa, andere wanderten in Zwangsjacken umher und wieder andere waren an ihre Betten geschnallt und schrien, weinten oder flehten. Sarah lag flach auf dem Rücken, starrte an die Decke, schluchzte von Zeit zu Zeit auf, ihr eigenes Elend schützte sie vor dem der anderen. Schließlich stand ein junger Stationsarzt am Fußende ihres Bettes. Er war müde und gähnte, während er ihr Krankenblatt ansah. Als er zu den Kommentaren der einweisenden Ärzte kam und ihre Namen las, runzelte er die Stirn. Er sah Sarah einen Augenblick an und als er sie dann langsam und gründlich untersuchte, sprach er besänftigend auf sie ein. Gelegentlich gab Sarah ihm eine Antwort und er lächelte und tätschelte beruhigend ihre Hand. Er horchte sie ab, zunächst ihre Brust, und dann, nachdem er ihr gesagt hatte, sie solle sich aufrichten, ihren Rücken, bat sie, die Arme zu heben und die Finger zu krümmen und er bemerkte die hängende Haut an ihren Oberarmen und sah erneut auf ihre eingefallenen Augen und auf ihren Hals und fragte sie, ob sie kürzlich einen Herzanfall gehabt habe. Nein, aber es schlägt sehr heftig. Ja, das ist mir auch aufgefallen, und wieder lächelte er ihr beruhigend zu. Es sieht so aus, als hätten Sie in letzter Zeit sehr abgenommen, Momma. Ja, ich werd mein rotes Kleid im Fernsehen tragen. Er hörte ihr zu, tätschelte ihre Hand, nannte sie Momma und befragte sie, lächelnd, freundlich und geduldig, und schließlich erzählte sie ihm vom Übergewicht, dem Doktor und den Pillen und viele viele Dinge von Seymour, ihrem Harry und dem Fernsehen. Okay, Momma, kommt alles wieder in Ordnung – er tätschelte beruhigend ihre Hand – wir kriegen Sie ganz rasch wieder hin. Hätten Sie gern ein Glas Tee? Er lächelte sie an, und sie lächelte zurück und nickte, Du bist ein guter Junge, Harry.

Der Arzt gab der diensttuenden Schwester die nötigen Instruktionen, damit Sarah von der psychiatrischen auf die innere Abteilung verlegt würde, und gab ihr das Krankenblatt. Sie lächelte, Wieder mal Reynolds? Wer sonst? Das ist sicher eines der größten Arschlöcher, die es je unter den Ärzten gegeben hat. Die Schwester lachte. Wenns nach ihm ginge, brauchte jeder eine Schockbehandlung. Paranoide Schizophrenie ... Das einzige, was bei dieser armen alten Frau nicht stimmt, sind die Abmagerungspillen, die sie genommen hat.

Tyrone C. Love saß auf der Bettkante, rieb sich den Kopf und versuchte rauszukriegen, was eigentlich vor sich ging. Er hörte, wie der verdammte Wind die Fenster klirren ließ und da draußen wars kälter wien Eskimohintern und bald mußte er wieder raus. Scheiße! Es schien gar nicht lange her, daß es Sommer war und sie waren munter und guter Dinge durch die ganze Stadt zur Leichenhalle gegurkt und hatten sich bedröhnt und jetzt isses Winter und beschissen kalt und es scheint keinen Unterschied zwischen Tag und Nacht zu geben und jeder Tag scheint wie tausend Jahre, als ob nie Sommer gewesen is und auch nie wieder sein wird. Irgendwo ist irgendwas schiefgelaufen, aber schon sehr schief, sie hatten dort draußen Handel und Wandel getrieben und die Kohle nach Hause geschafft und jetzt rennen sie rum und prügeln sich um das bißchen Stoff, das sie brauchen, um sich nicht beschissen bis zum Gehtnichmehr zu fühlen. Scheiße! Und diese Scheißstraßen sind zum Kotzen, Jim, das steht nun mal fest, zum Knochenkotzen sind die. Er drehte sich um und sah Alice an, die zusammengerollt unter den Dekken lag, nur ihr Kopf guckte ein Stückchen raus und das sah so niedlich aus, so warm und alles, aber bald wird sie aufwachen und n Schuß wollen. Das Weib kann vielleicht pennen, verdammtnochmal. Und wenn sie nich pennt, dann will sie n Schuß. Er lächelte, is aber ne prima Frau, der geborene Hase. Er rieb sich nach wie vor den Kopf und hörte auf den Wind. All der prima Stoff und all die Kohle, und jetzt krieg ich die Miete nich zusammen. Scheiße. Wo kommt bloß der ganze Ärger her? War doch alles so schön und friedlich und ich und Alice lagen gemütlich hier rum, bei offenem Fenster, und die Vorhänge wehten im Wind und wir alberten rum und schnalzten mit den Fingern und jetzt klingts, als ob der Scheißwind das ganze verdammte Apartment einreißen will, Jim. Scheiße. Sieht im Augenblick so aus, als ob es *nichts* wie Ärger gibt. Ich versteh das nich. Ich versteh das einfach nich. Wenigstens haben wir die Mäuse, um uns heute abend was zu besorgen. Wenns was gibt. Kann sein, daß die Kerle bloß versuchen, n paar Jungs mit n bißchen Kohle zusammenzutrommeln, um sie auszurauben. Weiß der Teufel was alles passieren kann, Jim, auf diesen Scheißstraßen gehts jeden Tag irrer zu ... jeden beschissenen Tag. Genau wie das mit den Fischen, die großen fressen die kleinen ... Scheiße! Wenn du der kleine Fisch bist, kriegstu Ärger, Jim ... großen Ärger. Und du hast *nichts* wie Ärger. Wir müssen cool bleiben, Baby, und dürfen uns nichts anmerken lassen. Wenn wir unseren Stoff erst haben, können wir wenigstens n Weilchen cool bleiben. Und brauchen uns nich da draußen in dieser beschissenen Kälte mit zusammengekniffenen Arschbacken die Hacken abzurennen, verdammtnochmal, wie ich Ärger hasse! Scheiße! Er stand auf und ging ins Badezimmer und stand über der Klosettschüssel, stützte sich mit einer Hand an die Wand, hielt mit der anderen seinen Schwanz und betrachtete ihn irgendwie prüfend, während er die letzten Tropfen abschüttelte, Scheiße, schon fast Zeit für mich, meinen Hintern wieder in diese beschissene Kälte rauszuschleppen. Jetzt schieb ich noch ne Nummer auf die Schnelle, bevor ich ihn mir draußen abfriere. Er setzte sich neben Alice aufs Bett und zog die Decke ein Stückchen herunter und knetete ihren Nacken und drehte sie auf den Rücken und küßte sie kräftig auf den Mund, während er eine ihrer Brüste mit der Hand umschloß. Los, Alte, wach auf. ne Tote kann ich auch in der Leichenhalle haben. Alice blinzelte und starrte ihn eine Minute lang ausdruckslos an, Was willstu? Was werd ich schon wollen? und er kroch über sie aufs Bett und zog sie fest an sich. Mir is nach deinen besseren Sachen, die du da hast, Alte, und er rieb mit der flachen Hand ihren Bauch und ihre Brüste und küßte sie auf den Hals und Alice fing an zu kichern und versuchte ihre Augen aufzuzwinkern, Ich bin ja noch nich mal richtig wach, und n Schuß hab ich auch noch nich gehabt. Scheiße, dein Daddy gibt dir gleich deinen Schuß, Alte, und Tyrone C. Love tat, was er konnte, um die Liebeshitze in Muskeln und Kopf zu akkumulieren, und damit den Gedanken an die Kälte und an das, was möglicherweise heute abend noch passieren würde, auszuschalten.

Es war der sonderbarste Abend und die sonderbarste Szene, die die Stadt je gesehen hatte. Der Captain des zuständigen Polizeireviers hatte schon Tage zuvor Weisung erhalten, welches Gebiet dafür vorgesehen war und daß alles ruhig und geordnet vor sich zu gehen habe. Es war, als durchquere man ein brodelndes Schlachtfeld und man biegt um die Ecke und findet sich plötzlich in einer entmilitarisierten Zone wieder. Die Straßen waren leer. Es brannten nicht einmal Feuer in den verlassenen Gebäuden. Nicht *ein* Wermutbruder in einem Torweg oder unter einer Matratze. Diese Öde erstreckte sich fünf Blocks weit, in jeder Richtung. Hier gab es auch keine Streifenwagen, aber sie kontrollierten die Absperrung. Zu betreten war das Gebiet nur durch einen der verschiedenen Check-points, an denen Wachen mit Maschinenpistolen und Funksprechgeräten jeden kontrollierten, bevor sie ihn passieren ließen. Alle Waffen mußten zurückgelassen werden. Wenn den Jungs gesagt wurde, sie sollten keine Kanone mit reinnehmen, brüllten und fluchten sie. Wovon zum Teufel redst du? Ich soll mit fünfhundert Piepen da reinlatschen, um mir Stoff zu besorgen, ohne meinen Ballermann? Praktisch nackt? Scheiße, du hast sie nich alle. Sonst kriegst du dein Scheißdope nich, du Arschloch, und er hielt dem Typ seine Maschinenpistole unter die Nase und der Typ drehte sich um und stampfte murrend und vor sich hin fluchend davon und kam ein paar Minuten später wieder, ohne Waffe. Jetzt bin ich praktisch nackt, verdammtnochmal. Sie filzten ihn sehr gründlich und ließen ihn mit einer Kopfbewegung passieren, Wenn die mich ausrauben, kannstu was erleben, du Arsch. Zeig mich doch an. Der Typ fuhr fort zu murren, ging aber weiter, um sich der Schlange der Wartenden, die sich mehrere Blocks lang erstreckte, anzuschließen, dabei war es erst halb neun und der Boss-Dealer wurde nicht vor zehn erwartet.

Tyrone und Harry hielten es für das beste, wenn jeder die Hälfte des Geldes an sich nahm und es gut versteckte, indem er die Scheine an verschiedenen Stellen seines Körpers mit Klebestreifen befestigte. Solange sie die Szene erst mal in Augenschein nahmen, behielten sie nur ein paar Dollar in der Tasche, für den Fall, daß sie überfallen würden. Dann nahmen sie ihnen vielleicht nur das Kleingeld weg und hauten ab, weil sie dachten, mehr wär bei denen nicht zu holen. Sie durften ohne Schwierigkeiten passieren und sahen in alle Richtungen zugleich, während sie durch die entmilitarisierte Zone auf die Verteilerstelle zugingen. In Abständen von einem halben Block parkten Wagen, auf dem Dach jeweils ein Mann mit einer Maschinenpistole und auf der Straße davor einer mit einem Walkie-talkie. Scheiße, siehst du, was hier los is, Mann? Ja. Ich komm mir vor, als wär ich mitten in einem von diesen Cartoons drin. Sie verkrochen sich achselzuckend tiefer in ihre Jacken. Mir war noch nie im Leben so beschissen mulmig zumute, Jim. Sie gingen durch den Schutt der Häusergerippe, die sich wie Scherenschnitte gegen den Himmel abzeichneten, die Stille war geisterhaft und für Augen und Ohren auf seltsame Weise durchdringend. Sie näherten sich der Schlange, es waren Hunderte von Menschen, und die Jungs hockten entweder zusammengekauert am Boden oder lehnten an den bröckelnden Mauern und versuchten, sich warm zu halten und nicht zu den Maschinenpistolen hinaufzusehen, die auf sie herunterstarrten. Sie versuchten, ihre Bewegungen unter Kontrolle zu halten, damit keiner von diesen Schießeisenmännern auf irgendwelche Gedanken kam, verhielten sich also so ruhig wie möglich, scharrten nur mit den Füßen, um sie warm zu halten, die Hände tief in den Jackentaschen, wischten sich die laufende Nase an der Schulter ab und stellten von Zeit zu Zeit einen Fuß auf den andern, und die Jungs mit zerrissenen Turnschuhen wickelten sich Zeitungspapier um Füße und Leib, um sich warm zu halten. Harry und Tyrone sahen die Typen an und schüttelten den Kopf, da sie wußten, daß es mit ihnen nie so weit kommen würde, daß sie nie auf diese Weise ausflippen und nur noch für Dope leben würden. Alle paar Minuten fragte jemand nach der Uhrzeit und hin und wieder nannte einer der Wachen sie ihnen, und jedesmal sagte einer, sie sollten diese Fragerei doch um Gottes willen lassen, Auf die Weise vergeht die Scheißzeit ja noch langsamer. Reg dich wieder ab, ja? und sie versuchten erneut, die Zeit in Gedanken anzutreiben, schneller und immer schneller, und das Eis in Mark und Knochen zu ignorieren, und die Wachen behielten sie im Auge und sagten nichts. Die hatten Schutzmasken und pelzgefütterte Parkas, die sie warm hielten, und, fast unsichtbar vor dem dunklen Hintergrund, wirkten sie mit ihren unbeholfenen Bewegungen, wie aus einem Science-fiction-Film; ihr Atem war sichtbarer als ihre Gesichter, jedoch weniger sichtbar als die Maschinenpistolen. Einige Minuten nach zehn fuhr ein großer, schwarzer Cadillac vor und zwei Typen mit Thompsons stiegen aus, dann noch zwei und zuletzt einer, in einen Pelz gehüllt, der einen großen Koffer trug. Er ging auf das zu, was einst ein Torweg gewesen war und wo man einen Heizofen aufgestellt hatte. Der Ofen wurde eingeschaltet und der im Pelz stand auf einem kleinen dicken Wollteppich neben dem Heizgerät. Einer nach dem anderen wurde in den Torweg geführt und einer von den Typen nahm ihr Geld in Empfang, zählte es und legte es in eine Stahlkassette, und einer nach dem andern bekam seine in Folie verpackte halbe Unze, mit der Aufforderung, zu verschwinden. Sobald sie die entmilitarisierte Zone verlassen hatten, versuchten die Jungs, sich im nächtlichen Dunkel unsichtbar zu machen, obwohl es hieß, daß im Umkreis von einer Meile keiner festgenommen werden würde, aber nur ein Narr traut einem Bullen. Einige hasteten zu den dunklen Torwegen, in denen sie ihre Kanone versteckt hatten, und hasteten dann durch die Straßen, die eine Hand fest um ihr Dope gekrallt, die andere um ihren Revolver, andere stürzten zu parkenden Wagen, wo diejenigen auf sie warteten, die sie hergefahren hatten, und dann fuhren sie möglichst rasch davon, schlugen einander auf die Handflächen und mußten dauernd schlucken, da schon der bloße Gedanke an all den prima Stoff den gewissen Geschmack im Rachen auslöste, und ein paar schafften es nicht einmal, aus dem Wagen zu steigen oder an den dunklen Häusern vorbeizukommen, da ihnen der Kopf weggepustet oder eingeschlagen wurde.

Die Schlange rückte rasch vor, doch es dauerte trotzdem Stunden, bis jeder sein Dope hatte. Niemand hatte jetzt auch nur das geringste gegen die Maschinenpistolen einzuwenden, die jeden der Anwesenden hätten aufs Korn nehmen können. Harry und Tyrone klebten ihre Briefchen an den Körper, und als sie wieder auf die Straßen zurückkamen, hoben sie ein paar Steine auf und gingen in der Mitte der Fahrbahn, wo sie mit ihren vier Augen einen Umkreis von 360 Grad überblicken konnten. Sie hielten die Steine sogar noch im Taxi umklammert und legten sie nicht aus der Hand, bis sie vor ihrem Haus angekommen waren, auch nicht, um zu rauchen. Als erstes machten sie sich einen Druck, dann streckten sie den Stoff und packten ihn ab, und jeder nahm eine halbe Unze für seine Kundschaft an sich. Sie hielten es für richtiger, etwas weniger in die Briefchen zu tun, als den Preis zu verdoppeln. Die Lage war prekär und jeder Fixer in der Stadt würde ohne weiteres zehn Dollar für ein 5-Dollar-Briefchen hinblättern, selbst, wenn es ein wenig knapp gewogen war.

Harry und Marion saßen bequem auf der Couch und genossen die Wärme und das Gefühl der Sicherheit und Sorglosigkeit, das sie beim Knacken der Heizkörper und dem Anblick der Heroinbriefchen auf dem Tisch empfanden. Wirst du das alles verkaufen, Harry? Das meiste schon, warum? Und wenn wir nun nichts mehr bekommen? Was machen wir dann? Es muß noch mehr davon geben. Aber wenn nun nicht, Marions Stimme wurde dringlicher, du weißt, wie schwierig es in letzter Zeit war. Aber heute abend, das war ja nur ein Anfang. Marion wandte sich um und sah Harry eindringlich in die Augen, Das glaube ich nicht. Wovon redest du eigentlich? Ich bin nicht sicher. Es ist nur so ein Gefühl. Aber ich will diesen gräßlichen Zustand nicht mehr, Harry. Ich finds gräßlich, morgens aufzuwachen und zu wissen, daß nichts im Haus ist. Ich auch, aber es taugt nichts, wenn man das Zeug nicht unter die Leute bringt. So macht man keine Geschäfte. Jetzt, wo sie den Preis angehoben haben, wirds jede Menge Stoff geben. Marion schüttelte den Kopf, Ich hab kein gutes Gefühl dabei, Harry. Verkauf es nicht. Marions Augen spiegelten ihre Angst wider, Warte damit, bis du sicher bist, daß es mehr gibt ... bitte, Harry, bitte, ihr Körper versteifte sich und ihre Augen starrten blicklos vor sich hin. Mach dir keine Sorgen, wir kriegen schon was. Kommt alles in Ordnung, bestimmt.

Dr. Spencer stand, die geballten Hände in den Taschen, die Kiefer so fest zusammengepreßt, daß es weh tat, vor Dr. Harwood, dem leitenden Arzt der Abteilung. Dieser stieß sich von seinem Schreibtisch ab, sah Dr. Spencer kurz an und zog die Brauen zusammen. Sie sehen völlig verkrampft aus. Setzen Sie sich lieber hin und entspannen Sie sich. Er setzte sich, holte tief Luft und versuchte, sich zu lockern, doch sein Körper tat immer noch weh von der Starre mühsam gebändigten Zorns. Dr. Harwood runzelte die Stirn. Also, worum geht es Doktor? Sie sagten, es sei dringend. Dr. Spencer holte noch einmal tief Luft, schloß einen Moment die Augen und stieß die Luft dann langsam aus, Es geht um Doktor Reynolds. Dr. Harwood sah ihn finster an, Ich habe Ihnen schon einmal gesagt, wenn Sie mit Doktor Reynolds Streit suchen, so ist das Ihre Privatsache. Mit Streit hat das nichts zu tun, es geht um die nötige Fürsorge und die richtige Behandlung von Patienten. Dr. Harwood lehnte sich zurück, Also gut, und worum handelt es sich dieses Mal? Dr. Spencer bemühte sich mit allen Kräften, die Beherrschung nicht zu verlieren, doch je länger er über das Vorgefallene sprach, desto schwerer fiel ihm das. Er holte erneut tief Luft. Eine gewisse Sarah Goldfarb wurde in völlig verwirrtem Zustand bei uns eingeliefert und Doktor Reynolds hat die Diagnose paranoide Schizophrenie gestellt und sie in die Psychiatrische überwiesen, mit der Empfehlung, sie eventuell einer Schockbehandlung zu unterziehen, wie üblich – Dr. Harwood zuckte kaum merklich zusammen, sagte jedoch nichts – Ich habe die Patientin routinemäßig untersucht und herausgefunden, daß sie Appetitzügler genommen hat, und dazu Valium, und seit Monaten nichts Vernünftiges gegessen hat ... er hielt kurz inne und kämpfte gegen seinen steigenden Zorn an ... und habe angeordnet, daß sie auf die Innere verlegt werden soll. Heute morgen stellte ich fest, daß meine Anordnungen von Doktor Reynolds rückgängig gemacht wurden und die Patientin sich nach wie vor in der Psychiatrischen befindet, und nicht nur das, Doktor Reynolds hat die unwiderrufliche Anweisung gegeben, *unwiderruflich*, daß in Zukunft alle von mir erteilten Anordnungen dieser Art hinfällig seien und nicht ausgeführt werden dürften. Dr. Spencer war rot im Gesicht und schwitzte ein wenig, während Dr. Harwood zusah, wie er um Selbstbeherrschung rang. Er hat die Vollmacht und das Recht dazu, das zu tun, Doktor. Ich spreche nicht davon, ob er das Recht dazu hat, irgendwas zu tun, ich spreche über das Recht der Patientin auf die richtige und effektivste medizinische Behandlung. Wollen Sie damit sagen, daß ihr diese in diesem Krankenhaus *nicht* zuteil wird? Ich sage nur, daß es sich bei ihr um ein medizinisches, nicht um ein psychiatrisches Problem handelt. Geben Sie ihr ein wenig Ruhe und vernünftige Kost und entgiften Sie ihren Körper von den Stimulantien und Sedativa, die sie geschluckt hat, und sie ist wieder völlig hergestellt. Dr. Harwood sah ihn einen Augenblick kühl an, *Ihrer* Meinung nach Doktor. Das ist nicht nur meine Meinung, ich spreche aus Erfahrung. In den vergangenen acht Monaten habe ich sechs von Dr. Reynolds Patienten übernommen und sie konventionell behandelt, bei gleichen Symptomen und aus den gleichen Gründen, und sie waren in weniger als einem Monat wieder völlig in Ordnung, *ohne* Schockbehandlung oder irgendwelche Psychopharmaka. Dr. Harwood sah ihn weiter unverwandt an und sagte langsam, Ja, ich weiß. Deshalb hat er diese Anordnungen getroffen. Sie können nicht in die Behandlungsmethode eines anderen Arztes eingreifen oder – Auch, wenn diese Methode nicht nur untauglich ist, sondern gefährlich und gesundheitsschädlich und dem Wohlergehen des Patienten abträglich? Dr. Harwood schloß nachsichtig ein paarmal langsam die Augen, Ich glaube nicht, daß es Ihnen zusteht, die Kompetenz eines Arztes anzuzweifeln, der sich auf ein Gebiet spezialisiert hat, dem Sie ablehnend gegenüberstehen, und der mehr Erfahrung besitzt als Sie und, seiner Stellung nach, Ihr Vorgesetzter ist. Nun, ich bin nicht Ihrer Meinung. Ganz und gar nicht. Der Krankenbericht wird mir recht geben. Wenn jemand Zahnschmerzen hat, schickt man ihn nicht zum Orthopäden. Was genau wollen Sie damit sagen? Ich will damit sagen, daß Fälle der Inneren Medizin nicht in die Psychiatrie gehören, und das ist bei dieser Frau der Fall. Dr. Harwood tippte die Fingerspitzen gegeneinander, Das ist wiederum *Ihre* Ansicht, die sich von der des Doktor Reynolds unterscheidet. Reynolds ist ein Rindvieh. Ich bitte Sie, beleidigende Bemerkungen über Mitarbeiter meines Stabes zu unterlassen Doktor, Dr. Harwood beugte sich vor und sah Dr. Spencer in die Augen, insbesondere ärztliche Anordnungen betreffend, die meine Zustimmung haben. Wollen Sie damit sagen, daß Sie einverstanden waren? Natürlich. Aber wie ist das denkbar, nachdem Sie meine Eintragungen im Krankenblatt kennen? Ich sah keine Veranlassung, mich mit dem Krankenblatt zu beschäftigen. Keine Veranlassung, sich mit dem Krankenblatt zu beschäftigen? Wollen Sie damit sagen, daß Sie jemanden zur Schockbehandlung verurteilt haben, ohne sich auch nur seine Karte anzusehen? Also hören Sie, Doktor, das Wort verurteilt ist in diesem Falle wirklich kindisch und töricht. Aber Schockbehandlung ist in diesem Fall gänzlich überflüssig. Ich sage Ihnen doch, daß ich sie mit etwas Ruhe und guter Kost in wenigen Wochen wieder hinkriege. Doktor Spencer, Ihre Auslassungen über Doktor Reynolds machen mich allmählich ein bißchen ungeduldig. Ich möchte Sie noch einmal daran erinnern, daß er Ihr Vorgesetzter ist und daß Sie, schon allein aus diesem Grund, seinen Entschlüssen gegenüber machtlos sind. Gänzlich machtlos. Haben Sie mich verstanden? Aber ist Ihnen denn das Wohlergehen der Patientin ebenfalls gleichgültig? Dr. Harwood beugte sich zu Dr. Spencer vor, sein Ausdruck verhärtete sich. Meine Aufgabe ist es, dafür zu sorgen, daß diese Abteilung reibungslos funktioniert, mit so wenig Ärger und Konflikten wie möglich. Das ist meine Aufgabe, dazu bin ich da. Ich bin verantwortlich dafür, daß eine große Abteilung eines der größten Krankenhäuser der Welt – der Welt! – so gut funktioniert, wie irgend möglich. Ich trage die Verantwortung für Tausende von Menschen, nicht für eine einzelne unbedeutende Patientin, sondern für Tausende, die auf meine Fähigkeit angewiesen sind, dafür zu sorgen, daß diese Abteilung reibungslos funktioniert, ohne störende, alles in Frage stellende Querelen. Sie haben Doktor Reynolds schon wiederholt angegriffen, ohne Grund, und ich habe es Ihnen nachgesehen – Ohne Grund? Wie können – SCHWEIGEN SIE! Ihre *Meinung* über die Kompetenz eines anderen Arztes interessiert mich nicht, ich bin lediglich daran interessiert, meinen Pflichten nach bestem Können nachzukommen. Aber diese Frau – Ich sagte Ihnen schon, daß diese Frau mir gleichgültig ist. Selbst wenn Sie mit Ihrer Diagnose und mit Ihren Vermutungen recht hätten, so ist das schlimmste, was passieren kann, daß sie ein paar unnötige Elektroschocks bekommt. Das schlimmste – Dr. Harwood sah Dr. Spencer starr in die Augen und beugte sich noch weiter vor, Genau. Das schlimmste. Wohingegen, selbst wenn Sie recht hätten und ich Sie unterstützte, es so viel Unruhe und Unfrieden im Stab gäbe, was das reibungslose Funktionieren dieser Abteilung gefährden würde, daß viel mehr verloren wäre, als ein paar Monate aus dem Leben *einer* Frau. Dr. Spencer sah verletzt und verstört aus, Ich dachte, Sie wären für die Behandlung der Kranken verantwortlich. Dr. Harwood sah ihn kurz an, Seien Sie nicht so naiv, Doktor. Dr. Spencer starrte vor sich hin, er fühlte sich innerlich leer und hohl, er hatte einen metallischen Geschmack im Mund und seine Augen waren schwer von ungeweinten Tränen. Dr. Harwood starrte ihn weiterhin an, atmete dann tief ein und seufzte und lehnte sich in seinem Sessel zurück. Aber wenn Sie mit der Art und Weise, in der dieses Krankenhaus geführt wird, nicht einverstanden sind, steht es Ihnen jederzeit frei zu kündigen. Das ist *Ihr* gutes Recht. Dr. Spencer sah weiter vor sich hin, Dr. Harwood und alles übrige im Raum verschwamm vor seinen Augen. Sein Körper war schlaff, sein Hirn leer, sein Inneres hohl. Er schloß für einen Moment die Augen, dann schüttelte er den Kopf. Dr. Harwood tippte nach wie vor die Fingerspitzen gegeneinander, Ich nehme an, daß auf den Stationen eine Menge Arbeit auf Sie wartet. Dr. Spencer nickte und stand auf, um zu gehen. Und lassen Sie mich Ihnen noch etwas sagen, Doktor ... Eintracht erzeugt Leistung. Guten Morgen.

Die alten Heizkörper knackten, doch sie froren trotzdem. Die Drogenknappheit hielt an und sie hetzten wie eh und je durch die Straßen und ergatterten gerade nur das Nötigste für ihren eigenen Bedarf. Marion hatte, dank ihrer Ärzte, einen größeren Vorrat an Schlaftabletten, doch sie war trotzdem die meiste Zeit hysterisch. Wenn sie morgens aufwachten und nichts im Haus war, da sie das letzte am Abend zuvor verbraucht hatten, weil ihre Krankheit sie davon überzeugt hatte, daß alles gutgehen würde, daß sie am nächsten Morgen nicht leiden würden, dann war Marion hysterisch und zitterte, wenn sie sich eine Schlaftablette injizierte, und zuweilen verfehlte sie die Vene und verletzte sich, so daß ihr Arm anschwoll und rot wurde, und sie weinte und schrie Harry an, er sei schuld, daß sie ihren Morgenschuß nicht hätten. Wovon zum Teufel redest du? Du warst doch diejenige, die gestern abend son Schmachter darauf hatte abzufahren. Na schön, aber *ein* Briefchen war eben nicht genug. Ich kann nichts dafür, daß es nicht hinhaute. Ich brauchte einfach noch n Schuß. Es ist großer Mist, was du da redest. Ein Briefchen hätts auch getan. Du wärst voll drauf gewesen und hättest geschlafen wie immer. Ich war nicht voll drauf und hätte auch nicht schlafen können, das weißt du sehr gut. Wenn ein Briefchen es bei *mir* getan hätte, warum dann nicht bei *dir*? Du warst auch sehr dafür, gestern abend das letzte zu verbrauchen. Klar, warum nicht? Was sollte ich denn tun? Sitzen und zusehen, wie du dich bedröhnst und selber nich abfahren? Dann schieb nicht alle Schuld mir zu. Und laß mich in Ruh. Du bist schuld, daß der erste Schuß danebenging und jetzt ist mein Arm im Eimer und ich weiß nicht, wo ich reinstechen soll. Was meinst du damit, daß ich schuld sein soll, verdammtnochmal? Wer geht denn bei diesem Scheißwetter raus, um was aufzutreiben? Das kannst nur du. Wenn ichs könnte, würd ichs tun. Es ist kein Vergnügen, allein hier zu hocken und zu warten. Ach, leck mich doch sonstwo, ja? Ich hau mir jetzt was rein und geh raus, mal sehen, was sich tut. Harry haute sich eine Dosis Speed in den Arm und versuchte, den Flash in Gedanken aufzuwerten, versuchte, sich higher zu fühlen, als er war, doch obwohl ihm das nicht gelang, war ihm nicht schlecht und er würde ein wenig heiße Schokolade runterbringen können, die ihm sicher guttäte. Als sein Körper und sein innerer Zustand sich allmählich beruhigten, sah er, wie Marion versuchte, sich mit der linken Hand einen Schuß zu setzen, und sie zitterte so heftig, daß sie auch diesen Einstich verfehlen würde. Also sagte Harry, er würde ihr behilflich sein. Mein Gott, du bringst dich ja um. Er band ihr den Arm ab und massierte ihn, bis sich eine brauchbare Vene zeigte, stach dann die Nadel hinein und beide starrten hin und warteten auf das emporwirbelnde Blut, und als es so weit war, legte Marion ihre Hand auf die Fixe, Laß mich, laß mich selbst. Harry zuckte die Schultern und lehnte sich zurück und Marion drückte die Flüssigkeit in ihre Vene, ließ die Fixe sich mehrmals mit Blut füllen und schloß die Augen, als die heiße Wallung sie durchflutete, gefolgt von einer Übelkeitswelle, und ihr wurde vorübergehend schwarz vor Augen, und dann, als die Welle abebbte, öffnete sie die Augen und ließ ihr Besteck ins Wasser fallen. Alles okay? Marion nickte. Du solltest das lieber lassen. Du wirst dir deine ganzen Venen versauen. Wenn du ausrastest, schmeiß Pillen ein, wie früher, und trink deine heiße Schokolade. Marion sah ihn bloß an und er zuckte schweigend die Achseln. Beide wußten, daß der Vorschlag absurd war, daß es für sie wichtig war, den Einstich und die Nadel in ihrer Vene zu spüren. Es war einfach nicht dasselbe, die Pillen zu schlucken, auch wenn die Wirkung nicht schlecht war, sie mußten sie sich injizieren.

Tyrone rief an und sagte, er hätte gehört, daß sich was täte, also machte Harry sich gleich auf die Socken. Da Tyrone den Stoff kaufen würde, legten sie ihr Geld zusammen, wobei jeder soviel zurückbehielt, daß es für ein paar Briefchen langte – nur für alle Fälle –, ohne dem anderen etwas davon zu sagen. Dieses geschah so automatisch, daß keiner von beiden weiter darüber nachdachte oder es gar bewußt geplant hätte. Sie behielten einfach Geld zurück und einer sagte dem andern, mehr hätte er nicht. Sie beschlossen, etwas von dem Geld für ein Taxi springen zu lassen, um schneller dort zu sein und sich die Sache nicht durch Zuspätkommen zu vermasseln. Die Szene war zwar anders, oder es schien zumindest so, doch wieder lief es auf Warten hinaus, also warteten sie, standen auf der Straße, stampften, die Hände tief in den Jackentaschen vergraben, mit den Füßen und versuchten, dem bitterkalten Wind den Rücken zu kehren; es war sogar zu kalt, um eine Zigarette zu rauchen und sie trauten sich nicht, in ein Café zu gehen, da sie fürchteten, die Connection zu verfehlen. Und so warteten sie, zitternd vor Kälte, und hofften zu Gott, daß man ihnen keinen Bären aufgebunden hatte.

Marion saß ein Weilchen am Küchentisch, trank heiße Schokolade und dann Kaffee und versuchte, sich etwas auszudenken, was sie vom Denken abhielt, etwas, was ihre Gedanken beschäftigte, doch sie konnte nichts anderes tun als dasitzen und versuchen, nicht auf ihre Uhr zu sehen und dann sah sie auf die Uhr, ohne zu sehen, wie spät es war. Fast hätte sie laut herausgelacht, als ihr plötzlich einfiel: Auch dem wird geholfen werden, der nur dasitzt und wartet. Warten! Mein Gott, ihr schien, als hätte sie ihr ganzes Leben verwartet. Warten worauf???? Darauf, zu leben. Ja, genau das, zu leben. Anscheinend war sie sich dessen während irgendeiner Behandlung bewußt geworden. Sie wartete darauf zu leben. Die Gegenwart war nur eine Generalprobe fürs Leben. Das wußte sie alles. Daran war nichts neu. Wenn sie sich richtig erinnerte – wenn sie überhaupt irgend etwas richtig tat –, meinte der Psychiater, zu dem sie damals ging, als ihr das klar wurde, daß das eine recht scharfsinnige Beobachtung sei ... eine scharfsinnige Beobachtung ... Sie lachte in sich hinein, Ich nehme an, das war, bevor ich mit ihm ins Bett ging ... Eine scharfsinnige Beobachtung. Er hatte noch nie etwas von dem Buch von Henry James *Das Tier im Dschungel* gehört. Vielleicht hatte er überhaupt noch nie etwas von Henry James gehört. Im Bett war er so aufregend wie Henry James. Marion starrte in ihre Kaffeetasse. Sie war voller Flecke, von häufigem Gebrauch und wenigem Spülen ... Wie ein Tier aus dem Dschungel ... Er sagte mir, daß ich mit meiner Wachheit und meiner Intelligenz und meinen Begabungen keine Schwierigkeiten haben dürfte, mit meinen Problemen zurechtzukommen und produktiv zu sein. Sein Lieblingswort, produktiv. Das und sublimieren. Das ist alles, was sie von einem wollen ... sublimieren und produktiv sein. Sie lachte leise, Bloß nicht reproduzieren, das dürfen Sie einfach nicht. Das ist das andere Wort! Einfach. Tun Sie es einfach. Du fragst sie, wie man das macht, und sie sagen, man tut es einfach. Einfach. Nun, da Ihnen das Problem bekannt ist, hören Sie *einfach* auf, die Dinge zu tun, die zu diesem Problem geführt haben. Das ist alles. Alle, wie sie da sind. Immer dasselbe. *Einfach* tun. Einfach! Sie starrte auf ihre leere Tasse und dachte daran, wie gern sie noch eine Tasse Kaffee trinken wollte, konnte sich aber irgendwie nicht dazu aufraffen sich zu bewegen und die Kaffeekanne zu holen und die Tasse zu füllen und dann auch noch den Umstand mit dem Zucker und der Sahne – und sie versuchte, ihre Willenskraft zu mobilisieren – das war es. Jetzt fehlte nichts mehr. Mobilisieren Sie doch einfach Ihre Willenskraft. Sie starrte auf die leere Tasse

...Schließlich stand sie auf und wollte sich Kaffee eingießen und die Kanne war leer und sie sah sie nur an und ging ins Wohnzimmer und schaltete den Fernseher ein und versuchte, sich von dem, was sie sah, beschäftigen zu lassen, doch sie fuhr fort auf ihre Uhr zu sehen und sich zu fragen, ob Harry schon etwas aufgetrieben hatte und ob es überhaupt etwas aufzutreiben gab und hoffte, er würde so vernünftig sein, etwas zurückzubehalten, damit wir auch wirklich genug haben, und dann wurde ihr allmählich bewußt, wie schwachsinnig die verdammte Show war, die sie da sah, und sie starrte hin und fragte sich, wieso sie etwas so absurd Infantiles und intellektuell und ästhetisch Beleidigendes sendeten, fragte sich immer und immer wieder, wie das möglich sei, Was ist das bloß für ein Schwachsinn, und sie starrte weiter hin und schüttelte den Kopf und wurde immer mehr und mehr von dem absurden Zeug gefangengenommen, lehnte sich plötzlich auf der Couch zurück, als ein Werbespot die Sendung plärrend unterbrach und sie starrte auch darauf und fragte sich, was für Kretins sich diesen Mist wohl ansahen und sich davon beeinflussen ließen und tatsächlich hingingen und sich diese Dinge kauften, und sie schüttelte den Kopf, unglaublich, es ist einfach nicht zu fassen, wie bringen sie es fertig, so viele widerliche Werbespots herzustellen, einen nach dem andern? Nicht zu fassen. Und die Show ging weiter und sie beugte sich vor und sah der eindeutig vorhersehbaren Entwicklung der Dinge zu, und die Zeit verging, während sie darauf wartete, daß etwas geschah...

Tyrone und Harry hätten sich beinahe den Arsch abgefroren. Und um die Sache noch schlimmer zu machen – es gab eine Menge Polizei auf den Straßen. Die Bullen schienen allgegenwärtig zu sein. Wenn du was bei dir hast, sieh zu, daß du von der Straße runterkommst, Jim, weil die Bullen einfach *jeden* anmachen und das is die reine Wahrheit. Sie redeten mit so vielen Mackern wie möglich und versuchten rauszukriegen, wo die Action wohl stattfand, andererseits wollten sie nicht zu lange mit jemandem rumstehen, da sie nicht wußten, ob der Kerl nicht vielleicht sein Besteck bei sich hatte und die Bullen kamen und man sie alle festnahm, wegen Zugehörigkeit zur Szene. Sie gingen soviel wie möglich umher, und sowenig wie möglich. Sie wollten Tyrones Connection nicht verfehlen, und sie wollten nicht am Boden festfrieren. Sie kriegten raus, daß es da einen gab, der was hatte. Niemand wußte, wieviel, die Berichte reichten von einer Unze bis zu einer Lastwagenladung, aber jedenfalls hatte er was, verkaufte aber nicht. Er gibts nur für ne Muschi her, Jim. Das einzige, was den Scheißkerl interessiert, is ne Muschi. Da hängt der dran wie an der Nadel. Steht aber nur auf Edelhasen. Ich mein, die muß Klasse sein. Ich hab ihm gesagt, ich geb ihm alles, was er will, aber er sagt, ich wär ihm nich hübsch genug. Harry und Tyrone kicherten im stillen, es war so kalt, daß sie das Gesicht nicht einmal zu einem Lächeln verziehen konnten, geschweige denn zum Lachen. Schließlich kam Tyrones Connection die Straße herunter gebeboppt und an ihnen vorbei, und nach ein paar Minuten folgte Tyrone ihm, und nach einem Weilchen sah Harry, wie Tyrone den Block entlangging, und er folgte ihm und als Tyrone einem Taxi winkte, begann Harrys Herz schneller zu schlagen und eine Woge der Hoffnung durchbrandete ihn und er spürte schon den Geschmack im Rachen und sein Magen zog sich vor Erwartung zusammen. Er sprang ins Taxi und zog die Tür zu. Tyrone lächelte.

Der Fernseher lief noch, aber Marion saß nicht mehr auf der Couch. Sie war im Badezimmer, hielt ihre Arme in warmes Wasser, massierte sie mit aller Kraft und drehte sie nach allen Seiten und versuchte, einer Vene habhaft zu werden, um sich einen weiteren Speed-Schuß zu setzen. Sie zitterte und weinte und war wie betäubt vor Frustration und verfluchte Harry, weil er nicht mit dem Dope kam, und sie versuchte ihren linken Arm abzubinden, aber sie kriegte es nicht hin, wie alles andere auch nicht, und griff sich an den Kopf, Oooooooooooo, dann schlug sie sich auf den Kopf und dann wollte sie sich auf den Wannenrand setzen und glitt ab und landete auf dem Fußboden und schlug, vor Wut schluchzend, mit den flachen Händen auf den Boden. Sie hörte nicht, wie Harry die Tür öffnete und hereinkam. Was machst du da? Sie sah ihn einen Moment an, dann zog sie sich an der Wanne hoch, Wo warst du? Ich hab den ganzen Tag gewartet, was zum Teufel – Ich halt das nicht mehr – Du hältst – aus, Marion zitterte und konnte kaum sprechen, Hast du verstanden? Und ich will, daß morgens was da ist – Was zum Teufel ist mit – hast du verstanden? HAST DU VERSTANDEN? HAST DU MICH VERSTANDEN? Marions Augen standen weit offen und sie packte Harry an der Jacke und schüttelte ihn, Ich geh nicht schlafen, bis ein Schuß für morgen früh da ist, ich halt das nicht aus, ich halt das nicht mehr aus, diesen Zustand und diese Warterei – Glaubst du, ich mach dir was vor? Er packte sie und hielt sie an den Armen fest, bis sie still war, Du willst deinen Vorrat haben und wir hatten von einem Macker gehört, der Stoff hat, aber er verkauft nicht. Marion starrte Harry ebenso an, wie sie auf den Bildschirm gestarrt hatte, mit aufgerissenen Augen, ungläubig darauf wartend, mehr zu hören, ihre Hysterie verhinderte es, daß sie ohnmächtig wurde und verlieh ihr die nötige Kraft, stocksteif dazustehen. Ihr Mund öffnete sich. Er steht auf Weiber. Marion fuhr fort, ihn anzustarren. Du machst immer son verdammtes Theater, ich werd dich mit ihm zusammenbringen. Ihr Mund schloß sich. Dann brauchst du nicht so lange zu warten ... und ich brauch mir auf der verdammten Straße nich den Arsch abzufrieren, Harry drehte sich brüsk um und riß sich Jacke und Pullover herunter und warf beides auf die Couch, setzte sich an den Tisch und packte die Briefchen mit Stoff aus. Marion sah einige Sekunden hin, zwinkerte und ging auf ihn zu, blieb aber, als er aufstand, stehen, und ging wieder ins Badezimmer. Glaubst du, es wird gehen? Marion nickte und fing an, ihren Arm abzubinden. Harry schüttelte den Kopf, Mein Gott, hast du dir den versaut, band ihr den Arm ab, massierte ihn ein wenig und es zeigten sich zwei brauchbare Venen, Na also. Er schüttete das Pulver in den Löffel und sie fuhren beide ab. Marion hatte nicht gewußt, wie starr ihr Gesicht und ihr Körper gewesen waren, bis die Droge sie wärmte und ihre Züge sich lösten und ihr Körper sich lokkerte. Sie ließen ihre Bestecke ins Wasserglas fallen und setzten sich auf den Wannenrand, Harry ließ das Dope die Erinnerung an die eisigen Straßen auslöschen, und Marion spürte, wie das Gefühl der Sicherheit wiederkehrte, nach dem sie sich sehnte. Sie schmiegte sich an Harry, Ich weiß nicht, was los ist, aber es wird schlimmer und schlimmer. Ich weiß nicht, was los ist, aber ich hab das Gefühl, ich verlier den Verstand. Ja, ich weiß. Es ist zum Kotzen. Was soll ich dazu sagen, es wird schon alles wieder zurechtkommen, früher oder später. So kanns nicht bleiben. Sie starrte vor sich hin und nickte, Es ist bloß, daß ich diesen Zustand nicht ertrage. Aber so schlimm ist es doch gar nicht mit dir. Ich fixe nicht mehr als du und – Bei dir ist es anders. Marion schüttelte den Kopf, Ich ... ich ... ich weiß nicht, wieso, aber es ist anders. Ich ertrage es nicht, wenn nicht genug im Haus ist, ich kann es einfach nicht, ihre Stimme war nun weicher, die Hysterie unterschwelliger, Harry rieb sich den Nacken. Sie bewegte sich, immer noch vor sich hinstarrend, und stand auf, Komm. Harry tat den Stoff an einen sicheren Platz und dann saßen sie am Tisch und tranken Soda. Wieviel haben wir? Genug fürn paar Tage. Können wir nicht alles für uns behalten? Mein Gott, Marion, diesen Scheiß haben wir nun schon ein Dutzendmal abgezogen. Wir *müssen* einen Teil davon verkaufen. Nur so kommen wir an die Kohle für mehr. Marion nickte, die Panik war weg, aber ihre Sorge immer noch sehr groß. Stumpf sah sie abwechselnd ihr Glas und Harry an, Ich verstehe, Harry. Bloß ... ich ... Sie zuckte mit den Schultern und starrte ihm kurz in die Augen, dann senkte sie den Blick und sah wieder auf ihr Glas. Im Moment ist eben kaum was aufzutreiben. Mehr kann ich dazu nicht sagen. Marion sah ihn wieder an und nickte und zwinkerte einige Male, nach wie vor darum bemüht, so verständnisvoll und ruhig wie möglich zu wirken. Sie betrachtete eingehend ihre Zigarette und sah dann, als sie wieder sprach, auf ihr Glas, Bist du sicher, daß der Typ nichts verkauft? Welcher Typ? Der, von dem du sagtest, er hätte was, würde aber nicht verkaufen. Ach so, der. Der mit der Weibermanie. Marion nickte und sah immer noch auf ihr Glas und hob den Blick von Zeit zu Zeit ein wenig. Ganz sicher. Warum, denkst du an was Bestimmtes? Marion fuhr fort, ihr Glas anzusehen und mit ihrer Zigarette herumzuspielen, Ich möchte gern mehr Stoff haben, als bloß für einen Tag Harry, ich schaff das so nicht... Wenn nun das, was er hat, bald alle ist???? Harry zuckte die Achseln und versuchte zu ignorieren, was in ihm vorging, doch selbst die Droge half ihm nicht dabei, aber sie gestattete ihm, zu glauben, was er glauben mußte. Er wollte etwas sagen, fand jedoch nicht das Muster, nach dem er die Wörter hätte zusammenfügen können, obwohl sie ihm, jedes für sich, zur Verfügung standen. Er überließ sich einfach dem, was geschah, schwamm mit der Strömung, wie Marion gesagt hätte. Wie die Sache stand, konnte es auch mit ihm jederzeit soweit sein. Marion wischte mit ihrer Kippe den Boden des Aschenbechers sauber, wobei sie die Asche an den Rand schob. Vielleicht sollten wir uns das jetzt gleich überlegen. Harry nahm einen weiteren Zug aus seiner Zigarette und zuckte die Achseln, Wenn du willst. Sie fuhr immer noch mit ihrer Kippe im Aschenbecher herum, nickte und sagte kaum vernehmlich, Ja. Eine leise Stimme in Harry sagte Gott sei Dank.

Sarah ließ sich teilnahmslos zu ihrer ersten Schockbehandlung bringen. Sie hatte keine Ahnung, wohin es ging, sie wußte kaum, wo sie sich befand. Ein paarmal im Laufe des Tages schien ihr Orientierungsvermögen andeutungsweise wiederzukehren und bis zu einem gewissen Grad auch ihre geistige und gefühlsmäßige Klarheit, doch dann bekam sie erneut ihre Dosis Thorazin und wieder senkte sich die

Wolke der Stumpfheit auf sie hernieder, hüllte sie ein und ihre Glieder wurden schwer, wurden zu einer unerträglichen Last, und tief unten in ihrem Magen brannte es und tat weh vor Erschöpfung und ihre Zunge war so geschwollen und trocken, daß sie ihr am Gaumen klebte und daß der Versuch zu sprechen zu einer qualvollen Prüfung wurde, und sie kämpfte darum, Worte zu formulieren, konnte jedoch nicht die Kraft aufbringen, die Zunge vom Gaumen zu lösen und sie zu bewegen und ihr war, als preßten zwei riesige Daumen sich auf ihre Lider und sie mußte den Kopf zurückbeugen um etwas zu sehen, und dann war es, als sähe sie durch einen Schleier, der alles in Dunst tauchte, und so lag sie bloß da, in ihrem Bett, stumpf teilnahmslos verwirrt und nickte immer wieder ein ... wachte in regelmäßigen Abständen auf und schlief wieder ein ... ihr war fortwährend schlecht und wenn sie, von Zeit zu Zeit, mit aller Kraft versuchte, sich aufzusetzen, so gelang ihr das nicht, also richteten sie sie auf und steckten Essen in ihren Mund und es tröpfelte an den Mundwinkeln hinunter, weil sie nicht schlucken konnte und sie versuchte, ihnen zu sagen, sie sollten damit aufhören und sie selbst essen lassen, konnte jedoch wegen der drogenbedingten Reaktionshemmung nicht sprechen und so klangen ihre Worte wie Stöhnen und sie packten sie und zwangen die Nahrung in ihre Kehle hinunter, indem sie ihr Nase und Mund zuhielten und sie zwangen zu schlucken, und Entsetzen riß Sarahs Augen auf, stummes Entsetzen, während ihr Herz donnernd in ihren Ohren schlug und gegen ihre Brust hämmerte und sie war unfähig, auch nur ein Gebet um Hilfe zu murmeln und je länger sie versuchte, ihnen zu sagen, sie sollten das nicht tun, desto ärgerlicher wurden sie und stopften das Essen in ihren Mund, wobei sie ihr die Mundwinkel und den Gaumen verletzten, dann klatschten sie ihr die Hände auf Mund und Nase und Sarah hatte immer und immer wieder das Gefühl zu ersticken und sie versuchte, so rasch wie möglich zu schlucken, doch ihrem Körper schien die dazu nötige Kraft zu fehlen und sie kämpfte darum, das Essen hinunterzubringen, um atmen zu können, und je verbissener sie kämpfte, desto mehr Gewalt wendeten sie an, um sie niederzuhalten, bis sie schließlich angewidert fortgingen und nach ein paar Tagen krümmte sie sich in äußerstem Entsetzen, wenn sie hörte, daß der Essenswagen näher kam.

Dr. Reynolds stand neben ihrem Bett und sah stirnrunzelnd auf ihr Krankenblatt. Sie arbeiten nicht mit, Mrs. Goldfarb. Seine Stimme war schrill und sein Ton drohend und Sarah versuchte, einen Arm zu heben, versuchte, sich aufzurichten, ihm zu sagen, dem Arzt zu sagen, daß sie sich nicht bewegen könne, nicht sprechen könne, daß ihr sei, als müßte sie sterben, sie hatte Angst und sie sah ihn an, mit Augen, die baten und flehten, ihr Mund öffnete sich, entließ jedoch nur unartikulierte Laute, und er fuhr fort sie anzustarren, Sie glauben vielleicht, daß Ihnen dieses Verhalten eine Sonderbehandlung einträgt, aber wir haben nicht die Zeit, uns um jeden Einzelfall zu kümmern. Er schlug das Krankenblatt zu, machte eine scharfe Wendung und ging. Als er die Karte der Schwester gab, sagte er ihr, sie solle Sarah für den kommenden Morgen zur Schockbehandlung vormerken. Sarah ließ es teilnahmslos geschehen. In ihrem Dämmerzustand hoffte sie, sie brächten sie irgendwohin, wo es besser war, vielleicht zu dem netten jungen Arzt, der mit ihr gesprochen und dafür gesorgt hatte, daß sie ein Glas Tee bekam. Vielleicht würde sie ihn wiedersehen und alles würde dann besser werden. Sie wurde im Rollstuhl angeschnallt und der Kopf fiel ihr immer wieder auf die Brust, während sie durch Korridore gerollt wurde und in einen Fahrstuhl, der mit ihr versank, dann wieder Korridore, und von Zeit zu Zeit flackerte ihr Bewußtsein auf und ihr fiel ein, daß sie ihr an diesem Morgen kein Frühstück gebracht hatten und sie war glücklich, daß ihr die Prüfung der Nahrungsaufnahme an diesem Morgen erspart geblieben war, was ihr die Kraft gab, doch noch ein wenig Hoffnung aufzubringen, vielleicht würde sie den netten jungen Doktor wiedersehen, und ihr Kopf fiel ihr wieder auf die Brust und dann wurde sie auf einen Tisch gehoben und ihre Augen öffneten sich zwinkernd, doch sie konnte nichts erkennen und sie begann am ganzen Leib zu zittern vor Furcht, als verschwommene Gesichter an ihr vorüberzogen und es gab Lichter und sie wußte nicht, wo sie war, doch etwas sagte ihr, daß sie nicht hier sein sollte, und diese Gewißheit kämpfte sich durch die Drogen hindurch und sagte ihr, es sei eine Sache auf Leben und Tod und sie müsse hier raus, weg von diesen Leuten, deren Gesichter ihr formlos vorkamen oder wie hinter etwas verborgen, und sie versuchte sich zu widersetzen, war dazu jedoch nicht fähig und starke Hände streckten sie auf dem Tisch aus und schnallten sie fest und sie spürte ihre Kehle sich immer mehr verengen und ihr Herz drohte zu explodieren und etwas wurde an ihrem Kopf befestigt und etwas zwischen ihre Zähne gestoßen und Leute redeten und lachten doch die Stimmen waren verworren und es war als beugten sich viele Gesichter über sie und sie spürte ihre Augen sich weiter öffnen als sie sie ansahen, spähend, und sie hörte Gelächter und dann schienen die Gesichter zurückzuweichen und wie in Dunst davonzutreiben und plötzlich schoß Feuer durch ihren Körper und ihre Augen drohten aus den Höhlen zu springen während ihr Körper brannte und so starr wurde als würde er zerspringen und Schmerz schoß durch ihren Kopf und stach in ihre Ohren und Schläfen und ihr Körper krümmte sich und warf sich zuckend auf und nieder als die Flammen jede einzelne Zelle ihres Körpers versengten und ihr war als würden ihr die Knochen gebrochen als würden sie von riesigen Zangen zermalmt während immer mehr Elektrizität durch ihren Körper gejagt wurde und ihr Körper bäumte sich hoch und schlug hart auf dem Tisch auf und Sarah spürte ihre Knochen bersten und roch das Brennen ihres eigenen Fleisches als Widerhaken in ihre Augen gestoßen wurden und sie aus ihren Höhlen rissen und sie konnte nichts anderes tun als es ertragen und den Schmerz spüren und den Brandgeruch riechen – unfähig zu schreien zu beten, einen Laut von sich zu geben oder sogar zu sterben – und in dem folternden Schmerz verharren, während es in ihrem Kopf schrie AAAAAAAAAAAAAAAHHHHHHHHHHHHHHH-HHHHHHHHHHHHHHHHHHHHHHHH ...

Während der Fahrt zu Big Tim herrschte eine bedrückende Stille, die nur von ein paar nichtssagenden Worten unterbrochen wurde. Tyrone hatte die Verabredung arrangiert und dachte nur an den Stoff, den sie in wenigen Stunden haben würden, an anderes dachte er nicht, denn er persönlich hatte nichts mit dem zu tun, was da auf sie zukam. Marion war beklommen zumute. In ihr waren die mannigfachsten Empfindungen, doch sie hatten sich, bevor sie das Haus verließen, einen Schuß gesetzt, und somit war alles erträglich und alles möglich. Sie wußte, sie konnte, und würde, das, was getan werden mußte, ohne weitere Schwierigkeiten tun, ihre einzige Sorge war, daß sie nicht gelinkt wurde, daß Big Tim ihr den Stoff, wie versprochen, geben würde. Ach was, deswegen brauchst du dir keine Sorgen zu machen. Big Tim drückt sich nie. Er is n Rabauke, aber in Ordnung. Marion nickte, zog immer wieder hastig an ihrer Zigarette und dachte daran, wie sie den Stoff in der Hand halten würde, *ihren* Stoff in *ihrer* Hand, und sie würde sich nicht mehr vor der morgendlichen Übelkeit fürchten müssen.

Harry saß in der Ecke, sah abwechselnd aus dem Fenster und auf Marion und versuchte, sich darüber klarzuwerden, wie er sich geben sollte, fragte sich, welchen Ausdruck sein Gesicht und welchen Klang seine Stimme haben, was er sagen ... und was er empfinden sollte. Scheiße, aber er empfand Erleichterung. Sie würden an Stoff kommen, ohne sich auf den scheißkalten Straßen rumtreiben zu müssen ... aber es haute nicht so richtig hin. Die Vorstellung, daß Marion mit diesem Kerl vögelte, paßte ihm nicht. Ach scheiß drauf, was soll schon sein. Schließlich war er nicht der erste, mit dem sie vögelte. Wenn sie sich n paar Freier aufreißen mußte

– Nein! Nein! Sie ist keine Hure. Sie bekommt ja nur n bißchen Stoff, Mann. Und überhaupt, was is schon dabei, wenn n Mädchen mit irgendnem Kerl vögelt? Das is ihre Sache. Sie ist frei. Wie wir andern auch. Frei, das zu tun, was sie will, Mann. Was soll dieser ganze viktorianische Mist? ne Menge Weiber vögeln mit ihrem Chef und das ist ganz in Ordnung. Niemand regt sich darüber auf. Scheiße! Solln mich doch am Arsch lecken. Wenns ihnen nich paßt, solln sie sich aufhängen, von mir aus. Man tut, was getan werden muß und damit hat sichs. Harry streckte den Arm aus und rieb Marions Hinterkopf. Ich hab nichts dagegen und wenns den Weibern nicht paßt, so ist das ihr Problem, meines jedenfalls nicht. Marion drehte den Kopf leicht zur Seite und sah Harry eine Sekunde lang aus dem Augenwinkel an, dann blickte sie wieder nach vorn, durch die Trennscheibe und die Windschutzscheibe des Taxis. Sie spürte Harrys Hand an ihrem Kopf und fragte sich, ob sie etwas tun oder sagen müßte. Müßte sie in bezug auf Harry etwas empfinden? Müßte er ihr leid tun? Oder sie sich? Müßte sie irgend etwas bereuen???? Sie empfand ein vages Gefühl des Bedauerns oder vielleicht der Reue, doch das hatte nichts damit zu tun, daß sie auf dem Weg zu Big Tim war. Sie überlegte kurz, welcher Art ihre Empfindungen eigentlich waren, verfolgte den Gedanken aber nicht weiter, da das Gefühl der Erwartung und das noch stärkere Gefühl der bevorstehenden Sicherheit ihn ohnehin auslöschte.

Sie gingen in ein Café und Tyrone rief Big Tim an und als er aus der Zelle kam, gab er Marion die Adresse. Es is gleich um die Ecke. Wir warten hier auf dich. Wenn wir nich da sind, wartest *du* eben. Sie nickte, wandte sich um und verließ aufrecht und starr das Lokal. Harry sah ihr nach und fragte sich, ob er sie, bevor sie ging, hätte küssen sollen? Sie tranken ihren Kaffee aus und Tyrone schlug vor, ins Kino zu gehen. Ein paar Blocks weiter is eins. Haben wir denn *so* viel Zeit? Tyrone sah ihn bloß an. Harry zuckte die Achseln und sie gingen.

Marion legte das kurze Stück bis zu dem großen Apartmenthaus mit steifem Rücken zurück, ohne daß ihr die vornehme Stille um sich herum bewußt wurde. Das Gebäude hatte immer noch eine Eingangsmarkise bis zur Fahrbahn, doch auf einen Portier wurde schon seit vielen Jahren verzichtet. Sie drückte auf den Klingelknopf und es summte und sie stand vor der inneren Tür, ohne die auf sie gerichtete Fernsehkamera zu bemerken. Wieder ertönte der Summer und sie stieß die Tür auf und fuhr mit dem Fahrstuhl zum zweiundzwanzigsten Stockwerk hinauf. Big Tims Lächeln reichte vom einen Ohr zum andern, als er die Tür öffnete und einen Schritt zur Seite trat, um Marion den Weg frei zu geben. Er mußte zur Seite treten, da Big Tim in jeder Beziehung groß war – gute zwei Meter groß, breitschultrig, ein Hüne, eben *big* ... sein Körper war *big*, sein Lächeln war *big*, sein Lachen war *big* und sogar sein Apartment war es. Das Wohnzimmer war riesengroß, hohe Glastüren führten auf einen Balkon, von dem aus man, über den Central Park hinweg, meilenweit in die Ferne sah. Auch seine Aussicht war *big*. Er nahm ihren Mantel und hängte ihn auf und sagte, auf die breite Couch deutend, sie solle sich setzen. Eine alte Coltrane-Aufnahme lief und er ging, sich im Takt der Musik bewegend, zur Bar und goß sich ein großes Glas Bourbon ein. Was möchtest du? Marion schüttelte den Kopf, Nichts. Oh, also ausschließlich Dope? Seine Frage überraschte sie. Sie hatte sich selbst nie als süchtig betrachtet. Sie schüttelte den Kopf und verspürte den Drang Zeit zu gewinnen, wußte aber nicht genau, warum. Schließlich bat sie um einen Chartreuse. Gelb oder grün? Sie war wieder überrascht und murmelte gelb, während sie sich um Fassung bemühte und versuchte, sich von den einander Schlag auf Schlag folgenden Überraschungen zu erholen. Allmählich wurde sie sich ihrer Umgebung bewußt, die das Gegenteil von dem war, was sie erwartet hatte, obwohl ihr nicht bewußt war, etwas erwartet zu haben. Sie sah, über ihre Schulter hinweg, auf die Skyline und die unwahrscheinliche Weite des Himmels, dann ließ sie den Blick durch den Raum schweifen. Big Tim brachte die Drinks und die Flaschen und stellte sie auf den Tisch, öffnete ein Schubfach, entnahm ihm eine Haschischpfeife und drückte ein ansehnliches Stück Hasch in den Pfeifenkopf. Er steckte es in Brand und nahm einen langen Zug, dann gab er Marion die Pfeife. Sie nahm sie mechanisch entgegen und zog ein paarmal daran, dann gab sie sie Tim zurück. So wanderte die Pfeife hin und her, bis das Hasch alle war, und Tim hielt sie verkehrtherum über einen Aschenbecher und ließ die Asche herausfallen. Wie heißt du? Marion. Sein lautes Lachen klang tief und zufrieden, sehr zufrieden – und beruhigend, Na so was, die Maid Marion, hahaha, und ich bin Robin Hood. Marion nippte an ihrem Chartreuse und rauchte ihre Zigarette und spürte, wie die Wirkung von Dope und Hasch und Alkohol zusammen alle ihre Befürchtungen schwinden ließ. Sie trank ihr Glas leer und als Tim es wieder füllte, lehnte Marion sich zurück und schloß die Augen und spürte sich von Wärme durchströmt und Physis und Psyche lockerten sich und sie lächelte und kicherte dann ein bißchen bei dem Gedanken, was ihre Angehörigen wohl täten, wenn sie sähen, daß sie es mit einem *schwartzer* trieb. Was is so komisch? Marion schüttelte den Kopf und lachte ein bißchen, Nichts. Ein Familienscherz. Du bist son prima Hase, warum versaust du dir alles mit diesem Scheißdope? Wiederum überraschte es Marion, daß er sie für süchtig hielt, und sie schüttelte den Kopf und nahm einen weiteren Zug aus ihrer Zigarette, um Zeit zu gewinnen. Ab und zu hab ich nen kleinen Druck ganz gern. Ach Scheiße, du sitzt nich hier bei mir, weil du ab und zu n kleinen Druck ganz gern hast, nix. Marion zuckte die Schultern und nippte an ihrem Drink und versuchte etwas zu sagen, nippte aber statt dessen weiter an ihrem Drink. Mir is das scheißegal. So lange ich mich da selber raushalte. Ich hab das Zeug noch nich mal gesnieft und werds auch nich tun, ich nich. Er nahm einen Schluck, Ein bißchen Sprit und ein Pfeifchen, da bin ich ganz happy und zufrieden. Er tat neues Hasch in die Pfeife und steckte sie in Brand, nahm einen langen Zug und gab sie Marion, Ich machs mir gern gemütlich und bleib cool und laß Trane für mich blasen – verdammtnochmal, wär das schön, wenn der Kerl noch lebte. Der konnte vielleicht blasen. Er füllte erneut die Gläser und nahm die Pfeife entgegen und zog mehrmals lange daran und gab sie ihr dann zurück und sprach mit angehaltenem Atem, Beeil dich Baby, is gleich alle. Marion klopfte die Pfeife im Aschenbecher aus und trank einen Schluck Chartreuse und Tim legte den Arm um sie und zog sie an sich. Er legte die Füße auf den Tisch und legte sich zurück und Marion zog die ihren auf die Couch. Magst du meinen Freund Trane? Marion nickte, Ich hab alle Platten von ihm, die er je gemacht hat, all die alten Miles-Quintette, Monk, alle. Echt wahr? Das gefällt mir. Ich habs gern, wenn ein Mädchen weiß, wie man Musik hört. Die meisten Weiber wissen einfach nich, wie man zuhört, verstehst du. Nicht nur Frauen. Kann sein. Aber die meisten Schwarzen wissen es. Ich mein, *wirklich* zuhören. Er nahm noch einen Schluck, leckte sich die Lippen, lehnte sich wieder zurück, schloß die Augen und hörte zu. Auch Marion schloß die Augen und legte den Kopf an seine Brust und spürte das Gewicht seines Armes, fühlte sich irgendwie sicher in seinem Arm, und bewegte leicht die Zehen im Takt der Musik. Die letzte Pfeife und der Chartreuse hattens geschafft. Ihr war wohl. Ihr war warm. Sie fühlte sich geborgen. Trane hatte gerade einen Chorus beendet und der Pianist setzte ein, Marion murmelte leise, Ja. Tim öffnete die Augen, lächelte und sah sie an. Weißt du, was mir an weißen Hasen am besten gefällt? Sie können gut blasen. Niggerweiber – Marion spürte, wie etwas in ihr zusammenzuckte, spürte ihre Augen aufspringen, regte sich jedoch nicht. Tims Riesenhand streichelte ihre rechte Brust – verstehn einfach nichts vom Blasen. Weiß nich, wieso. Vielleicht hats was mit irgendwelchen alten Stammesriten zu tun. Marion hörte sein Lachen und überlegte, warum es sie an den Nikolaus erinnerte, aber es stimmte, es klang wie aus einem Werbespot für den lieben alten Nikolaus. Er legte den anderen Arm um sie und zog sie fester an sich und küßte sie, wobei seine Hände ihren ganzen Körper zu bedecken schienen. Sie schlang die Arme um seinen Hals, küßte ihn, sich noch fester an ihn klammernd, so leidenschaftlich, wie sie konnte. Nach einer kleinen Weile löste er sich ein wenig von ihr, Verausgab dich nicht jetzt schon. Bei seinem Lachen mußte sie lächeln. Ihre Hände glitten langsam von seinem Hals und ihr Kopf lag auf seinem Bauch und er drehte ihn behutsam auf die andere Seite und holte seinen Schwanz raus. Alkohol und Dope hatten Marions Reaktionen verlangsamt und so sah sie ihn nur an und starrte, doch hatte sie das alarmierende Gefühl, sie müsse etwas sagen oder tun, statt seinen Schwanz nur anzusehen. In ihr tobte ein furchtbarer Kampf. Sie wußte, was von ihr erwartet wurde, doch ihr ganzes Sein war plötzlich von der Realität des Geschehens angewidert. Ihr Inneres zitterte und verkrampfte sich. Ich weiß, daß er sich nich zu verstecken braucht, aber ich hab ihn nich zum Luftschnappen rausgeholt. Er stieß sie leicht mit dem Ellbogen an. Marion reagierte und griff mit der Rechten nach seinem Schwanz, preßte ihre Lippen darauf und drehte den Kopf hin und her, als sie feststellte, daß ihr schlecht wurde. Sie setzte sich auf, mit weit offenen Augen, die Hand über dem Mund. Tim sah sie einen Augenblick an, lachte dann und deutete auf eine Tür, Dort gehts lang, und fuhr fort zu lachen und es klang immer noch wie der liebe alte Nikolaus. Nachdem Marion sich übergeben hatte, tauchte sie das Gesicht in kaltes Wasser und saß dann auf dem Wannenrand, zitternd vor Schrecken. Panik ließ sie eine Sekunde lang erstarren, innerlich und äußerlich. Sie atmete tief durch und schloß die Augen. Die Übelkeit war vorüber. Doch sie schwitzte. Zitterte. Was würde er tun? Sie mußte den Stoff haben. Sie holte erneut tief Luft. Spritzte sich noch ein wenig kaltes Wasser ins Gesicht, trocknete es und versuchte, so gut es ging, ihr Haar in Ordnung zu bringen. Fast hätte sie darum gebetet, daß er nicht verärgert war. Bitte, lieber Gott, laß ihn nicht verärgert sein. Jetzt gehts mir wieder gut. *Kommt nicht darauf an. Kommt nicht darauf an.* Sie kehrte ins Wohnzimmer zurück und bemühte sich angestrengt, zu lächeln. War wohl der Chartreuse. Er lächelte und lachte. Jetzt gehts mir wieder gut, ihr Lächeln wurde zu einer beflissenen Grimasse. Er spreizte die Beine, sie kniete sich vor ihn und schloß die Augen und zog seine Hose herunter und streichelte seinen Hintern, während sie ihn, mit all dem Enthusiasmus, den der Gedanke an die Droge in ihr auslöste, blies, von Zeit zu Zeit sah sie zu ihm hoch und lächelte. Big Tim lehnte sich zurück, trank einen Schluck und lachte, Jawohl, so isses richtig ...

Harry fand im Kino keine Ruhe. Er rückte unablässig hin und her, um eine bequeme Stellung zu finden, doch jedesmal, wenn er glaubte, er hätte sie gefunden, begann sein Rücken zu schmerzen, oder sein Hintern, oder er bekam einen Krampf in den Beinen, und so änderte er seine Stellung ununterbrochen und rauchte eine Zigarette nach der anderen. Er konnte nicht länger als ein paar Minuten stillsitzen, also stand er auf, um irgendwelche Süßigkeiten zu holen, Willst du auch was, Mann? Ja, *Snickers.* Er kaufte zwei Schokoladenriegel und kam zurück und das ganze begann von vorn. Der eine Film war gar nicht so schlecht, ein alter Randy Scott-Western, aber der andere war langweilig, einfach stinklangweilig. Eine Art romantische Komödie, deren Herstellungskosten höchstens achtundneunzig Dollar betragen haben konnten. Jesus, was fürn Haufen Scheiße. Von Zeit zu Zeit sah er aus den Augenwinkeln auf Tyrone, der unverwandt auf die Leinwand starrte und das, was dort vor sich ging, offenbar genoß. Er versuchte, sich auf die idiotische Handlung zu konzentrieren, doch sein Kopf widersetzte sich und sagte ihm, er sei ein Arschloch, daß er überhaupt auf das Weib warte, daß sie nun eben für ne Weile dort sei und vergiß es, Mann. Sie is da oben mit einem Schwergewicht von Kerl mit nem Haufen Stoff und du sollst dich in son Scheißcafé hocken und auf sie warten? Scheiß drauf, du hast sie nich alle. Sie vögelt da oben mit diesem Kerl, Mann, daß es nur so rauscht, und du kaust hier auf dieser Scheißschokolade rum, bis deine ganzen Zähne verklebt sind und siehst dir irgendsonen Scheißfilm an, den son Haufen beschissene Arschlöcher gemacht haben. Wieder rückte er hin und her und gab einen lauten, grunzenden Ton von sich. Tyrone wandte den Blick nicht von der Leinwand, streckte jedoch den Arm aus und klopfte ihm auf den Rücken, Alles okay, Mann. Alles okay. Er drehte den Kopf zur Seite und lächelte, ein breites Lächeln mit weißen Zähnen, und klopfte ihm noch einmal auf den Rücken. Harry nickte und schob sich Schokolade in den Mund.

Big Tim lehnte im Türrahmen, nackt, rieb sich die Brust, lächelte und fühlte sich priiiiiima, während er Marion zusah, wie sie ihr Haar bürstete. Er ließ das Päckchen – zehn gebündelte Briefchen – auf der flachen Hand tanzen. Weißt du was, laß diesen Scheiß und ich sorg für Freier und du wirst viel Geld machen, Baby. Marion lächelte in den Spiegel und fuhr fort, ihr Haar zu bürsten, Aber nicht gleich heute. Und ich bin nicht *wirklich* drauf. Big Tim lachte sein gutmütiges Nikolaus-Lachen, Ja, ich weiß, und warf ihr, als sie mit ihrem Haar fertig war, das Päckchen zu. Marion hielt es einen Augenblick umklammert, dann ließ sie es in ihre Handtasche fallen. Was zum Teufel tust du da? Marion erschrak und starrte ihn an, dann schüttelte sie den Kopf, Nichts. Ich – Also sowas! Er lachte und lachte und es klang so happy, daß Marion anfing zu lächeln und zu kichern, ohne zu wissen, warum, Also sowas! hahahaha, da hab ich mir sone Art Novizin eingehandelt. Jetzt machst du dich wohl lustig übern alten Tim, wie? Kann gar nich anders sein. Marion lächelte immer noch und schüttelte den Kopf. Ich weiß ni – Du willst sie nich mal zählen und steckst sie einfach in deine Handtasche und gehst, als wenn nichts wäre, damit auf die Straße???? Also sowas! Du bist wohl noch nich lange dabei, Baby, wie? Sein Lächeln wurde breiter, seine Miene und sein Ton waren amüsiert und freundlich. Marion wurde rot und zuckte die Achseln und begann zu protestieren, Ich bin kein naives Schulmädchen mehr, sie machte sich nervös an ihrer Handtasche zu schaffen, während Big Tim weiterhin auf sie hinunterlächelte, Ich ... ich ... sie zuckte mit Kopf und Schultern, ich bin in Europa gewesen, überall, und ... und ... und ich bin nicht – Big Tim nickte und lächelte. Schon gut, kein Grund, sich zu schämen, Baby, wir alle müssen das erste Mal hinter uns bringen. Ich mach dir ja keine Vorwürfe. Ich will bloß, daß sies dir nich wegnehmen. Du hast dirs ja verdient, Baby – Marion errötete leicht und zwinkerte – und du willst es doch wohl nich irgendnem Handtaschenräuber überlassen? Wieder lachte er und Marion lächelte, Bist du Tyrones Betthase? Nach wie vor lag das Lächeln in seiner Stimme und auf seinem Gesicht. Marion schüttelte den Kopf. Aber da sind n paar Typen, die auf dich warten? Ja. Ich – Also, Baby, es gibt nur *eine* Stelle, wo du sicher sein kannst, daß das Zeug nicht zufällig in die falschen Hände gerät, kapiert? Kein Handtaschenräuber oder sonstiger Gangster wirds dir von dort wegnehmen, Baby. Marion wurde rot, lächelte und schüttelte den Kopf. Als ihr aufging, wie einfältig sie ihm vorkommen mußte, errötete sie noch mehr. Und wenn du schlau bist, machst du zwei Päckchen daraus, kapiert? Und behältst eins für dich. Wieder lachte er und ging ins Wohnzimmer zurück und schenkte sich noch einen Bourbon ein. Marion öffnete das Päckchen und verpackte zwei Briefchen separat und schob diese zuerst in ihre Möse, dann ließ sie den Rest folgen. Als sie ins Wohnzimmer zurückkam, war Big Tim immer noch nackt und stand, sein Glas in der Hand, neben dem Stereo, aus seinem Mundwinkel hing eine Zigarette. Er wirkte gelassen und ein wenig abwesend und nickte im Takt der Musik. Er sah sie an und lächelte, Moment, ich will nur das hier noch mitkriegen. Er hörte zu, bis das Saxophon verklang, dann ging er auf die Wohnungstür zu, Ich werd bald von dir hören. Ja . . . ich weiß nicht . . . ich . . . Marion zuckte die Achseln und zwinkerte unwillkürlich – Big Tim lächelte nur und öffnete die Tür, Bis bald, Baby.

Tyrone und Harry saßen in der hintersten Box des Cafés, als Marion kam. Das Kino war schon schlimm genug gewesen, aber diese letzte Stunde oder wie lange es war, hatte sich hingezogen wie n verdammter Schlauch. Das Kino hatte seine innere Unruhe wenigstens ein bißchen gedämpft, aber in sonem Scheißcafé rumhocken und warten, das hatte ihn vielleicht kribbelig gemacht. Jesus, das machte ihn noch ganz meschugge. Er setzte sich immer wieder anders hin und schabte und kratzte sich zwischen den Beinen, bis Tyrone anfing zu kichern, Was treibst du mit deinem Piephahn, Jim. Du siehst aus, als ob du ihn gleich rausholst und damit auf den Tisch schlägst. Ich schlag ihn dir gleich über die Rübe, und Harry lächelte wider Willen und legte die Hände auf den Tisch, In Ordnung? und fuhr fort, rumzuzappeln, bis Marion das Café betrat. Sie und Harry sahen einander einen Augenblick an, beide krampfhaft nach einem Weg suchend, wie sie eine Unterhaltung beginnen könnten, ohne das auszusprechen, was sie bedrückte. Dann fragte Tyrone, wie es war. Marion nickte. Er hat mir acht Briefchen gegeben. Das is nich schlecht. Wie war er denn so? Marion nickte. Ja, der Typ is cool, Jim. Ich meine coooooool. Harry stand auf. Laßt uns abhauen. Prima Idee. Sehr gut, ich will auch möglichst schnell nach Hause.

Marion versteckte, sobald es ging, ihre zwei Briefchen, und als Harry fortging, um etwas zu verkaufen und neuen Stoff zu besorgen, saß sie da, hielt sie in der Hand, streichelte sie, schloß hin und wieder die Augen und seufzte, bewegte die Briefchen zwischen den Fingerspitzen hin und her, saß, zusammengekuschelt und geborgen, auf ihrer Couch und lauschte Mahlers Auferstehungssymphonie.

Sarah zitterte so sehr vor Angst und Schrecken, wenn sie den Essenswagen in der Ferne hörte, daß sie den Versuch, sie zum Essen zu überreden, aufgaben, und zur Zwangsernährung übergingen. Sie schnallten sie in einem Rollstuhl fest und schoben ihr einen Gummischlauch durch die Nase in den Magen – Sarah keuchte und würgte – und befestigten das Ende des Schlauches an ihrem Kopf. Sarahs schwache Versuche, sich zur Wehr zu setzen und etwas zu sagen, wurden rasch zunichte gemacht, indem sie sie einfach gegen die Rückenlehne des Rollstuhls stießen und die Gurten fester anzogen. Als sie fertig waren, griff sie hinauf, um sich von dem Schlauch zu befreien, und sie sagten ihr, sie solle die Hände davonlassen und banden sie ihr an den Armlehnen fest, Wir haben schon genug Ärger mit Ihnen gehabt. Sie bleiben festgeschnallt hier in diesem Rollstuhl sitzen, bis Sie gelernt haben mitzuarbeiten und aufhören zu glauben, Sie wären so was wie ne Prinzessin. Sie fuhr fort zu würgen, bis sie das Gefühl hatte, es zerrisse ihr den Magen, ihre Energien waren erschöpft, sie hatte keine Kraft mehr zu würgen, und so saß sie in stummem, unbeweglichem Entsetzen da, starrte mit tränengefüllten Augen in die Welt rings um sich her und bemühte sich verzweifelt, den Nebel aus Tränen und Drogen zu durchdringen und zu verstehen, was geschah. Sie versuchte, den Kopf aufrecht zu halten, doch er fiel immer wieder vornüber, und sie versuchte es trotzdem immer wieder, doch die nötige Kraft war nicht vorhanden – er hing kurze Zeit in der Schwebe wie ein Kürbis und fiel ihr dann wieder auf die Brust – jede Bewegung war eine ungeheure Anstrengung, jedes Mißlingen ein Grabgeläut. Mit jedem Atemzug schien der Tränensee in ihr zu steigen, sie konnte ihn spüren und hörte ihn branden, sie drohte in ihm zu versinken und zu ertrinken – ihr war, als hingen ihre Lungen schlaff in ihrer Brust. Sie wollte schreien, laut aufschreien, zumindest stumm, da sie vergessen hatte, daß es etwas, jemanden gab, zu dem sie schreien konnte. Ein schwacher Erinnerungsschimmer schien irgendwo in ihr aufzuflakkern, doch als sie sich bemühte, seiner habhaft zu werden, überwältigte sie erneut die Erschöpfung, und wäre die nicht gewesen, so hätten die Drogen und die Schockbehandlung sie daran gehindert, das Wort GOTT wiederzuerkennen.

Die Gurten schienen sie immer mehr einzuschnüren, doch es gab nichts, was sie hätte tun können. Sie schnitten in ihre Handgelenke und drückten so schwer auf ihre Brust, daß sie ihre Atmung behinderten, doch sie konnte nichts sagen und nichts tun. Sie mußte dringend auf die Toilette, doch sobald sie versuchte, nach Beistand zu rufen, begann sie am Schlauch zu würgen, und Speichel tropfte an ihrem Kinn hinunter bei dem Versuch, dem Schmerz, den der Schlauch in ihrer Kehle verursachte, Widerstand entgegenzusetzen. So kämpfte sie Stunden gegen ihre Blase und ihre Gedärme an, und wenn jemand vorbeikam, sah sie ihn an und hoffte, sie würden sie ansehen und bemerken, daß sie Hilfe brauchte, doch auch wenn sie sie ansahen, gingen sie einfach weiter, und der Kopf fiel ihr wieder auf die Brust und sie begann erneut zu kämpfen, den langen, endlos langen Kampf um den Versuch ihn zu heben, um Hilfe zu erlangen, doch sie gingen weiterhin einfach an ihr vorbei und trotzdem kämpfte sie weiter, immer weiter, ohne nachzugeben, doch schließlich trug die Natur, wie immer, den Sieg davon, und Blase und Gedärme entleerten sich und sie spürte die Wärme und die Feuchtigkeit, und der letzte Anschein von Würde schwand dahin, begleitet von ihren Tränen, während ihre Seele um Hilfe rief ... rief bat flehte, und dann blieb eine vorbeigehende Schwester stehen, sah sie eine Weile an, kam näher, sah sie an und verzog das Gesicht vor Ekel, Sie sollten sich schämen. Nicht einmal Tiere tun das. Sie bleiben jetzt darin sitzen. Das soll Ihnen eine Lehre sein. Zwei Tage später saß Sarah immer noch «darin», versuchte nicht mehr, den Kopf zu heben, sondern ließ ihn hängen, in Scham, und Tränen machten ihr Gesicht streifig, befleckten ihr Kleid, bemächtigten sich ihrer Seele. Zwei Tage später saß sie immer noch angeschnallt in dem Stuhl, an ihre Schmach gekettet, bis sie kamen, um sie für den nächsten Elektroschock vorzubereiten.

Marion rief Big Tim an und ging erneut zu ihm. Als sie anrief, war Harry nicht zu Hause, und als sie zurückkam, sah er fern. Harry fragte sie nicht, wo sie gewesen war, und sie sagte nichts. Er hatte fünfundzwanzig Briefchen Heroin gekauft, einige davon für viel Geld wieder verkauft und sagte ihr zunächst nichts von Stoff und Geld. Sie legte ihre beiden Briefchen in das Versteck zu den anderen und empfand bei ihrem Anblick ein inneres Glühen und konnte es kaum erwarten, allein zu sein, um die Briefchen hervorzuholen und sie in der Hand zu halten und zu streicheln. Die anderen acht Briefchen gab sie Harry, nahm dann eines davon und fuhr ab. Sie setzte sich zu ihm auf die Couch, Wie gings heute abend? Ganz gut. Massel gehabt. Ich hab fast sofort was erwischt. Prima. Sie zog die Beine auf die Couch. Der Stoff is Schau, wie? Ja. Auf der Straße findet man solchen nicht. Laß uns den nicht verkaufen, Harry, ja? Nur den andern. Ich habs noch niemand angeboten, oder? Nein, aber ich ... du weißt schon, was ich meine. Ja. Mach halblang. Diesen geilen Stoff rück ich nich raus. Marion starrte einige Minuten abwesend auf den Bildschirm, ohne zu wissen, was sie sah, und ohne den leisesten Versuch, es in sich aufzunehmen. Sie wartete auf den rechten Augenblick und auf die richtigen Worte ... Harry? Ja? Müssen wir Tyrone was von diesem Stoff hier sagen? Er sah sie an, eine Stimme in ihm sagte, scheiß drauf, nein. Wir sind Freunde. Er hat das Ganze aufgezogen. Ich weiß, ich weiß, Marion sah hoch, Harry in die Augen, aber ich bin diejenige, die dort raufgegangen ist. Harry spürte irgendwo in seinem Innern etwas glühheiß hervorsickern und hoffte zu Gott, daß er nicht rot wurde. Er nickte, Okay. Was er nich weiß, macht ihn nich heiß, nehm ich an.

Tyrone lag ausgestreckt auf der Couch, allein, und sah fern. Alice war abgehauen, zurück zu ihren Angehörigen in irgendeinem Kaff in Georgia. Konnte die Kälte nicht vertragen, oder die Hitze. Sie war ein prima Hase, aber Tyrone war im Grunde froh und erleichtert, daß er nicht noch eine Vene zu versorgen hatte. Wenn ihr etwas aber auch schon gar nicht paßte, dann waren es die Entzugserscheinungen. Davor hatte sie einfach Todesangst. Scheiße, mir paßt das auch nich. Und die ganzen Aufregungen und Scherereien auch nich. Aber im Moment gehts. Gestern abend haben wir gleich was erwischt und n Haufen Kohle dabei verdient. Bald wird die Lage sich sowieso gebessert haben. Gibt im Augenblick nich allzu viel Stress. Tyrone C. Love sah eine Weile fern, interessiert, gespannt und amüsiert, und machte sich, im Verein mit dem Heroin in seinem Körper, die Bilder und Laute, die er sah und hörte, zunutze, um ein winziges inneres Nagen der Verwirrung, das er von Zeit zu Zeit verspürte, zum Schweigen zu bringen. Er war jeden Tag und jede Nacht viele Stunden durch die Straßen gehetzt und, Mann, das is ne verteufelt kalte Angelegenheit, kann ich dir flüstern, und daß man sich die Beine ausm Arsch rennen muß, um n bißchen Stoff zu ergeiern, is zum Kotzen. Jim, echt zum Kotzen is das. Jawohl ... zum Kotzen, Baby, und er steckte bis zum Hals in der Scheiße. Ty steckte schon so lange in der Scheiße, daß es ihm nicht mehr allzu schlimm vorkam. Der ganze Stress, all die Scherereien und Aufregungen erschienen ihm immer weniger als solche. Was solls, eine Gewohnheit kann keinen wirklichen Ärger bedeuten. Einer Gewohnheit geht man im Schlaf nach. Man denkt nicht weiter darüber nach. Man tut es einfach. Und eine Gewohnheit zieht andere Gewohnheiten nach sich. Und er lag auf seiner Couch, starrte auf den Bildschirm, hatte seinen Spaß, und wenn er sich fragte, warum er es zufrieden war, allein zu sein, ließ er das Fragen einfach und stieg wieder in den Löffel und wechselte den Kanal. Diese Dinge kratzten Tyrone schon irgendwie, doch mit Hilfe der Droge und der

Röhre gelang es ihm, sie mit sanfter Gewalt beiseite zu schieben, und es bedrückte ihn weiter nicht, daß er nicht den Auftrieb – das Verlangen – hatte, sich ein anderes Weib aufzureißen. Nein, er würde sich um sich selbst kümmern bis alles sich n bißchen beruhigt hatte. Jetzt würde er sich erst mal ne Weile am Riemen reißen, damit ihm der Stoff nicht ausging. Die Weiber später, Mann. Jawohl, ich heiße Tyrone C. Love und liebe niemand, als Tyrone C. und ich werd gut für dich sorgen, Baby.

Sarah wurde jeden Morgen an ihren Rollstuhl geschnallt und saß stumm und ergeben da, sah, durch einen Tränenschleier hindurch, Leute kommen und gehen, die Medikamente verabreichten, sich um Patienten kümmerten, Betten machten, Fußböden aufwischten und ihren sonstigen täglichen Obliegenheiten nachgingen. Stimmen und Geräusche verschmolzen zu einer Lärmkulisse, die Sarah nicht wahrnahm. Sie saß stumm da. Sie gingen an ihr vorbei, immer wieder vorbei, und sie wartete ... wartete darauf, daß jemand stehenblieb, mit ihr sprach ... ihr half. Sie kamen dann auch. Sie kamen, um sie für eine weitere Schockbehandlung vorzubereiten. Sarah weinte.

Die Heimlichkeiten zwischen Harry und Tyrone nahmen mit jedem Tag zu. Wenn der eine auf dem Trockenen saß und ihm die Augen tränten und die Nase lief und er am ganzen Leib zitterte und den andern um einen Druck bat, während sie auf der Suche nach Stoff durch die Straßen hetzten, schwor der andere Stein und Bein, er hätte keinen Krümel, er hätte gerade seine letzte Watte verbraucht, und begann ebenfalls zu zittern, um seinen Freund zu täuschen.

Sie zogen durch die Straßen, durch Schneematsch und Graupelschauer, und boten den eisigen Winden Trotz, zuweilen hasteten sie von einer Stelle zur andern und verfehlten die Connection jedesmal, dann wieder gelang es ihnen, in wenigen Stunden etwas aufzutreiben. Überall lungerten

Tausende von suchtkranken Junkies herum und versuchten, an Stoff zu kommen oder an das Geld dafür, und wenn sie, auf diese oder jene Weise, Stoff in die Hände bekamen, rannten sie damit davon, schafften es jedoch nicht immer, und Sterbende und Tote lagen in Torwegen und im Schutt und in den Trümmern der verlassenen Gebäude. Wie alle anderen nahmen auch Harry und Tyrone keine Notiz davon und verkrochen sich in ihre Jacken und in ihre Not, wechselten kein Wort und sparten ihre Kräfte dafür auf, jemanden zu finden, der verkaufte. Dann fuhren sie ab und streckten den Inhalt der Briefchen aufs äußerste und verhökerten, soviel sie entbehren konnten, und die Suche begann von neuem.

Wenn Marion allein zu Hause war, holte sie ihren Schatz hervor und betrachtete die Briefchen mit Dope und genoß das Gefühl der Macht und der Sicherheit. Sie ging nun ein paarmal die Woche zu Big Tim. Inzwischen sagte sie Harry, sie bekäme jetzt nur noch sechs Briefchen und ginge deshalb so oft zu ihm. Harry stellte sich nicht einmal die Frage, ob er ihr glaube oder nicht, er nahm drei von den Briefchen an sich, ohne Tyrone etwas davon zu sagen, und wenn er etwas kaufen konnte, verheimlichte er einige Briefchen vor Marion, und wenn seine Gewissensbisse begannen, ihm lästig zu werden, wurden sie vom Heroin mühelos beschwichtigt.

Gelegentlich fiel Marions Auge auf ihre Skizzenblöcke und Zeichenstifte und die Erinnerungen an die Pläne für das Künstler-Café und noch einige andere vage Erinnerungen suchten zu ihrem Bewußtsein vorzudringen, doch sie wischte sie beiseite und starrte auf den Bildschirm und dachte an ihren geheimen Schatz. Ein paarmal, als sie auf eine Cinzano-Reklame mit einer Ansicht aus dem sonnigen Italien starrte, überkam sie ein Gefühl der Reue, das sie aus ihrer Ruhe aufzuscheuchen drohte, doch sie sagte sich, daß sie ja dort gewesen sei und daß ein Briefchen mit gutem Stoff tausendmal mehr wert wäre, als ein Haufen nach Knoblauch riechender Italiener.

Harry und Tyrone standen im Schneematsch, froren sich den Arsch ab, warteten, wieder einmal, auf eine Connection und hörten den anderen Typen zu, die darüber redeten, wie all die Boss-Dealer in Florida auf ihren verdammten Ärschen in der Sonne hockten, während sie selbst bis zum Arsch im Schnee standen. Ja, und diese Sauhunde hocken außerdem auf dem ganzen Dope, nur um den Preis hochzutreiben, Jim, das is nämlich der einzige Grund, warum sie das tun. Scheiße, die sind n Haufen bedröhnte Arschlöcher, Mann, ganz beschissene Scheißkerle sind das, Jim. Harry und Tyrone hatten diesen ganzen Mist schon hunderttausendmal gehört, wie alle anderen auch, doch sie hörten es sich immer wieder an und nickten dazu, wie alle anderen auch, verfluchten die Sauhunde dafür, daß sie den Engpaß herbeigeführt hatten, nur, damit sie mehr Geld machen konnten, wo sie doch schon Multimillionäre waren, die Scheißkerle. Die Heftigkeit ihrer Wut ließ nicht nur die Zeit rascher vergehen, sie erzeugte auch ein wenig dringend benötigte innere Wärme. Als sie an diesem Abend endlich etwas kaufen konnten, waren sie betäubt vor Kälte und das Gehen fiel ihnen schwer. Harry ging zuerst mit zu Tyrones Wohnung, um sich einen Druck zu setzen, bevor er nach Hause, zu Marion, ging. Sie saßen herum und rauchten und ließen die Starre von sich weichen, bis Harry diese Schweine einfielen, die in der Sonne rumsaßen, und er meinte, wie das wohl wäre, wenn jemand dort hinführe, um Stoff zu kaufen. Tyrone sah ihn mit plierigen Augen an, Wovon redst du? Wovon ich rede? *Da*von red ich. Hier muß man rumhetzen wie verrückt, nur, um am Leben zu bleiben, und wird trotzdem ausgeraubt oder umgenietet, und niemand hat daran gedacht, direkt an die Quelle zu gehen, Mann. Wovon redst du bloß, Mann? Willst du vielleicht in irgendein Hotel gehen und den Portier nach einer Connection fragen? Is doch Scheiße. Komm, Ty, spur mal n bißchen, ja? Willst du vielleicht behaupten, daß du nich rauskriegst, wo Dope zu finden is, wenn es welches gibt? Hier schon,

Mann. Hier bin ich zu Hause. Aber was weiß ich von Miami? Diese Scheiß-Itaker sitzen nich dort rum und warten darauf, daß *ich* aufkreuze, Jim. Laß mich nur machen. Ich weiß, wie diese Stinker arbeiten. Das is kein Problem. Tyrone sah ihn einige Sekunden an. Das is aber ganz schön weit dorthin. Nicht, wenn du fährst. Hör zu, Mann, hier isses scheißkalt und die Straßen sind heißer wie ne läufige Hündin. Kerls werden umgenietet, als obs Rabattmarken für jeden toten Junkie gibt. Mann, wir haben nichts zu verlieren, Harrys Enthusiasmus stieg, je mehr er darüber redete. Tyrone kratzte sich den Kopf, Wenn das sone gute Idee is, warum hat dann noch niemand daran gedacht? Weil sie Arschlöcher sind. Harry saß auf dem äußersten Rand des Stuhls, sein Gesicht glänzte von Schweiß. Und das is es ja eben, daß bis jetzt niemand daran gedacht hat. Es is sozusagen Neuland. Tyrone fuhr fort mit Kratzen und Nicken, und wenn wir vor jemand anderem da sind, können wir unseren eigenen Preis machen und uns gemütlich langlegen und diese Flaschen für uns durch die Straßen rennen lassen. Tyrone kratzte sich immer noch, Der vorige Sommer, das war ne Wucht, Jim, er zog plötzlich die Brauen zusammen und legte den Kopf auf die Seite, es scheint, als ob seitdem tausend Jahre vergangen sind. Ach, Scheiße. Wird alles wieder genauso sein, wenn wir wieder genügend Stoff haben. Warum fliegen wir nich einfach runter? Da könnten wir in einem Tag wieder zurück sein. Harry schüttelte den Kopf, Nein, Mann. Das taugt nicht. Wir brauchen dort n Wagen, stimmts? Tyrone nickte. Und wir schaffens leicht in einem Tag. Unser Stoff reicht bis dahin, und Marion kann mir noch n bißchen Speed mitgeben. Kein Problem. Tyrone hatte sich gekratzt und zur Decke gesehen. Gogit kann uns sicher leicht n Wagen beschaffen, wenn er dafür n bißchen reinen Stoff kriegt. Der Kerl gräbt alles aus, sogar Tote. Harry lachte und nickte bekräftigend, sie waren so aufgeschmissen, daß ihnen alles einfach erschien. Und in Florida isses warm, Mann.

Harry sagte Marion, sie hätten gehört, wo es prima Stoff gäbe, und bat sie um etwas Geld. Je mehr wir kaufen können, um so besser für uns. Wo ist denn das? Harry zuckte die Achseln, Genau kann ichs nich sagen, aber jedenfalls in nem andern Bundesstaat. Wir werden n paar Tage dazu brauchen, verstehst du? Marion dachte ein paar Sekunden nach, Ich weiß nicht, Harry, im Augenblick hab ich nicht mal das Geld für die Miete. Kein Problem. In ein paar Tagen haben wir n Sack voll Stoff und Kohle. Marion überlegte noch einen Augenblick, sie konnte ohne weiteres hundert Dollar entbehren und dachte, es wäre großartig, noch mehr Dope zu haben, als sie bereits hatte. Überdies würde sie einige Tage vollkommen frei sein und allen Stoff, den sie von Tim bekam, für sich behalten können, und wenn sie jeden Tag zu ihm ging, würde sie ganz schön was auf der hohen Kante haben. Okay, Harry, ich kann dir hundert Dollar geben, aber ich muß es vor Ende des Monats zurück haben, ich brauch es für meine Miete. Harry wischte ihre Bedenken mit einer Handbewegung weg, Wir werden ziemlich viel rumfahren müssen, und da wärs gut, wenn du uns n bißchen Speed mitgeben würdest. Wir wollens möglichst rasch hinter uns bringen.

Als Harry gegangen war, rief Marion Big Tim an und war kurz darauf auf dem Weg zu ihm. Sie dachte daran, wie viele Briefchen mit Dope sie haben würde, bis Harry zurückkam, und sie fühlte sich unabhängig von ihm.

Für Gogit war es ein leichtes, ihnen einen Wagen zu besorgen. Er war zwar nicht mehr viel wert, aber er lief. Ein Vetter von ihm saß für ne Weile im Knast, und er luchste seiner Tante den Wagen ab, indem er ihr sagte, er würde sich um ihn kümmern, damit die Reifen nicht morsch würden und die Batterie sich nicht entlüde oder Halbstarke nicht eines Nachts alles bis aufs Chassis abmontierten.

Harry und Tyrone suchten ihren Kram zusammen und machten sich noch einen Druck, bevor sie, gegen neun Uhr abends, losfuhren. Sie hofften, so dem starken Verkehr zu entgehen, und mit dem Speed, den sie bei sich hatten, konnten sie mühelos die Nacht durchfahren und zu einer vernünftigen Zeit in Miami sein. Es wurde für Harry immer schwieriger, eine brauchbare Vene zu finden und er versuchte es bereits an seinen Händen, doch es stellte sich heraus, daß es dort auch nicht ging und er wollte sich weiß Gott jetzt keinen Schuß vermasseln. Ein Briefchen Heroin war im Augenblick einfach zu kostbar. So sah er sich also von Zeit zu Zeit gezwungen, auf die Stelle an seinem Arm zurückzugreifen, die schon öfters geeitert hatte und nun ein Loch war. Er beschloß immer wieder, diese Stelle nicht mehr zu benutzen, aber wenn er abfahren wollte, stand er die Mühsal einfach nicht durch, nach einer anderen Stelle zu fahnden, also steckte er früher oder später die Nadel in das Loch in seinem Arm und drückte das Zeug rein. Tyrone schüttelte dann den Kopf, Das sieht häßlich aus, Jim, du solltest dir n paar solche Venen anschaffen, wie meine. Das isses ja mit euch Weißärschen, ihr seid zu empfindlich. Das is okay, Mann, solange ich das Zeug überhaupt reinbringe ... und solange wir dort hinkommen, wo wir hin wollen.

Als sie losfuhren, war es kalt und stürmisch, aber trokken. Ich hoff bloß, daß diese Scheißheizung funktioniert, Jim. Harry saß am Steuer, Tyrone starrte auf den Heizungshebel, stellte die Heizung alle paar Sekunden an und dann, sobald kalte Luft seine Füße umwirbelte, wieder ab. Sie waren schon fast auf der New Jersey-Autobahn, bevor aus der Heizung warme Luft kam. Na also, endlich. Wird nun vielleicht doch noch ne ganz angenehme Fahrt.

Was aus dem Radio kam, war durchaus annehmbar, und so schnalzten sie während der ersten paar Stunden mit den Fingern, hatten ihren Spaß am Sound und fuhren so rasch wie möglich und hielten die Augen offen, falls Bullen in der Nähe sein sollten. Sie wollten um keinen Preis aus irgendwelchen Gründen angehalten werden. Die Nacht in ihrer Stille war angenehm und wohltuend. Die Scheinwerfer eines gelegentlich vorüberfahrenden Wagens gaben ihnen, in ihrem eigenen, gut geheizten Vehikel, ein Gefühl der Wärme und Sicherheit. Die Lichter von Häusern in der Ferne oder von Hochspannungsmasten und Fabriken in der Nähe flimmerten in der kalten Luft, doch ihre Aufmerksamkeit galt der Fahrbahn und der Entfernung zwischen ihnen und Miami. Von Zeit zu Zeit wurde Harry sich des Schmerzes in seinem Arm bewußt; dann drückte er ihn langsam durch und lagerte ihn auf der Armstütze. Tyrone sah immer wieder auf den Kilometerzähler und ließ Harry wissen, um wieviel näher sie Miami mit seiner warmen Sonne und all dem reinen Dope bereits gekommen waren. Jawohl, Mann, und wenn wir mit dem ganzen Stoff wieder zurück sind, müssen wir cool bleiben. Genau, Baby. Wir werden niemand etwas davon verraten, bloß den Stoff strecken und jeden Abend nur n paar Bündel an die Typen verscheuern, als hätten wirs gerade selbst erst aufgetan. So wirds gemacht, Jim. Ich will nich, daß all diese triefnäsigen Junkies mir die Bude einrennen. Tyrone rieb sich den Kopf und sah durchs Fenster auf den Schnee und den gefrorenen, grauen, mit Schwarz gesprenkelten Schneematsch, aus dem die Scheinwerfer hin und wieder eine weiße Stelle herausschnitten, dort, wo die oberste Schneeschicht abgedeckt war. Wieviel denkst du werden wir auftreiben? Ich weiß nich, Mann, vielleicht zwei Unzen. Glaubst du wirklich so viel? Der Preis is gestiegen wie verrückt, Jim. Jaja, ich weiß, aber fürn Riesen müßten sogar bei der augenblicklichen Klemme zwei Unzen rausspringen. Schließlich dealen wir das Zeug dann für die und übernehmen das ganze Risiko. Das muß denen schon was wert sein. Ja, Tyrone lächelte und lehnte sich zurück, und wir machen uns nen guten Tag, bis diese beschissene Klemme und der Winter vorbei sind. Vielleicht kauf ich mir ne Höhensonne und leg mich gemütlich drunter, wie ihr Weißärsche, Tyrone grinste, mit weißen Zähnen, übers ganze Gesicht. Harry sah ihn an und mußte lachen, dann schnaubte er durch die Nase, in dem Versuch, sich zu beherrschen und den Blick auf die Fahrbahn gerichtet zu halten. He, Baby, bleib cool, wir haben noch n weiten Weg vor uns.

Nachdem sie einige Stunden gefahren waren, hielten sie vor einer Howard Johnson-Raststätte und hasteten, die Arme um sich geschlungen, mit hochgeschlagenem Jackenkragen auf den Eingang zu. Sie bestellten sich Soda und Hamburger und gingen dann in die Herrentoilette. Harry zog sehr vorsichtig seine Jacke aus und rollte den Ärmel seines Hemds hoch. Das Loch in seinem Arm tat nun so weh, daß er weder lachte noch von all dem Stoff sprach, den sie bald haben würden. Er und Tyrone sahen es sich kurz an, und Tyrone schüttelte den Kopf, Das sieht böse aus, Jim. Ja, wirklich, kein schöner Anblick. Harry zuckte die Achseln, Schon gut, scheiß drauf, ich werd mich drum kümmern, wenn wir zurück sind. Jaja, aber *da* gehst du wohl besser nich mehr rein. Such dir lieber ne andere Stelle. Ja. Sie gingen, jeder für sich, in eine Kabine, und Harry versuchte, in seiner rechten Hand eine brauchbare Vene hochzupumpen, doch wie sehr er sich auch bemühte, es ergab nichts, das dem ähnlich gewesen wäre, was er brauchte, also griff er lieber auf das alte, verläßliche Loch in seinem linken Arm zurück, als Gefahr zu laufen, einen Schuß zu vermasseln. Es tat eine Minute lang höllisch weh, doch das war die Sache wert, und bald war es wieder nur ein stumpfer, dumpfer Schmerz. Nachdem sie ihre Hamburger gegessen hatten, tranken sie ein paar Gläser Soda und waren ganz happy, tauschten Bemerkungen über die Kellnerin aus und kicherten und kratzten sich ein Weilchen, dann schmissen sie noch ein Speed ein, kauften sich zwei Tüten mit heißem Kaffee, hauten ab und fuhren weiter, auf Miami und die Connections zu. Eine Zeitlang schwiegen sie, hörten Musik, und die Droge, im Verein mit der Zukunft, gab ihnen ein Gefühl der Wärme und Sicherheit, und sie lächelten innerlich bei dem Gedanken an das baldige Ende ihrer Schwierigkeiten und daran, daß die Zeit des Darbens demnächst vorüber war, zumindest für sie. Dann löste das Speed ihre Zungen, und sie begannen, im Takt der Musik zu nicken, zu singen, mit den Fingern zu schnalzen und unaufhörlich zu quatschen, wobei Tyrone von Zeit zu Zeit kundgab, wieviel näher sie Miami und den Connections bereits gekommen waren.

Harry saß immer noch am Steuer, als der Sonnenaufgang sich ankündigte. Verdammtnochmal, wir sind die ganze Nacht gefahren und immer noch alles voll Schnee. Wie weit südlich muß man denn fahren, um von diesem Scheißschnee wegzukommen? Sehr weit, Mann. Dieser Engpaß- und Kältefluch reicht bis Florida. Sie hielten, um Kaffee zu trinken, und schmissen noch etwas Speed ein, gingen dann, nacheinander, in die Herrentoilette und machten sich einen Druck, tranken zwei Tüten mit Kaffee und zischten ab, Tyrone am Steuer und Harry, alle viere von sich gestreckt, neben ihm, bemüht, seinen Arm so zu stützen, daß der Schmerz aufhörte. Es war nun, nach dem Schuß, nicht mehr so schlimm, aber es pochte.

Tyrone sah nach wie vor ständig auf den Kilometerzähler und ließ Harry jedesmal wissen, wieviel näher sie Miami schon gekommen seien, als ihm plötzlich aufging, wie weit fort von New York sie waren. Sie schmissen noch etwas Speed ein und tranken noch mehr Kaffee und dachten an die Entfernung zwischen sich und ihrem Zuhause. Sie waren die ganze Nacht gefahren und realisierten, daß sie nicht einfach in die U-Bahn springen oder sich ein Taxi nehmen konnten, um dorthin zu kommen, wo sie hin wollten. Wie immer ihnen zumute gewesen war, als sie abfuhren – nun hatten sie sich festgelegt und es gab kein Zurück.

Aus dem Radio kam nach wie vor Musik, doch im Wagen war es still. Harry rieb ununterbrochen seinen Arm, um den Schmerz zu lindern. Tyrone stützte den linken Ellbogen in den Fensterrahmen und strich sich mit der Hand übers Kinn. Keiner von beiden hatte den Staat New York je zuvor verlassen, und das einzige Mal, daß Harry aus der Stadt herausgekommen war, war damals gewesen, als er als Junge einige Zeit im Pfadfinderlager verbracht hatte. Die Fremdheit der Landschaft bedrückte sie immer mehr. Sie wurden zunehmend schweigsamer. Speed und Heroin fochten um die Vormacht. Die Umgegend der Autobahn schien, sie irgendwie einengend, näher zu rücken. Sie rutschten dauernd hin und her und wechselten die Stellung, um bequemer zu sitzen. Sie starrten durch die Windschutzscheibe. Sie versuchten, ihr Hirn mit Speed und Heroin zu betäuben, doch die Hoffnungslosigkeit ihrer Lage drängte sich ihnen trotzdem auf. Beiden wurde in zunehmendem Maße bewußt, daß das, was sie taten, Irrsinn war. Zwischen ihnen und der ihnen vertrauten Umgebung lagen Welten. Sie waren süchtig, ein Faktum, das sie sich die längste Zeit nicht hatten eingestehen wollen, doch nun war die Erkenntnis da, spontan wie ein Tiefschlag. Sie waren süchtig, und sie fuhren durch irgendeinen fremden Scheißstaat und versuchten, sich nach Miami mit seinen Boss-Dealern durchzuschlagen. Sie konnten sie förmlich riechen. Sie wußten, daß sie ihnen auf der Spur waren. Aber was zum Teufel würden sie tun, wenn sie dort angekommen waren? Was zum Teufel war eigentlich los? Sie rutschten auf ihren Sitzen hin und her. Versuchten es mit dieser Stellung, dann mit jener. Harry rieb sich den Arm. Der Schmerz war plötzlich so unerträglich, daß ihm schwarz vor Augen wurde. Sie hatten Todesangst. Doch sie hatten genausoviel Angst davor, einander das einzugestehen. Beide wären sie am liebsten umgekehrt und zurückgefahren. Bei diesem beschissenen Mangel an Dope durch diese beschissenen Straßen zu rennen war der Tod, Mann, aber immer noch besser als das hier. Wo zum Teufel fuhren sie eigentlich hin? Was stand ihnen bevor? Wenn ihnen nun der Stoff ausging, bevor sie wieder zurück waren? Wenn sie nun, hier in diesem beschissenen Süden, festgenommen würden? Beide hätten sie fast darum gebetet, oder kamen dem Beten doch so nahe, wie das, was sie vom Beten wußten, es zuließ, der andere möge vorschlagen umzukehren und nach Hause zu fahren, doch sie starrten weiterhin durch die Windschutzscheibe und rutschten auf ihren Sitzen hin und her, während der Wagen geradeaus weiterfuhr. Tyrone sah nicht mehr auf den Kilometerzähler. Harry konnte nicht länger als einige wenige Minuten stillsitzen. Von Zeit zu Zeit krümmte er sich vor Schmerzen. Er rieb seinen Arm und versuchte auf die Weise, den Schmerz zu lindern. Ich glaube kaum, daß ich durchhalte, Mann. Dieser Scheißarm bringt mich um. Er wand sich aus seiner Jacke heraus und rollte den Hemdärmel hoch und blinzelte, als er sich seinen Arm ansah. Auch Tyrone sah ab und zu hin und runzelte die Stirn, Scheiße, das sieht aber wirklich böse aus, Baby. Rund um das Loch in Harrys Arm hatte sich ein grünlich-weißer Knoten gebildet, von dem aus rote Streifen sich zur Schulter hinauf und zum Handgelenk hinunter zogen. Ich kann den Scheißarm kaum bewegen. Ich muß da irgendwas unternehmen, Mann.

Big Tim sagte Marion, wenn sie wolle, könne er es für sie arrangieren, daß sie für ein paar Stunden Arbeit zu einer ansehnlichen Menge Stoff käme, Aber eigentlich ist das ganze mehr sone Art Spiel. Was meinst du mit ansehnliche Menge? Big Tim lachte sein Nikolaus-Lachen, Du bist vielleicht scharf auf das Zeug, verdammtnochmal. Marion lächelte und zuckte die Achseln. Ihr werdet euch zu sechst eine Unze teilen. Und zwar vom besten. Und er lächelte, als Marions Augen sich weiteten und glänzten. Wann? Sein Lächeln wurde breiter, Morgen abend. Er machte eine kleine Pause. Ob sie wohl fragen würde, was sie dafür zu tun habe? Doch er war fast sicher, daß sie keine Fragen stellen würde. Es handelt sich um eine kleine Party für einige Bekannte. Ich bring dich hin. Wer wird sich mit mir die Unze teilen? Fünf andere Weiber. Ihr werdet für die Unterhaltung sorgen ... du weißt schon, euren Spaß miteinander haben, kapiert? Er lächelte und lachte dann sein Nikolaus-Lachen, als er an Marions Gesicht sah, daß das, was er meinte, zu ihr durchgedrungen war. Und die Männer? Die kommen später, und Tim lachte so laut und dröhnend, daß Marion zu kichern begann. Um wieviel Uhr? Sei um acht hier. Marion lächelte und nickte, und Big Tim lachte sein Nikolaus-Lachen.

Harry und Tyrone bogen in eine kleine Tankstelle ein, stiegen aus und reckten und streckten sich. Im Hintergrund des Kassenraums unterhielt sich der Tankwart mit dem Mechaniker. Sie warfen einen kurzen Blick auf Harry und Tyrone, dann stellte der Tankwart seine Cocaflasche hin und kam herausgeschlendert. Harry lehnte am Wagen und rieb sich den linken Arm, Volltanken, Normal, ja? Und wo ist die Herrentoilette? Der Sprit ist uns gerade ausgegangen. Scheiße. Macht nichts, Jim, es reicht noch fürn Weilchen. Harry nickte Tyrone zu, Dann geh ich jetzt auf die Toilette. Der Tankwart starrte Harry an, Die ist außer Betrieb. Harry sah ihn kurz an und bemerkte den feindseligen Gesichtsausdruck des Mannes. Ein Wagen hielt vor der anderen Zapfsäule, und der Tankwart ging hinüber, Guten Morgen, Fred, volltanken, bitte. Wird gemacht. Der Tankwart begann, den Wagen aufzutanken, und der Mechaniker kam aus dem Kassenraum und lehnte sich an die Mauer, starrte Harry provozierend ins Gesicht und spie aus. Harrys Schmerzen und seine Verwirrung verwandelten sich langsam in Wut, und Tyrone öffnete die Wagentür, Lassen wirs lieber, Baby. Harry sah Tyrone kurz an und stieg ein. Der Mechaniker starrte sie weiterhin an und spie aus, als sie abfuhren. Was zum Teufel hatte das zu bedeuten? Das war der Süden, wie er im Buche steht, Baby. Jesus, das is wie in nem schlechten Film. Ich dachte, der Bürgerkrieg wär vorüber. Für diese Stinker nich. Beide sahen auf die Benzinuhr. Was machen wir denn jetzt, Mann? Was weiß ich, Mann. Wir bleiben hübsch cool und verschaffen uns Sprit, was können wir sonst machen? Harry nickte und preßte mit der andern Hand seinen Arm an sich und sie fuhren schweigend weiter, beide an sich haltend, um ihre äußere Gelassenheit nicht zu verlieren, und beide wünschten sie zu Gott, sie wären woanders. Die Zeit schien sich endlos hinzuziehen, während sie geradeaus starrten, ohne die vorbeiflitzenden Bäume und Masten zu bemerken. Sie sahen immer wieder auf die Benzinuhr und dann geradeaus, dorthin, wo die Straßenränder sich, in unerreichbarer Ferne, zu einem Strich vereinigten. Harry rieb seinen Arm, und Tyrone hob von Zeit zu Zeit die Hand und rieb und kratzte sich den Kopf, lehnte den linken Arm an den Fensterrahmen und stützte das Kinn in die Hand. Da is eine. Ja. Als sie an der Tankstelle hielten, wurden sie sich zunehmend des Schweißes bewußt, der ihnen den Rücken und die Flanken hinunter lief. Harry beugte sich ein wenig hinaus und sagte dem Mann, er solle auftanken. Normal. Während das Benzin in den Tank lief, lehnte der Mann an der Zapfsäule, ohne Notiz von ihnen zu nehmen. Als der Tank voll war, zahlte Harry, und sie fuhren weiter. Viele lange Minuten herrschte Stille, bis Tyrone das Radio einschaltete. Die Verspanntheit wich allmählich von ihnen, und auch das Schwitzen ließ nach. Jetzt wär verdammtnochmal n Schuß recht. Ja, da sagstu was. Müßte ja bald ne Raststätte kommen.

Sie hielten vor einer kleinen Raststätte an der Autobahn und gingen, zunächst einer, in die Herrentoilette. Der andere saß unterdessen am Tresen und hielt die Augen offen. Nachdem beide ihren Druck intus hatten, wich die Verspanntheit von ihnen, und sie dachten, es wäre gut, eine Kleinigkeit zu essen und auch Kaffee zu trinken, und Harry rief nach der Kellnerin, die sich am anderen Ende des Tresens mit einem Gast unterhielt, doch sie tat, als höre sie es nicht. Er rief noch einmal, und der Koch fuhr mit dem Kopf raus und sagte ihm, er solle das Maul halten. Harry schloß einen Moment die Augen, holte tief Luft, atmete langsam aus, sah Tyrone an und schüttelte den Kopf. Tyrone zuckte die Achseln, und sie standen auf und gingen.

Sarahs Elektroschocktherapie war beendet. Sie saß auf der Bettkante und starrte aus dem Fenster, durch das graue Glas auf den grauen Himmel, den grauen Erdboden und die kahlen Bäume. Von Zeit zu Zeit erhob sie sich mit Mühe vom Bett und schlurfte in ihren Einwegpantoffeln zum Schwesternzimmer und lehnte sich, der Tür gegenüber, an die

Wand und starrte. Wünschen Sie etwas, Mrs. Goldfarb? Sarah blinzelte und starrte. Ihr Gesicht verzog sich ein wenig, fast lächelte sie, dann blinzelte sie ein paarmal, bevor sie ihr Starren wieder aufnahm. Die Schwester zuckte die Achseln und wandte sich wieder ihrer Beschäftigung zu. Sarah glitt an der Wand hinunter und kauerte nun auf dem Boden und bemühte sich immer noch um ein Lächeln, um ein Lächeln, das anhielt. Ihre Wangenmuskeln zuckten, die Mundwinkel zitterten. Schließlich zog ihr Mund sich in die Breite, verzog sich zu einem krampfigen, gequält wirkenden Grinsen bei aufgerissenen Augen. Sie kam irgendwie auf die Beine und schlurfte zur Tür des Schwesternzimmers hinüber und stand grinsend da, bis die Schwester sie ansah. Sehr schön, und jetzt gehen Sie in Ihr Bett zurück, und wieder kehrte sie Sarah den Rücken zu und machte ihre Arbeit weiter. Sarah drehte sich um und schlurfte zu ihrem Bett und saß auf der Bettkante und starrte durch die grauen Fensterscheiben.

Sarah wurde in einen Rollstuhl gesetzt und fortgebracht, im Fahrstuhl hinunter und durch einen langen, grauen unterirdischen Gang zu einem Warteraum, wo andere Patienten ergeben dasaßen, während in einer Ecke ihre Wärter rauchten, Witze rissen und ihre jeweiligen Patienten im Auge behielten. Sarah sah auf die Wartenden vor sich und blinzelte, kniff die Augen zusammen, dann starrte sie. Von Zeit zu Zeit öffnete jemand eine Tür und rief einen Namen, und einer der Wärter rollte einen Patienten durch die Tür. Es war, als lösten sie sich in Luft auf, und trotzdem schien es Sarah, als säßen genauso viele Leute im Raum wie vorher. Die Zeit blieb, was sie war, Zeit, und Sarah hörte ihren Namen rufen. Ihr Wärter rollte sie durch die Tür und Sarah versuchte zu lächeln. Vor ihr saß ein Mann an einem Schreibtisch. Im Raum befanden sich noch andere. Der Mann am Schreibtisch wurde mit Euer Ehren angeredet. Jemand erhob sich und schlug einen Aktendeckel auf und las dem Richter einiges daraus vor. Der Richter sah Sarah an. Sie versuchte zu lächeln, und ihr Gesicht verzog sich zu einem breiten Grinsen bei aufgerissenen Augen, während ein wenig Speichel an ihrem Kinn hinunterrann. Er setzte seinen Namen auf ein Stück Papier und gab es dem Mann zurück. Sie wurde in eine staatliche Nervenheilanstalt eingewiesen.

Sarah wurde früh geweckt, aus dem Bett gescheucht und ins Souterrain der Anstalt gebracht und auf eine Bank gesetzt, wo sie warten sollte. Und warten. Sie fragte, ob sie etwas zu essen haben könnte, und sie sagten ihr, es sei noch zu früh. Als sie noch einmal fragte, sagten sie, es sei zu spät. Schließlich wurde sie in einer Schlange durch eine Kontrollstelle geschleust, dann wartete sie. Sie saß auf der Bank und starrte. Dann schloß sie sich einer weiteren Schlange an. Und wartete. Sie bekam ihre Kleider. Sie sah sie lange Zeit an. Sie sagten ihr, sie solle sich anziehen. Sie starrte. Sie zogen ihr einige Kleidungsstücke über. Sie kämpfte sich in die übrigen hinein. Sie führten sie zu einer anderen Bank. Sie wartete. Sie setzten sie in einen Bus, und sie starrte vor sich hin, während die anderen zu den anderen Plätzen geführt wurden. Sie fuhren durch die Straßen mit den vertrauten Anblicken und Geräuschen eines ganzen Lebens, und Sarah starrte vor sich hin.

Man half ihnen aus dem Bus, und ihre Namen wurden auf einer Liste abgehakt, und dann führte man sie durch einen grauen, feuchten, eiskalten unterirdischen Gang, von dem andere Gänge abzweigten, und schließlich zu einem Gebäude auf einer abgelegenen Stelle des Geländes und in die bereits überfüllte geschlossene Abteilung, wo andere umherschlurften herumsaßen hockten standen starrten. Sarah stand still da und starrte auf die grauen Wände.

Ada und Rae kamen zu Besuch. Sie saßen in einer Ecke des Besuchsraums und starrten Sarah an, als sie auf sie zugeschlurft kam. Sie wußten, daß es Sarah war, und doch erkannten sie sie nicht wieder. Sie war nur noch Haut und Knochen. Das Haar hing ihr leblos vom Kopf. Ihre Augen waren trübe und nahmen nichts wahr. Ihre Haut war grau.

Sarah setzte sich und Ada holte Essen aus einer großen Einkaufstüte hervor. Wir haben n bißchen Lachs mitgebracht, und Sahnekäse und Beugel und gefüllte Blinis mit saurer Sahne und n paar Käseschnecken und Geräuchertes und gehackte Leber mit Roggenbrot und Senf und Zwiebeln und eine Tüte mit heißem Tee und ... Wie geht es dir, Herzchen?

Sarah fuhr fort zu starren, Ja, und versuchte zu lächeln und nahm einen großen Bissen von dem Sandwich und machte beim Kauen ein grunzend-schmatzendes Geräusch, und der Senf quoll ihr aus den Mundwinkeln. Ada zwinkerte und Rae wischte behutsam Senf und Speichel fort. Sie sahen auf ihre langjährige Freundin und gaben sich alle Mühe, zu *verstehen*. Sie blieben eine endlose Stunde da und gingen dann, widerstrebend, jedoch mit einem Seufzer der Erleichterung. Sie starrten, während sie auf den Bus warteten, auf die grauen Mauern, auf die leblosen Bäume und das Gelände, und ihren Augen entströmten Tränen. Sie umarmten einander.

Harry und Tyrone starrten schweigend durch die Windschutzscheibe. Ihre Angst und ihre Besorgnis benahmen mit jeder Meile zu. Harry hockte auf seinem Sitz, zusammengekrümmt wie ein Fötus. Schmerz und panische Angst benahmen ihm fast den Atem. Je näher sie Miami kamen, desto mehr bohrte sich ihnen das Bewußtsein der Entfernung zwischen ihnen und ihrer gewohnten Umgebung ins Hirn. Sie hatten noch jede Menge Stoff und Speed, doch ihre Angst war so groß, daß sie den ganzen Wagen ausfüllte und fast mit Händen zu greifen war. Harry versuchte immer wieder, die Augen zu schließen und alles zu vergessen, außer daß in Miami die Boss-Dealer warteten, doch sobald ihm das fast gelungen wäre, sah er seinen Arm, flammend rot und grün, und er hörte, wie jemand seinen Arm absägte und er riß sich auf seinem Sitz hoch und packte seinen Arm und versuchte, sich, soweit es ging, vor und zurück zu wiegen. Mann, ich halt das nich aus. Ich brauch Penizillin oder irgendwas, für diesen Scheißarm. Sie parkten den Wagen um die Ecke von einem kleinen Ärztehaus und betraten die erste beste Praxis. Im Wartezimmer saßen einige Leute, und Tyrone ging zur Arzthelferin, um ihr zu sagen, was mit Harry sei. Haben Sie einen Termin? Tyrone schüttelte den Kopf, Nein. Aber es ist dringend. Warum gehen Sie nicht ins Krankenhaus? Ich weiß nich, wo das is, und er – Harry kam dazu, Ich hab eine schlimme Infektion am Arm und fürchte, ihn zu verlieren. Könnte der Doktor mich empfangen? Bitte. Harry streckte seinen Arm aus, und sie warf einen Blick darauf, dann auf die beiden, Nehmen Sie Platz. Nach einigen Minuten kam sie zurück und öffnete die Tür zum Untersuchungszimmer und sah Harry an, Hier herein.

Harry ging auf und ab, hielt seinen Arm umklammert und versuchte von Zeit zu Zeit sich hinzusetzen, konnte sich jedoch nicht länger als eine Minute ruhig verhalten. Endlich kam der Arzt und sah Harry kurz an, Worum handelt es sich? Mein Arm, der bringt mich noch um. Der Arzt packte Harrys Arm mit derbem Griff – Harry zuckte vor Schmerz zusammen –, warf einen Blick darauf und ließ ihn fallen. Ich bin gleich zurück. Er verließ den Raum und ging in sein Büro, schloß die Tür hinter sich und rief die Polizei an. Hallo, hier spricht Dr. Waltham. In der Russel Street? Ja. Ich hab hier einen jungen Mann, den Sie sich vielleicht ansehen sollten. Er hat eine Infektion am Arm, die mir so aussieht, als käme sie von einer Injektionsnadel, und seine Pupillen sind erweitert. Ich nehme an, daß er süchtig ist. Er redet wie n verdammter New Yorker Gammler und ist mit nem Nigger zusammen. Er legte auf und sagte der Schwester dann über die Sprechanlage, daß die Polizei in wenigen Minuten da sein würde, Also behalten Sie diesen New Yorker Nigger im Auge. Der Arzt wartete einige Minuten, bevor er zu Harry zurückging. Wieder griff er derb nach Harrys Arm und drehte ihn hin und her. Harry würgte und seine Knie gaben vor Schmerz nach. Dazu brauch ich Zeit, um das hier in Ordnung zu bringen. Es ist noch ein Patient vor Ihnen dran, dann werde ich mich um Sie kümmern. Er ging, bevor Harry ein Wort sagen oder auch nur Atem holen konnte.

Tyrone versuchte, sich ein Magazin anzusehen, doch er wurde das Gefühl nicht los, daß er aufstehen und weglaufen sollte. Irgendwas war hier nicht koscher, aber er wußte nicht, was es war. Er schielte hin und wieder zur Schwester hinüber, und jedesmal schien sie ihn anzustarren, mit einem Ausdruck, als hätte er gerade ihre Mutter umgebracht oder was. Das machte ihn ganz kribbelig. Er nahm sich erneut das Magazin vor und wandte den Kopf zur Seite, so daß er sie nicht mehr sehen konnte, und starrte auf die Bilder und hin und wieder auch auf die Wörter und wünschte, er wäre zu Hause, in der ihm vertrauten Umgebung, trotz Drogenknappheit, trotz Kälte. Hier war es einfach zu heiß, hier gefiel es ihm überhaupt nicht. Er fragte sich, was mit Harry geschah. Er spürte, daß Harry durch jene Tür in etwas anderes eingetreten war. Er mochte es ganz und gar nicht, wie ihm zumute war oder wie das Weib da ihn ansah. Verdammtnochmal, er wünschte, er wäre in New York. Er würde sich gern einfach in den Scheißschnee legen, wenn er in diesem Augenblick wieder dort sein könnte. Was tat er hier überhaupt. Scheiße, er hatte nie in diesen Scheißsüden fahren wollen. Verdammtnochmal, er wünschte, Harry würde sich beeilen und seinen Arm in Ordnung bringen lassen, damit sie hier raus konnten und zurück – Plötzlich bemerkte er, daß jemand neben ihm stand, und in seinem Magen sackte etwas durch, bis in seine Knie. Schon bevor er den Kopf wendete, wußte er, daß es die Polizei war. Was machst du hier, Boy? Tyrone drehte langsam den Kopf, hob ihn und sah in das Gesicht eines Bullen.

Sein Kollege ging in das Zimmer, in dem Harry wartete. Als er die Schritte hörte und die Tür sich öffnete, durchrieselte Harry ein Gefühl der Erleichterung und er hätte fast gelächelt, als die Tür aufging – im Türrahmen stand der Bulle, starrte ihn an und kam langsam ins Zimmer. Harry starb einen kleinen Tod. Von wo bist du? Harry zwinkerte, sein Kopf zitterte, er konnte das Zittern nicht unter Kontrolle bekommen, Wie? ... Was???? Was is los mit dir? Kannstu nich sprechen? Und er packte Harry am Kinn und sah ihm eine Minute lang in die Augen, dann schob er ihn unsanft von sich, Ich hab dich gefragt, von wo du bist? Aus Bronx ... eh, New York. New York, he? Er stieß Harry mehrmals seinen Finger in die Brust und Harry prallte gegen den Untersuchungstisch. Soll ich dir mal was sagen? Wir haben hier was gegen New Yorker Junkies. Besonders gegen solche, die sich für Nigger stark machen. Harry wollte etwas sagen und der Bulle versetzte ihm einen harten Schlag mit der flachen Hand gegen die Schläfe und schlug ihn damit zu Boden und Harry fiel auf seinen Arm. Harry griff nach seinem Arm und stöhnte auf vor Schmerz und versuchte verzweifelt, Luft zu bekommen und die Tränen zurückzuhalten, die der Schmerz ihm in die Augen trieb. Ich will kein Wort von dir hören, du *Niggerfreund*. Der Bulle packte Harrys kranken Arm und zerrte den halb Ohnmächtigen zum Streifenwagen, drehte ihm die Arme auf den Rücken und legte ihm Handschellen an und stieß ihn hinein. Tyrone saß schon drin, mit auf dem Rücken gefesselten Händen.

Als sie aufs Revier kamen, bat Harry den diensthabenden Beamten um einen Arzt. Er lachte, Willst du vielleicht auch Zimmer-Service? Mein Arm. Da muß was geschehen. Das hat Zeit. Den Arm brauchstu fürne Weile sowieso nich. Höchstwahrscheinlich kommt am Montag ein Arzt. Vielleicht sieht er sich dann deinen Arm an.

Tyrone saß in einer Ecke der Zelle, beobachtete, wie Harry auf und ab ging, und dachte an den alten abgewichsten Fixer, mit dem er damals zusammen eingesperrt war, der, der sich seine Schulterwatte aufgekocht hatte. Sie hatten nichts. Gar nichts. Nur sich selbst und ihre Sucht. Millionen Meilen von zu Hause weg. Was zum Teufel hatte er hier verloren? Dieser gottverdammte Harry war schuld. Er und seine Scheißideen. Wir fahren zu den Boss-Dealern. Wir fahren nach Miami. Decken uns ein und machens uns gemütlich, bis es wieder warm wird. Selbst wenn sie ihm einen Anruf zugestanden, wen sollte er anrufen? n Scheißkerl, dieser Harry! Hat mich reingeritten und jetzt sitz ich hier im Süden, in irgendsonem Scheißkaff. Scheiße! Er sah, wie Harry seinen Arm umklammert hielt und immer wieder versuchte, sich hinzusetzen. Auf dem Fußboden lagen ein paar Betrunkene. Die Kloschüssel in der Ecke war mit Erbrochenem verschmiert. Es stank. Scheiße! Freitag. Bis Montag passiert NICHTS! Bis dahin sind wir verreckt. Tyrone ließ den Kopf hängen, bis zwischen die Knie, und schlang die Arme um sich. Was *is* los, Mann? Was is bloß los?

Harry wiegte sich vor Schmerzen vor und zurück. Seit ihrem letzten Druck waren schon ein paar Stunden vergangen und damit hatte sichs. Wenn er bloß gewußt hätte, daß das sein letzter Schuß war. Dann hätt er sich lieber gleich den goldenen Schuß verpaßt. Wenn er wenigstens ein bißchen Watte hätte. Son Mist. In seinem Körper spannte und zuckte es – mehr als vierundzwanzig Stunden ohne Schlaf, abwechselnd Speed und Dope und dann der unerträgliche Schmerz in seinem Arm. Nun, da er wußte, daß er nicht an Dope rankonnte, setzten mit Macht die Entzugserscheinungen ein. Er starrte auf die mit Stahlplatten verkleideten Wände, bis seine Augen brannten und langsam zufielen, doch sie öffneten sich sofort wieder, denn schon bevor er eingeschlafen war, suchten ihn Alpträume heim. Sein Kopf brannte. Seine Zunge war so trocken, daß sie ihm am Gaumen klebte. Er versuchte aufzustehen, um wieder auf und ab zu gehen, doch ihm drehte sich der Kopf und seine Knie gaben nach. Er lehnte sich gegen die Wand und glitt langsam an ihr hinunter, bis er, den Kopf zwischen den Knien, auf dem Boden saß und sich vor und zurück wiegte, seine brennenden Augen schlossen sich, öffneten sich, schlossen sich, öffneten sich, sein brandiger Arm schwang vor ihm hin und her wie ein Pendel.

Von Zeit zu Zeit wurde ein Betrunkener in die kleine Zelle geschubst, doch Harry und Tyrone blieben für sich, jeder war eingeschlossen in seine Abgesondertheit und seinen Schmerz. Harry glitt langsam immer tiefer ins Delirium, Tyrone bemühte sich, die Kälte in ihm durch seine Wut zum Schmelzen zu bringen. Zwei der Betrunkenen hingen, einander wegstoßend, über der Klosettschüssel, der eine ließ seinen Kopf hineinhängen und übergab sich, der andere erbrach sich über ihm, bis beide schließlich umkippten und im eigenen Erbrochenen und in dem des anderen dalagen. Gestank füllte die Zelle. Harry und Tyrone verharrten in ihrer Abgesondertheit und ihrem Schmerz. Tyrone bekam Magenkrämpfe und Durchfall und er versuchte, die Klosettschüssel ein wenig zu säubern, bevor er sie benutzte, doch während er noch mit Toilettenpapier an ihr herumwischte, wurde ihm von dem Gestank so übel, daß er brechen mußte und sobald das aufhörte, drehte er sich schnell um und glitt fast aus in der schleimigen Kotze und stand in halber Kniebeuge über der Schüssel und entließ die faulig riechende Flüssigkeit aus seinem von Spasmen geschüttelten Körper, und während er, vorgebeugt, noch über der Schüssel stand, spürte er eine neue Übelkeitswelle in sich aufsteigen und mußte die Kiefer zusammenpressen, während Krämpfe seinen Körper krümmten. Schließlich war es für eine Weile genug und er taumelte zu seinem Platz am Boden zurück und lehnte sich an den kalten Stahl und eisige Kälteschauer durchzuckten ihn, dann wieder krümmte er sich in Krämpfen, und Schweiß sickerte erst und strömte dann aus seinen Poren, und der typische, ätzende Geruch, den langer Drogenmißbrauch nach sich zieht, brannte in seiner Nase, ein Geruch, der, gleich einem Todeshauch, seine Sinne trübte.

Harry versuchte, sich in sich selbst zu bergen und umklammerte seine Knie, konnte es jedoch nur mit einem Arm und als ihm der Schweiß ausbrach, vom Dope und vom Fieber, zitterte und bebte er vor Kälteschauern und folternden Schmerzen. Von Zeit zu Zeit wurde der Schmerz so heftig, daß er für eine Weile das Bewußtsein verlor, aber dann zerrten Körper und Seele ihn gegen seinen Widerstand ins Bewußtsein zurück und er krümmte sich zu einer Kugel zusammen und versuchte, ein wenig Wärme in seinen Körper zu zwingen, versuchte verzweifelt, irgend etwas mit seinem Arm zu tun, damit die Schmerzen aufhörten, und das Fieber brannte und vereiste ihn und er sank in die Erlösung der Delirien.

Irgendwann am Montag vormittag wurden sie aus der Zelle getrieben, zunächst die Wermutbrüder, dann Harry und Tyrone. Harrys Arm wurde nun grün und roch übel. Der Bulle packte ihn an seinem kranken Arm und drehte Harry mit dem Rücken zu sich, um ihm Handschellen anzulegen, und Harry schrie auf vor Schmerzen und verlor das Bewußtsein und sackte zusammen, auf die Knie, und der Bulle drehte weiter an seinem Arm, bis die Handschellen zuschnappten. Als Harry aufschrie, streckte Tyrone unwillkürlich den Arm aus, um ihn zu stützen, und einer der anderen Bullen schlug ihm mit einem Schlagstock über den Kopf und trat ihm, als er schon am Boden lag, in die Rippen und in den Bauch, Wage es nicht, mich anzurühren, *Nigger*. Sie drehten ihm die Arme auf den Rücken, legten ihm Handschellen an, zerrten ihn hoch, auf die Füße, klebten ihm ein Pflaster auf den Kopf, bevor sie ihn und Harry zum Gericht brachten. Sie wurden auf Stühle gestoßen und Harry stöhnte ununterbrochen und fiel vornüber und der Bulle sagte ihm, er solle das Maul halten und stieß ihn zurück gegen die Stuhllehne. Ein Mann in Zivilkleidung saß neben Tyrone und erklärte ihm, daß er vom Gericht eingesetzt sei, sie zu vertreten und er verlas die verschiedenen Anklagepunkte und Tyrones Körper wand sich konvulsivisch vor Schmerz, Übelkeit und Krämpfen, und Schweiß brannte ihm in den Augen und er versuchte, ihn mit der Schulter wegzuwischen, doch jedesmal, wenn er sich bewegte, schlug der Bulle ihn gegen die Schläfe und Tyrones Sicht verschleierte sich und sein Kopf hing abwärts und der Mann sagte ihm, wenn er sich der Landstreicherei schuldig bekenne, würde er nur einige Wochen Arbeitslager bekommen. Wenn du rauskommst, werden sie dir ein Busticket nach New York geben. Wo ist unser Geld? Hast du welches gehabt? Tyrone sah ihn einen Augenblick an, zwinkerte und versuchte, ihn deutlich zu sehen, Wir hatten über tausend Dollar, Jim. Nicht laut polizeilichem Protokoll. Tyrone starrte ihn noch einmal an und zuckte im Geist die Achseln. Was wird mit Harry? Er ist krank. Oh, ihr werdet beide vom Arzt untersucht werden, bevor man euch ins Lager bringt. O Gott, *wie* er wünschte, es wäre vergangenes Jahr im Sommer. Keine verdammten Scherereien. Alles lief wie geschmiert und jeder Tag war wie n Feiertag. Scheiße!

Marion saß auf ihrer Couch und sah fern. Als die «Vorführungen zur Unterhaltung der Partygäste» endlich vorüber gewesen waren und sie sich auf dem Heimweg befand, war sie vollauf damit beschäftigt gewesen, zu verdrängen, was sie fühlte. Sie war naiv gewesen, völlig ahnungslos, was man, in bezug auf die andern jungen Frauen, von ihr erwartete. Was die Männer anging, hatte sie es gewußt, doch die Mädchen waren ein Schock für sie gewesen. Sie hätte fast gekotzt. Aber sie hatte gewußt, warum sie tat, was sie tat, und das hatte alles möglich gemacht. Erst, als alles bereits lief, waren ihr die kleinen Hefte eingefallen, die sie gelesen, und die Fotos, über die sie gekichert hatte. Nicht nur das, was sie getan hatte, beunruhigte sie, sondern vor allem die Selbstverständlichkeit, mit der sie es tat. Und als sie ihren Anteil Dope bekam, wußte sie, daß es die Sache wert gewesen war. Als sie nach Hause kam, setzte sie sich einen Druck, und das Heroin löste augenblicklich alle beunruhigenden Empfindungen auf und sie machte sich nicht einmal die Mühe, ein Bad zu nehmen, das hatte Zeit bis morgen. Sie streckte sich, den Fernseher im Blick, auf der Couch aus, nahm den unangenehmen Geruch ihres Körpers und den Geschmack auf den Lippen nicht zur Kenntnis und dachte nur, daß Big Tim recht gehabt hatte, dieser Stoff war wirklich Klasse. Und wird für lange Zeit reichen. Sie lächelte in sich hinein. Und wo das herkommt, gibts mehr davon, und sie mußte es mit niemandem teilen. Ich kann immer soviel haben, wie ich will. Sie schlang die Arme um sich und lächelte, mir wird immer so wohl sein, wie jetzt, in diesem Augenblick.

In einem rückwärtig gelegenen Raum des Gefängnisses standen Harry und Tyrone mit einem Dutzend anderer Schlange und warteten. Sie hatten, statt einiger Wochen, drei Monate Arbeitslager bekommen. Der Bus wartete vor dem offenen Tor. Die Gefangenen schlurften einzeln zu dem neben dem Arzt stehenden Beamten hin, der eine Klemmplatte mit der Liste der getippten Namen im Arm hielt. Der Arzt und die Beamten flachsten miteinander und lachten und tranken Coca, während die Sträflinge in Ketten an ihnen vorbeischlurften. Sie nannten dem Polizisten Namen und Nummer und er verglich beides auf seiner Liste, und der Arzt sah sie an und stellte allen die gleiche Frage, Kannst du mich sehen? Kannst du mich hören? Sie nickten und der Arzt schlug sie auf den Rücken und gab damit sein Okay fürs Arbeitslager. Harry und Tyrone waren, wie immer, die letzten. Harry befand sich fast ständig im Delirium und stolperte dauernd und sobald Tyrone versuchte, ihn zu stützen, wurde er geschlagen oder bekam einen Stoß. Als Tyrone vor dem Arzt stand, warf dieser einen Blick auf seinen Kopfverband, auf die Beulen und blauen Flecken, und lächelte, Wohl n bißchen Ärger gehabt, *Boy*? Die Bullen lachten. Kannst du mich hören, *Boy*? Kannst du mich sehen, *Boy*? Tyrone nickte und der Arzt schlug ihm ins Gesicht, während ein Bulle ihm seinen Schlagstock ins Kreuz stieß, Sag Sir, Nigger. Diese New Yorker Niggerjunkies haben keine Manieren. Sie lachten, Wir werden ihm sehr schnell welche beibringen. Als Tyrone zum wartenden Bus hinaus schlurfte, zuckte und verkrampfte sich sein Körper vor Wut und Ohnmacht, und die Entzugserscheinungen taten das ihre. Er hätte ihnen liebend gern die Schädel eingeschlagen, doch er wußte, daß sie nur auf den leisesten Versuch in dieser Richtung warteten, um ihn baumeln zu lassen, und er wollte die Sache nicht noch schlimmer machen, als sie ohnehin schon war, er wollte seine Zeit abmachen und dann zurück, nach Hause, und sein Zustand machte es ihm leichter, nichts zu tun ... er konnte sich kaum bewegen.

Harry mußte vor dem Arzt aufgerichtet werden. Hier haben wir noch einen New Yorker Junkie. Und n Niggerfreund, stimmts, *Boy*? Harry stöhnte und seine Knie gaben nach und der Bulle riß ihn hoch, Sagt, daß irgendwas mit seinem Arm nich in Ordnung is. So? Der Arzt zerrte den Ärmel von Harrys Hemd hoch und Harry brüllte auf und sackte in sich zusammen und sie rissen ihn wieder hoch, Kannst du nich wenigstens strammstehn wien Mann? Der Arzt sah den Arm an und kicherte, Ich glaube nicht, daß du noch mehr Dope in diesen Arm schießen wirst, *Boy*. Er nickte den Beamten zu, Seht euch das mal an, hübsch, nicht? Die Beamten sahen hin und verzogen das Gesicht vor Ekel, Pfui Teufel, das stinkt ja noch mehr als er selbst. Ja, er stinkt schlimmer wien Nigger, und sie lachten alle, ihr bringt ihn besser rüber ins Krankenhaus, bevor er euch euern ganzen Laden vollstinkt. Noch mehr Gelächter. Wird die Woche wohl kaum überleben. Noch welche? Nein, das wärs, Doc. Schön. Ich muß jetzt rüber in meine Praxis. Bis nächste Woche.

Sarah schlurfte in der Schlange mit, um, wie die andern, ihr Medikament verabreicht zu bekommen. Sie stand einen Augenblick still, schlurfte dann ein kleines Stück vorwärts, stand wieder still, schlurfte wieder vorwärts, bis sie vor dem Krankenwärter stand, der ihr das Thorazin in den Mund steckte und wartete, bis sie es hinuntergeschluckt hatte, bevor er sie weitergehen ließ. Sie stand, die Arme um sich geschlungen, in der Ecke und sah den anderen zu, die schlurfend nachrückten, um ihr Sedativum zu bekommen. Dann war niemand mehr da. Leere. Sie starrte weiter vor sich hin, drehte dann langsam den Kopf und sah in verschiedene Richtungen, dann ging auch sie. Sie hielt die Arme nach wie vor um sich geschlungen, als sie in ihren Einwegpantoffeln in den Fernsehraum schlurfte. Ein paar andere, bei denen das Medikament bereits seine Wirkung tat, saßen schon da, das Kinn auf der Brust. Einige lachten, einige weinten. Sarah starrte auf den Bildschirm.

Als sie Harry in den Operationssaal rollten, war er bewußtlos. Sie amputierten seinen Arm an der Schulter und begannen sofort mit der Antibiotika-Therapie, es war ein Versuch, sein Leben zu retten. Er wurde intravenös ernährt, über den rechten Arm und beide Fußgelenke, und war ans Bett geschnallt, damit die Kanülen nicht seine Venen verletzten, falls er sich in Krämpfen hin und her werfen sollte. In seiner Nase steckte ein Katheter, um seine Lungen mit dem nötigen Sauerstoff zu versorgen, in seinen Flanken je ein Drain, der mit einer kleinen Pumpe unter dem Bett verbunden war, um die toxischen Körperflüssigkeiten abzusaugen. Hin und wieder, wenn er sich verzweifelt bemühte, sich aus den Klauen eines Alptraums zu befreien, bewegte Harry sich und stöhnte, und die an seinem Bett sitzende Krankenschwester wischte ihm behutsam mit einem kühlen, feuchten Tuch übers Gesicht und sprach besänftigend auf ihn ein und Harry beruhigte sich und lag wieder regungslos, fast wie tot, während ein Traum und ein Gefühl der Gewichtslosigkeit ihn völlig ausfüllten ... dann umgab ihn Licht, ein so umfassendes, intensives Licht, daß er es mit jeder Faser seines Wesens spürte, und er fühlte sich – wie noch nie zuvor –, als etwas Besonderes, etwas ganz Besonderes. Harry spürte die Wärme des Lichts und sein Lächeln glich fast einem Lachen, als ein Glücksgefühl ihn von Kopf bis Fuß durchströmte. Es war, als sage das Licht, Ich liebe dich, und Harry wußte, daß alles gut war und er setzte sich in Bewegung, ohne zu wissen, warum. Dann dämmerte es ihm, daß er den Ursprung des Lichts zu ergründen suchte. Er wußte, daß es nicht überall sein konnte. Es mußte von irgendwo herkommen, und so begann er, nach dem Ursprung zu suchen, da er wußte, je näher er ihm kam, desto wohler würde ihm sein, und so ging und ging er, doch das Licht veränderte sich nicht. Es blieb, wie es war. Nicht heller, nicht weniger hell, also blieb er stehen und versuchte nachzudenken, doch es war, als könne er nicht denken ... nicht wirklich. Er konnte spüren, wie sein Gesicht nachdenklich wurde, doch das Lächeln ließ sich nicht vertreiben und das Glücksgefühl durchströmte nach wie vor sein ganzes Sein. Dann spürte er ein leises Unbehagen und plötzlich wurde er sich der Tatsache bewußt, daß seine Brauen sich zusammenzogen und er die Stirn runzelte, und das Licht trübte sich, und obwohl er es nicht sehen konnte, spürte er, daß aus einer dunklen Wolke, die sich hinter ihm bildete, ein mißgestaltetes Untier auf ihn zukam, doch wie er sich auch drehte und wendete, er konnte die Wolke nicht entdecken. Er versuchte verzweifelt, sie ausfindig zu machen, damit er vor ihr davonlaufen und im Licht bleiben konnte, doch je öfter er kehrt machte und rannte, desto weniger kam er vom Fleck, und er versuchte Atem zu schöpfen, für eine letzte Kraftanstrengung, und zu laufen laufen laufen ... doch er kam nicht vom Fleck und nun schien der Boden unter ihm zunehmend an Festigkeit zu verlieren und er sank ein, tiefer und immer tiefer, und je verbissener er dagegen ankämpfte, desto schneller schien er zu versinken, und nun wurde ihm auf beängstigende Weise bewußt, daß das Licht abnahm und obwohl er die dunkle Wolke immer noch nicht sehen konnte, wußte er ohne jeden Zweifel, daß er tiefer und tiefer in ihr versank und dem mißgestalteten Untier, das ihn vor Entsetzen aufschreien ließ – doch es kam kein Laut aus seinem Mund –, näher und näher kam. Er konnte spüren, ja, irgendwie sogar sehen, wie seine Lippen sich bewegten, aber es kam kein Laut heraus, und nun konnte er die

Schwärze förmlich schmecken, so dicht war sie, und die Klauen des immer noch unsichtbaren Untiers spüren, während er sich wand und darum kämpfte, seinem Entsetzen Stimme zu verleihen, doch lediglich Stille folgte seinen Verrenkungen und er wußte, wenn er nicht bald schrie, würde er zerrissen, würden sein Fleisch und seine Knochen von dem Untier in Fetzen gerissen werden und so zwang er seinen Mund noch weiter auf und spürte seine Lippen sich zuckend dehnen und dann hörte er endlich einen leisen Laut und Grau sickerte in die Schwärze ein und es wurde ihm bewußt, daß er sich mit letzter Kraft abmühte, die Augen zu öffnen (worum er Äonen lang kämpfte), bevor die Klauen des Untiers sie aus ihren Höhlen rissen ... dann war plötzlich Licht da, nicht das gleiche Licht, jedoch Licht, und er versuchte sich zu bewegen, konnte es jedoch nicht, versuchte zu sprechen, doch aus seinem Mund kamen nur stammelnde, unverständliche Laute. Die Schwester sah die Angst und die Panik in seinen Augen und lächelte ihm zu. Es ist alles gut, mein Sohn, Sie sind in einem Krankenhaus. Es brauchte Zeit, bis diese Mitteilung zu ihm durchdrang ... Endlose Zeit ... Harry versuchte die Lippen zu bewegen. Alles schien bleischwer. Er konnte kein Glied rühren. Die Schwester strich ihm behutsam mit einem Eiswürfel über die Lippen. Tut das gut? Harry versuchte zu nicken, konnte es aber nicht. Er zwinkerte. Sie wischte ihm mit dem kühlen, feuchten Tuch über Kopf und Gesicht. Sie sah, wie die Angst und die Panik nachließen. Sie lächelte sanft, als sie erneut mit dem Eiswürfel über seine Lippen strich. Sie sind in einem Krankenhaus, mein Sohn. Alles ist gut. Langsam, schmerzhaft registrierte Harrys Gehirn die Realität und er nickte mit dem Kopf, zum Zeichen, daß er verstanden hatte. Dann zuckte er zusammen, Mein Arm, mein Arm – er schrie es fast – er schmerzt, er schmerzt ganz furchtbar. Ich kann ihn nicht einmal bewegen. Die Schwester wischte ihm immer wieder mit dem kühlen, feuchten Tuch übers Gesicht, Versuchen Sie ganz ruhig zu sein, mein Sohn, die

Schmerzen werden bald vergehen. Harry sah sie einen Augenblick an, spürte das kühle Tuch auf seinem Kopf, spürte, wie seine Augen sich schlossen, und kämpfte mit ganzer Kraft darum, der Schwärze und den Klauen des Untiers in ihr zu entgehen und zurückzukehren in den Traum des Lichts, während er in die Bewußtlosigkeit hinabstieg.

Wochenlang dachte Tyrone, daß er jede Minute sterben würde und es gab auch Tage, an denen er fürchtete, nicht zu sterben. Er zitterte die kalten Nächte hindurch, mit mürben, schmerzenden Knochen und Muskelkrämpfen, die Schmerzen krümmten ihn, die Krämpfe in seinen Beinen rissen ihn fast sofort wieder aus den kurzen, gnädigen Augenblicken des Schlafes und er lag zusammengekauert in seiner Koje, mit klappernden Zähnen, und flehte im stillen um ein wenig Wärme, während er hoffte, es würde nie fünf Uhr werden, damit er nicht aufstehen und mit der Arbeitskolonne zwölf Stunden auf der Autobahnbaustelle zubringen mußte. Der Aufseher sah sich den Zitternden jedesmal erst an, dann stieß er Tyrone lachend von der Pritsche auf den Boden, Beweg deinen Hintern, *Boy*, auf dich wartet Arbeit, und er lachte weiter, während er durch die Baracke ging und die Sträflinge weckte.

Tyrone, geschwächt von Diarrhöe und ständigem spasmischem Würgen, bei dem immer nur ein paar Tropfen bitterer Galle herauskamen, krümmte sich fast die ganze erste Woche in Krämpfen. Wenn er vor Erschöpfung und Krämpfen umfiel, lachte der Aufseher, Was is los, *Boy*, du schaffsts wohl nich? Die anderen Nigger hier schaffens prima, woran fehlts denn bei dir? und er lachte, versetzte Tyrone einen Tritt ans Kinn, trank seine Cola aus und warf die leere Flasche in den Graben. Dann riß er Tyrone hoch, auf die Füße, und packte ihn unter dem Kinn und hob ihn fast in die Luft, Soll ich dir mal was sagen, *Boy*, wir haben euch abgewichste New Yorker Nigger hier nich so gern, is dir das klar, *Boy*, he? Is dir das klar? Tyrone hing an seiner Hand, sein Körper wurde von Krämpfen geschüttelt, Niemand hat dich gebeten, hierher zu kommen, *Boy*, oder? He? Hat dich jemand gebeten? Wir mögen eure Sorte nich, und wenn du je wieder nach New York zurückkommst, sag deinen Kollegen, daß wir eure Sorte hier nich mögen. Hastu gehört, *Boy*? He? Hastu gehört? Wir kümmern uns um unsere eigenen Nigger, stimmts? – Er sah auf die Sträflinge um sich herum – Und zwar bestens, aber daß welche von eurer Sorte hier runterkommen und uns Ärger machen, haben wir gar nich gern. Hastu gehört, *Boy*? He? Hastu gehört? Er stieß Tyrone zu Boden und spie aus, grinste hämisch und lachte dann, Du würdst mich gern kaltmachen, was, *Boy*? Würdst mir gern den Spaten da übern Kopf schlagen, was, *Boy*, he? Er spie aus und lachte lauter, Jetzt sag ich dir, was ich tu, *Boy*. Ich dreh dir den Rücken zu und geb dir ne Chance. Gefällt dir das, *Boy*? He? Los, *Boy*, lieg nich da wie son feiger Hosenscheißer, steh auf und hau mir deinen Spaten übern Schädel, hierhin – er deutete auf seinen Hinterkopf – das is deine Chance, *Boy*, und er drehte sich um und sah auf seinen langen Schatten auf dem Boden und sah keinen zweiten Schatten daneben, lachte auf und ging weg, Los, los, an die Arbeit, ihr schwarzen Arschgeigen, wir sind hier nich auf der Kirmes. Tyrone lag immer noch im Graben und versuchte auf die Knie zu kommen, in seinem Kopf tobte Wut, am liebsten hätte er diesem Scheißkerl die Zunge aus dem Maul gerissen und sie ihm in den Hals gestopft, doch er kniete, unfähig sich zu bewegen, und hielt sich an seinem Spaten fest, mit hängendem Kopf und geschüttelt von trokkenem Würgen. Ein anderer Sträfling kam ihm zu Hilfe, Mach dir nix draus, Bruder. Keuchend verfluchte Tyrone den weißen Schinder, doch seine Worte gingen im Würgen unter, ehe sie über seine Lippen kamen. Als sein Körper langsam zur Ruhe gekommen war, half der andere Sträfling ihm auf die Beine, Mach bloß keine Dummheiten, Bruder, der pustet dir mit seinem Ballermann glatt den Kopf vom Hals. Laß dir nichts anmerken, und er wird schon Ruhe geben. Tyrone kämpfte sich, mit Hilfe einiger Mitsträflinge, durch den Tag und fiel, als sie nach Sonnenuntergang ins Lager zurückkamen, in seine Koje. Hin und wieder überkam ihn der Schlaf der Erschöpfung, doch selbst dann fuhr sein Körper fort, ihn zu peinigen, er beruhigte sich erst, als er träumte, er sei ein kleiner Junge und wieder bei seiner Momma. Er hatte Bauchschmerzen und seine Momma hielt ihn so liebevoll im Arm und er spürte ihren warmen Atem so anheimelnd und sanft auf seinem Gesicht und es kitzelte ihn ein ganz klein wenig in der Nase und er dachte fast nicht mehr an seine Bauchschmerzen und sie gab ihm einen Löffel mit gräßlich schmeckender Medizin und er schüttelte den Kopf, Nein nein nein, und drehte den Kopf zur Seite, doch sie sprach so lieb und beruhigend zu ihm und sagte, er wäre Mommas großer Junge, auf den sie stolz sei, und sie lächelte, ein so strahlendes, leuchtendes Lächeln, als hätte sie den Sonnenschein in den Augen, und er schloß die Augen und schluckte die Medizin und seine Momma lächelte noch liebevoller und nun leuchtete und strahlte ihr ganzes Gesicht und sie drückte ihren Jungen an die Brust und wiegte ihn hin und her und summte dabei und er schlang die Arme um sie, soweit es ging, und sie sang so sanft und besänftigend, ihre Stimme war wie die der Engel, von denen sie ihm erzählt hatte, und es war so schön, seiner Momma zuzuhören, wie sie sang, und er fühlte sich so warm und geborgen und er spürte, wie er in den Schlaf trieb, und plötzlich tat sein Bauch weh, sehr weh, und er begann wieder zu weinen, Mommy, Mommy, und seine Momma drückte ihn noch fester an sich und ihr Kleid wurde fleckig von den Tränen ihres Babys und Tyrone zuckte und wand sich, als Schmerzen und Tränen ihn unbarmherzig aus Schlaf und Traum rissen. Er öffnete die Augen und wünschte ... hoffte ... doch es war nur Schwärze da. Noch einen Augenblick lang schimmerte das leuchtende Bild seiner Mutter in ihm, seiner Mutter, die ihn im Arm hielt und sang, dann verschlang die

Schwärze auch das und er hörte nur noch seine Tränen, die seine Wangen feuchteten.

Schließlich hatten Krämpfe und Würgen ein Ende und er konnte sich, mit Hilfe von anderen Sträflingen, durch einen Arbeitstag hindurchkämpfen, und bald war er für die Aufseher nur noch irgendein Schwarzer unter vielen und sie ließen ihn in Ruhe, damit er seine Arbeit und seine Zeit hinter sich brachte, und nachts lag Tyrone in seiner Koje und dachte an seine Momma und an die warme Süße ihres Atems.